U0120201

后浪

世界尽头的疯人院

"比利时号"南极之旅

Madhouse at the End of the Earth

The *Belgica*'s Journey
into the Dark Antarctic Night

Julian Sancton

[法]朱利安·桑克顿 著　李厚仁 译

海峡出版发行集团
海峡文艺出版社

献给杰西、玛雅和蕾拉（及舒基）

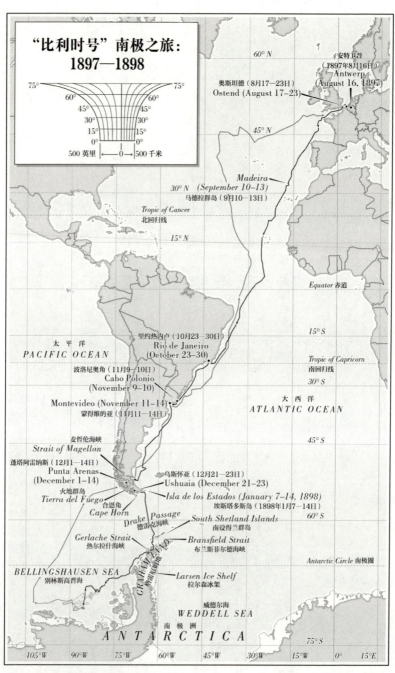

**"比利时号"南极之旅:
1897—1898**

75°   75°
60°   60°
45°   45°
30°   30°
15°   15°
0°   0°

500 英里 ◄—— 0 ——► 500 千米

安特卫普
(1897年8月16日)
Antwerp
(August 16, 1897)

奥斯坦德(8月17—23日)
Ostend (August 17–23)

60° N

45° N

Madeira (September 10–13)
马德拉群岛(9月10—13日)

30° N

Tropic of Cancer
北回归线

15° N

Equator 赤道

15° S

里约热内卢(10月23—30日)
Rio de Janeiro
(October 23–30)

太平洋
PACIFIC OCEAN

波洛尼奥角(11月9—10日)
Cabo Polonio
(November 9–10)

Montevideo (November 11–14)
蒙得维的亚(11月11—14日)

Tropic of Capricorn
南回归线

30° S

大西洋
ATLANTIC OCEAN

45° S

Strait of Magellan
麦哲伦海峡

蓬塔阿雷纳斯(12月1—14日)
Punta Arenas
(December 1–14)

乌斯怀亚(12月21—23日)
Ushuaia (December 21–23)

火地群岛
Tierra del Fuego

Isla de los Estados (January 7–14, 1898)
埃斯塔多斯岛(1898年1月7—14日)

合恩角
Cape Horn

Drake Passage
德雷克海峡

South Shetland Islands
南设得兰群岛

60° S

Gerlache Strait
热尔拉什海峡

Bransfield Strait
布兰斯菲尔德海峡

GRAHAM LAND
格雷厄姆地

Larsen Ice Shelf
拉尔森冰架

Antarctic Circle 南极圈

BELLINGSHAUSEN SEA
别林斯高晋海

WEDDELL SEA
威德尔海

南极洲
A N T A R C T I C A

75° S

105°W   90°W   75°W   60°W   45°W   30°W   15°W   0°   15°E

注:书中地图系原文插附地图。
审图号:GS(2023)3672号

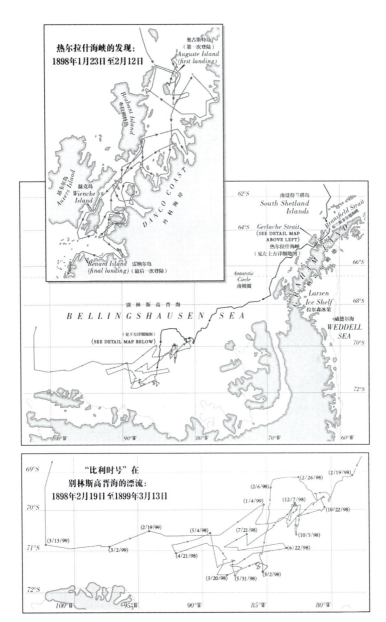

热尔拉什海峡的发现：
1898年1月23日至2月12日

奥古斯特岛
（第一次登陆）
Auguste Island
(first landing)

Brabant Island
布拉班特岛

阿内尔岛
Antres Island

温克岛
Wiencke
Island

DANCO COAST
丹科海岸

Renard Island 雷纳尔岛
(final landing)（最后一次登陆）

62°S
64°S
66°S
68°S
70°S
72°S

南设得兰群岛
South Shetland
Islands

Bransfield Strait
布兰斯菲尔德海峡

Gerlache Strait
(SEE DETAIL MAP
ABOVE LEFT)
热尔拉什海峡
（见左上方详细地图）

G R A H A M

Larsen
Ice Shelf
拉尔森冰架

威德尔海
WEDDELL
SEA

Antarctic
Circle
南极圈

别林斯高晋海
B E L L I N G S H A U S E N   S E A

（见下方详细地图）
(SEE DETAIL MAP BELOW)

100°W   90°W   80°W   70°W   60°W

"比利时号"在
别林斯高晋海的漂流：
1898年2月19日至1899年3月13日

69°S
70°S
71°S
72°S

(3/13/99)
(2/19/99)
(3/2/99)
(2/19/99)
(5/4/98)
(4/21/98)
(3/20/98) (5/31/98) (3/2/98)
(7/21/98)
(6/22/98)
(1/4/99)
(2/6/98)
(12/7/98)
(10/5/98)
(10/22/98)
(2/26/98) (2/19/98)

100°W   95°W   90°W   85°W   80°W

审图号：GS（2023）3672号

主要人物表 [①]

"比利时号"探险队成员

长官与科学家

阿德里安·德·热尔拉什：探险队指挥官、项目发起人，出身于比利时贵族家庭。

乔治·勒库安特：船长、天文导航专家，比利时人，后来担任比利时号委员会领导职位。

罗阿尔德·阿蒙森：大副，挪威人，后来成为世界著名的极地探险家。

埃米尔·丹科：地球物理学研究负责人，比利时人，德·热尔拉什的多年好友。

朱尔·梅拉茨：三副，比利时人；原为阿蒙森室友，后搬到普通水手舱。

弗雷德里克·A.库克：医生、人类学研究负责人、摄影师，美国人。

亨里克·阿尔茨托夫斯基：地质学家、气象学家，波兰人。

埃米尔·拉科维策：博物学家、（非官方）漫画家，罗马尼亚人。

[①] 此"主要人物表"是中译本编译者为方便读者在阅读过程中复习人名所加，涉及少量剧透，请根据个人喜好使用。

其他主要成员

安东尼·多布罗沃尔斯基：勒库安特和阿尔茨托夫斯基的助手，波兰人。

亨利·萨默斯：轮机长，比利时人；在远征队离开安特卫普之前，一度因为醉酒而被开除，后在奥斯坦德被重新聘用。

卡尔·奥古斯特·温克：水手，挪威人；远征队中第一名非正常死亡的队员。

亚当·托勒夫森：水手长，挪威人；在"比利时号"困于浮冰期间出现严重精神错乱。

路易·米绍：比利时人，原以指挥官侍从的身份被雇用，后来承担厨师的职责。

其余成员

麦克斯·范里塞尔贝格（大管轮，比利时人）、古斯塔夫-加斯东·迪富尔（比利时人）、恩格尔布雷特·克努森（挪威人）、约翰·科伦（挪威人）、卢德维格·亚尔马·约翰森（挪威人）、扬·范米尔罗（比利时人）

以上为从南美洲埃斯塔多斯岛出发的 19 人。

在南美洲被开除的 5 名队员

阿尔贝·勒莫尼耶：法国人，厨师，在乌拉圭首都蒙得维的亚被开除。

弗兰斯·多姆、莫里斯·瓦尔泽和扬·范达默：比利时人，水手，在智利港口蓬塔阿雷纳斯被开除。

约瑟夫·迪维维耶：比利时人，轮机员，在蓬塔阿雷纳斯被开除。

"比利时号"探险之前的重要极地探险家

弗里乔夫·南森（1861—1930）：挪威探险家、海洋学家、政治家和人道主义者，曾领导多次北极探险，包括"前进号"北极漂流（1893—1896）；凭借在第一次世界大战后的救济工作获得1922年诺贝尔和平奖。

詹姆斯·库克（1728—1779）：英国航海家、探险家，曾三次在太平洋探险，包括指挥"决心号"寻找"未知的南方大陆"（1772—1775），于1773年成为驶入南极圈的第一人，并在1774年创下南纬71°10′的航行最南纪录。

詹姆斯·克拉克·罗斯（1800—1862）：英国海军军官、探险家，在北极和南极地区完成了重要的地理和磁力测量，包括1831年确定（当时的）北磁极坐标，以及1841年发现东南极洲的罗斯海和维多利亚地，并于次年创下南纬78°09′的航行最南纪录。

约翰·富兰克林（1786—1847）：英国海军军官、探险家，曾领导多次在加拿大北极地区的探险，包括最终全员遇难的寻找西北航道的远征（1845—1847）。

罗伯特·E.皮尔里（1856—1920）：美国极地探险家，

曾在 1891 年率领包括弗雷德里克·库克在内的七人队伍前往格陵兰岛北端探险，并在那里度过一个北极冬季；曾与库克患难与共，后来因为回忆录出售版权和 1909 年的北极点之争变成死对头。

目　录

序　曲

1926 年 1 月 20 日

堪萨斯州莱文沃思

　　黎明将至，灰蒙蒙的天空被莱文沃思监狱医院的窗户格栅划成一个个小块。看着是个冷冽的早晨。16 小时的轮班结束了，年迈的医生精疲力竭；他清理好工作台，向警卫示意，可以送他回牢房了。职责一经移交给正式的监狱医生，他便成了普通犯人——第 23118 号囚犯。

　　医生瘫倒在床上。刚刚过去的是很长的一夜。这时候的美国正深陷规模空前的鸦片大流行，入夜后，医院顶层就成了——用医生的话说——"毒品疯人院"。受着戒断之苦的成瘾者号叫着，还想再吸一口。医生的牢房在一幢三层高的砖砌建筑之中，照明良好，配有一张单人床、一把椅子和自来水。墙上挂着一些精美的刺绣画，是他自己制作的。与他的一些狱友，包括芝加哥黑帮分子"大块头"蒂姆·墨菲（已成为他的朋友和保护人）和后来的杀人如麻、不思悔改的连环杀手卡尔·潘茨拉姆（不会成为他的朋友）相比，医生的牢房条件算是舒适的。不过话说回来，第 23118 号囚犯的罪过确实是另一种性质的。61 岁的他被判犯有欺诈罪，他的所作所为实际上涉及某家石油公司股份的金字塔骗局。这是他服刑的第 3 年，刑期共 14 年——比对类似罪行的惩罚严厉得多，却与他的恶名十分相称。

在他记忆模糊的青年时代，远在他失宠沦落之前，医生曾是一名著名的极地探险家。他声称自己在 1908 年征服了北极点，一下被捧为国民英雄——直到人们怀疑，这件壮举（还有其他几件）是他杜撰的。"他将永远位居世界上最伟大的骗子之列，"《纽约时报》将如是断言，"他索要永垂不朽应是凭着这一点，而不是发现北极。"

当天下午，一名警卫告诉他，他有一位访客。自从一年前入狱以来，医生一直拒绝与亲友见面。今天在等他的这个男人，或许是他愿意破例会见的唯一一个人。几乎每一天，他都会想到这位前队友，一个身材魁梧、现年 53 岁的挪威人。近30 年前，他们一起参加了一场如今回想起来仍令人胆寒的南极探险。挪威人曾是医生在极地探险方面的徒弟，现已成为史上最伟大的探险家之一——南极真正的征服者。他那些屡屡登上新闻头条的事迹，以及他在完成这些壮举时所表现出来的轻松，赋予了他一种近乎神话的气质。为了一系列国际巡回讲座，他走遍美国，但是特意留出了时间来拜访昔日导师。

功绩显赫的探险家要与莱文沃思最出名的囚犯见面的消息不胫而走。没过几分钟，记者便一窝蜂地赶到了监狱。对名誉扫地的医生公开表示支持的举动，可能危及挪威人自己的名声。不过，这次访问的目的并不只是对一位处在危难中的老朋友表示同情。多年来，他一门心思地投入夺取地球上最令人垂涎的地理发现大奖的竞赛之中，这让他付出了代价。身体里的那团火把他燃尽了。他变得刻薄而偏执，没有几个朋友能像医生那样理解他——在更单纯的年代，当唯一要紧的只有生存的时候，他从医生那里学到了很多。最重要的是，挪威人感到出于道义，他必须向救了自己一命的人致敬。

自最后一次见面以来，两个男人的命运走向了截然不同的方向，这一点也可从他们的脸上看出。监禁生活榨干了医生的活力，一张脸血色全无，青灰色的眼睛没了往日的犀利，曾经浓密的头发稀疏了不少，大鼻子则——如果可能的话——变得更大了。但是在他笑的时候（露出几颗金牙），人们似乎还是能看到他年轻时的影子一闪而过。

挪威人比医生高大不少。他的脸"是棕色的，被极地的冰雪所晒伤，布满深深的皱纹，但有一种令人愉悦的清新活力"，医生后来回忆道。探险家"正处于光荣之巅，我则在刑事谴责的阴沟里……这种印象一开始让我震惊，但很快，往日的友好气氛就消解了一切阻碍。我们就像是兄弟"。

他们紧紧握住对方的手，不愿放开。为了混淆视听，他们开始讲一种被医生描述为"比利时号混合语"的语言。"比利时号"（*Belgica*）是他们相遇时乘坐的船，那时他们都处在各自的黄金时代，正要第一次前往南极。科学家、高级船员和普通水手说各种各样的语言——法语、荷兰语、挪威语、德语、波兰语、英语、罗马尼亚语和拉丁语，让人想起巴别塔[①]停工之后人类社会的模样。那次航行让两人都见识到寒冷和黑

---

① "巴别塔"（Tower of Babel）出自《圣经》中的一则起源传说。根据该传说，大洪水之后，世界上生活着一个统一的人类种族，说同一种语言。为了到达天堂，人们兴建一座高塔。上帝见状，便让人类说不同的语言，使其相互不能沟通，巴别塔计划也因此失败。此传说被用来解释人类为何有不同的语言。（本书脚注若未特别说明，均为译者所加，下文不再——指出。）

暗是如何蹂躏人类灵魂的。正是在那次远征中，医生开始崇拜太阳。那时，他也曾沦为囚犯，只不过困住他的不是铁栅栏和锁，而是无边无际的冰原。那时，他也曾在夜里听到尖叫。

第一部分

有时候，科学是探索的借口。

我认为它很少构成理由。

——乔治·雷·马洛里[1]

---

[1] 乔治·雷·马洛里（George Leigh Mallory，1886—1924），著名英国探险家，在尝试攀登珠穆朗玛峰途中丧生。

第一章　为什么不能是比利时

1897 年 8 月 16 日

安特卫普

斯海尔德河（Scheldt River）① 从法国北部慵懒地流入比利时，在安特卫普港急转向西，变得又深又宽，足以容纳远洋船舶。在这个万里无云的夏日早晨，两万多人一齐涌向城市的滨河地区，向即将启程的"比利时号"致意，共享它的荣光。这艘三桅蒸汽捕鲸船长 113 英尺②，船身是新漆好的青灰色，由煤炭提供动力；它将驶向南极，探索其未知的海岸线，收集关于它的动植物和地质数据。不过，吸引群众前来围观的谈不上是科学发现的承诺，而是一种民族自豪感：比利时——67 年前才从荷兰独立出来的微不足道的比利时，比许多公民还年轻——竟也对人类探索的下一个前沿发起了冲击。

10 点整，船起锚，从容不迫地朝着北海的方向驶去；它的船舱载满了煤炭、补给和各种设备，以至于船的甲板只高出水面一英尺半。在一支载着政府官员、媒体人员和其他祝福者的小型船队的护送下，"比利时号"开始了派头十足的游行。它徐徐划过水面，经过滨河地区插满彩旗的排屋，再是点缀着安特

---

① 欧洲西部河流，发源于法国北部，在法国境内叫埃斯考河，经比利时，在荷兰注入北海。

② 1 英尺约合 30.48 厘米。

卫普天际线的华丽的哥特式教堂，然后是著名的石头城堡（Het Steen）——这座城堡自中世纪开始就俯瞰着斯海尔德河。在一个浮码头上，一支军乐队在演奏比利时国歌《布拉班人之歌》，其主题之宏大与这个国家之微小形成耐人寻味的对比。河的两岸礼炮齐鸣。来自世界各地的船只吹响雾角，升起比利时的黑、黄、红三色国旗。"比利时号"所到之处，欢呼声像水波一样在人群中荡漾开来。整座城市似乎都在震动。

驾驶台上，有一人远远地凝望着这片彩条、帽子和手帕的汹涌海洋，这便是远征队指挥官——31 岁的阿德里安·德·热尔拉什·德·戈梅里（Adrien de Gerlache de Gomery）。从他的脸上看不出多少情绪，但是在那双眼皮厚重的眼睛背后，是他按捺不住的激动。今天，为了这一时刻，他精心打理了外表的每一个细节——从八字须的弧度，到下颏胡的修边，再到领巾上的领结，每一处都考虑周到。德·热尔拉什的深色双排扣大衣对这个 8 月的上午来说太过保暖，对世界尽头的严寒来说却又单薄得可怜，但是他这么穿着，看上去确实风度翩翩，挺符合"正在创造历史之人"的形象。他尽情享受着人们的喝彩，时不时地摘下绣有"比利时号"字样的帽子，向欢呼雀跃的人群挥帽致意。他渴望这些欢呼声已经很久了。今天是"比利时号"远征的起点，可对他来说却像是终点。"我的精神状态，"他写道，"是一个人刚刚实现自己目标时的状态。"

从某个角度来看，他确实实现了目标。船要启程了，这一事实本身就是一次个人的胜利。尽管这天上午人们所表现出来的爱国精神是真心实意的，但是这场比利时南极远征并不代表全国性的努力，而是彰显了阿德里安·德·热尔拉什坚定的个人意志。他花了三年多的时间，为这次旅行做计划、招募队员、筹集资金。仅是凭着决心，他让质疑者闭嘴，让有能力的人解开钱袋，还把全国人民召集到自己身后。此刻，尽管距离目的地还有一万英里①，但他已经尝到了一丝荣耀的滋味，并乐在其中。在这欢庆的日子里，听着同胞为自己"敲锣打鼓"，德·热尔拉什一不留神就会忘记，这份荣耀是赊来的。要想真正拥有它，他得先在世界上最恶劣的环境之一当中存活下来：这片大陆非常不利于人类生命的延续，人类在其海岸线上最长只待过几个小时。

斯海尔德河流至安特卫普西北边 12 英里处，便是比利时与荷兰的边境线。在跨越边境线之前，"比利时号"在利弗肯舍克（Liefkenshoek）码头稍作停留，处理远航前的最后一件事。在甲板上和簇拥在船旁的护送小艇上，仍是一片欢欣的景象，只不过船员正忙着将共计半吨的托奈特炸药（tonite）——被认为比硝酸甘油炸药（dynamite）更具威力——搬进"比利时号"的货舱。这些托奈特炸药棒占据了货舱里好几个板条箱，是德·热尔拉什的一道保险措施。他不知道该对南极的冰层抱何期望，只知道一块在 19 世纪之前一直成功地将人类阻挡在外的大陆理应得到尊重。他能想象出船被毁坏的几种方式：撞上冰山或是暗礁。但是，最令人害怕的一种可能性或许是"比利时号"被困在冰层里，要么被压力挤碎，要么永远被冻住，留下

---

① 1 英里约合 1609.34 米。

一船等着饿死的远征队队员。几场著名的北极远征正是落得这样的下场。德·热尔拉什推测，半吨托奈特炸药肯定能够解开海冰的束缚。这是他第一次低估南极的力量，但不是最后一次。

在队员将托奈特炸药搬进货舱的时候，一群吵吵嚷嚷的达官贵人从护送小艇上下来，登上"比利时号"，祝愿德·热尔拉什和他的队员好运。指挥官在内心深处始终是一名水手，待在海上远比待在人群中来得自在。在过去三年里，他对这类欢迎问候的场合愈发厌倦。为讨要资金所花的时间甚至已超过他期望在南极停留的时间。他与政府大臣、有钱的赞助人和比利时皇家地理学会（Société Royale Belge de Géographie）——这次远征的赞助者——的耆宿互致寒暄，感受到了自己对这些人肩负的义务之重。如果说他对冰冻之洲不够敬畏，那么他对这些人对这次远征做出的评判则是过度恐惧。

假如任务失败，他将承受整个国家的失望之情。在他的意识里，更糟糕的是为他那显赫的家族带来耻辱。德·热尔拉什家族是比利时最古老的贵族之一，可追溯至 14 世纪。阿德里安的一位亲戚，艾蒂安 – 康斯坦丁·德·热尔拉什男爵（Etienne-Constantin de Gerlache），是比利时的开国元勋、宪法的主要起草者和建国后的第一任首相（尽管任期只持续了 11 天）。阿德里安的祖父和父亲均为受过表彰的军官。对于姓德·热尔拉什的人，公众不期待别的，只期待卓越。阿德里安的家人在报刊中、在比利时上流社交圈里高调地表达了对此次南极探险项目的支持，以家族名誉为项目的成功做担保。可这只是加重了指挥官的心理负担。

阿德里安的父母、妹妹和弟弟——一名前途大好的陆军中尉——也登上了"比利时号"，并在其他显贵回到各自的小艇上后留了下来。获准留下的非家庭成员仅有一位：名媛莱奥妮·奥斯特里特（Léonie Osterrieth），此次远征最坚定、最热忱的支持者。这位身材丰满的 54 岁妇人是安特卫普一位富商的遗孀，她对德·热尔拉什就像对待自己儿子一样。他则称呼她"奥妈妈"，并视她为知己和最可信的人。（由于她对远征计划的慷慨捐助，队员们后来给她起了"Mère Antarctique"的外号，意思是"南极母亲"，与"Mer Antarctique"同音，后者意为"南极海"①。）告别的时刻来临了，阿德里安的父亲奥古斯特拥抱了远征队的每一位成员，从地位最低的普通水手们到科学家们，并用颤抖的声音称呼他们为"我亲爱的孩子们"。指挥官的母亲艾玛不由自主地啜泣着，仿佛她有一种再也见不到自己长子的预感。"比利时号"28 岁的船长，身材矮小、不修边幅的乔治·勒库安特（Georges Lecointe）向她发誓，他和其他所有队员将把自己完全奉献给她的儿子；他不是那种不守诺言的人。然后，勒库安特带着全体队员充满激情地喊了三声"德·热尔拉什夫人万岁"。最后一声呼喊仍在斯海尔德河上回荡，船长已开始对队员喊出一道道命令。

"现在，回到各自岗位！"

德·热尔拉什一家下船后登上一艘名叫"布拉博"（*Brabo*）的小艇，掉头往安特卫普的方向驶去。指挥官站在"比利时号"

---

① 即南大洋，围绕南极洲的海洋。

的甲板上用力挥着他的帽子。他勉强忍住了眼泪，但用一位观察者的话说，"猛烈的情感攫住了他的脸"。

"比利时万岁！"他对着水面大喊，看着"布拉博号"渐渐驶远。他以杂技演员般的敏捷疾速爬上牵拉船桅和风帆的绳索，只用了不到 15 秒就爬上了桅杆瞭望台——由一个酒桶改造而成——继续挥动帽子，直到那艘载着他几乎所有所爱之人的小艇消失在河道拐弯处。

* * *

德·热尔拉什从未在比利时之外的地方生活过，但从许多方面来看，船舱对他来说都更像是自己家里，不论船只将他带往何方。他于 1866 年 8 月 2 日在比利时哈瑟尔特（Hasselt）[①]出生。与弟弟、父亲、祖父和几个世纪以来德·热尔拉什家族的许多其他男性不同，他对戎马生涯毫无兴趣。作为一名非战主义者，他梦想着海上人生——这份迷恋对一个在比利时长大的小男孩而言实属不寻常，毕竟，在经历 1830 年的革命、脱离荷兰之后，比利时只剩下一支名存实亡的海军、一支微小的商船队，以及短短 40 英里的海岸线。

孩童时期的阿德里安对和其他男孩一起玩战争游戏毫无兴趣。相反，他花了无数个小时搭造精密的微型船。在颇为宠爱他的母亲的帮助下，阿德里安花了一个冬天做出自己的代表

———————————

① 比利时东北部城市，林堡省（Limburg）首府。

作——一艘配有可真实使用的绳索的帆船。他把造好的船放进家附近的一条溪里，满怀骄傲地看着阵阵微风鼓起小船精美镶边的风帆，可不出一会儿，又只能眼巴巴地看着溪流卷走小船，把它冲下河堤。"坎布里埃号"（*Cambrier*）——阿德里安给它起的名字——是他指挥的第一艘船，也是他经历的第一次船只失事。

这次事件尽管令人心碎，却没有浇灭他的海事雄心。一开始，家里人觉得这不过是男孩必经的一个时期，对他的狂热相当宽容；但是时间一年一年地过去，他如饥似渴地阅读有关海上冒险的故事，对大海的执着有增无减。16岁时，阿德里安注册成为布鲁塞尔自由大学的学生，门门课成绩优异。暑假期间，他应募成为跨大西洋邮轮上的水手学徒，随船从安特卫普前往纽约市、费城等目的地。

奥古斯特·德·热尔拉什上校并不赞成阿德里安选定的职业，觉得那配不上儿子的社会地位和教育水平。光是想到儿子费力地擦洗甲板、胡乱睡在绳子堆上，或是啃着硬邦邦的干粮，与其他嫩生生的新人水手一样遭受各种日常侮辱，奥古斯特就心疼不已。他敦促阿德里安找一份更可敬的职业，但事态很快就明了了：这个年轻人一踏上陆地就苦不堪言。"一回到家，他就开始想念大海了。"妹妹露易丝回忆道，"出于义务、服从和良知，他继续学习工程学；但很快，他的健康状况严重恶化，人变得郁郁寡欢，眼神也变成了水手和航海者特有的那种眼神，好似蒙了一层纱，让人捉摸不透，哪怕直视着你，也仿佛是在看远方无际的广阔空间。"

奥古斯特最终放弃了干预，允许儿子走航海的路，并在比利时海军（还是那么羸弱）入伍。阿德里安勤奋刻苦，力图证明自己配得上父亲的信任。他的教官们发现，他对船有一种天生的亲近，在辨识风向和潮流上也很有天赋。脱下松松垮垮的水手服和过大的防雨帽，阿德里安换上了整洁的受训军官制服。他很快成为比利时海军的一位希望之星；但这并不能说明什么，因为比利时海军的视察范围不过是北海的轮渡服务。为了获得成为船长必须具备的经验，德·热尔拉什别无选择，只能在外国船舶上服务。这些旅行让他对大海令人惊叹的破坏力有了一点概念。在一次经由合恩角（Cape Horn）前往旧金山的航行中，英籍帆船"克雷吉·伯恩号"（*Craigie Burn*）在火地群岛（Tierra del Fuego）①遭到风的猛烈撕扯和岩石撞击，人们不得不弃船。这是德·热尔拉什的第二次沉船事故。

在荷兰邮轮上工作了几年之后，他被授予海军上尉军衔，并被派到奥斯坦德—多佛轮渡线②上。正是在这条航线上，在1890年，德·热尔拉什首次见到了正前往伦敦的比利时国王。利奥波德二世（Leopold Ⅱ）身形高大，留着一蓬灰白的大胡子，鼻梁棱角分明，活像一把短柄斧头。他为人专横傲慢，却对德·热尔拉什的事业产生了兴趣，不仅因为后者家族的盛名，也因为他本人才华的名声已经传开了。国王在驾驶台上找到23岁的上尉，问他是否喜欢为比利时服务。德·热尔拉什带着青

① 火地群岛，南美洲最南端的岛屿群，与南美大陆之间隔着麦哲伦海峡，由主岛大火地岛与周边小岛组成。合恩角是火地群岛最南的岬角，位于合恩岛。
② 奥斯坦德（Ostend），比利时西北部城市。多佛（Dover），英国东南部肯特郡的一个港口城市。

年人的率真回答了他。"非常喜欢，陛下，"他说，"只不过，就航海而言，相当单调乏味，但我们国家只有这些了，我们别无选择。"

利奥波德被德·热尔拉什的坦率惊得目瞪口呆，对国王来说，比利时在海事方面的无能是国家耻辱的一个来源。

"没错，"国王说道，"目前是这样。"

不久后，德·热尔拉什得到了协助测绘"刚果自由邦"（Congo Free State）河道系统的机会，这是非洲中部一片延绵近100万平方英里①的土地，并非比利时的殖民地，而是被利奥波德占为私人领地，方便自己榨取其资源。这件差事会让德·热尔拉什踏入灰色地带——就像约瑟夫·康拉德小说《黑暗的心》里的马洛和库尔茨②，但也会因为巴结到利奥波德，令他的职业生涯大为受益。

冒着再次惹恼国王的风险，上尉拒绝了。他的兴趣既不在浅水航行，也不在刚果，而是早已将目光锁定在更冷的地区。

尽管世界地图上还有大片广阔的区域尚未被西方探险家们标明——主要是在非洲、南美洲和中亚，但有一片大陆对所有人类而言几乎都是未知的：南极洲。位于地球最南端的这块区域的面积比北美洲还大，在各种版本的世界地图上却是一片空白，除了几条粗略的海岸线——自 1820 年人类首次在该区域看

---

① 1 平方英里约合 2.59 平方公里。

② 《黑暗的心》（*Heart of Darkness*）是英国作家约瑟夫·康拉德（Joseph Conrad，1857—1924）的半自传体中篇小说，首次出版于 1899 年，讲述了水手查尔斯·马洛被一家比利时贸易公司作为轮渡船船长派遣至刚果期间发生的一系列的故事。《黑暗之心》审视了欧洲在非洲殖民统治的恐怖，被认为是现代主义小说的杰作。

到陆地以来，只有寥寥可数的探险者、捕鲸人和海豹捕猎者来碰过运气。至于在这轮廓之后是开阔水域，一整个大洋的海冰，还是广阔坚实的大地，尚未形成定论。南极是最后一个令人惊叹的地理学之谜。

只有三支远征队到过南纬 70° 以南的地方。这些旅行既危险又耗钱，最近一次也已经是近半个世纪之前的事了。世界各地的地理学会形成了一种愈发强烈的共识：一个属于南极探险的新时代早就应该开始了。德·热尔拉什一直都是极地冒险故事的狂热爱好者，自是下了决心要参与其中。1891 年，德·热尔拉什听说瑞典探险家阿道夫·埃里克·努登舍尔德男爵（Baron Adolf Erik Nordenskiöld）正在计划一场南极远征，便申请了一个职位，还主动提出帮助远征队在比利时筹款。他没有收到回信。换作别人，可能会因为被拒绝而灰心，但 25 岁的上尉却视之为机会。后来，当努登舍尔德的计划落空，也没有别人接过接力棒时，德·热尔拉什把脑海中一个萌芽已久的想法发展成了真正的计划。暂不考虑自己相对匮乏经验这一点，他决心亲自组织一次探险——一场为他个人和比利时都带来荣耀的远征。"为什么是我？""为什么是比利时？"这类问题似乎从未进入他的脑海。相反，他问自己：为什么不能是我？为什么不能是比利时？

一个显而易见的答案：成本。德·热尔拉什设想的是持续数年的远航，要想筹得所需资金，他必须说服比利时同胞相信这趟旅行的价值和他本人的价值。这就需要精心策划的游说筹款活动，其精妙程度将不亚于他曾搭建过的那些模型船。

德·热尔拉什知道，他的潜在赞助人可能会觉得这不过是一位初出茅庐的上尉孩子气的幻想，不愿在他身上冒险。他决定诉诸爱国精神。当时的欧洲正刮着民族主义之风，他早已察觉，并且，像他这样机敏的航海者，已准备好巧妙地利用这股风气。他会这样论证：让探险队将比利时国旗带到世界尽头并升起，引来全球媒体竞相报道——对于年轻的比利时而言，几乎没有比这更梦幻的宣传手段了。

其次，年轻的上尉相信，要想为自己的计划赢得源源不断的支持，最可能成功的方式是将其包装成科考远征。19 世纪是探险热的时代，欧洲国家争先恐后地占领新的殖民地，以求扩大全球影响力，并为本国贪得无厌的工业提供资源。不过，探险活动的"正当理由"也在这个世纪发生了变化。探险者可能是水手、士兵、商贩或传教士，也可能是自然科学家，比如查尔斯·达尔文或亚历山大·冯·洪堡。数据——关于植物、动物、地质、人群——像更早时期的金子、香料或廉价劳动力一样，成了人人垂涎的奖励。西方既已征服大部分的已知世界，理解世界便成了下一项努力目标。欧洲和美国的地理学会之间形成了一种竞赛文化，而科学进步和国民自吹的权利便是最终的奖杯。如果探险者顺便发现了价值很高的天然资源，那就更好了。①

科学对德·热尔拉什来说或许只是实现目的的手段，但他

---

① 西方国家在为殖民活动和利益驱动的探索找托词时，也常常提及"科学"。事实上，利奥波德二世最初就将自己残暴剥削刚果的行为描述为科学任务。——原注

确实足够认真，乃至寻求了几位受人尊敬的比利时学者的建议。他们肯定认识"德·热尔拉什"这个姓氏，但从未听说过他。不过，他们还是表达了对他的南极计划的热情。有了他们的支持，德·热尔拉什拟了一份长长的计划书，并于1894年年末将其提交至位于布鲁塞尔的比利时皇家地理学会，该机构对所有挂比利时国旗的探险活动都有发言权，并为政府提供拨款方面的建议。这份计划书以整洁的字迹写成，看上去、读起来都像是一名勤勤恳恳的学生写的作业。德·热尔拉什知道他的年轻可能令学会犹豫，便努力营造出一种宏大的腔调，比如用上了第一人称复数——盛大隆重的"我们"："由于一直感到无法抗拒地被与极地知识相关的一切所吸引，我们自问，是否有可能为比利时组织一场探索南极海洋的远征。"

学会邀请他前往位于布鲁塞尔中心的学院宫陈述他的计划，这是一座宏伟的新古典主义建筑。1895年1月9日，28岁的德·热尔拉什站在比利时科学机构胡子灰白的前辈面前，详细描述了他的计划。他说，尽管长久以来一直有数量稳定的北极远征活动——那一年就有至少四支抢夺北极的队伍——"南极海仍未被探索过，至少在科学方面"。他呈现了一份内容广泛的拟开展科考活动清单。其中包括收集动物学、植物学、海洋学和气象学数据，测量地磁和研究人类理解甚浅的南极光现象。他打算从南极半岛（Antarctic Peninsula）①的尖端开始测绘海岸

---

① 位于西南极洲，是南极大陆最大、向北伸入海洋最远（南纬63°）的半岛，距离南美洲最南端约970公里。

线，一直绕到地球另一边的维多利亚地（Victoria Land）^①——英勇无畏的英国航海家詹姆斯·克拉克·罗斯（James Clark Ross）在 50 多年前发现了此地，一举创下南纬 78° 09′ 的人类航行最南纪录。

德·热尔拉什提议的远征将持续近两年。远征队将于 1896 年 9 月出发，在 12 月初进入南极地区，然后继续向南航行，直至次年年中。德·热尔拉什期望能在澳大利亚熬过艰险的冬季（也就是北半球的夏季），等到春季海冰消融，再返回南极地区。没有人曾在南极圈内过冬——在此期间，海水冻结成冰，太阳则会消失数周。德·热尔拉什也没打算尝试，虽然他仍然希望，借助合适的船，或许可以比以前任何人都更深入地进入浮冰区。

等他发言完毕，讲堂里响起了热烈的掌声和欢呼声。受到德·热尔拉什的胆气和青春活力的鼓舞，到场的科学家明确表达了对比利时人自己的南极探险的支持。

要想名垂青史，以及向父亲证明他的海上荣耀之梦并非妄想，德·热尔拉什必须带着某项纪录回家，某种"第一"。长久以来，极地探索的立足之本正是英雄壮举：谁能到达最高的纬度，谁能忍受最低的温度，谁能覆盖最远的里程。这类成就令公众激动不已，满足了人类内心深处对窥探未知的渴望。

德·热尔拉什是在咨询了科学顾问之后定下这样一个目标的。他们对他提议的地磁学研究格外感兴趣。"仅是对它的考

---

① 位于东南极洲。

虑，"天文学家夏尔·拉格朗日（Charles Lagrange）①论证道，"就足以赋予这场远征存在之理由。"拉格朗日认为，南磁极的发现——罗斯在 1841 年未能实现——将会"创造历史"。

那个时候，人们认为南磁极位于南纬 75 度线附近②。找出其确切位置会有些用处，因为这能使航行者更精确地调整指南针读数。至关重要的是，它会带来颠覆性的变化。德·热尔拉什修改了行程：现在，他计划让四人组成登陆小队，在位于新西兰正南方的维多利亚地建立冬季营地，一出现春天的迹象，就向南磁极发起冲击。

比利时皇家地理学会的批准来得再适时不过了。6 个月后，1895 年 7 月，第六届国际地理大会——世界上各个地理学会的集会——在伦敦举行，大会将南极考察确立为紧要优先事项。大会在其官方报告中设立了最后期限："这项工作应在本世纪结束前开始进行。"南极竞赛正式打响，一名胆大心雄而名不见经传的比利时海军军官就这样被扔进与世界主要航海大国的竞争中——德国、英国、瑞典，这些国家都很快宣布了远征南极的计划。

德·热尔拉什必须快速行动。但他的面前有一个巨大的障碍：尽管地理学会已赠予他认可和祝福，但不提供资金。

---

① 1851—1932，比利时天文学家（并非法国数学家、物理学家约瑟夫·拉格朗日）。德·热尔拉什一行人抵达南极洲后，曾将西南极洲布拉班特岛（Brabant Island）的一处岬角命名为"拉格朗日角"，即今蓬塔卡穆斯（Punta Camus）。

② 南磁极（South Magnetic Pole）是南半球上的一个点，在该处，地球磁场的磁力线垂直射入空中。注意勿与地理上的南极点混淆，后者位于南纬 90°，是所有经线的会合点，在这个点上，所有方向均为北方。南磁极和北磁极的位置不断变化，取决于包裹着地球固态内核、永恒翻腾着的熔融铁层。——原注

德·热尔拉什估计远征将花费大约 30 万法郎（以现值美元计算约为 180 万美元）。他的科学顾问认为这个金额太低了——确实，它只是其他国家申报的南极考察预算的一个零头——但他觉得，这个数字的优势便是可实现。

德·热尔拉什着手寻找富有的捐助者。他先找了比利时最显要的公民——利奥波德国王本人。不管怎么说，他想，以自己的名字命名一块新大陆，可能是对国王颇有吸引力的前景。德·热尔拉什寄了一份筹款说明书到王宫，但是没有收到答复。上尉推测，利奥波德可能仍对自己拒绝参与刚果的项目一事心存怨恨。

尽管如此，德·热尔拉什没有受到影响，而是借助自己家族广阔的社会网络，向整个比利时上流社会发起祈愿。从布鲁塞尔一个绿意盎然的街区，他父母雅致的联排别墅中，德·热尔拉什开始了浩浩荡荡、颇费精力的写信动员工程。人们的答信像潮水一样涌入家中，其中充满情真意切的鼓励，唯独没有钱。

就在快要放弃希望的时候，他从 57 岁的纯碱大亨欧内斯特·索尔维（Ernest Solvay）那里锁定了一笔 2.5 万法郎的捐款。索尔维据说是比利时首富，他捐出了自己财富中的很大一部分用于推动科学发展。大胆的德·热尔拉什吸引了他，或许是让他想起了自己白手起家攀上顶峰的经历。有了索尔维背书，"比利时人的南极远征"突然变得不那么像白日梦了。其他捐款人很快跟了上来。德·热尔拉什底气大增，着手购买船只——预算中最大的单笔消费。

他短暂地考虑过定制一艘船，但很快便意识到那将花费比整个预算更高的成本。所以，德·热尔拉什认为比较明智的做法是购买甚至租用一艘已经在极地环境下证明过自己的船。那样的船在比利时的船坞里是找不到的，所以他将目光投向了北方——苏格兰和挪威，寻找额外加固、能够承受住可怖的冰层压力的船。1895 年 3 月，受一名船舶掮客之邀，他离开比利时，登上一艘气派的挪威籍三桅蒸汽船"卡斯托号"（*Castor*），加入一场持续三个月的捕猎鲸和海豹的航行，就在格陵兰岛海岸附近。"卡斯托号"两年前刚刚探索过南极洲外围，即将出售。这次旅行有两个目的：德·热尔拉什可以亲自感受这艘船，也有机会在实践中学习极地航行。他在海上这么多年了，却对冰一无所知。

这是北极地区捕猎季的大丰收，带着一丝不安，德·热尔拉什见证了瓶鼻鲸被解剖，数以千计的海豹幼崽被残暴地用棍子打死——它们柔软的毛皮令人垂涎。在这片水域活动的还有不少其他的海豹捕猎者，尽管德·热尔拉什是在与"卡斯托号"套近乎，但他也偷偷看了竞争对手几眼。扬马延岛（Jan Mayen）是北冰洋上的一座火山岛，在挪威和格陵兰岛中间。就在扬马延岛附近，德·热尔拉什的目光落到了一条名叫"帕特里亚"（*Patria*）的小船身上。它的身形不如"卡斯托号"优美，长 100 英尺，重 244 吨，是挪威捕鲸船队中的小不点儿。但是德·热尔拉什很欣赏它在与冰交锋时表现出来的轻巧和韧劲——无畏地撞过冰山，或是滑到浮冰上面，并依靠自身重量压碎浮冰。他对它一见倾心。但当他谨慎地打听售价时，却被告知"帕特里亚号"不出售。这也不是什么要紧事：尽管索尔维等人慷慨解囊，但他拥有的钱仍然只是购买船只所需的一个零头。

1895 年 8 月，德·热尔拉什两手空空地回到比利时。他的伟大计划似乎注定失败。距他首次提出比利时南极探险计划已经过去一年，可这个计划的组成部分仍然只有阿德里安·德·热尔拉什、他的墨水和他的纸。他想不出还有谁可以求助。然而，他既已将自己大胆的意图广播给比利时社会各界，如果现在中止，并且不得不谢绝欧内斯特·索尔维的好意，那将意味着无法忍受的耻辱。

德·热尔拉什在国王和政府那里一无所获，于是直接恳求人民。从 1896 年 1 月开始，比利时皇家地理学会帮助他开展了一场全国集资活动，为远征募集资金。人们寄来了一笔笔捐款，数额有大有小：一位教师捐了 1 法郎，一位邮差捐了 3 法郎，一名参议员则是 1000 法郎。地理学会，以及像莱奥妮·奥斯特里特这样的本地支持者和赞助人，在全国各地举办了各类活动，包括音乐会、讲座、一场自行车赛和搭乘热气球之旅。

总共有 2500 名比利时公民出力。截至 1896 年 5 月，集资总额达到了 11.5 万法郎。看到德·热尔拉什的计划开始成形，政府终于打开了金库：6 月，议会两院均投票通过了 10 万法郎的补充贷款。远征行动突然被赋予了新的意义，使德·热尔拉什既兴奋又焦虑。这些捐款不止为他的南极梦想注入了资金。那场多年以来只是存在于他的脑海的旅行，现在也在同胞们的意识里生根发芽了，他们如饥似渴，想共享这份荣耀。他让这场旅行成真了，但在此过程中，他也引来了全国人民的情感投资——他别无选择，只能以成功回报。往后，这份重量将永远跟随着他，爬进他的思绪，给他光芒四射的雄心蒙上一层恐惧失败和耻辱的阴影。

德·热尔拉什意识到，从此以后这场远征就不再完全属于他了。事实将证明，要同时满足各方不尽相同、往往相冲突的期待——地理学会坚持要求最大限度的科学严谨性，赞助人期望他们的钱得到妥善使用，渴望荣誉的公众想看到藐视死亡的勇者行为，他自己的家庭则祈祷他不令家族蒙羞——是一项不可能完成的高难度"杂技"。

* * *

德·热尔拉什终究买到了一艘船。通过一位中间人——约翰·布吕德（Johan Bryde），挪威出生的比利时驻桑讷菲尤尔（Sandefjord）①领事馆总领事——他对"帕特里亚号"，即前一年回绝过他的那艘船，提出了报价。作为一名精明的谈判者，布吕德以 7 万法郎拿下了这艘船。1896 年夏天，德·热尔拉什去桑讷菲尤尔领取了他的奖品。他仔细感受脚下的甲板，又用手抚过舷缘。他终于有了一艘称得上是自己的船，也是自少年时期那些模型船以来的第一艘。7 月 5 日，他将它重新命名为"比利时号"。

其实，德·热尔拉什原来打算出发前往南极的日子差不多就是这个时候，但他离做好准备还差得很远。他被迫将出发日

———————

① 挪威东南部西福尔－泰勒马克郡（Vestfold og Telemark）的一座城市。

期推迟整整一年，因为无论如何，他必须避免在南半球骇人的冬季抵达南极。

德·热尔拉什在桑讷菲尤尔待了几个月，监督"比利时号"在启程之前的改装。船身以现有最坚固的木材——一种叫作"绿心木"的热带树种——包裹加固，以抵抗海冰撞击撕扯的酷刑。德·热尔拉什与造船工程师拉尔斯·克里斯滕森（Lars Christensen，凑巧是布吕德的岳父）合作，给船加上了一层层毛毡和木板，从而为内部保温，也可抵挡船蛆侵袭。克里斯滕森换掉了发动机，加了一个新的钢制螺旋桨，它在船身被冰围住时可以收回。他增大了船尾楼甲板，并造了一间长官起居室和一间冲洗底片用的暗房。最后，他在主甲板上搭建了两间实验室，德·热尔拉什为其配备了从欧洲各地采购来的最先进的科学仪器。改装大功告成，"比利时号"上上下下焕然一新，褪去了油腻腻的绿锈，也摆脱了原本无处不在的鲸脂味，看着就像一艘休闲游艇。

船已买好，德·热尔拉什现在得寻找与之相称的科学家和水手。在这方面，他很快遇到了一个将持续折磨他、启程后很久也仍无法消除的问题，但这个问题或许是他的臆想成分居多，在现实中没那么严重。比起死亡，德·热尔拉什更怕丢脸，导致他对极端爱国主义的比利时媒体生出了一种近乎病态的恐惧：他怀疑，假如"比利时号"上的船员和科学家们不是令人自豪的清一色的比利时人，媒体会把他大卸八块。但这几乎是不可能满足的要求。鉴于比利时的海事传统极其薄弱，德·热尔拉什从来没有认真地指望过在本国找齐能力过关的水手。而且，他提出的这场旅行既危险又无利可图：追求刺激的那部分比利时人倒更有可能去刚果碰碰财运。在科研人员方面，虽然这个国家不缺好的科学家，但最好的那批来了又走了。远征行动首次公布后不久，德·热尔拉什便收到几位比利时著名学者热切的承诺，但随着准备周期不断延长，他们一个接一个地退出了。他们对行程延后感到很沮丧，同时也担心这是一项资金不足、组织不力的事务，不敢贸然行事。

唯一没有抛弃德·热尔拉什的人是埃米尔·丹科（Emile Danco），他交往时间最长的朋友之一，也是一年前在那场捕鲸之旅中陪在他身边的人。两人作为军人父亲的孩子，同样矜持、内敛，因而彼此吸引。在德·热尔拉什走上海军的职业道路之时，丹科则在比利时陆军入伍，并升至炮兵中尉。尽管丹科结实的身材、方正的下巴和英俊的面容让他看上去很像是南极冒险者那类角色，但他既不是科学家，也不是水手。然而，他用热情补上了资质方面的欠缺。他的母亲在他小时候便过世了；在富有却专横的父亲死后，丹科得到了一笔可观的遗产，并近乎绝望地渴望看一看比利时以外的世界。德·热尔拉什不会再找到比他更忠诚的搭档了。丹科不仅不领薪水，反而自掏几千法郎给探险队。委任一经正式确认——需要利奥波德二世签署一份特别的免除兵役许可——丹科便开始以"我的指挥官"（mon commandant）称呼自己这位从小玩到大的好友，还把非正式的第二人称代词"你"（tu）改成了正式的"您"（vous）。

不过，两个人可填不满花名册。德·热尔拉什眼前的选择如下：招募一些外国人，将就选用不够格的比利时人，或者继续推迟——如果不是取消——整场航行。德·热尔拉什决定冒险，在这个项目的爱国性质上做出让步。依赖一支完全由比利时人组成而能力不足的船员队伍，意味着整个探险可能遭遇厄运。他也不可能号称领导一项科学任务，却不带科学家。于是，"比利时南极探险"事实上成了国际性项目——这样也更好。

德·热尔拉什招的第二个人是亨里克·阿尔茨托夫斯基（Henryk Arctowski），一名聪颖但穷困潦倒的波兰化学家和地质学家，与比利时列日大学有些关系。他实际只有 23 岁，但因为不苟言笑、留着茂密的胡子和总是穿着笔挺的西装，所以看上去要老成得多。几个月过去了，阿尔茨托夫斯基才承认，严格来说，自己并没有毕业文凭。"我必须告诉您，我没有学术头衔。"他给德·热尔拉什写信说道，"我所遵循的完全是独立的研究课程，而且我离自己设定的目标仍然很远。"德·热尔拉什没多少其他人选，顾不得挑三拣四。阿尔茨托夫斯基保住了这份工作。"比利时号"将成为他的毕业文凭。

寻找一名动物学家则耗费了更长时间。27 岁的埃米尔·拉科维策（Emile Racovitza）出生于一个富有的罗马尼亚家庭，在巴黎的索邦大学学习期间，他凭借对浮游生物特别是海洋环节动物的出色研究，给他的教授们留下了极深的印象。虽然拉科维策是被阿尔茨托夫斯基推荐来的，但这两人几乎毫无共同点。他们各自的性格与所选择的研究领域相互映照：地质学家冷面死板，从不妥协；动物学家精神饱满，热情友好。还有一点对德·热尔拉什来说很诱人：拉科维策也提出了不领薪水。

接下来是船员。在一年的时间里，德·热尔拉什费劲心思找来了几位比利时籍船员——远非人中龙凤。其中有一位海军轮机员，约瑟夫·迪维维耶（Joseph Duvivier），其长官写了一封更像是警告的推荐信："总的来说，迪维维耶先生可能或许能够让一个非常简单的发动机正常运作，比如'比利时号'的发动机，但我无法保证。"德·热尔拉什聘用了他。

还有一位路易·米绍（Louis Michotte），也是比利时人。这个 28 岁的懒汉刚从非洲回来；之前 5 年里他是非洲法国外籍军团（French Foreign Legion）的一员，这份差事让他失去了一根手指——被当地人咬掉的。"年轻时的我犯了一些年轻人的小过错，"他向德·热尔拉什写道，"我的父亲仍会念叨这些事，但如果我能为您工作，不论是什么职能，那么，先生，我希望得到赦免，而您，先生，您的荣耀中将再添一笔大善事。"米绍将击剑技能列为自己参加南极探险的资质之一。德·热尔拉什也聘用了他。

然而对于船员花名册的主要部分，德·热尔拉什需要真正可靠的、能够在冰与极端天气中找到方向的人。人们自然会想到挪威——拥有繁荣兴旺的海运产业和长长的海岸线，以及令人津津乐道的维京人历史和海上神话。在挪威，找到一个不了解船的人才算难事。在桑讷菲尤尔改装"比利时号"的时候，德·热尔拉什就聘用了几个跃跃欲试的挪威人，其中既有北极探险的老手，也有 20 岁不到的新人。

1896 年 7 月下旬，一封来信引起了德·热尔拉什的注意：

致 A. 德·热尔拉什上尉：

我刚刚得知，您打算到明年才启动您的南极远征行动，因此我想询问，您的人员名单中是否还有职位空缺。若有，且若能让我担任水手，我将不胜感激。

我今年24岁，曾于1894年作为船员随斯特克森船长掌舵的"玛格达莱娜号"航行于北冰洋，今年则在"伊阿宋号"（*Jason*）上服务，船长是埃文森。

我通过了中学毕业会考和航海学校的考试。我的健康状况是最出色的。最后我还想补充，我的滑雪技术很熟练，曾在高山上完成难度很大的滑雪路线。

您若能尽快回复，我将感激不尽……

罗阿尔德·阿蒙森（Roald Amundsen）

德·热尔拉什非常感兴趣，安排了与阿蒙森当面会谈。面前的这个男人活脱脱是从他小时候读过的那些冒险小说里走出来的：身高在6英尺以上，体重200磅①——全是肌肉，长着一张鹰一般的脸，阿蒙森看着像是维京人重现于世。他宣称的自己的越野滑雪技术给德·热尔拉什留下了尤为深刻的印象。滑雪这种活动最近才从其诞生地——斯堪的纳维亚腹地——传播开来，而德·热尔拉什如果要对南磁极发起冲击，他的身边会需要一位老练的滑雪者。同样诱人的是，与丹科和拉科维策一

---

① 1磅约合0.45千克。

样，阿蒙森也不期待收到报酬。他只对经历本身感兴趣。

是布吕德将阿蒙森的申请信转交给了德·热尔拉什。在信纸一角，外交官给上尉写了一句潦草却热情洋溢的留言："招他，我的朋友！"德·热尔拉什可算是遇到宝了。他从来不太会看人，可就连他都能看出，这个挪威人要是只当普通船员就太浪费了。尽管阿蒙森申请的是区区水手的职位，但德·热尔拉什任命他为大副（first mate）[①]。按照海事传统，这意味着他排在"比利时号"统领权继承的第二顺位。一个挪威人有可能掌舵，这种前景非常不理想。丹科认为，这可能会促使挪威籍船员改变效忠对象，甚至可能引起叛变。

媒体迟早会发现"比利时南极探险队"中只有半数是比利时人。指挥官集结起来的队伍将成为史上第一次真正意义上的国际科考探险，但这可不是德·热尔拉什希望得到的那种"第一"。他暂且考虑过一些折中办法，包括让部分队员加入比利时籍；不过阿尔茨托夫斯基告诉他，自己将来打算回波兰，而在沙俄统治下，任何不经准许加入外国籍的国民都会被判以苦役。

1897 年 6 月，他找到了一个更便捷的解决方案。距离"比利时号"起航只有两个月了，正是在这个时候，他聘用了除自己以外寥寥可数的比利时籍骨干海事人才之一。28 岁的乔治·勒库安特是丹科在比利时皇家军校的一位同学，当时受比利时海

---

① 关于阿蒙森该被称为大副还是二副，历史学家意见不一。他的官方头衔有时被报道为中尉（first lieutenant），有时是少尉（second lieutenant），但法国和比利时的海事职级与英美不完全一致。鉴于阿蒙森履行的是大副的典型职务，且船上并无比他级别更高的尉官或副船长，本书将称他为大副，正如阿蒙森自己所做的那样。——原注

军的派遣在法国海军服役，军衔为上尉。勒库安特以天文导航专家而闻名，他将成为"比利时号"的船长，位置仅次于指挥官德·热尔拉什，把阿蒙森往下挤了一位。^①一位比利时记者描述他个头矮小，"神经活跃，有着松鼠一般的活力"。勒库安特的领导风格更激进，与天生温和的德·热尔拉什形成了对比。

6月下旬，"比利时号"从桑讷菲尤尔出发前往荷兰港口城市弗利辛恩市（Vlissingen），预计将在那里迎接勒库安特。28日，船长尚未上船，"比利时号"却在港口小镇登海尔德（Den Helder）外的一个沙洲上搁浅了。勒库安特不禁自问，自己究竟卷入了何等的麻烦：如果船上的人连测绘清晰的欧洲水域都无法驾驭，怎么能应对南极未知的危险？"在我看来最不可思议的是，"他写道，"这艘船将要开始履行它的任务了，船员仍未配齐，却已经搭载几名不守纪律，甚至很危险的水手。"不过，虽说他对德·热尔拉什感到怀疑，却绝对不会质疑他；事实上，勒库安特将成为德·热尔拉什最有力的捍卫者。

通过用甜言蜜语讨好政府——以及在安特卫普港将"比利时号"开放给付费参观者——德·热尔拉什终于筹得预算30万法郎。然而直到最后一天，船员名单仍在不断变化。德·热尔拉什聘用了扬·范米尔罗（Jan Van Mirlo），一位容易冲动的安特卫普本地青年，他申请加入"比利时号"是为了躲避兵役，还谎称自己有航海经验。（他唯一做过的工作是骑三轮车为他的

---

① 　此处的职级名称同样有些混乱。德·热尔拉什同时是探险项目和船的领导者：不管怎么算，他都是"比利时号"的船长。但是勒库安特被授予船长（captain）称号，是因为他在法国海军的军衔——上尉（ship's lieutenant）——与比利时陆军中的上尉（captain-commandant）是对等的。——原注

面包师父亲配送面包。）差不多同一时期，指挥官让一位名叫阿尔贝·勒莫尼耶（Albert Lemonnier）的法国厨师上了船，此人是个脾气暴躁的大块头，喜爱喝酒，经常出口侮辱听力可及范围内的所有人。

仿佛是对未来将出现的纪律问题的预演，几个比利时水手未经准许长时间离船。一位名叫克纳（Coene）的下级军官离开后再未归队。轮机长亨利·萨默斯（Henri Somers）则在安特卫普城内饮酒狂欢了两天，令勒库安特神经紧绷，把他的情况报告给了德·热尔拉什：萨默斯"可耻地喝得不省人事（仍穿着制服），在公众面前严重损害了全体船员的良好声誉"。勒库安特建议德·热尔拉什立即开除萨默斯。这样一来，"比利时号"的发动机便被交到了无能的迪维维耶手里。

半是因为自讨苦吃，半是因为运气确实不好，德·热尔拉什在寻找医生上遇到了最大的困难。第一位候选人阿蒂尔·塔奎因（Arthur Taquin）是比利时皇家地理学会秘书长在项目筹划早期亲自选定的人，但指挥官害怕塔奎因会充当学会的"特洛伊木马"，从他手中抢走探险行动的控制权。由于德·热尔拉什不敢且不会正面对峙，这件脏活只好由他父亲来做。奥古斯特·德·热尔拉什上校利用自己强大的影响力让塔奎因出了局，他指责塔奎因曾有渎职行为，还威胁要采取法律行动。①

---

① 奥古斯特·德·热尔拉什声称，塔奎因在一艘从刚果驶向比利时的船上担任医生的时候玩忽职守。据说，医生在整个航程中都待在自己的房间，有4个人在此期间死去。为了证明自己有理，阿德里安的父亲采访了几十名乘客，其中6位给出了书面证言：塔奎因本可以更有作为。塔奎因则辩称，自己因为食物中毒也在养病。——原注

考虑过其他几位医师后，德·热尔拉什选定了一名年轻的比利时医生：刚从医学院毕业的朱尔·普布利耶（Jules Pouplier）。然而在 8 月 15 日，船将起锚扬帆的前一天，普布利耶的哥哥给德·热尔拉什写了一封简信，说需要弟弟在家里照顾他们体弱多病的姐妹，因此无法旅行。

德·热尔拉什知道，带着一支不理想的队伍——甚至没有医生——就出发前往世界上最危险的水域，是极其愚蠢的事。但是如果现在不出发，他或许永远不会出发了。8 月 16 日，在欢呼声和音乐声中，在比利时国旗的鼓励下，德·热尔拉什说服自己：一切总会有办法的。

载着家人的小艇从视线中消失后，德·热尔拉什便走下了"比利时号"瞭望台。指挥官感到说不出的放松。"我终于摆脱了折腾了我三年的吃力不讨好的义务，不用再讨钱，不用处处妥协，不用再没完没了地搜寻不可或缺的资源……离开意味着解脱，从无尽的希望中……逃离。"

"比利时号"在荷兰港口城市弗利辛恩停泊过夜，此处正是斯海尔德河的入海口。落日余晖洒入他正对右舷的隔间——以极地风景画装饰，床头上方赫然挂着一幅他父亲的照片。他在书桌前坐下，任凭思绪填满这静谧。把极地梦想当作爱国事业来推销，意味着他不得不向一些压力低头——在他看来，这些压力和他即将面对的海冰一样可怕。一场成功的探险当然能够提升比利时的全球声望，但德·热尔拉什知道，万一出了什么差错，所有的指责都会落到他一个人肩上。

第二天就出了差错。就在"比利时号"驶入公海、船员开动蒸汽发动机的时候，冷凝器因为温度过高而坏了；值班的人正是迪维维耶。德·热尔拉什不得不下令在北海沿岸的奥斯坦德靠岸维修发动机——在如此声势浩大的送别仪式后，这真是苦涩至极的羞辱。

毫无疑问，德·热尔拉什希望没有人注意到他在奥斯坦德的短暂停留，可他偏偏选了最糟糕的抛锚位置——正好挨着利奥波德国王的游艇"克莱芒蒂娜号"（Clèmentine），国王很快就会登上游艇。无可避免的相遇以人们能想到的最尴尬的方式收尾：利奥波德现身向"比利时号"的船员发言，假装没有认出这艘船。

利奥波德问，他能否上船。这次简短的访问让德·热尔拉什别扭极了，因为他仍对国家元首没有资助他的南极探险大计一事耿耿于怀。"国王问了一些相当乏味的问题，并祝我们好运。"他向莱奥妮·奥斯特里特透露，"他很礼貌，但仅是礼貌。在他看来，我成功是因为我没能在位高权重的人那里获得支持。换言之，他对我们不屑一顾反而帮了我们的忙！"

或许认为发动机故障是个不祥的征兆，三名队员在奥斯坦德退出了。两位经验丰富的挪威船员——木匠和水手长——抱怨比利时船员拒绝执行他们的命令，一位轮机员请病假后再也没有回来。绝望之下，德·热尔拉什重新聘用了亨利·萨默斯，即之前因为在公众场所喝醉酒而被开除的轮机员。指挥官非常清楚自己的宽恕开了不好的先例，但冷凝器事件让他很紧张，不敢把轮机员的重任托付给迪维维耶一个人。

德·热尔拉什"几乎是躲着"回到了安特卫普，寻找新的人手。为了替代两名离开的挪威船员，他聘用了两位缺乏经验的挪威人——恩格尔布雷特·克努森（Engelbret Knudsen）和卢德维格·亚尔马·约翰森（Ludvig Hjalmar Johansen）。但是比利时水手不服从命令已到了可能引发严重问题的地步。指挥官尤其警惕比利时水手小团体：弗兰斯·多姆（Frans Dom）、莫里斯·瓦尔泽（Maurice Warzée）和扬·范达默（Jan Van Damme），这三人能力不错，却难以管教，而且对与外国人一起工作忿忿不平。尽管德·热尔拉什很想把他们赶下船，他却对这样做的后果有所忌惮。开除他们不仅会使远征队在一开始便折损三名队员，还会提高非比利时籍队员的比例。这一点让小团体更有底气，令指挥官的权威在起跑线上便受到了牵制。德·热尔拉什对"胳膊肘往外拐"的指责的敏感，让这几人得以不受惩罚地胡作非为。

在奥斯坦德停留期间，他又招来一名科学家，名叫安东尼·多布罗沃尔斯基（Antoni Dobrowolski）的年轻学生。多布罗沃尔斯基是阿尔茨托夫斯基认识的波兰同胞，是一名直言不讳的波兰分离主义者[①]，原被判处在沙皇的监狱里服刑三年。他前不久越狱了，逃到比利时，在极度贫困中活着，"以空气之类的东西"果腹。他愿意不领薪水在"比利时号"上工作、干些粗活，对德·热尔拉什来说再合适不过。

不过，无论多布罗沃尔斯基对这份工作——以及规律的一

---

① 波兰分离主义者是指支持波兰从俄罗斯帝国中独立出来的人。

日三餐——有多么感恩戴德，私底下，他对这次探险、探险队成员和他们的领头人仍怀着严重的疑虑。"不知怎的，我既不相信'比利时号'——一个不起眼的小东西，建造上存在缺陷，也不相信它的船长德·热尔拉什——他架势摆得很好，但似乎并不是魔法师。"新队员在日记里写道，"不管怎么说，先看看吧。普通水手们对他的不满从一开始就很明显。"

这样一来，只剩下聘请医生的问题了。离"比利时号"计划离开奥斯坦德的时间只有几天了，德·热尔拉什乘火车前往根特（Ghent）[1]最后一搏，希望聘用一名比利时籍医生。指挥官没能如愿。

此前，他收到过几封来自海外的求职信，但是没有考虑他们，因为他知道再增加外国船员会被媒体炮轰得体无完肤。可是现在，他必须在聘用外国医生和完全没有医生之间做出选择。一封几星期前收到但被搁在一边的电报引起了他的注意，它是从纽约市布鲁克林区拍来的：

我能否在蒙得维的亚[2]加入您的远征？会签合同，带北极设备，还有一些因纽特犬，并自行承担费用。

库克医生

---

① 比利时内陆城市，东佛兰德省首府，位于奥斯坦德东偏南约 60 公里处。
② 蒙得维的亚（Montevideo），乌拉圭首都和最大城市，位于南美洲东海岸，距离巴西里约热内卢约 2000 公里。

第二章　"黄金与钻石"

8月19日，一个湿热的晚上，一名身穿西联汇款公司（Western Union）制服的信使骑着自行车疾速穿过布鲁克林的大街小巷，灵巧地从轰鸣声阵阵的电车之间挤过——这些电车经常扫倒行人，引得人们给当地棒球队起了一个新昵称"布鲁克林电车躲避者"[1]。他冲到了布什威克大道687号——坐落在一个高端街区内的一栋排房。他去那里投递一份电报。

在那个地址，弗雷德里克·艾伯特·库克（Frederick Albert Cook）医生正在接诊当天的最后几位病人，很快就可以吃晚餐了。32岁的医生辛苦奋斗了多年，力图建立起自己的客户网络，如今终于有了一些成果。在附近一带，人人都知道他会乘坐一辆敞篷车出诊——由一匹威风凛凛的白马拉着。库克凭借某次著名北极探险随行外科医生的身份为自己打下名声，那可是实打实的经历，既为他的执业带来了声望，也让接受例行检查的病人有了一种冒险的兴奋感。

库克有着非同凡响的与病人沟通的能力，能够轻而易举地赢得他们的信任，甚至他们的爱，这项技能或许帮他掩盖了一

---

[1]　Brooklyn Trolley Dodgers，"dodger"意即躲避者、闪躲者，常音译为布鲁克林道奇队，为洛杉矶道奇队（Los Angeles Dodgers）前身。

个事实：这些日子，他并不完全"在场"。他的心思在几千英里之外南极的冰天雪地，一个他从未停止过幻想的目的地。他的思绪溢到了医疗记录簿上，在一页页以速记法写成的病例记录——比如卢朗先生持续不断的咳嗽，或是格林太太的肥胖症和频繁的胀气——之间，是从报刊上剪下来的关于尚未被征服的南极、冰山形成或极地夏季午夜太阳的文章。地球两极就像磁铁一样吸引着库克。他的漫游癖和对冒险及荣耀的无法满足的渴望，注定了他无法安于家庭医生舒适、久坐不动的生活。

库克听到了敲门声。他打开门——西联汇款男孩塞进他手里的正是通往他暗暗梦想之世界的入场券。

是弗雷德里克·库克不安分的天性让他逃离了少年时期令人寸步难行的贫困。他早年的经历是构成"美国机会"集体神话的故事之一。库克出生在纽约州乡下，与宾夕法尼亚州隔着特拉华河（Delaware River）相望；美国内战刚刚结束两个月。他的父亲特奥多尔·A. 科赫（Theodor A. Koch）是德国移民，曾在内战中担任外科医生。正是在那时，他的姓被改为英语化的"库克"（Cook）。在家里，弗雷德里克与父母说德语。在1870年父亲特奥多尔死于肺炎后，他的母亲玛格达莱娜（Magdalena）通过向特奥多尔以前的病人追讨债务，得以在一段时间内养活5个孩子。但这份收入很快断了。用库克自己的话说，他在成长过程中"吃得不足，上学过度"。餐桌经常是空的。偶尔的土拨鼠肉算是美味了。

由于不得不找工作，玛格达莱娜带着一家子沿河而下，最终来到布鲁克林，在一家工厂当裁缝赚几个血汗钱。他们在威廉斯堡（Williamsburg）①南第一街上租了一间棚屋，这是一块紧挨着东河（East River）的潮湿的工业区域，空气里满是附近炼糖厂发散出的甜腻气味。他们到达后不久，库克的弟弟奥古斯特便染上猩红热死了。

库克从12岁开始就得自己挣生活费，做了一连串工作。这个男孩五官粗犷，鼻子看来会长得很大。他曾在一家玻璃厂玻璃熔融液的亮光中埋头苦干，也曾做过街灯点灯人。他和哥哥威廉后来还在曼哈顿区的富尔顿集市经营过一个水果蔬菜摊。尽管工作时间长得要人命——从凌晨两点到中午——库克却没有落下学校作业。

跟随自己几乎没有记忆的父亲的步伐，库克决定上医学院。没钱上学这一点没有让他打退堂鼓。与沙利文县（Sullivan County）②的野孩子们一起度过童年，光脚跑着把树林翻个底朝天，这段经历让库克变得坚韧不拔，并学会了依靠极有限的资源生存。而在布鲁克林度过的青少年时期，则教会了他如何兜售货物。尽管还只是个年轻人，他却展露了解决问题和创新的才能，他将利用这种天赋度过余生。他用微薄的积蓄买了一台二手的小型印刷机，用它为本地商人制作海报、传单、广告和贺卡。一待生意兴旺起来，他就把它卖了，开始新的项目。他买下了一条送奶路线，和哥哥们一起经营。库克兄弟牛奶与奶制品公司（Cook Bros Milk & Cream Company）扩张迅速，送奶

---

① 布鲁克林的一个区域。

② 即库克的出生地和家乡，位于纽约州南部，与宾夕法尼亚州隔着特拉华河。

区域远至罗卡韦滩（Rockaway Beach）[①]。1888 年，一场特大暴风雪给整个美国东海岸盖上了厚达数英尺的积雪，纽约的交通瘫痪了。库克和他的哥哥们找来一条小船，把雪橇固定在船上，再套上一匹马，就这样把人们急需的煤炭送到城市各处——并赚取了丰厚的利润。

1887 年，库克在哥伦比亚大学内科和外科医生学院（College of Physicians and Surgeons）注册入学。但当哥伦比亚校园迁至曼哈顿上城区后，他转学到了纽约大学的医学院，当时位于第 26 街。后者的通勤时间更短，让他能够晚上在布鲁克林送牛奶，白天学习——然后睡很少的觉。

不知怎的，他竟还挤出了时间追求速记员莉比·福布斯（Libby Forbes），他们是在威廉斯堡一个卫理公会教堂组织的戒酒节（temperance festival）上认识的。两人于 1889 年春天结婚，秋天，莉比怀孕了。库克清楚地看到了自己的未来：9 个月后，他将从医学院毕业，同时成为一名父亲。他将卖掉牛奶生意，开始行医。紧张匆忙的生活节奏将会慢下来，库克一家会熟悉一种新的生活模式——后来被称为上层中产阶级（upper middle class）。至少，他是这么告诉自己的。到目前为止，库克的人生经历没有哪一点表明他会在安定中找到幸福。但他从未有过机会看到结果。

就在舒适的人生触手可及的时候，它却被夺走了。1890 年夏天，莉比诞下一名女婴，但是孩子出生时有并发症，没过几

① 纽约市皇后区罗卡韦半岛上的一块区域。

个小时就夭折了。一周后，莉比没能战胜腹膜炎，也离开了人世。库克没来得及告诉她的最后几件事之一是，他通过了考试。

心碎的库克搬到河对岸，在曼哈顿开了一间诊室。25 岁的他已经品尝了更年长者才会懂的挣扎和苦痛，但这一切没有反映在他孩子气的脸上。他留了一部络腮胡，就像男人在经历黑暗时期时常做的那样，这也是当时的年轻医生为了加强威望的惯常做法。虽然他希望在工作中找到慰藉，而且他的胡子令人印象深刻，但是没多少人找他看病。

十几年来，库克第一次无事可做。他百无聊赖地坐在办公室里，更是加深了在城市生活的孤独感和荒芜感。这个出身乡村的男孩从未真正适应纽约——"这个地方在下雪的时候泥泞肮脏，到了夏天又闷热得让人总出汗"，他写道。自从妻子死后，纽约对他而言更是到了无法忍受的地步。在无人问津的诊室里，他成天翻阅关于地球上鲜少被探索的角落（比纽约热得多也冷得多）的书刊，尤其吸引他的是探险家自述，比如富有传奇色彩的美国医生伊莱沙·肯特·凯恩（Elisha Kent Kane），19 世纪 50 年代曾在一艘被北极冰层冻住的船上度过好几个残酷的冬天；又如亨利·莫顿·斯坦利（Henry Morton Stanley），这位自吹自擂的威尔士裔美国探险家在比利时国王利奥波德二世的授意下测绘了非洲中部大块区域。

《纽约先驱报》（*The New York Herald*）详细记载了斯坦利的航行和其他一些著名的极地探险，库克恰好是该报的忠实读者。他的心里逐渐生出一种去远方旅行的欲望。"因为有时间思考和做计划，一种渴望开始滋生，想要远行，探入世界各地的未知之境，开拓新路线，把一生献给有用的冒险。"他写道。

1891 年早春，库克在报纸上看到一篇发稿地点为费城的短文，他的人生轨迹因此转向极地。一位名叫罗伯特·E. 皮尔里（Robert E. Peary）的海军轮机员正在计划一场深入北极圈内的探险，以测定格陵兰岛最北的边界，他在招募志愿者。这则启事激发了库克的行动。他寄出一份申请材料，几星期后便在费城与皮尔里见上了面。库克从未出过纽约州，而作为一名初出茅庐的医生，他几乎没有什么经验可以应用于残酷无情、近似作战的极地考察环境。但是他懂人心，知道人们想听什么；而当弗雷德里克·库克渴求什么的时候，他通常可以靠一张嘴达到目的。皮尔里感受到了医生的热情和无畏。回到布鲁克林的时候，库克已经为自己锁定了远征队外科医生和民族学家的职位。

这一行人包括皮尔里本人、库克、另外四个男人，以及皮尔里的妻子约瑟芬（Josephine）——早期极地探险活动中屈指可数的女性之一。他们乘着一条老旧的蒸汽动力三桅帆船"风筝号"（Kite）于 7 月上旬抵达格陵兰岛西北部的梅尔维尔湾（Melville Bay），在北纬 76° 附近。库克还没下船，就先领教到了北极的无情。7 月 11 日，随着"风筝号"撞上岸边的冰层，一声令人毛骨悚然的尖叫从甲板上传来。船舵被一大块冰卡住了，铁制的舵柄甩进了皮尔里的右腿里，把他压在甲板上。库克接好皮尔里的碎骨，就地取材制作了一个夹板固定装置和一副拐杖。医生此行的同伴将反复提及他那不可思议的变废为宝的能力。"库克医生，"探险队唯一的非美国人、年轻的挪威冒险家埃温·阿斯楚普（Eivind Astrup）回忆道，"有一种幸运的天赋，能够用奇怪的材料做出有用的好东西。"

他们在麦科米克湾（McCormick Bay）旁一座多岩的峭壁上搭了一个小屋。皮尔里的腿用了6个月才恢复，在此期间，由库克负责与附近的因纽特家庭打交道——探险队需要他们的本土知识，也希望与他们交易换取新鲜肉类、雪橇犬、毛皮、靴子和其他必需品。库克从来就不是一个能快速学会外语的人，可他仍然掌握了足够多的当地语言，能让别人听懂——当然还有手势和天生的个人魅力辅助。

作为远征队指定的民族学家，库克让因纽特男人和女人脱掉衣服，摆好姿势在皮尔里的照相机前拍照，并仔细测量了他们的身体部位。这类将人物化的做法在当时新兴的人类学领域很常见，但他的好奇心和同理心不止于此。

因纽特人渐渐开始把库克当作类似 angakok 的角色，即萨满教巫医。"时不时地，"库克回忆道，"我得以做一些小手术，或是开一点药，这让因纽特人很高兴，最终相信我具有超能力。"因此，他们允许他更近距离地观察他们的仪式。他和他们一起吃野生驯鹿肉，听他们讲自己的故事。他目睹了他们是如何在持续数月的极夜变得郁郁寡欢，以及在太阳回归的时候，他们的热情又是如何被重新点燃。库克对因纽特人的万物有灵信仰着了迷，根据他理解的版本，光具有神力，灵魂住在人的影子里，太阳的季节性消失引起了精神的某种消失。在不远的将来，他将形成这样的看法：这些概念并不只是民间传说。①

1892年2月的一个晚上，库克经历了一次严酷考验，它将永远改变他对人类必死性的看法。库克、阿斯楚普和皮尔里（他的腿伤已经好了）登上了一片高原，原本计划在此迎接长久未见的太阳，但他们遇上了猛烈的暴风雪，不得不躲进一间粗制滥造的冰屋（igloo）。他们钻进驯鹿皮睡袋，在相对舒适的环境中睡着了。到了清晨，屋顶——以滑雪板为梁搭成的平顶，而不是因纽特传统的拱形圆顶——已在狂风之中塌了，三个人醒来后，发现自己躺在雪堆成的"坟冢"之中。

库克和皮尔里设法挣脱了。慌乱之中，他们开始挖那堆把阿斯楚普从头到脚盖得严严实实的雪。他们给挪威人留了一个气口，先是用手挖，后来用一把铁铲挖。三人蜷缩在冰屋的残垣后面，努力不在声音大到震耳欲聋的暴风中跌倒。他们身上只穿着内衣，鞋子和毛皮外衣仍在几英尺厚的积雪之下。他们能做的只有等风暴过去，没有庇护处，只有越来越潮的睡袋。一整天，他们就这样全靠肉身抵抗狂风，任由风夹着雪鞭笞在身上，忍受无法躲避的痛楚。

雪渐渐变成冰雹，又变成冰雨。皮尔里、库克和阿斯楚普时睡时醒。每隔一会儿，皮尔里就大吼着（这样他的声音才能被听到）提醒他们扭一扭身子，免得被冻在原地。又过了一会儿，月光撕开厚厚的乌云洒了下来，雪停了，虽然高原上的风

---

① 库克对因纽特人信仰的描述不可避免地是不完整、不确切的。他没有受过人类学训练——事实上，人类学当时还未建立起坚实的学科基础——语言知识也极其有限。但这些描述仍是有价值的，因为它们体现了他在与因纽特人一同生活的这段经历里得到了什么。——原注

丝毫没有减弱的意思。气温骤降。库克感到手脚正渐渐失去知觉，开始不由自主地颤抖。他的睡袋又被冰封住了。他无法移动，这又加剧了寒冷。皮尔里挖了一个类似坟墓的洞，把库克从"冰盒"里凿出来，推进洞里，然后自己蜷起身子侧躺在洞的边缘，为医生挡住寒风。库克就这样全身麻痹地躺在皮尔里身下，他没有记录自己在这一刻的所思所想，或许是整个儿被恐惧支配了，也可能是在震惊之下麻木、无言。但是不难想象，他曾想过是否他的第一次冒险也即最后一次。等到暴风雪终于过去，手臂和腿慢慢恢复知觉，他意识到自己从极地恶劣天气的洗礼中存活下来了。这场磨难让他牢牢记住了冰与雪的巨大力量——在极地地区，人是多么容易向命运屈服。

皮尔里的探险对库克来说是学习成为探险家的过程。他熬过了严寒的北极冬季。他从同伴那里学到很多东西，包括滑雪和射击，他还自学掌握了如何用斧子凿出立足点，从而攀上冰崖。更有价值的或许是库克与因纽特人打交道的经历，从他们身上，他不仅学到了以后将赖以生存的实用技能——比如驭狗，如何正确建造冰屋，还有鞣制毛皮，还懂得了在自然之力面前保持深切的谦卑。

"在与北极原住民短暂相识期间，我们学会了放下文明世界的智慧，转而采用更有用的原始部落视角。"库克写道，"如果一个人不得不住在北极地区，那么他越快回归原始人的习惯，对他就越好。"

皮尔里把"全队上下几乎完全没有受到哪怕是最轻微的病症的困扰"归功于库克，邀请他作为外科医生兼副指挥官，陪自己开启下一次北极之旅。库克起初接受了这份邀请，但当皮尔里拒绝让医生在科学期刊里发表他对因纽特人的观察记录后——理由是发表某次探险中的发现是探险队领头人的特权——他放弃了。他不想待在另一位探险家的阴影下。两人分道扬镳，暂时保持着友好关系。

回到布鲁克林的库克开了新的诊室，发现自己的名字被印上报纸这件事对生意大有帮助。可尽管如此，当他在劳特利奇街上的办公室里接诊的时候，他的神思还是游荡到了高纬度地区。格陵兰岛令他脱胎换骨。他渴望大口大口呼吸北极的空气，渴望再见广袤无垠的白色天地——与之相比，美国最大的城市也显得太小。最令人迷醉的或许是那种骗过了死亡的感觉。没有别的选择：他要回到冰上。

库克打算自己组织一次极地探险。半是因为不想与皮尔里在北方竞争，半是因为他和未来的德·热尔拉什一样嗅到了南方的机会，库克将目光投向了几乎未被探索过的南极。

他相信，采纳因纽特人的旅行和穿着方式将会提升他在南极成功的概率。在正式公布计划之前，他得先回一趟因纽特人的领土，获取雪橇犬和毛皮衣物，还得先完成他对"北极高地人"（Arctic Highlanders）——当时很多人这么称呼因纽特人——的研究。为了达到这个目的，同样也是为了给南极之旅筹集资金，库克为几位付费顾客组织了一次格陵兰岛游轮旅行。一位富有的耶鲁大学文科教授为它提供了大部分资金，因为他的儿子对地球南北两极十分着迷，在该大学听库克讲述他的北极冒险之后，便急切地想要参观北方的荒地。

1893 年夏，库克租下一条 78 英尺长的纵帆船，对其进行了整修，领着他富裕的客户游览了拉布拉多地区 ① 和格陵兰岛西部。他于 10 月上旬回到布鲁克林，带着十多条格陵兰犬、满满好几箱动物毛皮和两名因纽特青少年——卡拉卡塔克（Kahlahkatak）和米科克（Mikok），被他称作克拉拉和威利。他在拉布拉多偏远的贸易小镇里戈莱特（Rigolet）见过美丽的 16 岁少女卡拉卡塔克表演令人着迷的传统舞蹈，幻想她在美国会引起怎样的轰动。库克说服了女孩的父亲，将她和她的兄弟米科克带回纽约，保证次年春天送他们回去。他们将见识到大城市，库克则可以在巡回讲座中将他们作为活道具展示炫耀。

两个因纽特孩子住在库克母亲位于曼哈顿第 55 街的新房子后院的一顶帐篷里。无论何时，只要库克带着他的受监护人走过曼哈顿中城区，由一群大口喘气的哈士奇犬开路，就能引来大批围观群众。他为它们报名参加了韦斯特切斯特犬舍俱乐部（Westchester Kennel Club）的犬展，赢下三个奖项。但它们难以适应纽约的夏季。有几条狗死于酷热，于是，医生将剩下的狗送到他哥哥在沙利文县的农场，希望它们在那里交配繁殖。卡拉卡塔克和米科克也不喜欢夏天，并且都觉得冰激凌令人反胃。到了冬天，他们则抱怨很冷。库克帮他们造了一间冰屋。

库克指望着靠讲座收入为南极项目提供资金，于是雇用了作风浮夸的筹办人 J. B. 庞德少校（Major J. B. Pond），他曾为皮

① 拉布拉多地区（Labrador），加拿大东部纽芬兰和拉布拉多省位于大陆的部分。

尔里、斯坦利、P. T. 巴纳姆（P. T. Barnum）^①、马克·吐温和年轻时期的温斯顿·丘吉尔打理巡讲活动。（丘吉尔后来将庞德贬为"低俗的美国佬经理"。）事实证明，医生是一个生来善于在公众面前表现的人，对于如何点燃公众的想象力有着敏锐的直觉。"库克医生对持续吸引观众的注意力很有一套。"曼哈顿一家十美分博物馆^②的主人回忆道，库克曾在那里进行持续四周的巡讲，差不多同期，哈利·胡迪尼（Harry Houdini）^③也在那里做常规表演。库克将他的巡回北极展示描述为人类学讲座——最多时每天有 9 场，虽然不像"水牛比尔"（Buffalo Bill）^④的"狂野西部秀"和巴纳姆的"长胡子的女士"节目那样赤裸裸地追求轰动效应，但对主角的剥削程度是一样的。他穿着皮毛服饰出场，讲述自己的北极冒险故事，其中不乏加工润色和自由发挥。卡拉卡塔克和米科克也在舞台上，站在他身边。他描述了令人胆寒、持续数月的极夜和格陵兰岛北部因纽特人奇异的习俗。（这些习俗与卡拉卡塔克和米科克几乎没有关系，因为他们来自一个相对西方化的贸易前哨，离北极圈有好一段距离。不过这对庞德和库克来说无关紧要。）

巡回讲座接近尾声时，他向世人展示了关于南极之旅的宏

---

① 美国马戏团业大亨、经纪人，其经营的马戏团、博物馆等以猎奇的展品和表演而闻名。
② dime museum，19 世纪末美国流行的一种简易场所，为工人阶级提供娱乐和道德教育。
③ 哈利·胡迪尼（1874—1926），匈牙利裔美国魔术师、脱逃术师、特技表演者，常被认为是史上最伟大的魔术师。
④ 真名为 William Frederick Cody（1846—1917），美国士兵、猎人、马戏表演者、美国西部拓荒者，其马戏表演多以展示牛仔主题和印第安人战争情节为主。

大愿景。他脑海中的探险与德·热尔拉什的计划极为相似，包括兜售这个想法的方式也是。1894 年，他给美国地理学会寄了一份提议书论证道，北极已被充分探索，而"南极地区一直被忽视，我们知之甚少"。与比利时那位上尉（医生还不知道他）一样，库克也打算采用蒸汽动力捕鲸船——"为在冰封的海域航行特地打造"，并在整个旅程中进行科学观察。

两人的不同之处在于，从一开始，库克的志向就是成为在南极洲度过冬天的第一人，并利用狗拉雪橇尽可能往南走，甚至可能在次年夏天到达南极点。库克的计划和德·热尔拉什的计划还有一处根本不同：由于库克体验过极地冬天的残酷无情，他很清楚，队员们必须为足以令灵魂枯萎的长期黑暗做好准备。"随着太阳消失，"他在提议书中写道，"实地探索必须停止，取而代之的应是系统性的精神和身体例行锻炼。"

医生估计探险将花费 5 万美元，稍微低于德·热尔拉什的预算。"这笔钱，我准备通过私人捐款和科学学会的帮助来筹集，"他写道，"一大部分捐赠已经得到承诺，一部分我准备通过一系列讲座获得。"

现实却是，他从私人捐助者那里几乎没有得到任何钱。可是，医生对自己终将获得成功信心满满，仍定制了标有"美国南极探险局。弗雷德里克·A.库克医生，指挥官"的文具。虽然讲座没能为他赚取足以购买一艘船的收入，更别提购买船上设备或雇用船员，但是讲座带来了足够的曝光度和人们对他本人的兴趣，让他得以组织第二场格陵兰岛短期观光旅行，他希望这场旅行可以让他接近南极冒险所需的 5 万美元资金目标。

按照库克的宣传，这将是一次包含捕猎、了解因纽特人、学习格陵兰岛自然史的探险。要价是每人 500 美元。他很快就卖掉 52 张票，其中大多数卖给了精英大学的学生和教授。这次旅行能让他把卡拉卡塔克和米科克带回家，同样还有几个来自拉布拉多地区的因纽特人，他们在芝加哥 1893 年举办的哥伦布世界博览会（World's Columbian Exposition）上被展出之后，便被落在了美国。

为了容纳这个大团体，库克租了一艘 220 英尺长的铁制蒸汽船"米兰达号"（Miranda）——因其多次与礁石和其他船只相撞，有着"被诅咒的船"之恶名，不过库克无视了这一点。不幸的是，库克的探险只是再度证实了"米兰达号"的霉运。1894 年 7 月 17 日，在纽芬兰海岸附近，正在用早餐的乘客听到了一声类似刀叉碰撞的丁零当啷声，有些人以为爆炸了，但紧接着又传来尖锐的金属摩擦声。"米兰达号"撞上冰山了。冲撞发生在右舷一侧，巨大的冰块砸在倾斜的甲板上。三周后，在穿越拉布拉多海，靠近格陵兰岛后，"米兰达号"又愣头愣脑地撞到一处礁石，在船上引发了新一轮的恐慌。"我认为发出声响的是龙骨。"一名水手告诉库克。

此次撞击造成的损坏远比上一次严重："米兰达号"船体进了水，无法安全地载着乘客继续往前。库克展现了曾让皮尔里十分钦佩的冷静，带领一小队人登上救生艇，顶着狂风的摧残沿格陵兰岛海岸航行了 100 英里，希望找到一艘愿意搭救"米兰达号"上剩余乘客的船，将他们送回某个主要港口。库克的一位因纽特向导看见了从马萨诸塞州格洛斯特（Gloucester）驶出的捕鱼帆船"参宿七号"（*Rigel*）。船长同意提前结束捕鱼活动，以帮助他的美国同胞——回报是 4000 美元，以及从"米兰达号"上抢救出来的财物（无论多少）中的一份。库克只能接受。事态愈发清晰：到头来，这次远行将入不敷出，甚至会让他在探寻南极的路上倒退好几步。库克一行人被带到哈利法克斯（Halifax）[①]，登上了碰巧是"米兰达号"姊妹船的"波西亚号"（*Portia*）——同样命运多舛。9 月 10 日早上在马萨诸塞州卡提亨克（Cuttyhunk）灯塔附近，"波西亚号"迎头撞上了纵帆船"朵拉·M. 法兰奇号"（*Dora M. French*），后者直接断成两截。有 3 名船员被纠结的绳索缠住，和帆船一起被大海吞噬。

回到布鲁克林家中，库克向记者尽量淡化此次旅行的失败。作为一个一向擅长自我吹捧的人，他甚至试图将其描述为一次成功："一段令人愉快的旅程，充满冒险，各种状况层出不穷，不乏险境；总体来看，我没有听到任何一位成员的抱怨。"库克这是睁眼说瞎话：自"米兰达号"第一次撞上冰山后，他就一直忍受着成员连珠炮似的抱怨。虽然医生本人承受的指责很少，但是"米兰达号"的灾难仍像一股臭气一样笼罩着库克，大大损害了他的声誉，并连累到了他为南极探险募集资金的能力。

他为推广自己的极地计划投入了加倍的努力，为了打消人们的满腹疑虑，还调整了推销策略。出于绝望，他将要价减了一半：现在，库克估算远征的成本不再是他最初提出的 5 万美元，而是区区 2.5 万美元。受到装腔作势的 J. B. 庞德经理的影

---

① 加拿大东南部新斯科舍省的首府。哈利法克斯与美国东北部主要城市波士顿之间的直线距离仅约 650 公里，库克一行人可以说是回到了原点。

响，库克编出了堪称巴纳姆式的南极探险大戏。他暗示可能会出现令 19 世纪 40 年代的加州黯然失色的南极淘金热。"我们无法断言，南极不像非洲一样有金子和钻石。"《纽约时报》的一位记者这样转述医生的话。库克暗示，远征甚至可能发现新的文明。他的依据是挪威船长卡尔·安东·拉尔森（Carl Anton Larsen）日记中一段难以解释的记录，拉尔森曾在 1893 年的一次捕鲸探险中抵达南极半岛尖端，他声称发现了一些"以沙子和水泥做成的圆球，置于用同样材料做成的台柱上。我们收集了大概 50 个，它们看上去像是人制造的"。拉尔森声称收集了一些样本，后来却在一次火灾中损毁——在怀疑者看来非常可疑，对库克来说这种不确定性却是好处。

"这是人类存活于南极的第一份证据。"库克用轻快的男高音宣布，每句话以上扬的声调结尾，"在我看来，人类居住于南极海岸并非不可能；无论如何，我也不认为在那里找到一个与世隔绝的部落——其日常吃穿均来自开放的大海农场的供给——是不可能的。"

尽管库克从来没有在娱乐观众、令他们着迷这件事上失败过，金融家却不愿意打开支票簿——至少不想第一个这么做。数月过去了，库克只收到一些奇奇怪怪的人的捐赠，比如一位巴西发明家声称自己建造了一件形状似鸟的交通工具，能够在冰上以每小时 120 英里的速度滑行。

时间拖得越长，找他人投资的计划就越显得不可行。库克的南极梦想正慢慢枯萎，把他的一小片灵魂也带走了。1897 年年初，库克孤注一掷，试图找一位愿意支付探险全部费用的赞助人。像他其他所有的努力一样，这次动作也是超大号的：既然你可以直接找最富有的人，他想，为什么要费事找一般的有钱人？他决定寻求 61 岁的匹兹堡钢铁业大亨、享誉国际的安德鲁·卡耐基（Andrew Carnegie）的支持。不知道库克用了什么方法，竟然争取到了面谈的机会。

卡耐基在曼哈顿的联邦联盟俱乐部（Union League Club）接待了库克，俱乐部位于第五大道和 39 街交接处，是一座华丽的柱廊式宫殿——镀金时代①奢靡的缩影。卡耐基留着络腮胡，靠椅背坐着，脸色阴沉，听他宣讲。阳光透过由路易斯·C. 蒂芙尼（Louis C. Tiffany）设计的图案复杂的彩色玻璃，折射出色彩斑斓的光点，落在探险家身上。渐渐地，卡耐基阴沉的面容开始缓和。卡耐基是一位心狠手辣的商人，鉴于这样的名声，当他对库克的项目表现出真诚的热情时，后者很是惊讶。或许，作为曾经一文不名的苏格兰移民，卡耐基看出自己和库克是同一种料子做出来的，两人都是欧洲的孩子，却发现美国才是他们能够无拘无束地追逐雄心壮志的地方。两人就极地探险亲切地交谈了一个小时，最后，卡耐基站起来，握了握库克的手，说："医生，我希望进一步了解你的冰雪事业。你有什么宝贝可以拿来换金子？下周一来见我，或给我写信。"

卡耐基想让库克证明探险如何赢利，显然没被库克关于南极淘金热的暗示说服。在两人的第二次会面上——在俱乐部一间弥漫着雪茄味的豪华包间的角落里——客气话被放在了一边。

---

① 镀金时代（Gilded Age），指美国 19 世纪 70 年代至 1900 年左右，表面上经济蓬勃发展，实际上社会问题不断加剧的一段时期。

库克知道，自己这一次不能再依靠个人魅力和天方夜谭了，所以，他为他提出的科考项目及其具体利益准备了详细的解释。据他后来回忆，他"又快又强势地谈了效用"。库克的话术似乎在起作用。可正当医生的宣讲将要达到高潮的时候，一位俱乐部成员走近卡耐基，"无礼地打断了原本将要达成的协议"。等到库克重获卡耐基的注意时，他已经错失时机。

卡耐基站起来，把库克送到楼梯口。

"医生，离我们更近一些的世界还有很多事情等待完成，"他说，"往上三英里，就有我们现在和未来将会需要的所有的冰。找个办法把它弄来吧。"库克简直要崩溃了。他现在明白了，当卡耐基表示对他的"冰雪事业"（ice business）感兴趣时，他说的是字面意义上的冰的业务——采集南极洲的冰川，以满足冷藏食物、冰镇鸡尾酒之类的日常生活之需。

卡耐基的拒绝决定了库克的"美国南极探险"的命运。遭受最后一击的库克接受了一种体面但也波澜不惊的生活——做布鲁克林的一名医师。除非有一笔意外之财让他能够亲眼看到南极，否则，他老来只能温情地回顾自己的北极探险，将它视为自己青年时代的闹剧。如今，他家中的事务由亡妻莉比的母亲打理，岳母带着其余两个女儿——都是老师，一起住在他家；库克开始与两人之中的妹妹安娜·福布斯（Anna Forbes）交往，很快他们便订婚了。

即使每天给病人看病，他也仍在阅读能找到的每一本关于南极的书，剪贴每一篇相关文章。自从 1895 年第六届国际地理大会提出南极探索之紧迫性以来，他对这片冰冻大陆的兴趣更是猛涨。看到这么多有抱负的人突然一起追逐他的奖品——在内心深处，他仍认为那是他的奖品——库克心如刀割。看到他们全都失败时，他感到一丝恶意的宽慰。

确切地说，是除一人之外全部失败。1897 年 8 月 6 日，库克正在细读纽约《太阳报》(Sun)，他的目光被一则短讯吸引了：一支南极远征队即将出发——出发地竟然是比利时。

这则新闻让医生感到一阵嫉妒和兴奋的狂醉。阿德里安·德·热尔拉什上尉，不管他是谁，做到了库克没能做到的事。不过，一支浩大的科考远征队正出发前往南极，这一事实本身同样让库克欣喜若狂。

那篇文章没有提及德·热尔拉什在寻找外科医生上遇到的困难，事实上也没有提到他需要额外的人手。但在库克心中——他的心永远为机会而跳动——这没有任何不同：这则告示说不定就是一份邀请。本来，他的期望是到了这个年纪能够亲自带队探险了，而不只是参与探险，尤其不曾设想要在一名缺乏经验的指挥官手下参与探险，更别提这场探险是为了提高另一个国家而非美国的声誉。尽管如此种种，像这样能够改善自己作为极地探险家的声誉的机会太稀有了，不容错过，等他结了婚稳定下来，更是不可能再出现。

就在那一天，8 月 6 日，库克给德·热尔拉什拍电报表达了加入远征的愿望。他主动提出自负开销，还会带上剩余的因纽特犬。

德·热尔拉什的答复在几天后送达：他很遗憾，不得不回绝库克的慷慨提议，因为"比利时号"的所有铺位均已有主人。

8 月 19 日晚上，当他听到前门的敲门声时，库克仍能感觉到被德·热尔拉什拒绝的刺痛。上气不接下气的西联汇款信使把一份来自奥斯坦德的电报塞进医生手里：

POUVEZ REJOINDRE MONTEVIDEO, MAIS
N'HIVERNEREZ PAS—CDT DE GERLACHE

看上去像是好消息——不然德·热尔拉什为什么要再次给他寄信呢——但库克对法语一窍不通，更别提电报体法语了，所以他无法确定。大约在午夜，库克带上电报走过布鲁克林大桥，来到了仍然忙乱的《太阳报》曼哈顿办公室，找他的朋友、该报的地理版编辑赛勒斯·亚当斯（Cyrus Adams）咨询。库克让亚当斯看了电报，透过他那海象獠牙似的胡子，编辑逐字翻译了消息："可以在蒙得维的亚加入，但不会过冬。"

库克兴奋极了，在凌晨两点拍了电报回复："好的准备好指挥了。"[1] 就在"比利时号"最后一次出发前，库克收到了最新的指令，让他在里约热内卢上船。

在为旅行做准备的过程中，库克与纽约《世界报》（World）的一名记者谈及这次远征。"多年以来，"他告诉记者，"我一直与阿德里安·德·热尔拉什上尉保持通信。"这是一个赤裸裸的

---

[1] （原文为 YES AM READY TO COMMAND.——译者注）即使考虑电报书写的特点，这一干脆的措辞仍有些古怪，因为库克知道德·热尔拉什是探险队指挥官。或许他的意思是"好的，我准备好了，听您指挥"，但这份电报仍是一个谜。——原注

谎言——两人之间的第一次接触是在短短一个月前。库克想尽量让自己的任命看上去不那么像自己——或德·热尔拉什——的最后一根救命稻草。在这么多年竭力推销自己之后，扭曲真相已成为他的第二天性。

库克宣布，他将于9月4日星期六乘坐驶向里约的蒸汽船"赫维留号"（*Hevelius*）。到那天早上8点，曼哈顿的富尔顿街码头已聚集起一大群人，来给医生送行。人群中有库克的母亲和妹妹，还有想一睹他的风采的纽约好事市民，毕竟这个人即将成为首个穿越北极圈和南极圈的美国人。男女老少伸长了脖子，试图捕捉他的身影，可直到船要开了仍不见库克的踪影。记者们恳求船长推迟出发时间。鉴于库克是这艘船最著名的乘客，船长同意了。可是几分钟后，他又判定无法再等下去。船开走了。

"赫维留号"仍在人们视线中，正缓缓驶过自由女神像，这时，消息传来了，说库克仔细查看了船舶时间表，意识到自己可以在当月晚些时候出发，依然能够及时与"比利时号"碰头。但真相是，库克退缩了。他的未婚妻安娜生病了，虽然纽约大学的医生们没有诊断出任何毛病，库克却怀疑是结核病。他已经亲手埋葬了一任妻子，不忍心再把安娜丢下。他在床边守着她，两星期后她的情况似乎好转了。安娜看得出，无法跟随"比利时号"一起前往南极这一前景令库克很绝望。她让库克放心，自己感觉好些了，敦促他尽快出发。

9月20日下午，天气微寒，天空下着毛毛雨，仍是在富尔顿街码头，库克沿着舷梯而上，消失在蒸汽船"柯勒律治号"（*Coleridge*）的深处，跟在他身后的浩浩荡荡、似乎无穷无尽的行李队列，包括两架雪橇、一副滑雪板、一个药箱、15个大旅行箱——装着雪地靴、书本、格陵兰岛毛皮、制作帐篷的材料、各种类型的北极设备和一面 10×15 英尺的丝质美国国旗。但是没有狗。

"柯勒律治号"离开码头，笨拙地驶出纽约港。随着曼哈顿渐渐淡出视线，库克发现，关于城市生活的忧虑也在淡出他的脑海。他是在与想象中不太相同的情况下向冰雪大陆进发的。不过，尽管对德·热尔拉什、他的计划或他的队员几乎一无所知，库克却不后悔。"南极一直是我的人生梦想，"他后来写道，"走在去那里的路上便是那时我理想中的幸福。"

第三章　向涅普顿致敬

"比利时号"于 1897 年 8 月 23 日日落时分离开奥斯坦德。"这次我们真的走了,"指挥官给莱奥妮·奥斯特里特写信说,"我更喜欢'没有鼓声或小号声'地出发。"他终于真的出发了,带着 13 名比利时人、10 名外国人,和两只分别叫作南森(Nansen)和斯韦德鲁普(Sverdrup)的猫。

远在"比利时号"正面应对南极的未知危险之前,它就先遭遇了法国海岸附近比斯开湾(Bay of Biscay)臭名昭著的风暴。阵阵强风推搡着它南行,骇浪拍得它像坐跷跷板一样直上直下,透过长方形的窗户,德·热尔拉什房间外的景色在积雨云和浪花翻滚的大海之间切换。为了使狂躁的大海平静下来,他下令将几包油投下船、拖过水面——19 世纪晚期的惯常做法。几夸脱[①]就足以在辽阔的海面上制造一层浮油;这层滑溜溜的膜只有一个分子厚,能阻止风形成牵引力。理论上,大风刮过时不会掀起白浪,而只是平稳地划过水面。可是,油膜虽然立刻抚平了船身周边的海水,却无法削弱从远处翻滚而来的巨浪。

晕船席卷了"比利时号",几乎没放过任何一个人。年轻的

---

① 1 英制夸脱约合 1.14 升。

挪威水手卡尔·奥古斯特·温克（Carl August Wiencke）在日记里生动描写了这样一幕："船长勒库安特站在驾驶台上，边掌舵边呕吐。科学家们躺在舱口吐。轮机员们坐在机舱里吐，舱面水手们从顶层甲板往下吐。"

温克是少数几个对这次晕船免疫的船员之一。其他船员撑着舷缘吐的时候，他却在积极地执行每一道命令，越过摇摇晃晃的甲板，抓着绳索从一侧荡到另一侧，丝毫不顾自身安危。温克不留胡须，脸颊光洁，五官圆润，看着仍像个小男孩，尤其是他还穿着条纹水手服、戴着"比利时号"帽子。他应征加入"比利时号"是想试一试冒险，远征队出发的前一天刚好是他 20 岁的生日。温克聪颖而好奇，工作很努力，因而受到所有人喜爱。不过，尽管他表现得对探险心无旁骛，他的日记却泄露了他对探险队领袖们深深的疑虑。

"勒库安特船长今天表现出了他个人极其糟糕的一面。"他在 8 月 31 日写道，当时，"比利时号"仍在比斯开湾像个浴缸玩具一样被抛来抛去：

> 斯韦德鲁普在甲板上排便了。船长正在遭受晕船之苦，很难让自己站稳，结果他径直朝它冲了过去。他怒不可遏地抓起猫的颈部，把它扔下甲板了。可怜的动物一直游，一直尖叫，直到看不见了。这样的行为对赢得他人喜爱毫无帮助。

温克对德·热尔拉什做了同样不加掩饰的观察。指挥官坚持认为"比利时号"的所有人都是平等的，长官和科学家不应受到特殊对待，温克对此嗤之以鼻。"德·热尔拉什关于平等的言论完全是个讽刺。"他写道，"你不能与长官说话，除非长官先对你说话，总体来说，高级船员与普通船员之间的距离再远不过了。"

一些船员既缺乏经验，又拒绝服从，这在一开始便带来了麻烦。9月初，这个情况差点导致一场灾难。由于正好与西南风相向而行，"比利时号"只能依靠蒸汽动力前进。中层甲板的空气在最好的情况下就已经很闷热了，可在旅程之初，当散发出气体的煤炭被堆到天花板的高度，水箱的水几近溢出，永不满足的火炉发出声声低吼时，空气浑浊得令人难以忍受。水蒸气嘶嘶地从管道接口和阀门喷出，在墙上凝结成水珠。水从低矮的天花板上滴下来，汗珠则从男人们的额头滚落，在他们黑漆漆的脸上冲出一道道沟。铲了近两小时煤炭后，扬·范米尔罗抛下他的铲子，倒在地上，哭了。

水手伙伴们把他扶了起来，带他上楼呼吸一些新鲜空气。没有人注意到他从墙上抓了一把左轮手枪。一来到甲板上，他就跳到栏杆上，激动地挥舞手枪。

阿蒙森不知道范米尔罗是想在他自己身上还是在同伴身上用这把枪——还是说他想跳船。无意等待答案揭晓，他猛地冲向比利时人，把他扔回甲板上，然后一通猛搜，把左轮手枪从他手里夺走了。两人在甲板上扭打起来：阿蒙森是船上块头最大、最强壮的人，但是范米尔罗狂暴到了需要另外5名水手才能制服的程度。

平静下来之后，范米尔罗接受了罗马尼亚动物学家埃米尔·拉科维策的检查，在库克上船之前，拉科维策就是船上最接近医生的角色了。他判定，范米尔罗的发疯是由于过度工作造成的精神损伤。

令人惊叹的是，范米尔罗在几天之后就被安排回到岗位了，仿佛什么事情都没有发生过。但是这令人不安的插曲加深了德·热尔拉什对手下的不信任。为了尽快让计划成行，他不得不妥协，聘用了好几位经验不足或是资质不够的水手。他本来希望这场向南的旅行可以让水手为南极的身心挑战做好充分准备，但秩序已经开始崩溃了。

德·热尔拉什很担心自己手下的可靠性和情绪稳定性，但他感到无能为力。德·热尔拉什为人有些冷漠，内心敏感，性格更像知识分子，不是那类善于劝勉、鼓舞手下证明自己忠心的领导。他也不是善于严格执行纪律或像勒库安特那样急躁的人——比如，想象不出他会因为一只猫弄脏甲板而把它扔下船。而且，哪怕德·热尔拉什有心，他也无力推行纪律。由于"比利时号"没有正式的海军委任——严格来说，它是挂安特卫普帆船俱乐部的三角旗航行的——他无法以军法审判威胁，也无法让违纪者戴上镣铐。与高级船员们不同，大部分普通船员没有签署具有约束力的协议。指挥官唯一的退路是把不服从命令的水手赶下船，而在前往南极的路上只有寥寥几个停靠点，且互相之间相隔很远。然而德·热尔拉什连这个选项都不敢想——仍是因为担心如果他开除了一名比利时水手，国内媒体会作何反应。

所以，问题日益恶化。掌控暴躁易怒、多语言、多文化的船员很不容易。民族裂缝生长到船上的每个角落，高级船员和普通船员都没有幸免：挪威人与比利时人之间，来自佛兰德大区的说荷兰语的比利时人与来自瓦隆大区的说法语的比利时人之间。同时，谁都无法与好斗的法国厨子勒莫尼耶和睦相处。维持秩序的任务常常落在勒库安特和阿蒙森身上，他们虽然比德·热尔拉什年轻，却更有能力管束船员。他们的领导风格就像他们的身材一样是两个极端。勒库安特是一个据理力争的小个子，很容易动怒；阿蒙森身材魁梧，给人一种压迫感，说话则惜字如金。但他们两人形成了有效互补：勒库安特密切注意着爱惹是生非的瓦尔泽－多姆－范达默小团体，阿蒙森则负责协调更加配合的挪威人和其他船员。

在葡萄牙马德拉岛（Madeira）停留三天之后，"比利时号"于 9 月 13 日起锚扬帆，信风推着它稳步前进。为了节省煤炭，火炉被熄灭了，所有的风帆都被展开，尽展其威严。随着船逐步接近热带，热浪变得让人难以忍受。驾驶台上的所有黄铜制品都裹上了厚篷帆布，以防人们被灼伤。用来抵抗南极严寒的那些额外的保暖层，也意味着闷热的空气无法逃逸；船舱内的温度达到了 54.4 度[①]。人们在房间里根本无法睡觉，于是在甲板上靠近船体中部的位置拉起了一张张吊床。

不过，仅由风推着，不费力气地穿过热带海域，也是一种幸福的感觉。"微风温和而令人愉悦，海浪冲刷着船身，奏出

[①] 原文为 130 华氏度。除非另有说明，文中的温度均已转换为摄氏度，仅以"度"表示。

音乐声声。"温克在某个晚上的日记里写道，想必是躺在他的吊床上，随着吊床微微摇摆。"时不时地，某面帆会发出啪的一声响，引得我们抬头看，这就看到了那月光下的帆和绳索，你不能指望看到比那更美的景色了。"

与信风中的月夜美景媲美的是大海本身发出的微光：海豚护送着"比利时号"，穿过一团团海洋发光生物，划出一道道幽蓝的光迹。当海豚和巨型水母碰撞时，便迸发出炫目的光焰。偶尔，飞鱼会跃过舷缘掉落在甲板上，令南森——船上仅剩的一只猫欢喜不已。

有些晚上，船员会在晚饭后聚集在前甲板，一起喝酒跳舞。16 岁的挪威籍船员约翰·科伦（Johan Koren）是一位颇有天赋的绘图员，他用素描捕捉了这样的场景：以舱口盖板为舞池，两名水手正随着一台破旧的小型管风琴的音乐跳舞，伴奏的还有手风琴和短号。其他船员松松散散地围在他们身边，或是抽烟，或是唱歌。一会儿是喧闹的比利时水手号子，一会儿是哀婉的挪威曲调。

长官和科学家们则在船尾。伤感的旋律悠悠地飘回船尾，让阿蒙森想到了家乡。可以想象在音乐声中，他的视线越过舷墙，望向海平线，他嘴上那稀稀疏疏却宽得可笑的胡子形似一只展翅飞翔的海鸥，在微风中轻轻扇动。阿蒙森幻想着极地探险已经很久了，以至于他感觉这场旅行像是命中注定。

与库克一样，罗阿尔德·阿蒙森受到一股力量驱使，想跟随自己几乎不认识的父亲的脚步。作为一位船东和船长，以及可以说是发战争财的人，延斯·阿蒙森（Jens Amundsen）缺席了罗阿尔德大部分的生活，并在儿子14岁那年在海上逝世。少年阿蒙森对父亲的了解主要来自关于他的诸多故事——有些是夸张说法，有些确实是真的。在儿子罗阿尔德的心目中，延斯头顶一圈神话般的光环，那也是他想努力达到的境界。他将永远追赶一个传奇。

像德·热尔拉什一样，阿蒙森也是如痴如醉地读着极地故事长大的。父亲死后一年，阿蒙森把另一个人也当成自己的向导：19世纪早期的英国探险家约翰·富兰克林爵士（Sir John Franklin）。富兰克林秃头、面色苍白，他在加拿大北极地区的航行充满了悲剧和糟糕的判断，这样一个人似乎不太可能成为楷模。1819年至1822年，富兰克林一行人徒步勘察科珀曼河（Coppermine River）[①]，在他的大部分同伴死于疾病、谋杀和饥饿之后，他得到了"吃了自己靴子的人"的称号。19世纪40年代中期，富兰克林率领英国皇家海军舰艇"恐怖号"（*Terror*）和"幽冥号"（*Erebus*）[②]，试图驶过西北航道（Northwest Passage）[③]，但两艘舰艇都被冰压碎了，大约有130名船员遇难。传言富兰克林的这两次远征都涉及食人行为。但正是这样的磨难俘虏了阿蒙森的想象。"很奇怪，在约翰爵士的叙事中，最强烈吸引我的是他和他的手下所承受的苦难。"阿蒙森写道，"我的体内燃

[①] 加拿大西北部河流，在因纽特村庄库格卢克图克附近注入北冰洋，全长845公里。

[②] Erebus（厄瑞玻斯）是希腊神话中"黑暗"的化身。

[③] 一条经由加拿大北部北极群岛，连接大西洋和太平洋的航道。与之相对的东北航道，指的是沿着挪威和西伯利亚的北极海岸，从大西洋航行至太平洋的航道。

起了一种奇怪的雄心，想去承受那样的苦难。"

不过，在阿蒙森的人生中，最具影响力的人物是挪威科学家、极地探险家弗里乔夫·南森（Fridtjof Nansen）。南森比阿蒙森年长 11 岁，他在 1888 年成功地滑雪穿越格陵兰冰盖，登上了世界各大报纸的头条。身材高大，一头金发，眉毛笔直有力，蓝眼睛锐气逼人，他就像是传说中的古代斯堪的纳维亚人再世。早在挪威重新成为正式的独立国家之前（自拿破仑的时代开始，挪威便归瑞典统治），他便被称颂为国民英雄。1889 年 5 月 30 日，数千人挤在克里斯蒂安尼亚峡湾（Kristiania Fjord）[①]附近迎接南森回家，16 岁的阿蒙森也在人群之中——"那一天是很多斯堪的纳维亚男孩人生中的重要纪念日，"阿蒙森回忆道，"对我来说无疑如此。"

四年后，南森刷新了自己的辉煌：他任由他的船"前进号"（*Fram*）[②]冻结在冰里长达三年之久，让船随着洋流漂流，走得比之前的所有人都更远，更靠近北极点。他和一名同船船员滑雪、驾驶狗拉雪橇向极点发起最后的冲击，来到了距离极点约 227 英里的北纬 86° 13′ 6″，创下了新的"最北"纪录。艰难地向南折返原地后，南森和同伴发现"前进号"不见踪影，正如他们所预料的那样，它已经随着浮冰漂走了。他们就地造了一间石头小屋，依靠熊肉和海象肉挨过了冬天，直到春天才重新踏上往南的归程。令人难以置信的是，他们被一支路过的英国远征队救了。

---

① 即奥斯陆峡湾（Oslo Fjord）。克里斯蒂安尼亚是奥斯陆的旧称。
② 挪威语 Fram，意为"前进"，也译作"弗拉姆号"。

受到富兰克林和南森的鼓舞，阿蒙森自年少起便立志成为一位极地探险家，他的雄心从未动摇，简直像是着了魔。与德·热尔拉什和库克相比，他对探险的科考部分不那么感兴趣；他在乎的主要是探险能带来的荣耀。阿蒙森自虐似的为自己制定了高强度的身体及精神训练方案，全然不顾代价之高，包括学校课业和恋爱瓜葛。整个冬天，他都开着窗睡觉，让自己的身体适应寒冷；他还经常在克里斯蒂安尼亚城外的山里徒步。

为了提升越野滑雪技术以及测试自己的耐力极限，1896年1月，阿蒙森试图穿越可怖的哈当厄高原（Hardangervidda）——克里斯蒂安尼亚西边一片延绵100英里的高原，同行的还有他的哥哥莱昂。在黑暗的冬季，广阔、白雪覆盖的哈当厄高原确实可以替代阿蒙森渴望探索的险恶的极地荒原。旅行的第11天，兄弟俩在白茫茫的暴风雪中迷失了方向。随着气温下降到零下10度，他们停了下来，在一块岩石的背风处过夜。由于原本以为可以在某个闲置的牧羊人小屋里避险，他们没有带帐篷。阿蒙森只好即兴发挥。他在雪里挖了一个椭圆体的窄洞，头朝里先钻进去，再把睡袋拉至下巴。

在阿蒙森睡觉的时候，雪花仍在不断落下，最后堵住了洞穴的开口。气温继续下降，阿蒙森周身的雪——在人体热量的作用下变湿润了——结成了坚硬的冰。避难处已然成为石棺。"半夜里，我醒了，"他回忆道，"我感觉肌肉酸麻，本能地想换个姿势，却动弹不得。事实就是，我被冻在了一块坚实的冰里！我绝望地想要挣脱，却一点用都没有。我朝同伴大喊。他当然听不见。"

阿蒙森惊恐的呼喊消逝在冰雪中。他停止喊叫，好节省越来越少的氧气。他在冰棺里喘着气，徒劳地抓挠着内壁，直到莱昂——他在夜里保持了清醒的头脑，让自己醒过来把雪从身上抖落——看到阿蒙森驯鹿皮睡袋上的猪鬃从雪里戳出来，这才把他挖了出来。毫不夸张地说，阿蒙森与死亡只有毫厘之差。哈当厄高原的经历是一场使人羞愧的教训，教会了他妥善准备的重要性。那也是他第一次登上当地报纸。

阿蒙森给自己规定的下一堂训练课是积累航海经验，从而能在将来某一天自己带队远征。他在北极的夏季捕猎季加入了海豹捕猎船"玛格达莱娜号"（*Magdalena*）和"伊阿宋号"。1896 年 7 月，"伊阿宋号"返回挪威港口桑讷菲尤尔，阿蒙森首次瞥见了"比利时号"——当时仍在进行改装，为南极之行做准备。听说德·热尔拉什在为自己的探险招募人手，阿蒙森看到有机会将他的极地教育更进一步，便提出了申请。

由于阿蒙森从未担任过领导职位，德·热尔拉什聘用他为大副的决定是一次赌博。但对阿蒙森而言，这项任命只不过是自己追寻极地荣光的不可阻挡的道路上很自然的一个阶段。做事向来一板一眼的阿蒙森还在接受任命和远征队出发之间的一年时间里，加入了另一艘商船，以磨炼自己的航海技术。然后，他在法国科尼亚克学习法语，在安特卫普学习佛兰芒语①，以便能够对"比利时号"说不同种语言的船员下达命令。

1897 年 6 月 18 日，他回到了桑讷菲尤尔，加入"比利时

---

① 即佛兰德人说的荷兰语，也称佛兰芒荷兰语或比利时荷兰语。

号"。这个时间非常凑巧：第二天，弗里乔夫·南森在船离开挪威、驶向安特卫普前登船造访。随着南森登上舷梯（白色的水手帽神气活现地竖着），兴奋和激动之情席卷了甲板。身高远超过 6 英尺，他就像是半神，就连阿蒙森也要仰头看他，同样崇拜他的其他船员与他的差距就更加大了。在摆好姿势拍好照后，南森留给德·热尔拉什一张自己的照片，上面写着："向阿德里安·德·热尔拉什致以最好的成功的祝福，来自弗里乔夫·南森。"

对阿蒙森来说，南森对远征队的祝福感觉像是极地探险家小型俱乐部的入会仪式。阿蒙森想象自己就是南森的继承人。"比利时号"的母猫被赋予南森的名字，当中几乎肯定有阿蒙森的缘故。①

阿蒙森的通往南极之路是精心铺成的，规划好了每个最小的细节。他唯一没有考虑到的是热带地区的酷热，"比利时号"在赤道附近进入无风带后，炎热到了让人无可忍受的地步。阿蒙森是船上从未到过南半球的 13 人之一。一场隆重的仪式被安排在他们穿越赤道的 10 月 6 日进行，以欢迎赤道新人们入会。

穿越赤道的仪式是世界各地海军和商用船由来已久的习俗。虽然细节不尽相同，但基本剧本是一样的，都包括涅普顿（Neptune）——罗马神话中的海神——的审问，和某种形式的例行羞辱。阿蒙森的职位高于仪式执行者这一事实并没有让他得到豁免。传统毕竟是传统。德·热尔拉什——多年前在一艘

---

① 另一只猫是以南森副手奥托·斯韦德鲁普的名字命名的，参见"尾声"一章斯韦德鲁普在哥本哈根拜访库克的段落。

走远路前往旧金山的美国船上，他忍受了类似的"大礼"——饶有兴致地在一旁观看。

阿蒙森是第一位经受洗礼的人。上午 10 点，他穿着破衣烂衫，被涅普顿的两名"亲信"领到船体中部坐下，看着他的折磨者们一个接一个来到甲板上。在当晚的日记中，他描述了这个队列："涅普顿"——由好斗的比利时水手莫里斯·瓦尔泽扮演——"和他的随行人员一起出现：他的妻子，一位祭司，一名理发师，最后还有来自不同国家的人"。

涅普顿的装束包括一部长胡须，一顶宽边巫师帽，以及一把用餐叉绑在长棍末端做成的三叉戟。在他身边，是混杂在一起的各种种族的刻板形象——一个男人脸涂成了黑色，包着头巾，另一个打扮成了中国水手的样子，胡子是画上去的，脑后甩着一根长绳充当辫子——他们紧握着枪，看上去像故事书里的海盗。

勒莫尼耶，那个讨人厌的法国厨师，穿着他的白色厨师服扮演理发师。他非常享受这个角色，带着几分威胁意味高耸在坐着的阿蒙森身前，手里挥着一个看着像是巨大的木质折叠剃刀的东西。涅普顿站在他旁边，握着一把修面刷，上面沾着一种用面粉、水、猪油和煤烟子做成的难闻的黑糊糊。

"你叫什么名字？"涅普顿吼道，在阿蒙森面前挥了挥刷子。

由于不熟悉这种仪式，阿蒙森愚蠢地试图回答。可他一开口，涅普顿就把一刷子恶心的混合物塞进他的嘴里。涅普顿接着开始胡乱地将"剃须膏"涂上大副的脸，后者被污物堵住了嘴，无力抗议。"如果你不幸地蓄了胡子，"阿蒙森在日记里写道，似乎自己也感到好笑，"那么你可以肯定，得花至少一周才能把它弄干净。"

现在，阿蒙森那值得获奖的胡子沾了厚厚的污物，他先是挨了勒莫尼耶的"剃刀"，然后接受了神圣的膏油——泼在脸上的三桶海水。至此，酷刑完成。他冲洗了一下，点上一根雪茄，放松地坐下，"享受别人的苦难"。新毕业生拿到了"文凭"——上面是新手们的人物漫画。阿蒙森珍视这张证书，就像珍视他在一生中获得的任何官方认可一样。

典礼和紧接着的庆祝活动达到了这类入会仪式的真正目的：用兄弟情谊加强人们之间的纽带。等级和国籍的差异瓦解了。"比利时号"就是一个家庭，至少那晚是的。音乐和舞蹈持续了整晚。"10点钟，"阿蒙森写道，"我们听着香槟酒软木塞弹出的声音，穿过了赤道。"

10月22日下午，当"比利时号"左舷船首挨着糖面包山（Sugarloaf Mountain）[1]驶过时，天空正下着倾盆大雨。强降水将瓜纳巴拉湾（Guanabara Bay）[2]的大部分和不断向外扩张的里约热内卢城都笼罩在面纱之下。大雨也把德·热尔拉什所期望的隆重登场给搅了——"比利时号"是多年来第一艘到达该地的比利时船。不过，"比利时号"显然被看见了：一艘小型蒸汽船正在靠近。远征队成员推测，这艘船搭载的正是德·热尔拉什约定好在里约见面的医生，船上没人见过这个男人，但他的名

---

① 位于瓜纳巴拉湾入口处的一座山峰。
② 巴西东南部海湾，里约热内卢位于其西南岸。

声早已传开。

"比利时号"的全体船员冲到栏杆边上，准备迎接著名的库克医生。他们指出了那些最接近各自想象中的美国医生形象的乘客。

"他是矮胖、看上去很热切的那个！"

"不可能，他是高高瘦瘦的那个！"

"会不会是长着乱糟糟的灰白胡子的那个男人？"

都不是。蒸汽船带来了一个比利时代表团和家里人寄来的一包信件，唯独没有库克。队员们将很快了解到，医生在两周前便到了，正在 40 英里之外的豪华山城彼得罗波利斯（Petrópolis），作为一位比利时部长——范登斯滕·德·热艾（van den Steen de Jehay）伯爵——的客人，过着奢侈的生活。

直到第二天早上，阳光洒进海湾，铺上一尘不染的马蹄形白沙滩，洒在岸边郁郁葱葱的山上，队员们才明白了为什么里约热内卢被誉为世界上最美丽的港口之一。待船员们上岸，迷失在里约蜿蜒曲折、人潮涌动的街道上，港口全景中的宁静就变成了混乱。这座城市有一种喜爱即兴、近乎疯狂的特质。葡萄牙裔的富人精英们穿着最新潮的欧洲时装，与贫穷的亚马孙原住民和非洲奴隶的后裔摩肩接踵。这是纷乱的时代，不乏暴动和暗杀。犯罪猖獗，警察腐败。有天晚上，"比利时号"的一名水手在船坞附近散步，被一群警察用剑背击打，随身物品被抢得一干二净。

黄热病正在里约肆虐，这也是库克决定与范登斯滕·德·热艾伯爵待在山城的一个原因。"比利时号"到达不久后的一个清晨，库克和伯爵在彼得罗波利斯登上火车，在树木葱茏的群山之间蜿蜒而行，穿过山谷，驶过里约陡峭的齿轮铁路，直抵瓜纳巴拉湾。他们上了一艘蒸汽动力拖船，从水上抵达"比利时号"。离自己在可预见的未来的家越来越近了，可是与海湾里优雅的纵帆船、造型优美的游艇、气派的护卫舰相比，"比利时号"实在是相形见绌，库克感到很沮丧。他把它比作"一群大型灰猎犬之中的一只小小的斗牛狗——渺小，别扭，不雅观"。

在那个闷热的早晨，随着他爬上通往"比利时号"的船用梯，库克可以看见水汽从被雨水浸透的甲板上升起。舷梯上，第一位问候他的是"比利时号"略显古怪的船长乔治·勒库安特，后者说了一串重要的欢迎辞。由于是法语，库克一个字也没有听懂；尽管他对这么多领域都充满好奇，在语言方面却只会说英语、一点点格陵兰岛因纽特语，和从童年时代拼凑起来的破碎的德语。接着，库克与指挥官德·热尔拉什握手，后者在美国邮轮上的经历让他成了船上为数不多的英语还凑合的人之一。他的身边是丹科和阿蒙森。欢迎委员会中还有科学家拉科维策和阿尔茨托夫斯基，库克很快发现，他可以用三脚猫德语与他们交谈。

从他的新伙伴们的视角来看，库克肯定不像头脑清醒的医生，而是像从轻歌剧走出来的角色。他们肯定对他那活像一座半岛的鼻子大吃一惊。他那过于保暖的上好衣物，浓密的胡子，还有大大的美式微笑下露出的金牙齿，让人想起发了大财的阿拉斯加探矿者。"库克看上去是一个十足的美国佬，"温克写道，"穿着一件毛皮外套走来走去。"

考虑到船上所有生命很快就将托付到库克手中，他们之间的语言障碍不是一个好兆头。但他身上有某种吸引力，某种——至少在别人的心目中——美国人的精髓，一种无法控制、超越语言的阳光。库克在罗伯特·皮尔里的 1891 年至 1892 年格陵兰岛探险中起到的作用早已让他成为全世界极地爱好者之中的名人。挪威籍队员们，特别是阿蒙森，应该在他们的同胞埃温·阿斯楚普关于那场远征的畅销回忆录里读到过他。阿蒙森很钦佩阿斯楚普，所以连带着也钦佩库克。自"比利时号"从安特卫普出发以来，他便一直期待两人的会面。作为一名勤勉的极地旅行的学生，阿蒙森开始尝试了解他能找到的关于医生的一切。

即使是在 19 世纪和 20 世纪之交巴西政治局势动荡的背景下，"比利时号"出现在瓜纳巴拉湾也是全国新闻。城里到处都有人宴请，记者总是追在身后，远征队员晚上狂欢作乐，白天则调养宿醉。（库克在床上待得尤其晚。从他在纽约不眠不休的青少年时期——白天学习，晚上经营生意——开始，他就从不错过任何一个可以补觉的机会。）这些社交晚会是纵酒狂欢的场合，人们一杯接一杯地向南极探险者们敬酒，说着不同语言的祝酒辞。

最令人心潮澎湃的一场致敬活动，也是能在驶向冰雪的"比利时号"队员们的心中引起共鸣的，是在巴西历史与地理研究所举行的一场隆重的招待会。该机构的官方讲演者，阿尔弗雷多·纳西门托（Alfredo Nascimento）博士，贡献了一段冗长、辞藻浮夸的祝酒辞，向探险者们的勇气致敬。在演讲的高潮，他将他们的探求与文学作品相提并论：

> 远行者！在他奇异的幻想中，想象力犹如天马行空的儒勒·凡尔纳将著名的哈特拉斯 [①] 置于北极；他让潜水艇"鹦鹉螺号"带着尼摩船长 [②] 来到南纬90°，把他黑金两色的旗帜插上南极。啊！先生们，科学的进步已让幻想中的"鹦鹉螺号"成为现实，如今，潜水艇不再是头脑不切实际的想象。现在，完成这个预言之实现吧：前往南极，把那面来自一个不存在之国度的黑旗拔出来，插上你们自己的旗帜……把尼摩船长的名字——意思是"无人"——从那个地方抹除，在原处刻上阿德里安·德·热尔拉什的名字！

比利时南极探险是作为一场科考行动来推销的，但其本质仍是一次带着浪漫想象的尝试。德·热尔拉什构想出了这场旅行，是因为地图底部的大片空白像真空一样吸住了他。在此之前，那片空白——"比利时号"的科学家们希望用客观确凿的事实把它填上——一直被小说所填充。人们对未知的南极的设想不可避免地是由文学塑造的，正如儒勒·凡尔纳的幻想是受到了科学的启发。

整个19世纪，荒凉的南北两极一直是通俗小说家奇思妙想

---

① 哈特拉斯（Hatteras），凡尔纳小说《哈特拉斯船长历险记》的主人公。
② 尼摩船长（Captain Nemo），凡尔纳长篇小说《海底两万里》的主人公之一，亦是《神秘岛》里的一个关键人物。其名字 Nemo 源自拉丁语，意为"没有人，无名之辈"。

的沃土，尤其是凡尔纳。男孩时期的德·热尔拉什和他的队员们想必曾为凡尔纳的书激动不已。1870年，凡尔纳出版了《海底两万里》，书中的南极是从茫茫冰海伸出的一块巨岩，"鹦鹉螺号"可以在海里自由航行。截至1897年，"比利时号"扬帆起航的时候，人们对南极的认识几乎没有增加；没人能够明确驳斥凡尔纳充满空想的描述。最南的大陆——假设它确实是一片大陆，而不是浮冰覆盖的海洋——仍像凡尔纳作品中其他的陌生边远地区一样神秘莫测：地心，海底深渊，月球的表面。

与德·热尔拉什一样——或许德·热尔拉什正是部分原因——凡尔纳也在时代思潮中察觉到了南极。从1897年1月开始，年迈的法国作家在连载小说《南极的斯芬克斯》(*Le sphinx des glaces*)中重拾了南极这一主题。小说描述了一座形似忒拜城有翼的出谜者斯芬克斯的冰山，它具有极强的磁性，会吸引船只以难以置信的速度向它冲去，撞成碎片。德·热尔拉什非常喜爱这本书，将南极腹地称为"斯芬克斯"。

凡尔纳的《南极的斯芬克斯》是埃德加·爱伦·坡唯一的长篇小说《亚瑟·戈登·皮姆的故事》的续篇，亦是对后者的致敬之作。这部1838年出版的小说是经典航海小说中最具死亡气息的作品之一，即使用爱伦·坡的标准来看，也令人毛骨悚然、难以忘怀，很大一部分原因是它神秘的结尾。在经历了跨越南极海的一连串可怕事件之后，小说主人公和他的同伴乘着一条小船，漂入了地球底部无人涉足的水域，信天翁在他们上空盘旋。随着他们靠近南极点，海水变得浑浊不清，一种白灰像雨一样落在他们的船上。他们受到一股无形力量的牵引，开始"以骇人的速度"漂移。在他们前面,透过渐渐消散的薄雾,某个大得惊人的物体若隐若现:"我只能把它比作一座没有尽头的大瀑布,"皮姆讲述道,"从遥远的天空中某座巨型城堡悄无声息地滚入海中……它没有发出一丁点儿声响。"在小说的最后一段,皮姆来到了这片垂直海洋——地球尽头——的脚下:

> 这时,我们的船冲进了那道瀑布,迎面一条缝隙霍然裂开,缝隙中显现出了一个披着裹尸布的人影,其身材远比任何普通人的身材要高大许多,皮肤的颜色是像雪一样的纯白色。①

故事在此戛然而止,以讲述者的消亡告终。

"比利时号"上存放着一本由法国著名诗人波德莱尔翻译的豪华装订版的爱伦·坡故事集,静待其主人将它拆开。德·热尔拉什的妹妹,露易丝,为哥哥精心挑选了圣诞节送给船上每一位科学家和长官的书。她为美国的库克医生选了爱伦·坡的故事集,库克的姓名首字母就绣在特别刺绣的封面上。(当然,这个法语译本他一个字也看不懂。)这卷书收录的作品包括《瓶中手稿》,如同《皮姆的故事》,它也涉及乘着小船不由自主地向南漂流至南极。不过,在这个故事中,世界的尽头不是一座高得看不见起点的瀑布,而是一个无底大旋涡。

南北两极作为无法抗拒的邪恶力量的源头,吸引并最终驱

---

① 夏红星译:《亚瑟·戈登·皮姆的故事》,新华出版社,2015。

使人类走向疯狂，这个主题自塞缪尔·泰勒·柯勒律治的《古舟子咏》（1798 年）以来便贯穿了整个 19 世纪文学史。这首叙事长诗讲的是一名水手朝一只信天翁乱射一枪之后，他所属的船便受到了诅咒，无助地被困在南极的浮冰里。到"比利时号"出发的时候，痴迷极地和疯癫之间的文学联系已经牢固地建立起来。未曾探索、令人生畏的南北两极为人类理解之外的东西提供了完美的背景。

尽管只是隐喻，这些故事无可避免地渗入了"比利时号"船上人的思想。他们的日记和对远征的自述，甚至包括科学家们的书写，都点缀着小说式的修辞，这些修辞无疑得归功于——甚至是直接引用——爱伦·坡和凡尔纳等作家。随着事件开始朝着典型的极地恐怖故事发展，日志的格调将会变得越来越诡异。

第四章 摊牌

一天午后，一个由巴西达官贵人们组成的代表团正在"比利时号"上转悠，他们亲切地与船员们握手，拍拍舷缘，拉拉绳索；正是在这时，约瑟夫·迪维维耶开始闹事了。尽管海湾一片宁静，这位比利时轮机员却在甲板上跌跌撞撞地走着，仿佛大海正在暴风雨中翻腾似的。带着一身酒臭味，他不停地辱骂一名巴西海军中将，毁掉了"比利时号"船员们在逗留期间建立起来的大部分信誉。

阿蒙森将这一事件报告给勒库安特，后者命令迪维维耶去长官住舱。不知谦卑的轮机员以怒吼回敬船长，气呼呼地从巴西访客们面前冲过，跟跟跄跄地走向水手舱。他冲阿蒙森大喊大叫，骂他是——一字不差地——"该死的挪威人"。在醉酒引发的狂暴中，迪维维耶伸手去拿挂在枪支架上的两把左轮手枪（不知出于什么原因，在上个月发生了范米尔罗事件后竟没有被锁起来）。在船员们与迪维维耶扭打的时候，巴西人一定很诧异，如果这帮人连活着离开里约都很勉强，他们究竟如何能够在南极活下来。当德·热尔拉什——当时在彼得罗波利斯——被告知这一事件时，他赞成忘记所发生之事。

事实很快就会证明，纪律问题带来的后果比德·热尔拉什所想象的更严重。对比一周后他在应对臭名昭著的帕姆佩罗风——寒冷的西南气流从南美草原带来的冷空气——时表现出的从容冷静，以及 11 月 11 日船在蒙得维的亚停泊后船上爆发骚乱时他的表现，可以看出他在安抚船只这方面远比在手下当中推行纪律更为熟练。离陆地近就意味着离酒精近，而酒精只会加重船员们的不良行为。酒精点燃了郁积已久的怨气。最初的火苗是报纸上一篇关于此次远征的文章，声称挪威人得益于对寒冷天气的熟悉和稳重的作风，比头脑容易发热的比利时人更能适应南极。比利时水手们对这篇文章越是感到愤怒，就越是证明了其中的观点。"性情急躁、反覆无常的比利时人对北方之子相对来说的镇定和冷漠狂怒不已，"处于中立位置的多布罗沃尔斯基回忆道，"而在那篇文章发表后，船上不同国籍船员之间的关系急剧恶化。"

那晚带头肇事的比利时人弗兰斯·多姆已按捺不住打架的冲动。"这些天杀的外国人，竟想比我们比利时人更好——我们比利时人！"魁梧的佛兰德水手怒吼道，用拳头捶着自己宽阔的胸膛。由于比利时人和挪威人数量相当，多姆又把酒后怒火转向法国人勒莫尼耶，后者正在 V 形水手舱里的一张床上睡觉，或者说在试图入睡。数月来，这位厨师一直辱骂队友，导致几乎没有人与他为伍，即使那一晚他唯一的"罪行"只是做了一顿令人失望的晚餐。算总账的时刻终于来了。

多姆猛地冲到勒莫尼耶床前，抡起了拳头。

"滚出去，该死的！"他朝厨师大吼。

勒莫尼耶从床上一跃而起，站直身子，巨大的头几乎碰到了天花板。

多姆用尽全力抬起25加仑①的大锅，把里面装着的全体船员的饮用水一滴不剩地倒在勒莫尼耶身上，水手舱顿时洪水泛滥。有那么一秒，双方都呆住了，从震惊中反应过来后，两人互相掐着脖子倒在地上，溅起一片水花。另一个比利时人扬·范达默也加入了扭打。"范达默早就对厨师心怀怨恨，抢起拳头大力砸向他的脸。厨师吐血了。"多布罗沃尔斯基写道。这位波兰科学家试图把打成一团的几人分开，却被推开了。另有两人尝试将打架的人分开，结果自己也开始暴打勒莫尼耶。

浑身是血的厨师摇摇晃晃地走出门，穿过甲板走向长官住舱。而在被水淹没的水手舱里，由于共同敌人已被驱逐，氛围缓和了不少。比利时人自知第二天一早将不得不为他们的行为负责，决定直接告诉德·热尔拉什，要么让厨子走，要么他们走。挪威人其实也对勒莫尼耶心存不满，并且不希望与瓦尔泽、多姆、范达默一伙针锋相对，于是同意支持他们。

"地上的水很快被拖干了，翻倒的桌子也被扶正，而此前出于安全考虑存放在船首舱的酒瓶，也被一一打开。"温克写道。比利时人和挪威人——以及波兰科学家多布罗沃尔斯基——搂着肩膀，轮番合唱各自国家的国歌，一直庆祝到凌晨3点。

勒库安特看到勒莫尼耶血迹斑斑的脸，也听到了船的另一端吵吵嚷嚷的痛饮狂欢；第二天早上，他展开了调查。他在黎明时分走进水手舱，发现舱内异常整洁，船员们穿着洁净挺括

---

① 1英制加仑约合 4.546 升。

的制服，以稍息姿势站立。勒库安特将他们一一叫到自己的房间，查问昨晚发生了什么。船员们已经商量好要陷害勒莫尼耶，所有人都对船长说了同样的谎言，编成真假参半的陈述：他们一致报告，是厨师挑起了这场打斗。不止如此，他还非常过分地辱骂了德·热尔拉什和其他长官。最后，全体船员坚称，勒莫尼耶计划暗中破坏远征行动，因为他认为是德·热尔拉什的错，才让他无法成为国王利奥波德二世的私人厨师。

在这统一战线面前，勒库安特别无选择，只好让勒莫尼耶卷铺盖走人。他将此事告诉德·热尔拉什，后者担心随着他们接近南极，船员们只会愈发目无法纪。指挥官雇用了一个瑞典人来接替勒莫尼耶，但这名新人很快就病倒了，不得不下船。结果，刚刚才把厨师毒打一顿的范达默自己成了厨师。

德·热尔拉什很高兴能让勒库安特来管教船员。他的军衔之所以一步步攀升，是因为他热爱海洋，因为他极其擅长看风向和洋流趋势，而不是因为他喜欢权力。他常常渴望回到更单纯的时期，当他只是一名普普通通的水手，只须接受而不是下达命令的时候。

一天，他和一位比利时侨民一同在蒙得维的亚一个热闹的集市闲逛，与售卖新鲜水果、蔬菜、鱼、肉的小贩们讨价还价，以便短暂地改善船上伙食——每天都是枯燥无味的罐头食品。他呼吸着春日温暖宜人的空气，闻着集市特有的各种气味，思绪飘到了自己上一次到访此地的场景。那是10年前一个同样温暖的日子，彼时他是"克雷吉·伯恩号"——一艘目的地为旧金山的英国帆船——的一名水手。那艘船在火地岛附近受到风暴的致命重创，因而回到了蒙得维的亚，船体各部分将被售卖。作为少数几名没有弃船或被开除的船员之一，德·热尔拉什陪同船长去了同一个集市买食物和饮料，当时，他只穿了一件宽松的法兰绒衬衫和一条帆布裤子。他细细品味着赤脚之下坚实的土地，漫步走回船上，两只手里各抓着一只扑腾着翅膀的活火鸡。

不过，愉快的回忆却催生了一阵忧郁。"自那以后我已成为船长和探险领队。但是，我因此更快乐了吗？"德·热尔拉什写道，"那些日子里，生活很苦，总是在被动地服从；但我当时才 20 岁，无忧无虑，对未来充满信心。那时我所梦想的未来，已经成为如今的现实。可是又有哪种现实可以与缤纷甜蜜的梦想媲美！如今，我不用向任何人负责，除了我自己，可是我仍然必须服从，服从于压在我身上的各种义务和责任……那时更简单。"

那时，最令指挥官担忧的是这样一个事实：他将很快面对合恩角附近同一片危机四伏的海域，更别提不饶人的南极，而他却无法信任手下的船员。赶走勒莫尼耶提升了船上的士气，这一点他承认，但水手舱里仍有不少定时炸弹——特别是迪维维耶、范米尔罗、瓦尔泽和范达默——每天都有可能让探险队名誉扫地，甚至更糟。

* * *

第一只信天翁是在 11 月 17 日在阿根廷海岸附近进入人们

视野的。两天后，队员们首次看到了一只企鹅，可能是一种体形较小、被称为麦哲伦企鹅的温带企鹅。（这种企鹅胸口有黑白相间的环状图案，是以葡萄牙探险家斐迪南·麦哲伦的名字命名的。1520 年，在环球航行途中，他曾看到这类鸟在同一片海域游泳。）随着"比利时号"逐渐靠近南美大陆尖端，日子一天天地冷了起来。日子也变长了，太阳蜻蜓点水般地落到地平线下，便又升了起来，刚好只能让南十字座在靛蓝色的苍穹下露个脸。

11 月 27 日，"比利时号"迎来了第一个真正的考验。寒冷刺骨的东北风无情地抽打着它，接着又赶到西南方向围堵它，迫使它屈服。大海变成了移动的山脉，船员们几乎无法站直身体。滔天巨浪狠狠地撞上船舷，淹没了厨房和实验室，又从甲板层舷墙上的排水口溢出。大风从桅杆之间呼啸而过，其威力足可将一个人扫下甲板，风声则可盖过人落水时的尖叫声。

大自然带来的惩罚，正是德·热尔拉什伏在案头写信乞求比利时富人们支持他的探险时，所害怕和幻想过的那种。领导者的责任已经开始让他疲惫不堪，日渐恶化的纪律问题给了他担忧的理由：自己或许无法胜任这份工作。现在，他终于有机会证明自己了。

他下令投进海里的几个油包没能使大海平静下来。由于无法沿着海岸继续向前，德·热尔拉什决定戗风驶向东南方向一天航程之外的马尔维纳斯群岛①。在他的命令下，船员们冲向

---

① 英国称"福克兰群岛"。南大西洋群岛，地处南纬 52 度左右海域，距离最近的南美洲海岸约 500 公里。原属阿根廷，1833 年被英国占领。阿、英对其归属有争议。

滑轮组，拼命拉动绳索，展开前中桅支索帆和上桅帆。连着几个小时，水手们艰难地迎风航行，直到风暴突然放弃了这场较量——正如它出现时一样突然。"乌云散去，第一个现身的星座是南十字座。"德·热尔拉什写道，"我是否可以视之为好兆头，而不被人认为是迷信？"

凭借这次巧妙的躲避，德·热尔拉什赢得了船上所有人的钦佩。在这次危机中，全体船员表现出色，但最令人眼前一亮的是"比利时号"的表现：它迅速响应了每一道命令，它的风帆经受住了挑战，并且几乎没有进水。它证明了自己非常适合航海，有力捍卫了德·热尔拉什选择它而不是其他更气派的船只的决定。在瓜纳巴拉湾首次看到"比利时号"的时候，库克对它印象平平，可他现在却改变了看法。"随着它载着我们越行越远，远离我们的家园，我们每一天都变得更加依赖它。"他写道，"毫无疑问，它已经赢得我们的喜爱，就像一匹宠物马一样。"

对"比利时号"的船员们而言，阿根廷海岸附近的风暴标志着探险真正的开始。就像旧约里的大洪水一样，风暴冲走了人们心中的怨恨。比利时人和挪威人相处得很好，尤其是在勒莫尼耶走了之后，而库克尽管语言不通，却也与船员们日渐亲密。"真是怪事！"勒库安特船长写道，"医生和我只能通过手势理解对方，但我们很快就成了朋友。此外，还有一点让我们更紧密地联系在一起：库克也饱尝了晕船之苦！"

船绕过维尔赫纳斯角（Cape Virgenes），驶入麦哲伦海峡，海峡蜿蜒穿过火地群岛，连接了大西洋和太平洋。12月1日下午，"比利时号"抵达智利港口蓬塔阿雷纳斯（Punta Arenas）。在拥挤的海港里，它的到来几乎不会引起注意。在巴拿马运河完工之前，大多数在大西洋和太平洋之间穿行的船只都会取道麦哲伦海峡，以免驶入合恩角附近的"航海坟墓"。几乎所有船只都会在蓬塔阿雷纳斯停留。

这座城市有着动荡不安的历史，最初是一个罪犯流放地，后来演变为暴力频发的定居点，仅仅在 30 年内便因为可怕的暴乱两次被毁。不过，20 年过后，鬼镇的废墟之上诞生了一个生机勃勃、人口 6000 的小城，牛仔和掘金者，火地岛原住民和赏金猎人，都聚集于此。这里盛行毫无法纪的自由之风，与美国西部的新兴城镇不无类似。蓬塔阿雷纳斯已成为，正如船员们所察觉的那样，世界上限制最少的地方之一。每隔一个门牌号似乎就是一家酒吧或妓院。教堂里甚至都提供酒精，而且不只是在圣餐仪式上。房子是以砂浆作为黏合剂，用空酒瓶造的。"酒精是蓬塔阿雷纳斯所有罪恶——以及大多数欢愉——的根基。"库克观察道。

在酒精的作用下，船上的安宁——刚刚在大风暴之后形成——很快就被打破了。勒库安特船长在他的日志里提到，反抗和酒后鲁莽有渐强的趋势：

> 12 月 4 日，星期六。萨默斯和瓦尔泽严重醉酒；他们在船上做出了可耻的行为，互相辱骂、挑衅。我介入后，他们消停了；然后，两分钟后，争吵又激烈地开始了。

5日，星期天。萨默斯已经神志不清到打了一个新手水手。午夜，托勒夫森回到船上，醉醺醺的。米绍和D……还在岸上。

6日，星期一。指挥官给瓦尔泽下了命令（后者带着一条小艇在岸上），让他运两箱衣物供船员们穿。瓦尔泽拒绝了，回答说他不是码头装卸工。

船员之中的反派——由范达默、多姆和瓦尔泽领衔——在考验指挥官，而后者完全经不起这场考验。就连一些更尽职的水手也受到了他们的影响。整个星期，不服从命令的事例持续发生，且由于不受惩罚，变得越来越频繁，性质愈发恶劣。夜复一夜，船员们随心所欲地下船，在蓬塔阿雷纳斯城内喝酒、打架，出入妓院。德·热尔拉什没能在一开始就严加管束船员的纪律，为怨恨提供了温床。"比利时号"上的权力关系不再取决于船员等级，而是取决于一种更原始的对支配地位的争夺。

12月9日晚上，扬·范达默出现在德·热尔拉什门口，要求提前领取薪水，好让他上岸活动。这不是请求，而更像是勒索。指挥官拒绝了范达默的要求，温和地指出后者尚未得到离船许可，且已经花了比参加探险的全部工资更多的钱。听到这里，水手威胁要退出。他瞪着德·热尔拉什，浑身上下洋溢着一种自信，表明他很清楚自己是占上风的一方。两人在航海经验上的差异也明明白白地写在他们脸上：德·热尔拉什皮肤光滑，显示了他的一生主要是在书桌前、在长官住舱里度过的；范达默虽然才 27 岁，看上去却比指挥官年长 10 岁，他那饱经风霜的脸，暗示着在毫无遮蔽的甲板上多年的辛苦劳作。德·热尔拉什手下的比利时籍优秀海员本就不多，他不愿意再失去一位（而且这人目前还兼任厨师的角色），于是他让步了，不仅准许范达默离船上岸，还预支了他的薪水。

德·热尔拉什希望此举可以安抚范达默。可是相反，后者只是变得更加胆大妄为。范达默拉了五名船员——四个比利时人，加上一个易受影响的挪威人，卢德维格·亚尔马·约翰森——和他一起进城彻夜狂欢。黎明时分，长官们派了一艘小艇去接回船员。范达默告诉艇长，他还不想回去；其他人，包括多姆和约翰森，也跟着这么说。熟读航海史的德·热尔拉什知道，这就是叛变的开始：当一位极富魅力的船员比船上的领导者们赢得了更多忠心的时候。

一整天，德·热尔拉什、勒库安特和阿蒙森都在试着找回拒绝归队的船员——他们已经分散开来，隐入蓬塔阿雷纳斯的酒馆。多姆按照自己的节奏回到船上，直接倒在床上呼呼大睡。不久后，范达默也回来了，他开始收拾行李，决定无论如何都要离开。勒库安特夺门而入，问他是不是生病了。多姆说没有，他只是宿醉得厉害，想一个人待着。范达默和多姆都毫不掩饰他们对长官们的无礼，反正头天晚上已经鼓动了其他人和他们一起喝酒狂欢，摆明了想煽起与"比利时号"长官们的最后对决。

摊牌的时刻到来了：范达默拿了属于探险队的衣物，包括他的"比利时号"制服，把它们塞进自己包里。德·热尔拉什——他显然可以容忍酒鬼，却不能容忍小偷——终于强硬了一回，要求范达默把衣服给他。范达默拒绝了，并当着全体船员的面用污秽的语言辱骂了指挥官。

没有回头的机会了。德·热尔拉什若是对这公然违抗命令的行为置之不理，将会永远失去对船上人事的掌控。但他也知道，船上还有多位心存不满的水手和好几把可供使用的手枪。指挥官不确定会有多少人站在范达默和多姆那边，但他意识到，自己手上的筹码不多。如果升级成暴力事件，没有人可以保证他、勒库安特和阿蒙森不会在对抗中受伤或死亡。既然他在这之前就没能赢得敬重，现在想补救更是几乎不可能。他只好请求支援。

德·热尔拉什让勒库安特在主桅上升起一面红旗，以此向智利海军和蓬塔阿雷纳斯港务局发送警报，让他们知道船上即刻需要援助。与他不同，这两个机构有权扣押行为不端的水手。时间一分一秒地过去，船上的气氛越来越紧张，可智利人还是没有来。很快，太阳要下山了。德·热尔拉什担心智利当局在黑暗中看不到红旗，决定不能再等了。他放下一条小船，划船前往旁边的一艘智利军舰，留下勒库安特和阿蒙森控制反叛的比利时人。

黄昏时分，一艘小艇出现了。随着它靠近"比利时号"的一侧，长官们认出了船上不祥的身影。那是瓦尔泽，他不经准许上岸，喝得醉醺醺的，并且毫无悔过之意，反而心里痒痒的想要打架。水手舱里，多姆和范达默的躁动情绪持续发酵，而德·热尔拉什不在船上，面对潜在的叛变者们，勒库安特和阿蒙森在人数上处于劣势。为了不让瓦尔泽加入他们，勒库安特拦住他，把他拉到船尾楼甲板，命令他待在原地。船长的目光在瓦尔泽和水手舱之间来回扫着，他的手插在口袋里，紧张地摆弄着左轮手枪的扳机。他决意"打爆第一个行动的人的头"。阿蒙森站在驾驶台上，准备随时支援他的船长。时间在令人窒息的紧张局势中一分一秒地流逝。勒库安特和阿蒙森不禁纳闷，会是什么拖住了德·热尔拉什。

午夜，终于有一艘船悄悄驶向"比利时号"，船上正是指挥官和智利军方的一支分遣队。他们中的两人上了船，站在水手舱外守卫。舱内，范达默和瓦尔泽在勒库安特的监督下打包行李。勒库安特肯定是因为船上有智利武装人员而掉以轻心了，因为在他还没明白过来之前，范达默就已经抓起一把枪，开始向德·热尔拉什的房间走去。船长赶紧跟上他。

片刻之后，范达默就逼到了指挥官面前，后者在带着智利特遣小分队回船时，肯定没有预料到自己会被人拿枪指着。范达默"喷"出了更多侮辱和威胁性话语。他拿出一本日记，声称里面记录了船上发生的所有事情，并表示他打算回比利时后将其出版——这种可能性对德·热尔拉什来说与死在枪下一样恐怖。与此同时，勒库安特站在范达默身后，密切注意着他的一举一动，手里的手枪已准备好。

范达默发表完长篇大论后和瓦尔泽一起被紧抓双臂押上了港务局的船。在他们最后一次从德·热尔拉什面前经过的时候，指挥官做出了令人困惑的举动：他在两人手中放了一英镑。虽然他声称这是表示宽恕，但实际上他是在换取他们的沉默。

凌晨一点十五分，秩序恢复了。第二天，多姆面临着两个选择：离开，或留在船上继续工作。他选择了前者，并同样拿到了一枚一英镑的硬币 ①。借着这次大清洗，德·热尔拉什终于开除了无能到构成危险的轮机员迪维维耶。

就这样，四个人在 12 月 10 日这一天被赶下船，全是比利时人。现在，"比利时号"上的外国人已经多过比利时人了，这一事实本身就是一桩丑闻。开除范达默让探险队再一次面临没有厨师的局面。德·热尔拉什把厨房事务托付给了他的私人侍从——好心好意，却很缺乏厨艺的路易·米绍；这个决定将在探险队到达南极后，为队员们的身心健康带来严重的后果。

探险队损失了一些队员，不过很快地，船上的生物数量又增长了。在蓬塔阿雷纳斯抛锚停留期间，"比利时号"曾与一艘名叫"玛莎号"的煤船拴在一起。几天之内，船员们将 100 吨煤炭从"玛莎号"上搬到"比利时号"上。煤尘吸附在他们的衣服和皮肤上，一天下来，他们浑身漆黑，乃至他们的眼白似乎都在发光。

在船员们睡觉的时候，一声微弱的嘎吱声刺穿了夜晚的寂静。"玛莎号"的甲板上掠过一个个影子。它们窜上停泊绳索，沿着舷缘小跑。其中一个跳过了两艘船之间的缝隙。然后是另一个、又一个……

---

① 这钱算是浪费了：几个月后，多姆终于回到比利时，他接受了布鲁塞尔一份报纸的采访，声称德·热尔拉什在蓬塔阿雷纳斯开除了所有比利时船员。这份虚假指控似乎纯粹是为了泄愤，不过也正好证明了指挥官在面对媒体时的被害妄想并非无中生有。——原注

第五章 "未战先败"

12月14日，"比利时号"驶入南美洲南端迷宫似的多山的群岛，船上有19个人，还有未知数量的老鼠。一系列的船员弃船和开除事件有一个好处：正当船只进入它所探索过的最危险的水域之时，船员名单上终于只剩下了最值得信赖的队员的名字。

可是，德·热尔拉什更担心的还有别的。前往乌斯怀亚（Ushuaia）[①]的旅程漫长而危险——该地位于蓬塔阿雷纳斯东南方向155英里，但那是信天翁的飞行距离，从海上走则曲折得多——对从安特卫普出发以来已经经历多次延误的探险队而言更是雪上加霜。"比利时号"似乎越来越不可能赶在冬天到来之前既探索格雷厄姆地（Graham Land）[②]，又抵达南极洲遥远的另一侧上的维多利亚地。而如果无法抵达维多利亚地，便意味着整个探险计划可能需要重新规划。

科学的需求让远征队本就落后的进度更加岌岌可危。对博物学家拉科维策和地质学家阿尔茨托夫斯基而言，火地群岛南部几乎未被研究过的岛屿拥有源源不断、无可抵挡的吸引力。

[①] 阿根廷属火地岛的首府，位于比格尔海峡北岸。
[②] 旧时英国对整个南极半岛的称呼，现指南极半岛最北端（南纬69°左右以北）的部分。

每一个潮池、每一块岩壁都可能蕴含着让自己功成名就的发现。由于将此次航行描述成了科考远征，德·热尔拉什感到有义务让科学家们满足他们的好奇心。不难想象，当拉科维策坚持就地停留 24 小时，以便研究岸边的巨藻或是某种罕见的蜘蛛时，或是阿尔茨托夫斯基在冰碛上越走越远，不时地捡起一块石头沉思时，德·热尔拉什有多么沮丧。

行程一再延误虽然让德·热尔拉什很恼火，却为其他的一些高级船员提供了机会。在学者们工作的时候，阿蒙森不忘自己的使命，努力打磨成为像弗里乔夫·南森和延斯·阿蒙森那样的职业探险家所需的各种技能。他给自己设定了每日必须完成的挑战，比如登顶最近一座白雪覆盖的山峰，或是沿着不比马背更宽、令人眩晕的山脊行走，或是在冰冷的山间溪流中游泳。登山过程越是累人，天气越是恶劣，阿蒙森就越是享受。他喜欢想象在一个从远处观察他的壮举的人眼中，自己会是什么样子。他把自己比作"潜行的黑豹"，还有一次则是易卜生笔下的流浪英雄培尔·金特。每次回到"比利时号"，他都是浑身湿透，沾满污泥，肌肉酸疼，又冷又累，还有多处划伤，但每一次回来，他都比以前任何时候都更快乐。

另一方面，库克医生则希望利用他在火地群岛的时间研究当地的三个原住民部落：阿拉卡卢夫人（Alacaluf）、雅甘人（Yahgan，他们以 Yámana 自称）和奥那人（Ona，他们以 Selk'nam 自称）。正如在格陵兰岛时那样，原住民与当地地形一样深深地吸引着他。虽然他没有受过人类学的学术训练——很少人有过，该学科仍处于婴儿期——与因纽特人共度的时光却在他心中孕育了对传统社会浓厚的兴趣，也让他具备了担任远征队民族学家的资质。尽管读过一些吓人的报道，他却一直渴望近距离观察火地岛人的传统仪式。查尔斯·达尔文曾在19世纪30年代早期乘坐英国皇家海军舰艇"小猎犬号"（Beagle）探访这些水域，他形容土著居民是一种处于"极其可怕的野蛮状态"的"食人族"。同时，据传奥那人是一些身高达8英尺的武士，突袭欧洲人定居点对他们来说是家常便饭。然而，自库克抵达火地群岛以来，他接触过的仅有的原住民就是一些相对西化的难民，他们逃过了白人牧场主残暴的种族屠杀，在蓬塔阿雷纳斯附近的一座基督教布道所避难。库克被告知，现存的传统火地岛人营地寥寥无几，他更有可能在乌斯怀亚周边的荒野找到他们。

"比利时号"沿着比格尔海峡（Beagle Channel）往东全速行驶，在12月21日漆黑的夜晚到达乌斯怀亚。地图上标出的灯塔不见踪影。水手们在墨一般的黑暗中航行。到了早上，他们才看到昨晚抛锚的地方离岩石嶙嶙的海岸多么近，十分危险。

乌斯怀亚是阿根廷属火地岛的首府，但几乎连村庄都算不上。它由稀稀拉拉的20座建筑组成，还有一座木制小教堂。德·热尔拉什划着小船上岸。他步行前往地区总督府，去索要免费的煤炭，这批煤炭是一位阿根廷官员捐给远征队的，以示他的国家的支持——这是指挥官航行这么远的唯一原因。而现在，他被告知总督不在，且总督府的官员没有该笔捐赠的记录。可即使是在地球上最偏僻的角落，恩惠也总是很容易被施予，而不是被拒绝。该官员做了一番安排，让"比利时号"在一小时航程以西拉帕塔亚湾（Lapataia Bay）的一个仓库额外装载 40 吨煤炭。船立即离开了，留下库克和阿尔茨托夫斯基研究住在一座布道所的雅甘人家庭，布道所由一位叫作约翰·劳伦斯（John Lawrence）的英格兰人照料。

接下来的几天，"比利时号"在拉帕塔亚湾装载煤炭，这个风景如画的海湾让挪威人想起了家乡的峡湾。在平安夜，阿尔茨托夫斯基和两名原住民向导一起从乌斯怀亚徒步走到船上，后者受邀在船上用晚餐。晚餐期间，一名瞭望员看到了烟。阿尔茨托夫斯基和向导为了让"比利时号"看到自己，在海滩上生了火，却没有将火妥善扑灭，结果火苗从草地蔓延到灌木丛，又烧到了树林。德·热尔拉什派人带着斧头和帆布桶上岸。他和阿蒙森留在后方，看着一艘艘小船船头朝向大火，划过镜子似的水面，划开熊熊燃烧的天空的倒影。

幸运的是，那晚没有风。可尽管如此，船员们仍花了近一个小时才把火扑灭。当他们带着一身烟味回到船上时，眼前的船竟已完全换了副模样。

这场火给了德·热尔拉什和阿蒙森一个完美的借口，让他们把船员打发走，好在船舱内为圣诞节布置一番。水手舱的正中间摆着一棵圣诞树，舱内飘着各色彩旗，每位船员的床位上都摆好了礼物（其中很多是由莱奥妮·奥斯特里特捐赠的）：暖和的冬季衣物，游戏拼图，还有上好的烟叶。见到这一幕，水手们仿佛变回了孩子。长官和科学家们也收到了礼物——围巾，绣有获赠者名字的书籍，以及刻着"Audaces fortuna juvat"（"幸运女神垂青勇敢者"，拉丁语）的银质印章。

热格洛格酒上来了，音乐响起来了，人们互致充满爱国情意的祝酒辞，一种前所未有的兄弟友爱的气氛笼罩着"比利时号"，把长官和普通船员、比利时人和挪威人紧紧地凝聚在一起。当晚的最后一次祝酒是德·热尔拉什发起的，主题是他们即将一起面对的诸多挑战："我的朋友们，我们人数不多，我们有时要完成艰巨的任务，但我坚信，你们都会担起自己的义务。愿你们当中没有哪个人会来跟我说：'我累了！'——你们不允许累。如果你们'病'了，情况则不同：我会准许你们休息。"

德·热尔拉什提醒队员读一读贴在实验室门口上方的比利时国家箴言：L'Union fait la force（"团结造就力量"，法语）。话音未落，船员之中已爆发出热烈的欢呼声。这样一番富有感染力的演讲对于指挥官而言颇为反常。自从在蓬塔阿雷纳斯清除船员中的闹事者以来，德·热尔拉什已然自信了不少。

午夜过后不久，大家陆续退回各自的房间。一些人把舷窗开着，让温和的海风吹进来，轻抚他们入眠。岸上，又有几团火开始闷燃，把数以千计的火星抛向星空。

12 月 30 日，"比利时号"返回乌斯怀亚，接上库克。一同上船的还有约翰·劳伦斯。这些天，库克一直住在这位传教士那里，后者想搭顺风船前往哈伯顿（Harberton）大牧场。牧场主是一位富有的英国人托马斯·布里奇斯（Thomas Bridges），原来也是传教士，劳伦斯一直想去拜访他。沿着比格尔海峡而下，往东 35 英里便是哈伯顿。它是船只驶入大西洋的必经之地，而且，鉴于这里的人们很少会拒绝施予恩惠，德·热尔拉什（他已经了解这一点）准许了这个请求。

1898 年的第一天，太阳在 10 点过后不久下山。很快，天色就会变暗，让人无法认出水下的暗礁 。进入火地岛水域后，德·热尔拉什便立下规矩：夜幕一降临，水手们就要停船抛锚。但这会儿离哈伯顿只有几英里远了，于是，他们靠着一个指南针和一张他们明知不完整、过时的地图，继续航行。值班军官让托勒夫森（Tollefsen）测了海峡的深度：28 米，足以让船通过。在渐暗的暮色中，挪威水手眯着眼睛，看到船底下有一层海藻。他再次放下测深索。7 米！他大喊着发出警报。几秒过后：6 米！舵手急忙转动舵轮，轮机员倒转发动机，但船的势头推着它继续向前，直到撞停下来。甲板上，人们东跌西撞，急急忙忙地跑到船首察看情况："比利时号"搁浅了。

为了使它摆脱束缚，德·热尔拉什要求轮机长亨利·萨默斯先是操纵发动机全速前进，然后全速后退，如此反复。这番操作丝毫不起作用。测量结果显示，船压在海面下 4 米深处的一块圆顶状岩石上。海峡的强水流将"比利时号"定在了岩石上。运气好的话，德·热尔拉什心想，上涨的潮水会将"比利时号"抬离岩石。

船上的两条小艇和两艘捕鲸划艇都被放到海里，以减轻船上负重。库克、勒库安特、阿尔茨托夫斯基和两组船员划着船来到布满贻贝的岸上，观察潮水的运动。一阵寒风吹过，海峡光滑的表面泛起阵阵涟漪。到了清晨，海水又开始退去。潮水涨了，又落了，船却纹丝不动。随着水面下降，"比利时号"慢慢地开始往右侧倾斜。如果水位下降得过低，船会翻倒。那样一来，海水会从甲板涌入，船就彻底救不回来了。

德·热尔拉什心里一沉。当他想象可能会终结探险行动的那类事故时，他的脑海里出现的是一幅更壮丽的景象：宛如末日的大海，到处是冰山，船与高耸的白色峭壁惨烈相撞。他下令让船员在船的栏杆和船身右侧的岩石之间支起备用帆桁——垂直于桅杆、用来撑起帆的横杆——作为固定船的支架。

他们想出了一个将船重新拉起来的计划。水手们在两艘小艇里各放了一个锚，划到尽可能远离左舷的地方，然后将锚投入海里。在"比利时号"的甲板上，船员们收紧了锚索——一个绕在一个大型绞盘上，另一个绕在一台蒸汽绞车上——试图将船拉直，并从困境中解放出来。船员们用尽全力转动绞盘，蒸汽绞车的活塞突突作响，锚索绷得直直的，简直可以拨出音符了。可重达244吨的船依然一动不动。海鸥在上空盘旋，发出嘎嘎的叫声，似乎在嘲笑船陷入了窘境。

就在拂晓前，卢卡斯·布里奇斯（Lucas Bridges），哈伯顿牧场主23岁的儿子，从他海边的房子里往窗外眺望，看到了离岸半英里处有一艘大型帆船侧身倾斜着，桅杆的角度不太自然。在目睹船员们奋力收紧锚索，想使船移动之后，布里奇斯划着自己的小船下了水，向"比利时号"驶去。随着他渐渐靠近，甲板上的一个人用美国口音的英语冲他喊了起来。"他是一个穿着整齐、英俊潇洒的伙计，"布里奇斯回忆道，"30岁刚出头，充满活力；中等偏矮的身高，身材消瘦。他自称弗雷德里克·A.库克医生，兼任外科医生和人类学家。"

布里奇斯表示他可以帮忙减轻"比利时号"的负重，这样它或许可以趁着晚潮浮起来。他和库克一同划船回到岸上，几小时后再次出现，带着一艘平底驳船，以及在牧场工作的大约20名火地岛人。在接下来的几小时里，原住民和"比利时号"的船员卸下了约30吨的煤炭和货物。这是一项危险的操作：到此时，风力已经增强了，卷起了阵阵巨浪。海水开始溅入船里。

"才转移了两小船还是三小船货物，一场风暴就突然袭来，从高山上沿着溪谷向西北移动，大海汹涌起来，令与船进行进一步沟通成为不可能。"库克写道，他与布里奇斯和火地岛人已经划回岸上。"比利时号"得靠自己了。库克无可奈何地看着强劲的浪头将船抬起，又把它拍回岩石上。

在船上，船身遭受的每一击都让船员们脊背发凉。随着潮水再次涨起，德·热尔拉什用上他所能获得的一切力量——蒸汽动力、人力、风力。他清空了船上珍贵的淡水储备，以便进一步减轻船的重量。但是这些极端措施仍不足以让龙骨解脱。晚潮涨了又退，"比利时号"直起了身子，却又快速倒下了，这一次是向左侧倾斜。船员们急急忙忙地跑着，搜集所有闲置的帆桁和横杆，把它们支在岩石和船之间。他们焦急地看着"比利时号"呻吟着侧向木质支架，然后稳住。

几分钟后，人们惊恐地看到，船的重量致使每一根杆子都断了。"比利时号"轰然倒下，撞向礁石。船员、碎片和一切未被固定的物品都沿着倾斜的甲板滑下来。书本从书架上飞落，墙上挂着的画来了个直角转弯。大浪打向船身，从两侧一齐涌入。天空像是打开了阀门，下起倾盆大雨。空气湿得已与海水没有区别。海水涌入船舱，从门底、从裂缝中渗入，一路流向

"比利时号"的船腹。

到这时，德·热尔拉什害怕的已不只是损失一条船。小船和捕鲸用的划艇都在岸边，此时的大海过于汹涌，无法实施救援。即使是游泳好手，也无法在这样的惊涛骇浪中活下来，更别提船上还有好几个人完全不会游泳——他正是其中之一。

指挥官把勒库安特和阿蒙森叫进自己的房间。他们踉踉跄跄地穿过倾斜着的、被海水刷得滑溜溜的甲板，尽可能抓住身边的固定绳索或物品，以保持平衡。在房间里，身上不停滴水、脸色苍白得像幽灵的德·热尔拉什问，他们是否也认为"比利时号"在劫难逃，以及是应该尝试弃船逃离，还是孤注一掷，将船上的所有设备都扔到海里。他流泪了。"比利时南极探险"将在开始之前就结束，他想。"未战先败。"船舱内，三个男人之间的沉默愈发凸显了船舱外绳索的啸声和船体挤压礁石的响声，如葬礼钟声一般缓慢而规律。"比利时号"肯定是没救了。

他们吃力地爬回到风暴之中。勒库安特庄严地命令阿尔茨托夫斯基取出探险队最大的一面比利时国旗，即他们在驶入里约和蒙得维的亚的港口时曾骄傲地升起的那一面。如果"比利时号"要沉，它将与它的旗帜一同沉没。科学家将国旗递给丹科，后者将它升上主桅杆，泪水滚下他的面颊，与雨水混在一起。

看着黑、黄、红的国旗缓缓攀上旗杆，德·热尔拉什忍不住想象家乡媒体会使用的标题。在他条目众多的耻辱和名誉扫地噩梦榜单上，眼下这种情况靠近榜首。他的南极探险尝试吸引了全世界的关注；如果他连南美洲的南端都无法顺利通过，他将作为国家和家族之耻永远被记住。

没有什么可以失去了，他决定逆着命运，最后一次尝试救赎。他将前中桅帆收起，然后让甲板上的所有人都去转动绞盘，拉拽锚——以求抬起整艘船。"我们像疯子一样拉呀，拉呀。"阿蒙森写道。通过电报操作、连接控制台与发动机房的控制板，德·热尔拉什让轮机员为发动机蓄起最大压力。轮机员们给火炉添满燃料，把水箱里的水烧到沸腾，同时挡住阀门，不让蒸汽逃逸。这样的操作很容易就能彻底损坏发动机，可话说回来，一台完好无损的发动机躺在比格尔海峡底部也没多大用处。

当潮水涨到最高点，蒸汽发动机内的压力也已达到极限的时候，德·热尔拉什喊出一连串指令："准备风帆，起锚——全速前进！"风帆鼓得紧紧的，绞盘旁的船员们大吼着奋力拉拽，活塞带动螺旋桨的曲轴，以发动机在设计之初不曾妄想过的速率转动，几乎要露出水面的螺旋桨以比以往任何时候都更快的速度转动起来。在人们的共同努力下，"比利时号"稍微抬起来了，片刻后却又再次倒下。潮水开始退却了。船每次都是稍稍抬起，然后再重重地倒下。德·热尔拉什下令做最后一次努力。

突然，"比利时号"抬起了身子。它的龙骨磕磕碰碰地从礁石上移开，船自由地漂浮在海上。

船员们爆发出胜利的欢呼声。德·热尔拉什独自站在驾驶台上，如释重负地松了口气。温克瞥到了他："指挥官站着，眼里饱含喜悦的泪水，望向大海深处。"

这项考验持续了 22 小时。库克后来打趣道，他们撞上的礁石是"'比利时号'的第一项地理大发现"。

* * *

探险队用了好几天，才让"比利时号"恢复正常，行程再次延误——在这之前的一系列延误已将远征队预计到达南极的时间推迟了数周。卢卡斯·布里奇斯，即帮助卸载船上货物的那位牧场主之子，向库克提到"有一群奥那人，蓄长发、穿皮毛长袍、身体有彩绘的真正的森林勇士，驻扎在不到一英里"之外，并表示可以把医生介绍给他们。终于有机会研究并拍摄火地岛令人生畏的巨人了，库克激动不已。

正如他在格陵兰岛所做的，医生依靠为人治病赢得了原住民的信任。比如，他曾让一名奥那男孩短暂地恢复视力，男孩得的是淋病，眼窝里充满了脓。布里奇斯提醒过医生，奥那人觉得照相机很可疑，所以库克做足了准备，带着一包糖果来安抚他们。库克在那一天用他的定制蔡司（Zeiss）镜头拍下的照片——一位身穿骆马皮长袍、姿态高贵的部落首领，一名毫不示弱地盯着镜头的全裸孕妇，一位将箭对准天空的猎人——是最早的一些奥那人照片。它们仍是对一个失落已久的部落的宝贵记录，也展示了库克的戏剧天赋。这位医生已经可以想象到照片会在纽约引起怎样的轰动。

另一份关于濒危的火地岛人的珍贵文件，是托马斯·布里奇斯在侨居该地区的 30 年间整理出的一部收录 3 万个词条的雅甘语-英语词典。就在"比利时号"准备离开哈伯顿的时候，库克提出他可以把只此一份的手稿带回纽约出版。不过，想到

"比利时号"在自己家门口差点沉没的一幕，老布里奇斯决定只有等探险队从南极回来的时候，他才会把自己的毕生之作托付给库克。如果探险队能从南极回来。

    ∙∙

在穿越南冰洋之前，还有最后一站。在那次近乎致命的搁浅事故中，"比利时号"的所有淡水都被倒入比格尔海峡，以减轻船上重量。在前往南极的路上，最近的淡水来源位于埃斯塔多斯岛 [Isla de los Estados；英语称斯塔滕岛（Staten Island）]，阿根廷管辖下的一处流放地，离火地岛弯曲的尖端有 20 英里远——地球上最南的人类居住地。

囚犯相当自由地在埃斯塔多斯岛上走动。从海上逃跑是不可想象的。海岸凹凸不平、岩石嶙峋，大部分海岸地区只有海狗（fur seal）、企鹅和海鸟才能进入。暴风雨来袭时，巨大的海浪会撞向悬崖，把水花洒在崖顶。到访船只极为罕见。在"比利时号"于 1 月 7 日抵达这座多山的小岛之前，圣胡安·德·萨尔瓦门托海港已经有 18 个月未见外国船只。抛锚后不久，就有两个人划着船来问候"比利时号"：某位费尔南德斯（Fernández）先生，岛上的行政长官，和当地的费兰德（Ferrand）医生。德·热尔拉什邀请他们来到长官起居室用小食和饮料，为了娱乐客人，他还给角落里的八音盒上了发条，八音盒开始演奏夏尔·古诺（Charles Gounod）[1]的《圣母颂》。令德·热尔拉什惊讶的是，这个柔和的主题竟令费兰德医生潸然

---

①   19 世纪法国作曲家。

泪下：他上一次听到音乐还是在离开布宜诺斯艾利斯之前，他的女儿为他演唱《圣母颂》——那是在几个月之前。

一天晚上，在阿根廷水手们把泉水灌入"比利时号"的水箱时，探险者们则受邀前往副行政长官的住处，与这个位于人类文明边缘的偏远地区的上流人士共进晚餐：费尔南德斯，费兰德，两位海军上尉，一位显赫的步兵上尉——他被判犯有谋杀其长官的罪行，被判在岛上度过余生——以及上尉迷人的妻子，她选择追随他至此。晚餐的三道菜分别是羊肉、羊肉和羊肉，盛放在不成套的餐具里，这些餐具和家具一样，都是从该地区频繁出现的沉船上打捞来的。

1月14日早上7点，当"比利时号"离开小岛时，费尔南德斯和他的仆人站在海岸上，向探险者们挥手告别——这将是探险者们在很长一段时间中见到的最后两个人类。船戗风驶向南方，从无数的沉船残骸上方划过，驶入合恩角外危险的水域，在这里，大西洋与太平洋相撞，海风在地球表面不受阻碍地旋转。

第六章 "我们身后的一具尸体"

在进入人类视野之前，南极洲就已经存在于人类的想象之中。古希腊人——他们本就相信世界是一个球体——推断，地球遥远的另一端一定有一块巨大的陆块，以与北半球已知大陆相平衡。数个世纪以来，这块假想的陆地被赋予不同名称，包括"未知的南方大陆"（Terra Australis Incognita）。沿用至今的那一个——Antarctica——是 Arctic（北极）的反义词，后者源自希腊语 ἄρκτος，意为"熊"，因为地球最北的地区就在大熊座和小熊座的正下方。[1]

根据波利尼西亚[2]传说，7 世纪伟大的航海家威特兰吉奥拉（Ui-te-Rangiora）划着部分用人骨做成的独木舟一路向南，直至看到"从冰冻的大海中长出来的光秃秃的岩石"——想必是冰山。如果这个故事是真的，那就意味着要过近 1000 年，才有另一个人感受到了南极冰冷的呼吸。那就是英国私掠船船长弗朗西斯·德雷克（Francis Drake），他在一个制图员仍在用各种幻想生物填满世界地图底部的时代进行了环球航行。1578 年，背

---

[1] 也被称为大北斗和小北斗，著名的北极星就位于小北斗。——原注
[2] 中南部太平洋大型岛群，包括夏威夷群岛、萨摩亚群岛、汤加群岛、复活节岛等。

负着找到"未知的南方大陆"并以伊丽莎白女王的名义认领该地（同时把所有能掠夺的西班牙财宝留给自己）的任务，德雷克开着"金鹿号"（*Golden Hind*）——他统领的三艘西班牙大帆船之一——穿过了火地岛地区。就在他驶入太平洋时，一场剧烈的风暴将船刮入了合恩角以南的未知水域。

"风猛烈地刮着，就像是地球的五脏六腑挣脱了束缚，"弗朗西斯·弗莱彻（Francis Fletcher）写道，他是"金鹿号"上的一名神父，"或是苍穹之下的乌云被召集在一起，将它们所有的力量压在这一处。"隔开合恩角和南设得兰群岛（South Shetland Islands）的那 500 英里海域后来被命名为德雷克海峡（Drake Passage）。群岛另一侧的 65 英里海域——布兰斯菲尔德海峡（Bransfield Strait）——则连着南极半岛，或称格雷厄姆地，南极大陆伸出的卷须。

"比利时号"用了七天才走完人类世界和冰封的冥界之间阴森的旅程。一开始，大海还算风平浪静，几乎没遇上弗莱彻和在他之后的许多航海家所描述的大海之怒。德·热尔拉什得以将船保持在相对平稳的状态，让阿尔茨托夫斯基做了一系列深度测量，这是合恩角以南最早被记录的一些数据。

波兰科学家想测验一种假设：南设得兰群岛和南极半岛上的山脉是安第斯山脉的延续，该山脉像脊柱一样绵亘于南美洲西岸，最后向东蜿蜒，在埃斯塔多斯岛到达终点。阿尔茨托夫斯基用一台蒸汽动力测深仪将铅锤抛入海底，再收上来，等它滴答滴答地记录每一英寻[①]；测量显示，洋底有一处陡然下降的低洼，深达 4040 米。

虽然阿尔茨托夫斯基认为这个结果推翻了他的猜想，但他的直觉很有可能是对的：不少当代地质学家认为，安第斯山脉和被称为"南极安第斯"（Antarctandes）的南极山脉曾经是相连的。南极洲的爬行动物和松柏类植物化石是历史上一个气候更温和的时期的遗迹。阿尔茨托夫斯基发现的海底洼地为大陆漂移说提供了证据，德雷克海峡正是在约 5000 万年前的大陆漂移中形成的。

在阿尔茨托夫斯基工作时，一些水手没忘给自己找乐子，想抓空中的信天翁。他们的方法很奇特：给鱼钩放上诱饵，把钓鱼线投入空中。某只鸟会向下猛冲，在鱼饵落水前叼住它，接着就会被拽到船上，最终被杀死。船员们发现信天翁长而中空的翅骨可以做成漂亮的烟杆。

他们显然把柯勒律治忘得一干二净了。"比利时号"在天气方面遇到的好运几乎立刻消失了。次日，油包再一次被投下船，用来平息大海的怒气。

1 月 19 日，地平线上出现了一丝微光，投射在乌黑的天空中。这是"陆映光"（landblink），地平线下冰雪覆盖的南设得兰群岛的反光。那天晚些时候，船上的每个人都跑到甲板上，看漂浮在数英里之外，此行遇到的第一座冰山。好奇心很快变成了不安。20 日晚，雾气渐浓，"比利时号"缓缓驶入黑暗，在黑

---

① 1 英寻约合 1.8 米。

暗中静候它的，却是一座接一座巨兽般的冰山，它们毫无征兆地出现，有些已经高过船的桅杆。

一天早上，萨默斯正在调低发动机压力，以修复出了故障的冷凝器。船员们突然听到远处冰块相撞的隆隆声——南极怪兽的低吼。迷雾中突然出现了一座巨大的冰山，勒库安特试图避开它，但为时已晚：船的龙骨狠狠地撞上冰山，发出一声揪心的破裂声。木头碎片浮上水面。

尽管警告就摆在眼前，德·热尔拉什却执意掌舵，继续在浓雾中航行，他太渴望到达幻想已久的目的地了。严寒和危险似乎令他感到精神焕发。债主、批评者、意欲造反的水手和搞破坏者，都被他远远地抛在身后——他离自己的目的地很近了，近到可以呼吸它清新宜人的空气，没有什么能够阻止他。

他的大胆给阿蒙森留下了深刻的印象，甚至有些吓到他。"指挥官没有害怕……发动机仍在以 75 转的速度运转。"阿蒙森在 1 月 21 日晚的日记中写道，"我忍不住钦佩他的胆量。往后也将一直如此。我当高高兴兴地追随他，努力尽到我的职责。"

1 月 22 日临近中午，卡尔·奥古斯特·温克正在掌舵，突然刮起的强风让大海陷入了狂乱。企鹅在碎浪中跳来跳去。温克不断调整舵轮，在船经历偏向、纵摇或横摇的时候努力使它保持平稳，戗风航行，还得避开不断出现的冰山。他在这方面是新手。20 岁的挪威小伙是作为船舱服务生加入远征队的，却在蓬塔阿雷纳斯被提拔为水手，因为他在四位不守规矩的比利时人被遣散后表现出了极大的热忱和乐观精神。

温克逐渐熟悉了大风暴的乐章：风"似乎想要撕碎一切，它冲着绳索凄厉尖叫，顷刻之间又从五线谱的最高声部俯冲至最低"。这类风暴让他想起贝多芬的奏鸣曲，令他浑身上下充满活力。温克一向深受普通船员和长官们的喜爱，他也证明了他们的信任没有错付。他总是自告奋勇接过最危险的任务，急切地想展示自己的敏捷身手，却也经常无视阿蒙森让他谨慎行事的恳求。

现在，摆在他面前的是他从未遇到过的艰难挑战。冰山随时都有可能从各个方向向船袭来。天空飘起了雪花，进一步降低了能见度。一片片浪花打在他身上，毫不留情地袭入他黄色的防水帽和油布外套。

巨浪整个儿摔向"比利时号"船体中部，透过开放的主舱口漫入货舱。温克在嘈杂的风声中分辨出了阿蒙森的声音，大副在喊他从驾驶台上下来帮忙。温克将舵轮交给比利时水手古斯塔夫－加斯东·迪富尔（Gustave-Gaston Dufour），爬下梯子，一脚踩进甲板上深及膝盖的水里，溅起一片水花。排水口被散落的煤块堵住了，海水无法排出。随着船左摇右晃，海水也哗啦哗啦地从甲板一侧荡向另一侧。每一个浪头翻过栏杆，积水就变得更深。温克向阿蒙森跑去，只能勉强不摔倒。大副指示温克帮助他的同伴约翰森疏通一个排水口。在这之前，已经有好几位船员拿着一个楔子，对着排水口又掏又捅，却把煤炭压得更实了。约翰森和温克必须另辟蹊径。

约翰森认为，他们只能尝试从船身外侧将堵塞物捅出。他找到一根长铁棒，把木头楔子绑在一端，做成一个类似木槌的简易工具。计划是这样的：温克趴在舷缘，把木槌举过栏杆，使楔子与排水口对齐；同时，绑好安全带的约翰森会把身子探出船外，用锤子锤楔子。

温克趴在舷缘，身上那件黄色油布外套滑溜溜的。他一手抓住栏杆，一手将木槌伸出，约翰森则挥着一把大锤子反复锤打。可排水口里的煤块仍然一动不动。约翰森从栏杆旁走开，背对温克，思索着还有什么办法。

船的前方，一座冰山骤然从浓雾中显现，就在几米之外。为了避开它，"比利时号"向右侧急转弯，却被风揪住了风帆，整艘船猛地向前晃。同时，又一道惊天巨浪劈头盖脸地袭来。当约翰森转过身时，温克已经不见了。

约翰森跳上栏杆往下看——什么也没有。他又看向船尾，看到了令人惊恐的一幕：冰冷的海水里正是他的朋友，他慌乱地扑腾着，却被海浪卷着离船越来越远。

约翰森冲到长官住舱，砰地推开门，大喊道："温克落水了！温克落水了！"

听到约翰森的呼喊，德·热尔拉什和勒库安特急忙赶到甲板上。

"快！扔油包！"德·热尔拉什喊道。

约翰森三步并作两步跑上驾驶台，让迪富尔迎风驾驶，减缓船速，可掌舵的比利时人投给他一个疑惑的眼神，又把注意力放回冰山的猛攻。这是第一次："比利时号"上的语言障碍成了生死存亡的关键。约翰森改用手势，但迪富尔仍然不明白他的意思。被浪费的每一分每一秒，温克都在被落下更远。

在这个纬度，即使风平浪静，一个人也可能在几分钟内死于失温。而在暴风雨中，溺水的风险与失温相比有过之而无不及，这样一来，人必须在更短的时间内赶在后果不可逆转之前回到船上。

时间不容浪费。德·热尔拉什冲上驾驶台，一膀子挤开迪富尔，转动舵轮使船停下，同时还得留意一座隐约可见的冰山。阿蒙森则拍电报给机械师们，让他们倒转发动机。

测速绳——拖在船后的一段打了结的细绳，用来测量船速——从温克身边滑过。他疯狂地游过去，抓住绳子末端，绕在手腕上。船的势头猛拽着他向前。库克抓住测速绳在甲板上的一端，顶着大海的阻力，开始稳步收回绳子。他拖着温克穿过海浪，每拉一下，这个男孩的体重就带动测速绳猛地一抽，仿佛有一条200磅的大鱼挣扎着想逃走。库克的手臂和背都在颤抖。绳子已经勒进他掌心的肉里。很快，绳子开始松了：医生可以感觉到，水手逐渐抓不住绳子了。约翰森赶来帮忙。当他跑到船的侧面时，温克几乎已经无法浮在水面上了。

在风暴的怒吼中，阿蒙森竭力呼喊，催促勒库安特和德·热尔拉什放下一条救生船。可是指挥官认为风暴太过猛烈，不想为了拯救一条生命而让四五名水手冒生命危险。勒库安特表示他愿意亲自下水。他飞快地把一根绳子绑在腰上，打了一个单套结①，请求德·热尔拉什准许他跳水。

在那一刻，海浪的飞沫扎着他的脸，德·热尔拉什犹豫了：

---

① 一种拉紧时不会脱滑的单结。

他不能放弃温克，却更无法承受失去他的二把手，后者拥有无可取代的航海技能。勒库安特把指挥官茫然的沉默解读为"同意"。带着近乎难以理解的勇气，他爬上了舷缘，根据船的摆动估算好跳跃时机，然后纵身跳入大海。

风的呼啸，船员们的大喊，在勒库安特扎进水里的一瞬间都仿佛被捂住了。他只能听见海洋搅动的声音。靴子和衣服拽着他往下沉，减缓了他游到水面的速度。海水只有零下2度，咸水的冻结点。在这个温度，主要的感觉不是冷，而是一种烧灼之痛。

勒库安特在温克身边浮出水面，急促地喘着气。年轻的水手眼睛瞪得大大的，似乎正望向虚空。他被冻麻了，但仍在用鼻子用力呼吸，呼出的除了空气还有海水。勒库安特抱住温克。甲板上，几个人试图将他们吊回船上。船长在水里才待了几秒钟，就已经能感觉到肌肉开始变僵。汹涌的海浪将勒库安特和温克抬到了几乎与"比利时号"舷缘齐平的高度，又突然放手，令他们摔落至绳子末端，简直就像被吊在绞刑架上。绳子每被拉紧一次，勒库安特抱着温克的双臂就松开一点。温克很沉，而他被水浸透的衣物更是增加了负重。绳子又抽动了两三次，勒库安特终于放手。

勒库安特无助地悬荡着。在他下面，测速绳一圈一圈地从温克的手腕上松开，露出深深的、发白的勒痕。此时，"比利时号"横摇的幅度非常大，每个浪头打来，都会把温克送到离甲板只有咫尺之遥的位置。约翰森探出栏杆，丹科和阿蒙森在后面拉住他，他得以抓住温克的左手。可船一摇向左侧，温克的身体失去浮力的帮助，就变得过于沉重。约翰森仍抓着朋友绵软无力、湿滑的手，力道却在减弱。当"比利时号"向船尾方向纵摇，砸向水中时，约翰森再也无法抓紧朋友的手。大海迅速后退，卷走了温克。

温克这时脸朝上漂浮着。队员们终于能看清他了。眼前的景象令人胆寒：他们熟悉的那个年轻人已经无法辨认。他的脸黑而肿胀，嘴角泛着白沫。

一道海浪将温克冲得更远，他开始下沉。同伴们在甲板上看着，直到他防水帽的最后一点黄色消失在视线中。

实验室里，拉科维策正躺在地上缓解晕船；他的上方是叮当作响的试管和烧杯——被他颇有先见之明地锁在柜子里。门口出现了一个人影，拉科维策转过头，看到了面色苍白、不住颤抖的阿尔茨托夫斯基。

"温克死了！"

"死了？"拉科维策诧异地问道，并迅速起身。

"是的，淹死了，被一个浪头打下了水！"

拉科维策急急忙忙地赶到军官室，见到了勒库安特。经历营救失败的创伤之后，船长被人扶回室内。他半裸着身子，抖得很厉害，哭得不能自已。"拉科，我帮不了他，他从我手里滑走了。"

拉科维策后来形容，人们不得不"像对孩子一样"，安抚船长，为他穿衣。

甲板上，人们根本没时间哀悼。风暴仍在肆虐，德·热尔拉什继续掌舵。他必须摆脱这场暴风雨。"比利时号"的左前方似乎有一些陆地。德·热尔拉什查看了关于这片区域仅有的几份资料——几页残缺不全的地图，一张来自英国海军，另一张是早几年由一位名叫爱德华·达尔曼（Eduard Dallmann）的德国捕鲸人绘制的——断定那是低岛（Low Island），南设得兰群岛最南的一座岛。他改变了航向，向小岛驶去，希望在那里躲避暴风雨。在风的推动下，"比利时号"灵巧地在冰山阵中回转，抵达小岛的背风处，抛锚停泊。

船终于平静下来了。

那晚，一团令人窒息的阴霾笼罩在"比利时号"上。船舱内，人们各自回想着温克生命中的最后时刻。对很多人来说，这是他们第一次亲历意外死亡。即使是像库克医生这样对死尸并不陌生的人，也不曾做过面对温克那令人不安的、不成人样的脸的思想准备。

拉科维策没有目睹事故过程，但他同样心神不宁。他无法入睡，便走到实验室坐下，思考远征行动中这一突如其来的悲剧性的转折点。"征程才刚刚开始，我们就已经在身后留下了一具尸体。余下十八人对抗险恶的未知世界，下一个离去的会是谁呢……大自然从来不忘索债。"他不是唯一一个这样自问的人。

德·热尔拉什早就知道南极洲是危险的，这片大陆是值得人们敬畏的，但他刚刚失去一名手下，一名得力助手，而南极大陆的边缘他都还没见着。指挥官在想，他没有派出救生艇到底是不是正确的决定。同时，他应该对温克的父母说什么？他们肯定会责怪他。如果不是因为"比利时号"探险，他们的儿子就不会死。

库克仍能感受到测速绳另一端温克的重量。温克抓住绳索的时候，还在水里扑腾。但当医生将他拖到"比利时号"边上的时候，水手虽然还活着，却已经没有多少反应了。库克是否可以更快地收回绳索呢？如果可以，结果会不会有所不同？

阿蒙森则深受一个想法的折磨：是他指派温克去疏通排水口的。他在那晚的日记中哀悼了这位同胞。"我们永远不会忘记他。"他写道，"很不幸，他有一个缺点。他总是还没在腰上绑好防护绳，就想去船外侧……而我总是喊他回来。"阿蒙森曾无数次让温克在腰上绑一条绳子。为什么偏偏没有再多叮嘱这一次？

受男孩之死打击最大的，正是尽了最大努力救他的人。勒库安特冒了生命危险跳入冰冷刺骨、汹涌澎湃的海水。他曾一度用自己的双臂抱住温克。可他的英勇行为仍不足以救下男孩。对于自己没能坚持更久、抱得更紧，船长悔恨不已。"我仍能看到温克，"勒库安特写道，"他睁大的眼睛毫无生气，他永远地被冲走了。"

第七章　驶入未知

　　1月23日下午5点，地平线上出现了一个黑点，透过薄雾中的一个开口若隐若现。这是队员们第一次瞥见南极大陆。几小时后，雾气散去，一块多山的陆地在船的周围显现。"比利时号"已经驶入格雷厄姆地西北海岸的休斯湾（Hughes Bay）。探险者们仿佛踏入了神话之境。海水接着白雪，好似整个海洋涌上了喜马拉雅的半山腰。

　　对德·热尔拉什而言，这是一个尤其激动人心的时刻，是他人生至此的顶峰。眼前正是多年以来他渴望窥见的幻景。是他构想了这次远征，努力为之筹款；他忍受了比利时媒体和其他唱衰者的毒箭攻击，遭受了一次又一次耻辱般的延误；他惊险地避免了一场叛乱和一次沉船，并且已经失去一位手下。而此刻，他的儿时幻想终于成真了。船上唯一一个能理解他的狂喜的人或许就是库克，他自己也是尝试多年才终于来到这里。尽管一路上困难重重，但两人都从未放弃希望。荣耀终于触手可及。

　　"比利时号"小心翼翼地在冰山群中穿行，船上的挪威国旗和比利时国旗均下半旗，向温克致哀。船经过的一系列小岛中，只有很少几座标在地图上。蒸汽发动机的咔嚓咔嚓声荡漾在玻璃一般的水面上。晚上9点半，仲夏的日光正缓缓消失，长官们选了一座小岛进行他们的首次登陆：一块毫不起眼、地图上没有绘出的玄武岩，直径约 350 米，岛上基本没有积雪，海岸线可以接近。这是探险队对南极地图的第一项贡献，德·热尔拉什后来将以自己父亲的名字为它命名：奥古斯特岛（Auguste Island）。

德·热尔拉什、库克、阿尔茨托夫斯基、拉科维策和丹科挤进一条小船，划到岸上。陌生的鸟类——贼鸥、海燕、企鹅——吱吱喳喳地叫着，抗议他们的到来。"我们四周的一切都有一种异世界的外观。"库克写道，"景色、生物、云朵、大气、水——都散发着一丝神秘的气息。"队员们用了大约一小时探索这座岛：阿尔茨托夫斯基忙着凿岩石样本；拉科维策收集地衣、苔藓和海藻样本；丹科则试图绑架企鹅。在此期间，暮色降临，潮水上涨。为了防止小船撞向岸边岩石，库克和德·热尔拉什回到船上，倚靠船桨休息，他们的队友则继续在岛上忙活。"我们随着船摇啊摇的时候，尝试过用望远镜跟上他们，"库克写道，"但很快就在黑暗中看不见他们的身影了。不过，我们可以根据锤子沉闷的回声分辨出阿尔茨托夫斯基的方位，也可以通过企鹅的合唱追踪拉科维策——他每到一块岩石前，就有一小群企鹅跟他打招呼。"大伙儿在午夜前不久回到"比利时号"，丹科的两条胳膊下各夹着一只扭来扭去的企鹅。

第二天，1 月 24 日，在登陆第二座未经探测的小岛后，"比利时号"贴近海岸航行，寻找一条或许能往东穿过格雷厄姆地，进入威德尔海（Weddell Sea）①的通道。没有找到这样的水道。不过，山脉中的一处断裂，暗示着有可能有一道通往西南的狭长海峡。现有的休斯湾地图显示，那个方向只有坚实的陆地，但从桅杆瞭望台看，海峡一直延伸至视线尽头。地图显然是错的。"比利时号"进入这片水域才刚刚一天，就让德·热尔拉什遇上了每位探险家都为之而生的事——重大地理发现的可能性。

整整三天，他不得不抵住驶入海峡的诱惑，好让科学家们充分探索休斯湾，让勒库安特船长绘制其轮廓。25 日，船长遇到了一个罕见的机会：云团中露出了一条缝，他得以用一台黄铜六分仪标记太阳在地平线以上的高度，确定船所在的纬度。南极洲海岸常年云雾缭绕，或许解释了为什么现有的寥寥几版地图都如此不准确、不完整：在大多数日子里，看清海岸线就够难了，更别提太阳或星星。

26 日，阿蒙森随队登上了现有地图上为数不多的岛屿之一，双丘岛（Two Hummock Island），以测试他的滑雪板。他快活地在冰川上飕飕滑动（岛上大部分面积被冰川覆盖），从一脸茫然的企鹅身边掠过，很肯定这是南极陆地上有史以来的第一次滑雪活动。当然，这是一项较小的成就，但毕竟是他的第一个第一，是他设想自己一生中将会完成的极地纪录超长清单中的第一项。

1 月 27 日薄雾弥漫的下午，德·热尔拉什终于将船开进了峡口，这道通往西南的海峡几日以来一直在向他召唤。为了纪

---

① 南冰洋属海，南极半岛为其西边边界；因苏格兰水手詹姆斯·威德尔于 1823 年首次进入该海域而得名。

念驶入从未有人涉足的水域，德·热尔拉什在一根桅杆上升起了比利时国旗，知道只有他自己、队员们和野生动物会看到国旗飘扬。人类最近的船也在北边数百英里之外。

或者说，他们是这么想的。随着他们驶向海峡，座头鲸在船的两侧喷水，队员们突然看到前方水面上漂着一件长而直的物体。是一根桅杆，帆桁还连着，尚未被盐分漂白——这是沉船的痕迹，而且从桅杆外观来看，事故是近来才发生的，真叫人不安。船是在附近失事的吗？还是说这些残骸是从远方漂来的？部分"比利时号"成员将其解读为一个警告。"这也会是'比利时号'的命运吗，"勒库安特写道，"永远消失，除了一片帆桁或桅杆的残骸，什么也不留？"

不过，随着"比利时号"在童话般的光芒中驶入海峡，不祥的景象很快就被抛诸脑后。太阳已经西沉到群山后面，但仍照着它们的山峰，点亮了天空中稀疏的云朵，形成一块金色的罩盖，罩在渐暗的山谷上，倒映在深蓝色的水中。冰山悄无声息地跟着滑行，像"幽灵"一样，勒库安特观察道。

"比利时号"的队员们是欣赏这壮丽景色的第一批人类。顺着海峡航行，海峡两岸 5000 英尺高的山峰仿佛是从船两侧的海水中直接耸入天空，像是把他们抱在怀中。队员们俨然是冰雪伊甸园的居民，赋予每座岛屿、每片海岸、每个海角和每个首次发现的物种名字，每向前移动一寸，就将人类的世界知识拓宽一分。

南极的夏季是一个相当宜人的季节，温度鲜少低于冰点太多（虽然也不会高出冰点多少），夜幕从不真正降临。取而代之的是一抹朦胧的暮色，在海面上洒下一片宛如珍珠母的微光。"黄昏和黎明浑然一体。"德·热尔拉什写道，虽然黑暗将很快挤到它们之间，并随着地球的每一次自转，停留得更久一些。

地质学家阿尔茨托夫斯基凿下来的岩石碎片显示，这片地区由火山岩构成，主要是花岗岩和玄武岩。除了坡度最大的岩壁，所有岩石都盖着一层白毯。这是一种由火锻造，由冰雕刻的景观。冰川并不只是像河流一样在山谷中迂回，如同在气候更温和地区的山脉中那样。相反，它们覆盖了每一个雪花能落脚的表面。大部分日子都是下雪天，持续时间不长，也很少会有大片雪花。但是数千年来，雪花积少成多，且在夏季也不融化，逐渐压成了一层坚实的冰，厚度可达数百英尺；冰层缓慢而坚定地朝大海的方向移动，在与大海相会的地方，或是被自身重量往下拉，或是在海水舔舐下削弱了根基，终于断裂成一座座冰山。①

乘船穿过冰砌的峡谷，库克不禁惊叹，这片陆地竟比他所见过的北极更为壮丽——不止一点点。作为远征队指定的摄影师，他在甲板上搭起三脚架，将镜头对准了每一幕新的奇景。"随着船沿着海峡疾速行驶，一幅接一幅的新世界全景图在我眼前展开，"他写道，"照相机的快门声就跟证券报价机的轻叩声一样规律而连续。"库克的照片或许是最早的南极洲照片。它们忠实地还原了南极的风貌：即使用裸眼看，这个环境大体上也是黑白两色。

---

① 在南极大陆的其他地区，冰盖厚度可超过一英里。——原注

库克最常拍摄的对象中就有冰山，形态各异的冰山。它们有着同样的起源——一大块冰川断裂，轰然坠入水中（这个剧烈的、伴随巨大声响的过程被称为裂冰作用，好像冰川在分娩似的 ① ）——但各自踏上了不同的旅程，任由大海雕刻。不同水域的海水温度亦有不同，比淡水冰稍暖一些或稍冷一些；海水逐渐磨平了冰山的棱角，把凹洞钻得更深，或是把尖头磨得更精妙。海水甚至有可能直接凿下一大块冰，改变冰山的重心，使它上浮或是在水中换个姿势。现在，海水就可以对着此前露出水面的部分精雕细琢。上升到水面的气泡在冰山边缘留下了一条条竖向凹槽，就像古希腊大理石柱上的凹槽装饰。随着冰山在海水里转动，空气会往新的方向逃逸，逐渐形成复杂的纹路。

冰山在水中的时间越长，它的外形就越独特。大型冰山——有些高出海平面 200 英尺，有些长达数英里——有时会被海水刻出深深的洞穴，甚至被钻透，形成通道和柱廊，这样的冰山看上去就像带拱廊的宫殿。更小的冰山则常常拥有神话生物的外观。它们神奇地在海面上列队漂过，而队员们就像是看云看出了各种形状的孩子。"我听阿尔茨托夫斯基提到了埃及的狮身人面像，"库克写道，"但拉科维策坚称它更像一头北极熊，然后另外一人喊道，'它在动！'这么一说，画面就变成事实了，水手们现在只愿相信它是一头活生生的熊。"

在无风的日子里，当它们不构成威胁的时候，冰山具有无穷无尽的吸引力。但它们的美丽与危险是成正比的。由于它们

---

① 在英语中，"裂冰作用"（calving）与"产犊"（calve）源自同一个动词词根。

没入水中的部分一直延伸至很深的水下，受到深层洋流——其方向有时会不同于表面洋流或风的方向——的作用，会以无法预判的方式移动。[1] 在风和日丽的日子里似乎是一座妙不可言的雕塑公园，在暴风雨或大雾中却可成为死亡陷阱。

虽然库克对比鲜明的黑白照片很适合用来记录白雪覆盖、轮廓分明的山脉，它们却无法捕捉只有凑近看才能看到的这里一簇那里一簇的色彩，比如装点着岩石的黄色、红色、橙色地衣，或是冰山浸入海水的底部醒目的浅蓝色。它们当然也无法体现从冰上反射出来的和从冰裂隙里发出的迷人的蓝色光谱。冰山上深邃的冰洞里，色彩格外浓烈，引得水手们想进去探险。

库克总是急切地扑向每一个上岸的机会。他是探险队员中身手最敏捷的，总会站在小船的船头，在船靠岸时手拿系泊绳索第一个跳上滑溜溜的岩石。他把笨重的相机拖到看起来很危险的岩架上，记录下了"比利时号"英姿飒爽地沿着海峡航行的景象。这些照片给人一种平静和安宁的印象，与库克对现场声响的描述截然相反："真是令人惊叹且有趣得出奇：鸬鹚的叫声只能说非常奇特，海鸥的声音十分尖锐，企鹅则是'嘎啊——嘎啊——'地叫，鲸猝不及防地喷水，海豹和企鹅啪啦啪啦地在水里扑腾，还有我们眼前的岩石上，动物幼崽婴儿似的叫喊。"时不时地，某座正在经历裂冰作用的冰山发出一声低吼，在山脉之间回荡——这令人敬畏的声响是大自然原始力量的标志。

---

[1] 平均而言，冰山水下部分的质量占总质量的 7/8。一座露出海平面 200 英尺的冰山，水下部分深可达 1400 英尺。——原注

作为第一位踏上南极大陆的博物学家，拉科维策经常为了科学而拿自己的生命冒险。2月1日下午，在后来被称为屈韦维尔（Cuverville Island）的岛上，他站在一座令人眩晕的岩壁脚下。透过小型望远镜，他看到峭壁高处露出了几片草叶。这就像是在沙漠里看到了一棵棕榈树：自从离开南美洲，他见过的植物只有海藻、苔藓和地衣。拉科维策决心采集这种草的样本，尽管摆在眼前的是一场艰险的攀爬，并且他毫无登山经验。他扔开来复枪和书包，开始攀爬：用指尖抓住岩壁上粗糙的凸起处，把冰镐敲进岩缝，依靠镐柄拉自己上去。这次攀登极其折磨人，但肾上腺素驱使他继续向前。然后，就在他逐渐接近目标（高耸于鹅卵石滩之上）的时候，两只贼鸥——貌似海鸥的大型棕色鸟类——俯冲而至，一边啄他，一边恶毒地用翅膀打他。它们显然是在保护自己的两只雏鸟，鸟巢在附近的一个岩架上，拉科维策这时已经可以看到它们毛茸茸的头从巢里探出来。这是令人腿软的一刻：走错一步，就可能意味着致命的坠落。拉科维策左手紧紧抓住岩壁，另一只手疯狂挥舞冰镐，成功地抵挡住了贼鸥的攻势，并抓住机会扯下一丛他寻找的那种草，然后手忙脚乱地退回地面。

他的奖品完全值得这番辛苦：世界上分布最南的有花植物——南极发草，一种罕见而极其耐寒的草，可以忍耐严寒、强风和土地的贫瘠。南极洲是一片残酷而荒凉的土地，但并非完全无法孕育生命。总是有物种找到办法存活。

在显微镜之下，拉科维策发现了大量微生物，比如胖乎乎、有八条腿的水熊虫（tardigrade），这种缓步动物能在地球上最极端的环境下存活（甚至还可以在太空存活，科学家们已经发现）。他收集了覆满地衣的岩石上的螨虫，还发现了南极洲最大的纯陆生动物——南极蠓，一种体长5毫米的黑色无翅摇蚊，其拉丁学名后来被定为 *Belgica antarctica*，以纪念这次探险。作为南极洲唯一一种本土昆虫，南极蠓会度过最长可达两年的幼虫期，然后在夏季以成虫形态存活寥寥数日，时间刚好够它们繁殖。它们在进化中舍弃了翅膀这一事实，充分证明了这片大陆上的风有多么残暴。

拉科维策观察到，生态系统中的每一种动物都直接或间接地依赖大海。鸟类大多以磷虾为生。少数几种鸟类，比如贼鸥，以企鹅蛋和雏鸟为食。其他的则是胃口极大的食腐动物，像是南极巨鹱，它们有时会吃腐肉吃到撑，在拉科维策凑近检查动物尸体时，甚至很难飞走。不过，正如这位动物学家将会领教的，鹱发展出了一种格外令人厌恶的防御机制。"它会把自己消化道的内容物吐到你身上，当你浑身都是基本已腐烂的物质时，你不会感到很骄傲，这一点我可以保证。"他写道，"气味可怕极了，久久不散，而且……遇到类似巨鹱的这种表现，你很难不屈服。"

船员们或许曾期待在这寒冷的高纬度地区呼吸到纯净的空气，但恰恰相反，风中常常混杂着不那么令人愉快的气味，比如海豹栖息地刺鼻的动物体味，或是鲸带着腐臭的呼吸——对于后者，拉科维策再一次幸运地得到了近距离体验的宝贵机会。拉科维策无论如何都想拍下座头鲸浮出水面呼吸的瞬间。这一天，他看到水下有一头鲸游向船侧，连忙带着照相机赶到驾驶

台，准备在最佳时刻按下快门。他完美预测了鲸的行动：它很
快就在下方露出水面，通过头顶的呼吸孔呼气——用一种腥臭
的液体将拉科维策淋了个透，其中混着无数被鲸须夹住而死亡
的小型动物，散发出阵阵腐臭味。[①]"在这一刻，一股恶心至极
的臭气袭击了我的鼻子，以致我必须惭愧地承认，我忘记按快
门了。"他写道。

　　企鹅群栖地的腐烂海鲜臭味也是存在感最强的气味之一。
这些栖息地里的巢穴是用厚厚的鸟粪糊成，雪地因而几乎被染
成血红色，从几百码[②]之外就能通过刺鼻的气味和居住者此起彼
伏的叫声感知到栖息地的存在。在队员们遇到的所有生物之中，
没有哪一类比企鹅更令他们着迷，它们一摇一摆的样子非常滑
稽——让人想起电影里的人们一顿一顿的走路姿势，这种技术
刚刚在两年前由卢米埃尔兄弟发明出来，发明地正是布鲁塞尔；
它们的社会体系相当复杂。由于是在隔绝状态下演化的，南极
企鹅尚未学会害怕人类，所以允许拉科维策近距离观察它们的
日常生活。作为一位文笔活泼、幽默风趣的写作者，这位罗马
尼亚动物学家忍不住用生动的拟人化表达描述海峡一带主要的
两种企鹅：帽带企鹅和巴布亚企鹅。帽带企鹅，他写道，可通
过"一条像火枪手的小胡子一样绕在其脸颊上的黑色细带辨别。
这使它们有了一种好斗的气场，与其真实性格十分符合"。帽带
企鹅很容易为了小块领地而争吵。展开决斗的企鹅"从远处看

---

① 或者说这是拉科维策的猜测。一些生物学家认为，座头鲸呼出的腐臭气体
　肯定是肺部细菌造成的。——原注
② 1 码约合 0.9144 米。

就像两个鱼贩子在互相质疑对方产品的新鲜度"。更好相处、更愿意合作——身体颜色也更鲜艳——的则是巴布亚企鹅。拉科维策形容它们"体形比帽带企鹅稍大一些,穿着更奢华",喙和蹼是橙红色的,黑色的脑袋上戴着一顶白色的冠冕。

虽然帽带企鹅和巴布亚企鹅的体形和交配特点大同小异,它们在性格上的差异却非常大,以至于拉科维策将它们各自的社会比作当时在整个西方世界冲突不断的(也是"比利时号"的普通水手和高级船员们常常就其展开激烈辩论的)两大意识形态:帽带企鹅,他写道,"是彻头彻尾的个人主义者,一直……为了保护自己的财产而争吵不断";"正派而诚实的巴布亚企鹅"则相反,"是高明的共产主义者,在公民同胞面前没什么好捍卫的,反正已经共享土地,还通过建立集体托儿所大大简化了抚养孩子的任务"。队员们对巴布亚企鹅倾心不已,甚至把三只企鹅作为宠物带回船上。其中两只几乎立刻就死了。第三只大大咧咧地接受了新家,自由自在地在甲板上漫步。船员们越来越喜爱这只宠物企鹅,宠溺地叫它"贝贝"(Bébé)。

拉科维策的职责不只包括观察。他还负责采集动植物样本,每个遇上的物种都要采集若干份,带回比利时,交给各个博物馆作为藏品。这项义务要求他以令人作呕的频率杀死动物——那是以知识之名,对这座白色天堂的必要亵渎。海鸟和企鹅处理起来比较容易,一颗铅弹、一记稍有准头的重棒或是在脖子上的迅速一扭就能解决,但体形更大的对象——特别是拥有厚厚脂肪层的豹形海豹和韦德尔氏海豹——需要威力更大的弹药。虽然拉科维策以外科医生般的效率执行了这些处决,但这可怖的暴力仍常常令他心神不宁。他在日记中写道，有一天，他看到一头母豹形海豹懒洋洋地侧躺着："我开枪射击，中空弹从她耳后进入，从眼睛上方飞出。动物当场死亡，但粗如拇指的血柱持续不断地从两个眼窝喷出，足有五分钟之久。"

对尚有一丝余温的动物尸体就地进行一些测量之后，拉科维策和一名助手，通常是约翰·科伦，就会开始做保存样本的准备。如果是脊椎动物，他们会去除所有肉和内脏，刮除骨头上的所有组织，将骨头标记好、收好。如果发现有胎儿，就将它从母亲的子宫摘除，浸入一罐酒精。有些动物的皮会被风干，用砷（作为防虫剂）处理，以便回到欧洲后制成标本。小一些的物种，比如幼虫或微生物，则被保存在载玻片上。在三周的时间里，拉科维策收集了400多个物种的样本，包括植物、动物、真菌、海藻、硅藻，其中110种是首次发现。他的实验室像是一座微型博物馆。他唯一的遗憾是没能捕到一头鲸。

埃米尔·丹科的工作产出则没有多少实体。他负责对海峡进行地球物理学勘探，这就要求他精确地测量地球磁场和引力场在该区域内的变化。这类数据的一项实际应用是帮助未来的航海家导航。[①] 当然，这些数据从纯粹的科学视角看也有很高的价值，可以帮助科学家更好地理解全球磁力。不幸的是，丹科并非科学家。德·热尔拉什雇用他不是因为他具备相关资质，而是出于对朋友的忠诚，为了身边有一个信得过的人，甚至有

① 整个19世纪，地理学家们都确信，如果能够制作出全球磁力变化的详尽图表，将会减少对天文导航的依赖；天文导航要求天空晴朗，这个条件并不总是能满足。英国皇家地理学会前会长迈克尔·帕林（Michael Palin）曾将这项工程称为"19世纪的GPS"。——原注

可能是出于怜悯。但指挥官很难为他找到一个合适的角色。丹科是一名炮兵中尉，但开炮这个专长在南极探险中不太有用。指挥官一开始让他负责气象学研究，但在不同机构上过一些课程后，丹科发觉这门学科难度过大，要求换一个领域。德·热尔拉什于是提议换成地球物理学，丹科接受了。他在欧洲各地跟着顶尖专家学习了数月，但他实在没有技术头脑。虽然他学会了使用诺伊迈尔磁力计之类的仪器，操作也算熟练，但他对这些仪器所观测的现象只是一知半解——他不知道自己不知道什么，比如哪些外部因素可能影响读数。他也无法进行复杂的运算。远征队为他购买了昂贵的工具，他却记不住关于这些工具或是其操作标准的简单而至关重要的细节。他的工作有很大一部分后来被证明是完全无用的。

与丹科不同，勒库安特船长完全就是严谨细致的科学家。作为领航员，他的工作是确定"比利时号"在时空之中的位置。这项任务要求掌握三角学和天文学知识，勒库安特在两方面都很出色。这位 28 岁的船长从他父亲——一位数学老师——那里继承了对数字的热爱和天赋，并且已经出版一本广受认可、十分专业的关于天文导航的书。每当云团分开足够长的时间，让他能够将六分仪对准太阳、月亮或是某颗星，勒库安特就记录下其在地平线以上的高度，进而推导出——在对照星图之后——船所在的纬度。得益于一个设置为格林尼治标准时间的航海精密时计，他也可以确定船舶经度。在这些坐标的基础上，勒库安特便可以开始测绘附近的海岸线。

可是，他在南极遇到的自然条件似乎有意与航海和地图绘制对着干。由于大多数日子是多云天气，勒库安特只在海峡两岸的 5 个点上测算了完整的经纬度。这些坐标读数后来被证实非常精确——误差常常仅在 1 分[1]之内。但是他不得不依靠其他方法，才能将地图填满。其中一种被称为航位推算法，通过罗盘读数、本地磁力变化、船只离开上一个已知方位后的大致速度等变量，估算船只的坐标和方位。虽然航位推算法对记录船只在开阔水域的进程很有帮助，但它缺乏精度，无法让勒库安特画出准确的地图。作为这块新大陆的发现者，探险家有义务尝试一种更严格的方法。

勒库安特提出了一种伴随一定风险，但或许可以得到更理想结果的方法。它要求几个人攀登到一处可以将海峡和众岛屿尽收眼底的高地。从那里，用经纬仪进行一系列测量，可以得到俯视各个目标时视线与水平线的夹角，即俯角。只要观察点的高度是确切的，就可以用平面三角学解以视线为斜边的三角形，算出观察对象的距离。为了尝试这个方法，德·热尔拉什将带领由库克、阿蒙森、丹科和阿尔茨托夫斯基组成的小分队，向一座或许能满足条件的高峰进发。勒库安特将教他们使用经纬仪。

在风雪交加的 1 月 30 日下午，登陆小队划船来到后来被称为布拉班特的那座岛[2]，它是一个面积达 680 平方英里的陆

---

① 经纬度是表示位置的数值，以度、分、秒为单位。

② 德·热尔拉什将其命名为布拉班特岛（Brabant Island），以纪念当时的比利时布拉班特省（后来被划分为弗拉芒布拉邦、瓦隆布拉邦和布鲁塞尔首都大区）及其居民对探险队给予的帮助。"布拉班特"这个名字本身与比利时国歌《布拉班人之歌》一样，取自领土包括今荷兰南部和比利时中北部的中世纪封建公国——布拉班特公国。

块，与另一座大型岛屿[①]一起构成了海峡的西北侧。勒库安特和两名水手，托勒夫森和克努森，协助队员们在一块光滑陡峭的岩壁脚下登陆；岩壁顶上，一群鸬鹚好奇地看着他们。大浪推得小船摇摇晃晃，让任务困难了不少。一行人将装满食物和露营装备的两架雪橇抬到岛上，拉着它们穿过坡度达40度、积雪厚达数英尺的雪地。为防万一，他们带了15天的物资，尽管他们计划最多在岛上停留八晚。超载的雪橇经由粗绳子绑在他们腰上，大伙儿就这样与重力展开了拔河比赛，每一步都很艰难。南极洲的第一场雪橇之旅，阿蒙森步履艰难地沿着冰川上行时这样想，脑海里的极地成就账簿又添了一个条目。

他们花了近四个小时才到达海拔1100英尺的平地。队员们气喘吁吁，皮肤冒着热气，却不忘赶在雪下大之前看一看周遭壮丽的景色。登陆小队与勒库安特、托勒夫森和克努森道了别，三人任由自己顺着白雪覆盖的斜坡滑下来，一路上都止不住大笑。接下来的几天，勒库安特将暂时代替德·热尔拉什指挥"比利时号"，继续探索和测绘海峡。

暴风雪一整天都在慢慢加强，这会儿变得更剧烈了。寒冷的强风打着旋从山峰上扫下来，排除了继续攀登的可能性。德·热尔拉什决定在此安营过夜。（第一个在南极大地上度过的夜晚，阿蒙森脑中又记了一笔。）顶着风和雪的鞭打，队里的三个人挖出一小块平整的区域，作为地基来搭建他们的住

---

① 指昂韦尔岛，"昂韦尔"（Anvers）即法语的安特卫普（省）。

所——一顶油绸布帐篷，外形似一座房子，有四面墙和一个人字形屋顶。这是一项艰巨的任务，在自然之力的作用下更让人苦不堪言。"一股狂风从我们上方的冰川河床刮出，我们几乎无法站直。"库克写道，"两个人合力才扶住了帐篷，所有人加在一起才没有让它跌落悬崖峭壁——而只是滑了几码。"

第二天早上九点，他们拆掉帐篷，收拾好装备，向在船上就物色好的那座山峰进发。在暴风雪后的浓雾中攀爬了不一会儿，探险队员们突然发现眼前横着一道张着血盆大口的冰裂隙，挡住了通往山峰的路。队员们撤回平地，再次安营扎寨。他们损失了一整天的时间。这座山峰远不如从下面看的那样容易征服。队员们正在快速了解，南极洲的山不比海客气多少。

次日早上，他们尝试换一条路线登顶。德·热尔拉什和丹科此前一起在挪威学了滑雪，那天，他们决定穿上滑雪板，以防陷入雪里。这对好朋友套着同一架雪橇，笨拙而吃力地穿过平原，德·热尔拉什在右，丹科在左，两人都不时地用余光留意对方，以便协调步伐。木质滑雪板擦过蓬松的新雪的刷刷声渐渐进入一种令人放松的节奏。突然，丹科消失了。他掉进了一道被大雪掩盖的冰裂隙。德·热尔拉什即刻感到自己也被往下拉。"如果不是他巨大的滑雪板卡在了冰裂隙的内壁上，我估计会跟在他后面，被拖到深渊底部。"德·热尔拉什写道。帮助丹科爬出冰裂隙后，队员们发现，从甲板上看似乎光滑平整的雪坡其实布满了冰裂隙，有些或许深达数百英尺。虽然爬上更高的山峰能更准确地测绘周边地形，但是德·热尔拉什判定再往前是不可能的。沮丧的队员们只好原路返回。

接下来的几天，德·热尔拉什和丹科把经纬仪搭在一个海拔稍低一些的岬角上，这是一片陡峭的、没有积雪的岩层，高出海平面约 1000 英尺。第一天，四周云雾缭绕，只能偶尔看见下方海峡，无法用经纬仪测算数据。第二天，雾气散去，群山环绕的海峡展现了其全部威严，从左延伸至右，水面静得像磨坊水池，巨大的冰山犹如一个个斑点。这景色"甚至比我们首次进入这个白色新世界以来见到的所有事物都更美"，库克写道。但德·热尔拉什和丹科记下的零零散散的读数并无多少用处：他们爬得不够高，视野中远处的岛屿仍与大陆连成一片。不过，他们从这个位置上看可以确定，没有往东穿过半岛的水道。

库克和阿蒙森可不像指挥官那样容易被劝退。他们已经走了这么远，不知道下一次有机会攀登一座南极山峰会是什么时候。2 月 4 日，他们决定再次冲击对他们避而不见的那座高峰，并非为了满足科学或制图学的要求（他们甚至懒得带上经纬仪），而是为了满足一类人所共有的那种登上顶峰的冲动。

在阿蒙森头顶上方 60 英尺的位置，南半球夏季的天空勾勒出了库克的轮廓：他把雪镐凿进山壁，动作流畅而从容不迫。阿蒙森紧紧抓着近乎垂直、冰雪覆盖的山壁，看着碎冰像雨一样从他身边坠落。此时，他的脸朝下，不可避免地瞥见了自他们开始攀登以来他一直努力不去想的事物。他的目光顺着一条弯弯曲曲的路径（由医生凿出的立足点连成）下降 150 英尺，到达冰墙底部，再往下看是一道冰裂隙，或许有 100 英尺甚至更深。冰裂隙开口处泛着青绿色的光泽，越往深处，光就越暗淡。冰裂隙深不见底。阿蒙森抓住腰上与库克相连的绳子，把它绷紧。他把注意力放在自己的呼吸和冰镐反复捶打的声音上。他那下垂的金色胡子星星点点地沾着雪花。不过，虽然气温远在零度之下，呼啸的狂风逼迫着他放手，他却并不感到寒冷。要说有什么不舒服的地方，反而是他感到很热，甚至有些嫉妒库克身穿轻便的海豹皮短上衣和裤子。

在海上共处的时间里，阿蒙森逐渐看出库克在极地事务上非常在行，抓住一切机会研习他的方法。大副很欣赏医生沉稳冷静、有条不紊的攀岩方法，这项技能——如同他的海豹皮衣服——是他在格陵兰岛获得的。他的行动精准且充满自信，就像是在实施手术。用冰镐时，他先是垂直劈进崖壁，然后，就在刀身扎入冰的一瞬间，他把刀往上挤，以便增大开口，防止冰镐卡住。接着，他再凿出一个足以容纳挪威雪鞋的立足点——两人的靴子外面都绑着这种雪鞋。这种笨拙的奇特装置看着很像旧网球拍，能够将穿着者的重量分散到面积更大的区域，防止陷入雪地，因而在广阔的平地上很有帮助。但用于像今天这样的攀登，雪鞋就太不理想了。它们总是露在立足点外面，而它们的材质——光滑的木头——更是完全提供不了抓地力。

缠在腰上的绳索也无法令人安心多少。阿蒙森的体重远远大于库克。万一他滑落或是脚下的雪块散了，他很可能会牵动同伴一起往下掉。反过来，如果库克脚下没踩稳，他下坠时突然施加在绳子上的拉力会绷直绳子，几乎肯定会把阿蒙森从崖壁上扯下来，把两人同时送入山脚的冰裂隙。

悬崖之上还潜伏着另一种形式的危险：像波峰一样从悬崖

边上露出，摇摇欲坠的大冰块，每时每刻都有可能砸在攀登者身上。他们进入南极地区尚未满两周，却已经见识了这里的环境瞬息万变，看似静止的冰下一秒就可能"活"过来，特别是在盛夏。

库克踩进刚刚挖好的立足点。在他下面，阿蒙森也往上踏了一步。

他们吃力地爬上悬崖口，发现自己身处于一片广阔的高原。两人一边大口喘气，一边注视着在眼前展开的山脉——犹如十几头史前怪物的黑色脊柱刺穿了积雪。截至目前人类在南极洲征服的最高海拔，阿蒙森告诉自己。从这个制高点，库克看到底下那道冰裂隙——像贪得无厌的巨兽似的张着大嘴——上方似乎拱着一座桥。到达那里的唯一途径便是爬下他们刚刚才登上的悬崖。库克再一次领头，这就意味着，阿蒙森上面没有人抓着绳子。不过，大副自己凿了一些立足点并测试过其承压能力，以供下降时使用。任务已经越来越容易了。

没过多久，他们就绕到了库克从崖顶看到的那条通道跟前。走近看，它堪称大自然的工程学奇迹：一座完全由雪构成的桥，仿佛由一双看不见的手塑造似的，横亘于冰裂隙上方。

雪桥是仙境南极的另一大特色。风是它们的建筑师，它把雪卷起，堆积在冰裂隙开口处的地面。一点一点地，薄薄的新雪积聚成一个突起，接着冻结成雪檐，然后——在极少数的情况下，它承受住了自身重力，没有断裂——形成一个跨到对面的雪架。雪桥看着非常美丽，但蕴含着极大的危险。由于没有办法辨别它们有多牢固，这些结构有时就像传统猎人们用松散的枝叶掩盖住、用来诱捕驼鹿或老虎的深坑陷阱一样危险。极地探险史上，命丧雪桥的探险者数不胜数。

库克让阿蒙森在雪地上挖了一个座位和两个搁脚的坑，这样，万一桥——完全由雪构成——在库克身下坍塌了，阿蒙森也可以有准备地支撑住他的全部重量。库克可以用脚试探雪桥表面，但确认它是否能承受他的体重的唯一方式便是亲自上桥。他像一只人形雪鞋一样趴在雪桥表面薄薄的冰上，尽量伸展四肢增大身体与冰面的接触面积。感受着腰上绳子令人安心的轻拉，他爬到了对面。

轮到阿蒙森了。大副比医生重 30 磅。库克确实顺利过桥了，但在他的体重压迫下，雪桥的结构会不会已经削弱了呢？拴住两个男人的绳子现已与地面平行；它无法防止阿蒙森坠落——至少会下落一段距离。

如果阿蒙森尝试快速过桥，风险是在单点上施加过大压力，或是在冰上滑倒，从一侧坠落。而另一方面，他在这凌驾于冰裂隙之上的雪桥上每多待一秒，就对桥多施加一分压力。因此，他眯起眼睛看向前方的大雪，尽可能流畅地向前爬行。雪桥坚持住了。

终于，两人跨越了阻挡他们数日的大冰裂隙。他们继续前往下一个最近的山峰，与刚刚经历的考验相比，这座山峰可谓十分仁慈了。可是，就在他们在山顶尽情欣赏四周的原始风景时，一阵浓雾将它蒙住了。黑夜要在好几个小时后才降临，并且（在一年中的这个时候）不会停留多久，但大雾让他们无法攀登另一座高峰。所幸库克在能见度降低到只有二三十英尺之前察看了周围环境，制定了一条回到船上的路线。从上面看，这条路似乎很平坦，而实际上，它比他们想象的要危险得多。

阿蒙森走进云雾缭绕的山谷，满天飞舞的大雪盖住了所有声音；他把目光集中在指向前方道路的绳子上，这条绳子向他保证他不是一个人，虽然无法听到绳子另一端医生的脚步声，也无法在雾中辨认出他的身影。突然，绳子像是有了自己的意志，猛地把阿蒙森往前拉。他在几个踉跄和打滑之后站住了脚，然后，出于本能地拼命将绳子往回拉。在他前面几英尺的地方，雪在库克脚下塌陷了，底下正是一道冰裂隙。阿蒙森把靴子蹬进冰里，使出全身的力气拉绳子，防止医生的体重拉着他们一起坠亡。

库克的脚已经荡在半空中。在阿蒙森的帮助下，他爬出了冰裂隙口，开始抖落胡子上的雪花。在他的探险家生涯里，这是他第二次骗过死神。

两人或许同时发出了一声神经质的大笑，接着就继续上路，不过不如之前笃定。眼前的风景中潜藏着巨大的危险。在他们从山峰上看到的光滑平坦的雪毯之下，显然是错综复杂的冰裂隙网络，三天前，正是类似的冰裂隙差点吞噬了丹科。在这座岛上，每踏出试探性的一步，都得赌上全部信仰。

他们小心翼翼但目标坚定地在雪地里移动。不出几分钟，地面又出现了裂缝，这一次中招的是阿蒙森。他先是感受到坠落的眩晕，接着才意识到发生了什么，然后感受到肾上腺素激增。绳子绷直了。他注视着脚下的黑暗，从冰裂隙开口洒入的光线往下逐渐变暗。他的性命现在全靠医生了。

库克坚持住了，阿蒙森拉着绳子爬回平地。在离开8小时后，他们终于回到营地。

或许没有什么比两人对这等考验的反应更能让我们理解阿蒙森和库克的思维。他们两次差点送命，为的还是一场只能说纯属追求刺激的冒险。可是，冰与雪想出的诸多置他们于死地的方法并没有令他们气馁，反而为他们注入了新的活力。另一方面，阿蒙森对库克更加着迷了。"这个男人讲求实效、从容不迫的工作方式很有观赏性，"他在当晚的日记中写道，"我希望未来能有更多像这样的美妙旅行。"

他们在一个天气极其恶劣的晚上与德·热尔拉什、丹科和阿尔茨托夫斯基会合。风和雨无情地鞭打帐篷又宽又平的四壁。油绸布在撕扯之下开始破裂。队员们试图用回形针修补布料，却只是造成了新的裂口。很快，他们的住处就完全无法提供任何庇护了。为了抢救其残骸，他们手忙脚乱地用相对完好无损的布片拼凑出了一顶小帐篷，并用雪砌了一堵矮墙，保护帐篷不受风的吹刮。他们挤进小帐篷，里头的湿度——在帐篷还是原始尺寸的时候就够糟糕的了——逐渐变得难以忍受。五个男人挤成一团，呼出的空气在墙上凝结成水珠，又滴在他们头上，浸湿了他们的睡袋。冷风从破洞中喷入帐篷。他们身下的那层雪融成了雪泥，帐篷逐渐陷入其中。到了清晨，那堵雪墙已在雨中融化殆尽，风也加大了攻势。

那晚，谁也没有睡好。为了消磨时间，库克和阿蒙森——白天的短途旅行和快速发展的友谊令他们精神抖擞——围绕如何优化极地探险装备展开了热烈的讨论，特别是如何设计一种通风更好、对风的阻力更小的帐篷。两人由同一个目标联结：他们都有在"比利时号"之后自己带队远征的野心，因此将每一刻都视为至关重要的准备工作。

5个人醒来时，发现营地已变成一汪水坑。风暴暂时减弱了，而让所有人都松一口气的是，他们可以看到一段距离之外的"比利时号"。队员们登上附近的一块岩石，把一面小旗插在地上，示意他们已准备好回到船上。

那天下午5点，勒库安特带着"比利时号"回到布拉班特岛岸边。在划小船回船上的途中，人们回想着过去几天发生的事。对德·热尔拉什而言，这次行动令人失望：经纬仪测量没能得到令人满意的结果，对测绘海峡地图毫无贡献。相反，阿蒙森却兴奋不已。与库克一起完成的惊险的攀登，在支离破碎的帐篷里挨过难熬的最后一晚……他脑子里满是新学到的知识和经验。一回到船上，他就冲到自己房间，在日记本里匆匆记下想法。他根据库克的点子——医生从来不缺点子——画了一幅圆锥形帐篷的示意图，这种帐篷可以避免与风正面较量。他画下了库克自己设计的睡袋：这个睡袋带有一个兜帽，可以束紧到只露出脸，让身体其他部分保持温暖，更重要的是，能让身体保持干爽。他学到的还有："穿着要轻便，每一处都用羊毛。一定要用最轻的类型。确保你有一个大的和一个小的防水盒子，用来装火柴。雪镜是不可或缺的。"

阿蒙森毫不掩饰他对库克讲求实用的作风和丰富的极地探险经验的钦佩，把两人共处的时间视为类似学徒与导师的关系。

库克注意到了这种仰慕，也很高兴有人这么愿意接受他的想法。直到那根曾在悬崖上将他们相连的绳子解开后很久，那一天在阿蒙森和库克之间形成的心灵上的纽带仍然牢不可破。

第八章 "向南"

"快点，阿尔茨托夫斯基！"

2月10日早上，波兰地质学家跳上一块冰碛采集岩石样本，很快就被雾气蒙住了。在岩石嶙嶙的海岸上，德·热尔拉什焦急地守着小船，大喊着提醒地质学家，十分钟后他们必须回"比利时号"。

指挥官的呼喊中有一种特殊的急迫感，远远超出了阿尔茨托夫斯基和冰碛这一具体情况的范畴。德·热尔拉什暗暗担心，远征队是否在位于格雷厄姆地尖端的这道海峡里停留了过长的时间。按照原计划，此时此刻船应该已经在数百英里之外，距离维多利亚地更近的地方；维多利亚地在南极洲的另一侧，被认为是南磁极的所在地。但是，别说极点了，"比利时号"距离南极圈——纬度约为南纬66° 30′ ——甚至都还很远。

时间非常紧迫。自三周前远征队在南极洲首次登陆以来，夜晚已经从几乎不存在延长至数小时。很快，无尽的严寒将会横扫整个水面，将它冻成一整块无法穿透的海冰，任何挡其道者都会被困住，包括一些倒霉的船只。如果"比利时号"无法在海冰冻结之前抵达南极圈——这甚至不会是一项新纪录，早在 100 多年前，詹姆斯·库克（James Cook）①船长就曾进入南极圈——等待德·热尔拉什的几乎肯定是比利时媒体的口诛笔伐。他的那种对浪费机会、与荣耀失之交臂的恐惧又回来了，每一天，他都迫切地想航行得更远。但是他也清楚，如果不理会科学考察的要求，他同样会受到批评。因此，当阿尔茨托夫斯基注意到一座"由红色岩石构成的金字塔形的山，外形与周边景色非常不一样"，请求上岸考察时，德·热尔拉什再一次让步了——但他坚持亲自划船将地质学家送到岸上，好确保他准时返回。

这是探险队的第 18 次登陆，这片海湾后来被称为天堂湾（Paradise Bay）。2 月 12 日早上，探险队经过后来被命名为雷纳尔角（Cape Renard）的海角，这是一座若隐若现的深色玄武岩高塔，直接从海里耸入空中，它非常陡峭，以至于通身都没有积雪。这块岩石矗立在海峡南端，在勒库安特看来就像"大教堂的尖塔"。勒库安特、拉科维策、阿尔茨托夫斯基、丹科和库克一起划船到它的底部，这样一来，登陆次数就达到了 20 次，超过了此前所有南极探险行动登陆次数的总和。

"比利时号"绕过海角，不久后就来到一座狭长蜿蜒的峡谷的入口，峡谷两侧是巍峨的石壁，船在其映衬下显得格外渺小，一片深深的阴影打在甲板上。德·热尔拉什着了魔似的想前进，决定从峭壁之间通过——尽管峡谷里视野非常差，水深

---

① 1728—1779，英国皇家海军军官、航海家和制图师。曾在 1772 年至 1775 指挥英国皇家海军"决心号"探索太平洋和大西洋南部，试图找到"未知的南方大陆"，虽然没有成功，但三度进入南极圈。

无从得知，黄昏也即将到来。指挥官在面对大海之险时的大胆，与他面对不服管教的船员时的胆怯形成工整的对称。同一种品质，在带来理想结果的时候可以被称为勇气，比如德·热尔拉什加速穿过冰山密布的布兰斯菲尔德海峡的那一次；带来不好的结果时，则可以轻松地被定义为鲁莽，比如他允许"比利时号"在昏暗的天色中驶入比格尔海峡的浅滩的那一次。

船驶入了幽暗的峡谷，船身从看不见的岩石上方划过。船员们很难分清哪里是水，哪里是岸。沿着未知的海峡继续前进是疯狂的，但留在原地等待入夜也是疯狂的。等到"比利时号"驶出通道，船的甲板开始摇摇晃晃，船员们听到海浪撞击礁石的声音，这才知道他们已经驶入开阔的大海。

这是一个既甜蜜又苦涩的时刻，它标志着"比利时号"成功通过了一个危机四伏的峡谷，却也意味着梦幻般的大发现时期就此结束。船在此处抛锚过夜。第二天，当太阳升起，雾气散尽时，地平线上出现了一幅崭新的壮丽图景。一望无际的海面被松散的海冰覆盖，其间漂浮着数百座冰山。"冰山，海冰，还有船——作为一个整体——随着南太平洋的起伏，一起上升，下降。"库克写道。

德·热尔拉什不顾一切地想往南推进，进入南极地图上仍是空白的领域。但是一片广阔的冰原挡住了通往海岸的路。"比利时号"沿着冰原破碎的边缘航行，试探着寻找切入口，但冰只是将船推得越来越远离大陆。

坚固的"比利时号"在顺风的推动下向南航行，奋力拨开浮冰，在身后留下一条长长的黑色痕迹。现在，科学家们无法再嚷嚷着要登陆，德·热尔拉什终于摆脱了束缚，指挥着船飞速前进。

2月13日傍晚，站岗的是阿蒙森，一阵大雾悄然降临，"比利时号"突然被礁石、岩块和被冰覆盖的微型小岛包围。大海开始翻腾，一时间狂风大作，强劲的潮流在船四周打转。巨浪重重地撞向岩石，激起大块大块的海冰飞入空中。海鸥和企鹅从四面八方的栖息地上往下看，有如体育馆露天看台上的观众。"比利时号"被困住了。阿蒙森尽管身担大副的重任，但作为水手经验仍然十分有限。如果给他更多时间思考，他或许可以找到走出困境的方法，但大自然不会给他这样的机会。几乎每个方向都被足以致命的障碍挡住，但是水太浅，无法让船抛锚停泊；狂风和大海则太过猛烈，船也无法保持在原地。

德·热尔拉什以他特有的沉着接管了局面。为了找到一条逃离路线，他将绳索升上主桅顶端，绳索在风中狂舞，就像乐团指挥的指挥棒。

"注意右舷！"他大声警告道。舵手疯狂转动舵轮，避开右侧的一块长而扁平的礁石。这项操作暂时救了"比利时号"，但又让它转头朝一座小岛冲去，小岛和礁石之间仅隔一条船的距离。

"笔直向前！"德·热尔拉什从驾驶台上大吼。阿蒙森明白，指挥官是想在礁石和小岛之间穿过，这条水道很窄，刚刚穿过的那条峡谷水道与之相比都可以算是大河了。大副让舵手尽量将船驶向小岛，因为小岛陡峭的山坡表明，其四周的海水应该比扁平礁石附近的海水深一些。但是没有办法确定这一点。

为了避免被卷入水流，或是侧面遭受海浪的鞭打而撞向岩石，德·热尔拉什命令烧火工加大蒸汽压力。"我们的轮机员，"库克回忆道，"比以往任何时候都更加卖力地驱动发动机。"

"比利时号"在离礁石 6 米的地方航行。水深只勉强够船只通过：虽然天色已暗，但当阿蒙森从舷墙上往下看时，他能够清楚地看到礁石一直延伸到船体下方。他能感受到巨浪撞上左舷和右舷时溅起的水雾，伴随着犹如密集炮火的巨响。他很肯定，在如此多次侥幸脱险之后，"比利时号"的最后时刻终于到了。

这条狭窄通道的尽头是两座分立两侧的搁浅的冰山，高达100 英尺，形成了阿蒙森所说"这个险恶之地的凯旋门"。随着"比利时号"轻快地驶向冰山，阿蒙森没有别的选择，只能相信他的指挥官——以及一种更高的权威。"我开始想别的事情，同时努力做出镇静且漠不关心的样子，"他后来在日记中透露，"但在心里，我向上帝祈祷：您会按照您的意志引导我们。"让阿蒙森惊奇无比的是，"比利时号"毫发无损地从礁石之间，然后是冰山之间挤过去了。

"比利时号"保持西南航向，驶入别林斯高晋海（Belling-shausen Sea）^①。自船离开海峡之后，还没有出现过晴朗的夜空，勒库安特因此无法确定船的确切坐标，但以航位推算法推算，

---

① 位于南极半岛西侧，因俄国探险家法比安·戈特利布·冯·别林斯高晋于1821 年首次探测该海域而得名。

他们将于 2 月 15 日傍晚穿过南极圈。[①] 船上升起了比利时国旗，以纪念这个时刻。这一刻，德·热尔拉什如释重负。虽然尚未锁定荣誉，但这一里程碑至少可以保护他回家后不至于受到彻底的羞辱。

但是航行得越南，回不了家的风险就越大。浮冰在逐渐变厚——船穿过浮冰群的时候，人们可以从回荡在船里的响声中听出这种质感变化。零散的浮冰块轻敲木质船体的咔嗒声，先是让位于"饼冰"（pancake ice）[②] 持续而低沉的隆隆声，然后是碎冰堆低沉沙哑的嘎吱声。大海正在船四周逐渐冻结，这些声音让船上的一些人很是警觉，尤其是科学家们。每一天，船被冻住的可能性都在增大。

没有人曾在南设得兰群岛以南的区域过冬——更别提南极圈以南——而在海冰之中过冬的危险显而易见。德·热尔拉什很清楚，一旦遭遇冰封，降临在他们身上的会是什么命运。他阅读了足够多的极地探险历史，知道进入浮冰群远比突破其重围容易。19 世纪 40 年代，由富兰克林带领的探险队正是遭遇了这样的厄运："恐怖号"和"幽冥号"在加拿大北极地区的浮冰面前屈服了，船上所有人员只能等死——死于寒冷、饥饿与疾病。

德·热尔拉什知道，海冰可以像蟒蛇缢死猎物一样摧毁一

---

① 南极圈指这条纬线：在这条纬线以南的所有地方，每年都有至少一天出现极昼现象（同样的，每年也都有至少一整天太阳待在地平线下，即出现极夜现象）。——原注

② 直径在 30 厘米至 3 米之间、厚度最高达 10 厘米的圆形浮冰，边缘由于与其他冰块碰撞而形成一圈凸起。中文也称荷叶冰或莲叶冰。

艘船，挤碎船骨，将它整个儿吞下。1882年，德·热尔拉什仍是个少年，但已经为极地探险故事深深着迷；这一年，世界各地的报纸都报道了一个引起轰动的故事，主角是另一艘遭遇劫难的船，美国军舰"珍妮特号"（*Jeannette*）。在海军军官乔治·W. 德隆（George W. De Long）的带领下，"珍妮特号"于1879年扬帆起锚，计划经由白令海峡抵达北极。探险队错误地假设了存在一处水温相对较高、相对开阔的海峡，直接通往地球顶部。结果，"珍妮特号"在西伯利亚以北几百英里的地方被浮冰冻住。船在北冰洋漂流了近两年，浮冰才稍稍松手。可缓刑毕竟不是真正的宽恕：船四周的开放水域形成了缓冲区，第二天，浮冰在压力作用下在缓冲区积聚起更大的势头。冰从四面八方撞击"珍妮特号"，扎穿了吃水线以下的船体。德隆和手下撤退到冰面上，眼看着他们在海上的家缓慢而痛苦地沉入一个逐渐变窄的洞。锚链绷断了，绳索松了，随着船被吸入洞口，横向的帆桁被折成了与海面垂直。待浮冰合拢嘴，留下的只有一些脱落的油漆和碎木片，标记着"珍妮特号"的最后方位。只有三分之一的船员活了下来，多亏西伯利亚当地猎人发现了半死不活的落难者，给他们食物，为他们穿衣，最后将他们带到安全地带。

在向南航行的过程中，德·热尔拉什尽量不让这类故事打击自己的勇气。毕竟，正是冰所蕴藏的危险让南北两极成为探险家们梦寐以求的奖品。

"比利时号"周围的浮冰就像一座迷宫，其布局在风、洋流和气温的作用下，每个小时都在发生变化。为了找到一条出路，德·热尔拉什经常登上瞭望台扫视浮冰群，看哪里有通道或是无冰水域——它们看上去像是白色冰原上的黑色静脉。虽然格雷厄姆地的海岸已经淡出视线，德·热尔拉什却看到东南方有一片持续的冰原反光（iceblink）——地平线上微微闪烁的乳白色的光，由浮冰块的反光射入云层而形成。对经验丰富的极地探险家而言，天空有时能够提供非常丰富的信息，就像它为天文学家们所做的那样，只是出于不同的原因。事实上，多云天气很有帮助：天空成了空白的帆布，海洋的图景通过反射被投影到"帆布"上，像一幅倒转的地图。除了冰原反光，被称为"水天"（water skies）的暗色斑点标示了畅通水道的位置。

但在南极地区，天空同样可以轻而易举地欺骗观察者。在2月21日的日志中，德·热尔拉什记录了那天下午的惊人景象。在浮冰群的南边缘，他突然真真切切地看见了"一座海边城市"，甚至还配有一座灯塔。他很快意识到，这座"城市"是一种特殊的蜃景，"灯塔"则是"一块尖塔形状的冰"，经过层层折射后被拉长了，其尖端在落日余晖中闪闪发光。这种异象被称为复杂蜃景（Fata Morgana）①，其形成的原理是一层均匀的冷空气停留在一层暖空气的下方，使远方物体反射出的光线发生偏折、扭曲。冰山可能看起来像是山峰陡峭得难以置信的山脉，或似乎在地平线上方上下浮动，或是倒挂在天空中，就像爱伦·坡笔下的从天而降的固态大瀑布。这类海市蜃楼多少造成了这样的普遍印象：浮冰带是一个诡异的地方，每分每秒都

① 有时直接音译为法达摩加纳。

在变化，极不可靠，就像被施了黑魔法。

队员们正航行其中的这片冰景铺满了视野内的整个大海，与他们在海峡内所经历的截然不同。虽然仍有零零星星的冰山点缀其中，但是大部分水域都被海冰覆盖。除了都是由水冻结而成这一点，冰山和海冰几乎毫无共同之处。冰山诞生于陆地，由淡水形成；海冰则生于咸水。淡水冰硬而脆，咸水冰则具有一定的韧性。冰山的体积可以非常大，并高高地露出水面（水下的部分则更加庞大）；海冰或多或少是扁平的。冰山常常带有一种偏蓝的色调，而这里的许多海冰看上去是黄色的，特别是靠近水线的部分。"比利时号"的科学家们对此提出了多种解释，直到拉科维策仔细检查了一块海冰，发现它的表面覆盖着浮游植物——能进行光合作用的微生物，通常在仲夏迅速大量地繁殖，将水体染成黄绿色，并附在冰的底部。这块区域的动物群也很不同。巴布亚企鹅和帽带企鹅属于格雷厄姆地的海岸，这一带则有数量繁多的另外两种企鹅：阿德利，一种小型企鹅，有着黑色的头部和卡通人物般的白色眼圈；以及高达4英尺、威武的帝企鹅。

队员们逐渐开始纳闷，德·热尔拉什究竟想把他们带到哪里。他们正在地图上一片空白的区域航行。勒库安特非常难得才有机会瞧见星星，从而确定船的位置，这些时刻总是充满喜悦。这是一个令人晕头转向的陌生环境，既不是海也不是陆地，因此，若能在航图上指出他们的坐标，哪怕是空白的航图，也会让队员们暂时感到不那么迷失。"不过，现实就是，我们就跟在火星表面一样与世隔绝，毫无希望，"库克写道，"而我们仍在闷头扎进南极白茫茫的寂静的更深处。"

德·热尔拉什这一段时间的日志记录了缓慢但不可避免的冰面收缩。2月20日，他记录道："船被夹在几口巨大的'平底锅'之间，无法前进半分。"浮冰钳住"比利时号"一两个小时之后，才松开束缚。

在这样的时刻，有些船员便会小心地下到冰面，不过，不能相信冰是足够坚硬的。"这些浮冰块整体质地紧实，"库克写道，"但有些地方比较松软，是由粉末状的冰和雪构成的缓冲区——对旅行者而言非常危险。"这类缓冲区看上去或许坚硬，甚至能够承受住靴子试探性的几下重踏，但在人的重量下仍会塌陷。掉入零下1度的海水是一种很容易的死亡方式。面对寒冷的冲击，身体的本能反应是大口吸气；如果头部已在水下，反射性的呼吸有可能让肺叶瞬间充满海水。即使落水后没有马上死亡，冰块中的洞口也有可能以人无法跟上的速度漂走，留下落水者不断抓挠冰的下表面，无可奈何地瞪着透过浮冰的微弱光线，直到一切变成黑暗。

2月23日，德·热尔拉什陪同库克在一块看似坚硬的浮冰上徒步。这场短途旅行对指挥官而言风险尤其大，因为他从未学会游泳。一开始，他们走走停停，遇到每一块可疑的雪块都要试探一番。但随着时间推移，他们的步伐越发自信。当指挥官踩到一团不明显的雪泥时，他们几乎已经忘记自己并不是在陆地上行走；指挥官直接掉进了冰冷刺骨的大海。库克以猫科动物般的敏捷一把抓住德·热尔拉什的外套衣领，没让他的头碰到海水，然后猛地把他拖出海水。"我扯破了他的衣领，也把他的纽扣弄坏了，但我确保了他没有在零下 21 度泡澡，对此我很满意。"库克写道。[1]

为了避免陷入困境，德·热尔拉什让船保持在浮冰群的边缘行驶，只在有水道出现时才试探性地进入。还在里约热内卢的时候，与停泊在港口里造型优美的游艇和邮轮相比，"比利时号"在库克眼中是那样的难看、笨拙，可如今，它的顽强却令库克刮目相看。它就是为今天这一切而打造的。当浮冰块在周围聚拢时，它会奋起反抗，一扭一扭地冲出重围，在身后留下小片被蹭掉的木片。"它抱怨，呻吟，断裂，颤抖，"库克写道，"但从不停止切开 5 英尺厚的圆盘形浮冰，或是把直径 200 英尺的大片浮冰推到一边。它像某种活物一样犁着撒满冰块的大海。"

冬季渐近，德·热尔拉什想继续往前航行，无疑是在试探命运。日子一天天地变短、变冷，他能找到的进入浮冰群的通道也越来越少。想到要离开南极，哪怕只是提早一天，都是对他的折磨。虽然拥有蒸汽动力的优势，"比利时号"仍未追平詹姆斯·库克船长在 100 多年前（1774 年）创下的个人航行最南纪录，南纬 71°10′，更别提詹姆斯·克拉克·罗斯在 1842 年创下的世界纪录，南纬 78°09′30″。这两项成就都是在地球的另一侧（东南极洲）实现的。德·热尔拉什在别林斯高晋海已经比以前任何捕鲸者或探险家都航行得更南，但那并不能替代纬度纪录将带来的不可辩驳的荣耀。

---

[1] 在这里，库克也许是指空气的温度，也许是夸张了。海水冻结的温度在零下 2 摄氏度左右，或 28.4 华氏度，所以当时的水温不可能比这低太多。——原注

指挥官专心地盯着地平线看。南方有几块"水天",暗示着那个方向有大片畅通水域——仿佛是在召唤德·热尔拉什,求他再待久一些,或许就有机会抵达那片水域。

可是,每一天,浮冰围住"比利时号"的频率都在变高,每次的时间也在变长,令船上大部分人忧心不已。2月23日晚,德·热尔拉什就在浮冰群里过冬征求了长官和科学家们的意见。据库克所说,"每个人都反对"。很久以前,成为带队在南极过冬的第一人曾是库克的计划,但在那个计划中,探险队会在南极大陆上过冬,而不是被困在似乎没有尽头的浮冰群里,随之在大海中漫无目的地漂流。库克相信,被浮冰包围不会带来任何好事。不过,作为船上唯一一个挨过了一个极地冬季(与皮尔里一起,在格陵兰岛)的人,库克也是勉强算作有所准备的唯一一人。

科学家们是反对声最高的群体,他们完全被这种可能性惊呆了。没有哪个人在报名的时候想过需要在冰里度过一个冬季。他们声称主要的担心是如何保护他们的工作成果:如果"比利时号"被冰挤碎了,他们争辩,阿尔茨托夫斯基的样本藏品和拉科维策的微型博物馆都会随它沉到海底。但真相是,他们害怕失去自己的生命。他们认为德·热尔拉什对荣耀的追求完全是瞎冒险,对此十分愤慨。

"不幸的是,科学家们很害怕。"阿蒙森那晚写道。有少数几个人支持德·热尔拉什在掉转船头前尽可能向南推进的决心,大副正是其中之一;他很看不起那些畏畏缩缩的人,尤其是拉科维策和阿尔茨托夫斯基,在他看来,他们俩理应很渴望研究新大陆。"他们不想再往前驶入冰区。那他们为什么要来这里？难道不是为了发现未知的领域吗？那可不能靠待在浮冰群边缘眼巴巴地守着来实现。"

只要浮冰保持聚拢状态（除了边缘地带），德·热尔拉什关于是否要在其中过冬的构想就基本只是假设。但在 2 月 28 日早上，一场猛烈的风暴撕碎了浮冰带的边缘。大片浮冰分开了，水道打开了，邀请"比利时号"入内——摆在德·热尔拉什面前的是一个刺入南极海冰心脏的转瞬即逝的机会。

指挥官不得不做出抉择。"比利时号"刚刚穿过了南纬 70°线，新形成的通道则让他有机会开辟一条向南的航道，甚至有可能创造新的纪录。但在一年中的这个时候驶向浮冰群深处，几乎肯定意味着被冰困住，不是几小时或几天，而是几个月，甚至几年。"比利时号"在推推搡搡的浮冰之间左右摇摆，大风在绳索之间横冲直撞，发出尖啸；德·热尔拉什仔细琢磨着他的选择。

在他考虑驶入浮冰群深处时，"恐怖号""幽冥号"和"珍妮特号"的故事重重地压在他心头。在南极地区遭遇沉船全然是一种等级更高的恐怖。不像在北极地区，这里可没有经过的船只来营救他们。就算"比利时号"的行踪为其他人所知——而这一点是不可能的——最近的船只肯定也在数百英里之外。船员们若是逃到"比利时号"的敞开式小船上，也不太可能在返回南美洲途中活着通过辽阔的德雷克海峡。而且，由于德·热尔拉什的原计划是只让 4 个人在维多利亚地过冬，整个远征队只带了 4 套专为极寒设计的服装。如果没有像样的衣物，却要拉着小船在冰面上走，很多队员将会倒下。

不过，在这一刻，队员们的安危并不是德·热尔拉什考虑最多的。指挥官不像阿蒙森那样享受痛苦本身，也没有真正陷入过它的利爪，受过它的教导。但他明白荣耀是要冒一定风险才能得到的，而那种风险通常是无法与痛苦折磨分开的。除了船在冰上失事的凄凉故事，他应该也记起了一些结局更圆满的故事，在这些故事中，船长赌上了全体船员的性命，并胜利了。在富兰克林带着"恐怖号"和"幽冥号"在加拿大北极地区走向终结的几年前，1841 年 1 月 5 日，它们曾由詹姆斯·克拉克·罗斯指挥，在南极洲东侧纬度相近的海域驶入浮冰群。在四天的时间里，两艘船奋力穿越了长达 134 英里的浮冰，在浮冰群的另一侧驶入开放水域，让罗斯得以发现维多利亚地。如果德·热尔拉什不敢尝试罗斯在近 60 年前就已完成的事，世界该怎么看待他呢？

"比利时号"忍受着海浪、大风和浮冰的击打，等候指挥官的命令。不断加强的暴风雪扯碎了浮冰群的边缘，停留在原地也非常危险。德·热尔拉什要么驶入浮冰群深处，躲避海浪，要么退回开阔的海域。他的决定不能再拖了——远征队已经在比眼下更安全的情况下失去过一名队员。

然而，在关于离开还是留下的所有理性论据之下，德·热尔拉什实际已被深深的焦虑裹挟：赢得荣耀的机会正在流失。此前的无数次延误已经让远征计划经历了一连串改变，他在内心深处仍对这些改变十分不满。把所有因素考虑在内，远征行动现在将耗费三年时间，而不是德·热尔拉什一开始设想的两年。延长一年是必要的，因为在南美洲的一系列延误——被开除和弃队的队员，科学家们对火地岛的无法满足的好奇心，在比格尔海峡差点沉船，计划之外的绕道到埃斯塔多斯岛重新装满淡水——已经决定了"比利时号"无法在冬季海冰封锁所有通道之前到达维多利亚地。但是这额外的一年将会带来新的问题。远征队30万法郎的预算只是刚好能满足两年所需；事实上，他们的金库里只剩1.6万法郎。想一想德·热尔拉什花了多长时间才募集到这笔钱，指望他仅用在南美洲的一个冬天就募集到供第三年使用的资金，无疑是痴人说梦。要说服远征队的赞助人或比利时政府在他没能实现一个主要目标的情况下给他更多钱，这已经够难了；而驻扎在智利或阿根廷做这件事，更是几乎不可能。同理，鉴于他在召集、保留和管教船员上遇到的困难，德·热尔拉什可以预见有几位船员会在"比利时号"驶入第一个停泊港后就弃船，而不是等上一整个冬天，然后随船再次出发。

指挥官可以想象，一切将会彻底乱套。如果没有继续执行远征计划所需的资金或队员，德·热尔拉什将不得不终止行动，这对他的国家、对他的家庭、对他个人而言都将是奇耻大辱。学术界或许会被"比利时号"在海峡内的发现打动，但是岩石、地衣和无翅摇蚊如何能够满足比利时公众对国家荣誉和代入式冒险的饥渴？如果"比利时号"撤退到南美洲，媒体的反应大有可能是无情地抨击，而这又会影响本就不多的赞助人愿意继续出资的数额。

尽管面临危险——正是因为危险——被浮冰囚禁将会解决
所有这些问题。既不会花更多钱，也不会损失人手（至少不是
因为队员擅离职守而损失人手），还会成就一个富有戏剧性的故
事。即使"比利时号"没能到达南磁极（无论如何，那一年是
到不了的），远征队也能创下在南极圈以南地区过冬的首批人类
的纪录。前进所包含的危险没有多少威慑作用，反而是一种诱
惑：故事越可怕，就有越多人想读，出版商们也愿意花更多钱
买下独家叙述。

如果德·热尔拉什在深思熟虑中确实考虑了这个因素，也
不能因此说他比其他探险家更自私自利。那个时候，远征队领
队回来后出版回忆录是一种惯例。这在很大程度上是他们赚钱、
还清债务、为未来的探险积累资金的一种方式。由于缺乏可以
轻易获取并加以利用的自然资源，故事就成了极地探险家们能
从这些荒凉之地萃取出来的东西。而最好的故事不是那些一帆
风顺的故事。①虽然德·热尔拉什知道困在冰里会使他的队员们
遭受痛苦的折磨，但他肯定也清楚，这样的折磨可能是一笔订
金，能在未来换取资金和其他回报。

---

① 冒险类叙事的出版商们可谓一群嗜血成性的人。比起队员们没有受过多苦难
的旅行，他们对那些出了岔子的探险更感兴趣。这也是詹姆斯·克拉克·罗斯于
1841年完成具有颠覆性的维多利亚地之旅后，时隔多年才受到充分认可的一部分
原因。回国之后，罗斯向英国海军部（这次远征正是得到了海军部的支持）下属的
《公报》（Gazette）提交了一份关于他的发现的详细报告。投稿被拒绝了；罗斯在
海军部的一位盟友向他解释，这是因为某位成员冒出了一个"不可思议的怪念头，
说由于没有流血事件，您的探险报道不应在《公报》上刊登"。虽然德·热尔拉什
从未明确地在自己的考虑中引用这一思路，但这种思路可以帮助解释为什么像他这
样的探险家愿意冒这么大的风险，以及为什么他们往往采用一种浮夸的、非科学
的写作风格。——原注

汹涌的波涛抬起大片浮冰，使得它们互相碰撞，或是撞上"比利时号"的船舷。雪花打着旋儿冲上桅杆顶部。指挥官走过甲板，不时地调整脚步以适应船的摆动。他爬上通往驾驶台的梯子，找到勒库安特。他把船长拉到一边，不让舵手听到他们的交谈。在刺骨寒风的掩护下，他们的对话内容不得而知，但当指挥官讲完时，船长露出了笑容。两个男人用力地握了对方的手，这是承载了重大意义的一握，是两人之间的承诺：他们俩都会为这个关键性的决定负责。

勒库安特转向舵手，大喊："向南！"

在时速 60 英里的顺风的推动下，"比利时号"的帆鼓得满满的，沿着畅通的水道疾速驶入浮冰群。几乎与海面平行的雨夹雪连续叮咬水手们的脸。可见度之低，船速之快，常常令舵手不得不在最后一刻改变舵轮方向，以避开冰山，或是避免过于猛烈地撞上水道的另一侧。有时候，剧烈撞击又是必要的：如果有冰挡住了通往水道或敞开水域的路，德·热尔拉什就会让工程师们加大动力，直接把冰撞开。"比利时号"就这样一路向南航行，直到晚上，冰与木头相撞的声音变得越来越频繁。

"我们似乎进入了另一个世界。"德·热尔拉什写道。"像北欧传奇里的英雄一样，可怕的神灵让我们经历了超自然的考验。"

只有德·热尔拉什和勒库安特知道，"比利时号"不会回头。其余所有人都以为，他们只是暂时驶入浮冰群躲避风暴。只需航行几英里，海浪的作用力就会在厚实的冰层下消散。但是在进入浮冰群的 24 小时内，"比利时号"已经航行近 80 海里，来到南纬 71° 31'，创下了这块区域的新纪录，也比库克船长的南纬 71° 10' 远了不止 20 海里。没有人料到，德·热尔拉什已经决定违背所有人的意愿，不惜一切代价地向南航行，即便那意味着将远征队置于被囚禁的境地。

到了 3 月 1 日早上，风暴的威力已减弱，一个 360° 雪白的世界在晴朗的天空下显露出来。"比利时号"艰难地犁过这片冰原。在船后方，让它得以航行至此的水道已经重新合上。下午，风力稍稍增强，打开了一些小面积的无冰区，但它们实在无法提供出路。3 月 2 日，船又挣扎着前进了几海里。接下来的几天寒冷而平静，深赭色的新冰——富含浮游植物——得以在大片浮冰之间形成，将整个浮冰群焊在一起。

继续向南已不可能，德·热尔拉什做了几次半心半意的回到北边开阔海域的尝试，但为时已晚。浮冰群已经无法穿越。他当然知道这样的努力是徒劳的。假如他真的对在浮冰群里过冬抱有怀疑，他就会在暴风云刚刚散去的时候掉转船头，那时候，浮冰之间尚有通道。

3 月 5 日下午，德·热尔拉什以一种诗性的简洁写了日志："展开了所有风帆。船不动。""比利时号"被牢牢冻住了，这一次怕是永远。

第二部分

但是我们至今还没有解开这白色的魔法，还没有弄清为什么有这么大的震撼灵魂的力量……我们看到银河的白色深渊时，它是不是以它的混沌难定在暗暗表示宇宙残酷的空虚与无垠，并就此欲置人于死地从背后捅我们一刀呢？或者，从本质上说，白色与其说是一种颜色，还不如说是颜色的视觉虚空，同时又是各种颜色的混合物，是不是基于这些理由，在一片茫茫雪景中就出现了一种充满含义的无声的空白——一种令我们畏缩不前的无色而又众色俱备的无神论呢？

——赫尔曼·梅尔维尔，《白鲸》[1]

---

[1] 罗山川译:《白鲸》，江苏凤凰文艺出版社，2021。

第九章 冰封

3月6日下午，当天空放晴，阳光洒在结实的浮冰上时，"比利时号"的船员们发现他们被困在一望无际的白色撒哈拉，这里或那里，只零零星星地点缀着几处未结冰的绿洲。德·热尔拉什在日志中将浮冰形容为一片"辽阔的冰原，哪怕是最强大的船只也无法强行穿过"。风卷起积雪，柔化了冰原上隆起部分的轮廓，使冰丘和冰块压脊的棱角变得平滑，形成类似沙丘的地貌：正如在沙漠中那样，风用它的画笔在雪地里画出了波浪般的起伏。冰原上布满了像"比利时号"一样被牢牢锁住的冰山，从远处看像是岩块和平顶山。用拉科维策的话说，这是"对坚实土地的滑稽模仿"，一处永恒运动着的、完全由水构成的景观。

浮冰的大小不得而知。若想找到其边缘，队员们必须行至离船很远的地方，但这样做的风险是永远找不到回"比利时号"的路。同样未知的是，船离陆地有多远。一星期前，勒库安特估计格雷厄姆地在东边大约400英里的位置。但船自那时以来已向南航行不止100英里。这块区域内的南极地图仍是一片空白：就连南边有没有陆地这一点，都尚未确定。

晚餐过后，几乎所有队员都大着胆子下到了冰面上——有的踩着滑雪板，有的穿平时的靴子——来探索新环境。随着他们逐渐走远，木头的嘎吱声，发动机的震动声，拥挤空间里水手们一刻不停的喧闹声，大块浮冰碰撞船身的嘭嘭声，风的呼啸声，波浪的哗啦声——这一切声响也渐渐消失。除了脚下积雪被踩实的脆响，他们只能听到海冰自身的旋律。"它发出一声声活像人类呻吟的呼喊，"勒库安特写道，"这是新冰正在形成的声音，就像咿呀学语的小孩子。"

看到船稳稳地停在浮冰里，队员们意识到——如果不是当天，就是在之后几天慢慢意识到——这并非一场意外。他们后知后觉地认清了一个事实，即指挥官做了一个决定，这个决定原本不在远征计划之中，他们因此十分惊惶。

无论是出于医生职责的考虑，还是作为船上唯一一个经历过持续数月极夜的人，库克都非常担忧。他曾恳请德·热尔拉什不要冒险在冰封的情况下过冬。与他和队友们即将面临的考验相比，就连那个与皮尔里一起度过的艰难的北极冬季——当时库克差点丢了性命——都必然会显得舒适宜人。皮尔里一行人至少在坚硬的岩石上造了一间小木屋，这岩石基座既没有裂开的风险，也不会瞬间翻脸，把小屋挤成碎木片。"比利时号"的冬天将比这艰险得多。

如果说库克对德·热尔拉什的决定只是颇有微词，那么科学家们的反应则激烈多了，他们直接谴责德·热尔拉什是赤裸裸的背叛。怒不可遏的阿尔茨托夫斯基提醒他，在"比利时号"从欧洲出发之前，指挥官本人曾明确地向他们保证，他不会试图在浮冰中过冬，还说他没有权利代表其他人做这样一个重大决定。

如今，大部分队员都和阿尔茨托夫斯基抱有同样的疑虑。"我们大部分人都觉得自己有义务批评管理层，并认为都怪指挥官，才落得在夏季的末尾进入浮冰群内部。"库克写道。大家唯一的希望是，或许还有逃脱的一线生机。德·热尔拉什和勒库安特或许察觉到，他们需要一套否认自己真实意图的合理说辞来平息船上正在发酵的怒火。为了让船员们相信这套说辞，他们尽了最大的努力。

"比利时号"被困住的几天之后，德·热尔拉什召集全体船员，宣布了一项鼓舞人心的最新进展：根据勒库安特的天文观测，船在两天前到达南纬 71° 19′，而此时的纬度则是 71° 18′，说明浮冰正在往北漂移。如果运气够好，它会把"比利时号"推往浮冰群边缘，最后将它释放回开阔海域。众人如释重负地舒了一口气：灾难或许还是可以避免的。

然而，散会后不久，德·热尔拉什和勒库安特把阿蒙森叫到一边，告诉他刚才公布的坐标是假的，"临场编的"，阿蒙森写道，"为了鼓舞士气"。勒库安特实际观测到的纬度是南纬 71° 26′，意味着"比利时号"正在以每天 3 海里的速度向西南漂移。阿蒙森守住了秘密，但在日记中记录了这一不诚实行为："眼下只有指挥官、勒库安特和我自己知道这件事。指挥官还不想告诉其他人，因为他们已经很害怕要在这里过冬。"

谎称船在向北漂移，吩咐轮机组继续烧火，德·热尔拉什这样做，船员们也就相信他时刻准备着在往北的通道打开时带领他们逃离浮冰。其实，德·热尔拉什和勒库安特让发动机保持运转只有一个原因，即他们希望能找到通往相反方向的水道：南方地平线上方有一块深色的水天，暗示那个方向有一大片开阔海域。德·热尔拉什虽然极度渴望继续向南推进，但他不知道他和勒库安特该如何在船员们越来越大的批评声面前，继续隐瞒船的真实方位。勒库安特开玩笑地提议，可以在罗盘上做些手脚，这样"舵手就会以为他在往北航行，而实际上是往南"。

不过，到头来各方都大失所望。3月8日，地平线上的水天消失了，冰拢得更紧了，冰原上回荡着清脆的爆裂声。不会有向南或是向北的路了。

队员们用了一个星期才接受这个进退维谷的现状。在那期间，浮冰群一会儿稍稍松开，一会儿重新拢紧，仿佛活生物体的心脏——但从未裂开到足以让船通过的宽度。德·热尔拉什默默忍受着船员们夹杂着惊恐的愤怒，他们现在已确信，他从来没有真心实意地想过把船开回北方，恰恰相反，他是故意将"比利时号"置于被冰冻住的窘境的。

面对这项指控，勒库安特激昂地为自己和指挥官辩护："可以肯定，我们真的尝试过回到北边，但德·热尔拉什和我很高兴看到尝试失败了，这一点也是肯定的。"

尽管如此，德·热尔拉什和勒库安特或许无法完全不把预示着"比利时号"受困的凶兆放在心上。船被困在浮冰里的第一天，贝贝——一个月前被带上船，深受船员喜爱的巴布亚企鹅——停止进食了。尽管得到了队友们的悉心照料，它仍然在次日晚上"在可怕的全身抽搐中"死去。

　　队员们没有多少沉湎于愤恨和悲痛的时间，因为要做的工作太多了。在白天快速缩短的 3 月和 4 月，船员们忙前忙后，为"比利时号"过冬做准备。风帆被卷起收纳好；螺旋桨被抬出水面，以防受到冰压力的损害；机舱的火炉终于可以停歇。最要紧的一个任务是在船的周围建一道高大的雪堤，形成隔热防护带。这道雪堤从船身四周向中间上升聚拢，斜坡顶部与舷缘持平，这样一来，虽然室外气温骤降，"比利时号"室内的温度却得以保持在舒适的 10 度。3 月中旬，温度计显示室外温度为零下 20.5 度。帆缆一圈都结了冰，整一个看上去像是一张银色的蜘蛛网。

　　根据勒库安特的计算，在这个纬度，太阳最晚将在 5 月中旬"永远地"西沉，黑夜将持续近 3 个月。未来几星期的气温无疑将进一步下降，虽然没有人知道会下降多少——历史上不曾有人在极南地区过冬。远征队只能做最坏的打算。

　　3 月 16 日上午，德·热尔拉什、勒库安特和三副朱尔·梅拉茨（Jules Melaerts）一同下到货舱重新整理供给和设备。他们在一片昏暗中前进，手里拿着固定在小片木板上的蜡烛。微弱的烛光照出了老鼠跑过走道时的影子，伴随着偶尔的嘎吱声。这个双层货舱位于船体中部，木条箱高高地堆放着，里面装着几千罐食物、几百瓶酒、各式各样的精密科学仪器、汽油、几桶用于保存动物样本的酒精、建筑材料和其他货物。

　　南行途中，这些物品在一次次的风暴和其他灾祸中被撞得乱七八糟，花了好几天才重新整理好。机舱位于主货舱和船后部的另一间储藏室之间。德·热尔拉什、梅拉茨、勒库安特和普通船员们打着蜡烛在储藏室里忙活，这是极其危险的做法：储藏室活脱脱是一场等待引爆的烟花秀。除了德·热尔拉什作为抗冰法宝带到船上的半吨托奈特炸药棒——已经弄得七零八落的了——还有外箱损坏的来复枪枪弹和弹药筒，有一些已经碎了，散落的火药铺了一地。最小的火花都可以迅速造成大火灾，烧掉他们的避难所，所以，船员们在船身旁边的冰上锯了一个洞，每天检查维护，确保它保持敞开，这样就可以随时取水。

失去了风帆，被冰与雪包裹着，"比利时号"在功能上不再是一艘船，而只是 18 个男人的家。"我们不再是航海者，"德·热尔拉什写道，"而是一小群服刑的囚犯。"船员起居室比远征队离开安特卫普时更舒服了：在紧凑的 V 形水手舱里，一张张床沿墙摆着，睡在上面的水手却变少了。[①]水手舱坐落在船舱内的船头处，屋顶上的一个方形开口提供了自然光，一束光柱投射在房间中央的桌子上；约翰森精彩的手风琴演奏和范米尔罗糟糕的短号演奏，常常为水手舱创造出热烈的气氛。往船尾方向走（仍在船舱内），厨房位于右舷，左舷则是另一间储藏室。再往前走是盥洗室，船上规定船员们必须每周洗一次澡。

在舱面上，靠近船体中部的是阿尔茨托夫斯基和拉科维策相连的两间实验室——分别面对左舷和右舷——都配备着易损的玻璃制品和仪器，以及一扇巨大的窗户，令拥挤的空间溢满亮光。3 月里，船员们在实验室和船尾的长官住舱之间的甲板

---

① 与离开安特卫普时相比，"比利时号"普通船员的人数减少了 6 名，其中包括意外死亡的温克。

上用木头、厚篷帆布和焦油纸搭了一个窝棚，这些材料原本是为四人小队登陆维多利亚地，在那里搭建棚屋过冬预留的。榔头的锤打声在冰面上回响。这个建筑物类似器械库，船员们在里头张罗了一个铁匠铺，还安装了钩子和搁架，用来晾干室外设备。它还配有一口锅炉，是用此时已派不上用场的蒸汽发动机的部件做成的，可以用来融化雪块获取饮用水。为了节省煤炭——因为火必须持续燃烧——库克和大管轮麦克斯·范里塞尔贝格（Max Van Rysselberghe）想出一种混用煤砖和海豹脂的方法，于是船上充斥着一股刺鼻的气味，但人们很快就习惯了。

长官住舱有两扇开向甲板的门。朝着右舷的那扇通往德·热尔拉什的房间，这是船上最大、布置得最舒适的房间，不仅地板上铺了地毯，角落里整整齐齐地放着一堆书，长方形的窗户边上还摆着一张相当大的桌子，一席窗帘将工作区与床隔开，相当于套间。

面对左舷的那扇门打开后是一条走廊，通往船最后部的长官起居室。走廊上有两个房间。其中一间为阿蒙森和梅拉茨共用，他们之间很快就产生了摩擦。（身为大副的挪威人阿蒙森职位高于身为三副的比利时人梅拉茨，这一事实想必不会促成最和谐的室友关系。）隔壁是勒库安特的房间。船长的房间塞满了科学仪器、地图、参考书和卷起来的图表，丝毫没有放家具的空间。需要一个桌面来写东西的时候，勒库安特就把一块硬纸板搁在床上。房间里也没有椅子，取而代之的是从天花板吊下来的类似高空秋千的吊架。

走廊尽头的长官起居室是"比利时号"上气氛最欢乐的地

方。长官和科学家们大部分空闲时间都围在房间中央的大长桌边上，或是争论，或是大笑，或是阅读，或是听被称为腔肠琴[①]的机械风琴的演奏——每个人都有自己最喜欢的曲调。墙上挂着上了色的比利时城市风景照，还有一幅描绘了1896年弗里乔夫·南森乘着"前进号"光荣返回克里斯蒂安尼亚的盛大场面的图像。左舷的橱柜上放着一套定制餐具及餐巾，上面装饰着一个红色的锚和写着"Belgica"（比利时号）的卷轴图案。（长官和科学家们商量好了，要把这套餐具作为结婚礼物送给他们之中第一个结婚的人。）房间最里的墙边摆着一张软座长沙发，边上是枪架，沙发上方则是一个书架，承载着远征队的小型图书馆。藏书包括极地探险故事、学术期刊、通俗杂志和小说，却只有"一本《圣经》，还被遮起来了；没有祈祷书"——从小在卫理公会教导下长大的库克如是说。宗教文本的缺失是有意安排的。"比利时人是罗马天主教徒，其他人名义上是新教徒"，库克写道，但是"没有宗教冲突。德·热尔拉什尽他所能地鼓励不同宗教行为和谐共存，实际上我们就是一个非宗教的组合"。

　　长官起居室靠近右舷的一侧有一扇门通往科学家的住舱。这个房间又长又窄，船舷边上摆着两组双层床。库克和阿尔茨托夫斯基睡小一点的那组。拉科维策和丹科则不得不把他们的高低床加长了10厘米。四个男人要扭着身子挤来挤去才能在这个空间里移动：床和墙挨得很近，无法通过；要想在停尸床似

---

① coelophone，一种用打孔纸折页读取乐谱，通过转动曲柄演奏的自动簧风琴。

的床位上坐起来而不撞到脑袋，也基本不可能。（为了降低撞头的频率，库克依次拿掉了被褥、枕头和床垫，到最后直接把他的驯鹿皮睡袋放在硬邦邦的木板床上睡觉。）房间里有两个小得滑稽的洗手池和一壶新鲜的水，科学家们用试管接水喝水。房间内光线昏暗，采光主要来自两扇很小的舷窗，其中只有一扇可以打开；天花板被蜡烛的油烟熏得黑黑的。空气不流通加剧了房间里逐日积累起来的闷臭味，丹科不间断地抽烟，库克不愿意洗澡和洗熨衣物，更是雪上加霜。

一堵实心墙将科学家住舱和德·热尔拉什的私人盥洗室隔开。盥洗室和德·热尔拉什的房间之间便是暗房，库克把大量空闲时间花在暗房里冲洗照片。

剩下的时间，他用来观察队友们的行为——就目前而言是作为人类学家，而不是医生。在因纽特人之中生活的经历以及最近与火地岛人接触的经历使他对队友们产生了强烈的好奇心。在此地，在"比利时号"船上，唯一供他研究的部落便是他自己的部落。他尤其渴望记载人类在面对极端隔离、寒冷、压力和恐惧时，身体和精神会如何反应。"船只失事、饥饿以及最终死于严寒，这些可能性一直占据着我们的心思。"库克写道。由于他关注船上每一个人（不论是普通水手还是高级船员）的康乐，他很快就成了远征队最受欢迎的队员。

"比利时号"周围一圈渐渐有了小村庄的样子。库克、阿蒙森和勒库安特造了两间带有波纹金属屋顶的棚屋，作为天文和气象研究观测站。丹科和他的助手迪富尔则在离船较远的地方造了棚屋，用于磁力测量；观测站必须离船足够远，测量仪的指针和读数才不会受船上金属干扰。

一开始，这个小小的定居点熙熙攘攘，热闹非凡，因为人们想在工作和例行程序当中找到慰藉。科学家们风风火火地在船和他们各自的观测站之间来回跑。船员们则从早到晚地切雪块，用来融化成饮用水。随着时间推移，他们得走到离"比利时号"越来越远的地方，才能找到没有被煤尘、动物尸体或在船周围积聚起来的其他垃圾污染的雪。

科学家们坚持每天进行观测，尽可能因地制宜。比如说，他们在冰上开了一个洞，然后，在船员们的帮助下，在洞口上方架起一个用三根杆子做的简易三脚架，再安上一个滑轮组，这样就可以把测深锤或是钓鱼线放到水下。拉科维策得以从冰面下的深水区捕捞上来种类繁多的海洋生物：浮游植物、硅藻、磷虾和多种长相恐怖的鱼，其中包括一些未知物种，后来以探险队成员的名字命名，比如拉氏渊龙䲢（*Racovitzia glacialis*）、澳洲姥龙䲢（*Gerlachea australis*）和莱氏线尾鳕（*Nematonurus lecointei*）。[①] 每次成功捕获大量鱼类后，拉科维策都会花上好几天时间，忙着登记和保存他的渔获。

拉科维策与阿蒙森一起试验了深海冰钓渔具的新式设计。对阿蒙森而言，这是一段潜心学习的绝佳时期。他登上"比利时号"可不只是为了看一眼南极，而是让自己熟悉极地探险的方方面面。假如他要指挥自己的远征行动（正如他所计划的），他得积累动物学、气象学、海洋学、磁学和天文学的实用知

---

① 　分别对应拉科维策、德·热尔拉什和勒库安特。其中，莱氏线尾鳕已被重新归类为突吻鳕属，即更名为莱氏突吻鳕（*Coryphaenoides lecointei*）。

识——至少得学会如何在这些领域收集数据。在跟着"比利时号"的科学家们学习的过程中，激励他的算不上是好奇心，而是野心。关在克里斯蒂安尼亚的教室里时，他只是一个平平无奇的学生，走进"浮冰大学"后却是如鱼得水。

与此同时，阿尔茨托夫斯基定期进行水深测量，发现船正在一个大陆架的边缘漂移，这一点促使他正确地推断：南极由一整块大陆构成。他曾经坚定不移地反对在冰上过冬，但此时他意识到，送到眼前的是研究浮冰和漫长的南极极夜的绝好机会，这两种现象都与大陆形状本身一样神秘。

与助手多布罗沃尔斯基（他和水手们一起住在船首的水手舱）一起，他每小时做一次气象学测量，详细记录了海洋温度、气温、气压、降雪量和风向。多布罗沃尔斯基大部分时间都伸长着脖子观测天空中的云团形成过程。

每天晚上，他和阿尔茨托夫斯基都希望云能够分开，让他们观察到南方的欧若拉，即南极光。在北极地区，北极光常常出现在探险家和当地居民的叙述中；而在地球另一极，却很少有人曾在这么高的纬度观察到南极光。当时，人们对这对孪生子了解甚少。在19世纪末期盛行的理论是，这些荡漾在极夜的天空的大片亮光与闪电类似——也就是说，它们是由积聚在大气中的电造成的。

那个月早些时候，曾出现过几道微弱的闪光，但要等到3月14日无风无云的晚上，南极光才展现了其最绚丽的光彩；"比利时号"这时受困差不多已有一星期。接连数小时，队员们满怀敬畏地看着这世外奇景，欣赏一条条色带在天空中波动，变得越来越宽。阿尔茨托夫斯基和多布罗沃尔斯基只在书本报刊里读到过极光,此时的他们手里拿着笔记本,一丝不苟地进行观察。

半是为了独处片刻,半是为了测试自己的抗寒能力,库克决定从距离船较远的地方——约50码之外的冰面上——欣赏极光。尽管气温只有零下20度,他却认为这隔开的距离能够帮助自己"更好地看见新景色"。他在午夜前后步履艰难地在冰上行走,找了一处看起来不错的地方。他脱掉衣服,飞快地爬进驯鹿皮睡袋,把兜帽在脸旁束紧。他扭动身子,让自己舒舒服服地陷在雪堆里,然后凝神看天空。"一开始,我的牙齿直打架,身体的每块肌肉都在颤抖,"他后来写道,"但没过几分钟就好了,感觉只是洗了个冷水澡。"

库克形容极光是"一件蕾丝织物,像帷幔一样垂在南方天空。不同的部位一会儿变暗,一会儿变亮,仿佛一股电火花照亮了布料。帷幔似乎随着阵阵光波而动,好像风从布料表面吹过,揉开了旧的褶皱,又堆起了新的。这一切赋予了这一幕全新的吸引力和难得一见的光辉"。

巧的是,借用风和"阵阵光波",库克充满诗意的描述比当时的大部分科学理论都更加准确地解释了极光。这种现象背后是太阳风,即从太阳高速射出的带电粒子流在起作用。这种快速移动的等离子体——在太阳活动高峰期尤其狂暴——会穿越行星际空间,直到撞上地球磁层,然后沿着地球磁场继续向磁极运动。这些粒子与地球高层大气里的氧原子和氮原子碰撞,被激发的原子发射出不同波长的辐射,在我们看来就是带状的红、绿、紫或白光。

躺在雪床上，看着极光舞蹈，库克的思绪开始飘荡。他或许想起了前几次目睹如此摄人心魄的景象的时候，那是 1891 年至 1892 年，他跟随皮尔里的探险队去了格陵兰岛北部。有天晚上，在绚丽的北极光下，库克和一位名叫西普苏（Sipsu）的因纽特长者一起在岩石嶙峋的海岸上散步。库克问同伴，在他看来是什么引起了极光。

"这些幽暗的光，"西普苏答道，"是爱斯基摩光，标示了那些穿越世界边界之人的行动。或许他们想跟我们说话。你认为呢？"六年后在世界的另一个尽头，库克或许想到了自己生命中的逝者。会不会是他的第一任妻子和他们的孩子留下了这些幽灵般的轨迹？会不会是温克？

大约凌晨两点，勒库安特船长正在甲板上用天文望远镜观察天空——不是对准正在消失的极光，而是朝着木星的方向。预计不出半小时，他就能观测到木卫一"伊娥"（Io）的卫星蚀。木星的四颗卫星在 17 世纪初由伽利略首次发现，后来被称为伽利略卫星，对于航海家而言一直是类似天文钟的存在。它们的卫星蚀时间可被精确预测，航海者们因而能够以其为参照给精密时计调时，从而确定船所在的经度。（这样的定期调整极其重要：天文观测中仅仅几秒的误差，就会使地理方位数据偏差数英里。）要将望远镜对准这样一个微小的目标，在随着大海摇摇晃晃的甲板上几乎是不可能的，但被冰封住的"比利时号"就和陆地一样平稳。透过目镜，勒库安特看到一个小白点慢慢接近木星巨大的大理石纹表面。白点一移动到行星背面，勒库安特就会通知多布罗沃尔斯基，后者坐在船内一扇开着的窗户旁，手里拿着精密时计，等待船长的信号。

勒库安特感觉到自己的四肢末端渐渐麻木。他短暂地将目光从木星上移开，在甲板上走了几个来回，让身体暖起来。透过自己呼出的白雾，他看到离船只有 50 码的冰面上有一个深色的椭圆形东西在扭动。一头爱冒险的海豹，他告诉自己。勒库安特拥有猎人的本能。他冲进长官休息室，带着一架来复枪回到甲板上，装上枪弹，准备将它扛上肩。

库克无法入睡。他之前侧过了身子，一股刺骨的寒风吹在他脸上，使他的胡子结起了厚厚的霜。汗水也结冰了，使他的头颈与睡袋的兜帽粘连在一起，冻成一块，哪怕只是轻微地动一下也会引起锐痛。当他想转身避开寒风的时候，感觉就像有人在用力拉扯他的头发。只要他一动不动地平躺着就还算舒适，尽管这意味着头上的冰头盔会越来越硬。盯着头顶正上方的南十字座，他渐渐出了神，没能用余光瞄到船长正密切关注着他，一边举起来复枪，准备开枪射击。

在扣动扳机之前，勒库安特决定快速查看一下卫星蚀的情况。毕竟，海豹看上去不像是在赶路，而木卫一却将很快进入木星的本影。他放下枪，透过望远镜观测——正好看到卫星消失。船长喊多布罗沃尔斯基校正精密时计；顺利完成观测后，他开心极了，以至于他的本能反应变得"非常平静，与几分钟前的好斗正好相反"。他卸下来复枪的子弹，吩咐一名水手将它放回枪架上。"我继续观察最后几丝极光的痕迹，同时，出于警惕，时不时地看一眼海豹，它现在在浮冰上一动不动。"

几小时后，库克被吵醒了，一群企鹅好奇地啄着他头上的那层冰。他挪了挪身子，企鹅嘟嘟叫着朝四周散开。他笨手笨脚地拽掉睡袋和兜帽——代价是几团头发——胡乱穿上衣服，回到了船上。直到这时，勒库安特才意识到他差一点点就开枪射击远征队队医了；也是这时，库克才发现他刚刚多么惊险地躲开了被杀死、取走"毛皮"和"海豹脂"的命运。

每次浮冰上有新的水道形成，队员们就会捕猎海豹和企鹅。处决海豹是一件令人不快的事，通常需要好几发子弹。屠杀企鹅就更困难了，不只是因为这类鸟有着可爱的类似人类的行动方式。"有一天，我们有四个人在追一只企鹅，它非常勇敢，甚至到了英雄主义的程度。"勒库安特写道，"这场狩猎持续了一个多小时，而在这可怜的生物终于倒下之前，它承受住了一把手枪的三发子弹、一把来复枪的两发子弹，更别提一根粗短棍的无数次敲打。连我们自己也精疲力尽。"范米尔罗后来摸索出了一种更轻松的方法：站在船首高声吹奏他的短号，南极版的花衣魔笛手[1]就诞生了。阿德利企鹅对他的短号表现出了比队友们更大的

---

[1] 源自德国中世纪民间故事：德国小镇哈默尔恩（Hameln）遇上了鼠灾。某天，来了个身穿花衣、自称捕鼠能手的外地人，他一吹起笛子，鼠群就随笛声行至附近的河里淹死了。镇上居民违背诺言拒绝付酬金，魔笛手为了报复他们，吹起笛子将镇上的孩子诱到了山洞内。

热情，它们一摇一摆地径直走到"比利时号"跟前，然后遭到暴力伏击。"企鹅似乎是喜欢音乐的动物。"阿蒙森写道。

船上没有几个人敢尝试企鹅肉或海豹肉，所以，狩猎目前看来主要是一种锻炼。然而，他们的身体是得到锻炼了，灵魂却因为杀戮而饱受煎熬。猎人们为这项活动的残酷感到十分不安，只好安慰自己这么做并非没有意义：每杀死一只动物，都为拉科维策提供了新鲜的研究材料。

"你们真得瞧一瞧大屠杀结束后的拉科维策，脖子上系着围裙，手拿一把大刀，从仍带有余温的动物尸体上逐一切除内脏，检查它们的胃、它们的肠道，甚至食物残渣！"勒库安特写道，"还有他发现胚胎时的那个喜悦劲儿啊！当那是无价之宝一样把它取走。"

动物的脂肪层和皮会被剥下来，内脏被留在室外成为海燕的美食，肌肉则被切下来用雪盖好，作为紧急食物储备。整个秋天，气温都保持在零下9度左右，浮冰就像是一个巨大的冰库。

3月下旬，狂风不知疲惫地刮着。"我们对这些似乎永不停歇的暴风雪感到难以形容的厌倦。"库克写道。3月末的几天，勒库安特写道："雪几乎一刻不停地下着，是一种极其细的粉末，被狂风猛烈地卷起，渗透了每一处孔隙——渗进衣服里，通过人眼难以察觉的裂缝吹进观测站，透过门上和窗户上最细小的接口袭入舱内。"

新雪在队员们为"比利时号"建造的隔热雪堤上越积越多。很快，船就被一座高大的白色雪丘包围了。等到暴风云终于散去，浮冰群已不是原来的样貌。"在最近这场暴风雪中，附近地貌在吹雪①的作用下发生了巨大的变化。"库克写道，"船周围有一些巨大的雪堆，令下船变得非常困难。原来的雪丘已被削成小圆山包，较小的冰裂隙被新的冰雪填满了，帆船附近原本不很安分的大块浮冰现在更像是一个整体。一切都很平静，一动不动，被死亡般的白色寂静所覆盖。"

室外工作开始让船员们感到乏味了，进进出出也就少了。德·热尔拉什开始担心懒散的队员会再一次变得躁动不安，心怀怨恨。与此同时，库克则开始担心缺乏体力活动会为身体和精神带来哪些害处。他一直定期带领队员在冰面上进行短途滑雪旅行，通常是去附近的某座冰山，然后返回。但是德·热尔拉什立了一条严格的规定：禁止队员们游荡到离"比利时号"几英里之外的地方，以免他们看不见它的桅杆，找不到回去的路。浮冰时时刻刻都在漂移，裂缝会毫无征兆地出现，大块浮冰随时都有可能断裂，形成小型封闭水域，迫使闲逛的探险队员随之漂流。"地标"也不可靠：出发时留意到的一座冰丘，回来时可能已经被雪或雾遮住，或是在冰压力的作用下发生了别的变化。活动范围受限，进一步恶化了船上已经开始蔓延的单调和幽闭的压迫感：一天又一天，人们总是在同一张桌子上看到同样的面孔，在腔肠琴上播放同样的曲调，执行同样的任务，眺望同一片冰原。

科学家们从工作中获得的脑力刺激有效防止了他们陷入忧

---

① snow drift，挟带大量雪粒在近地面运行的气流。

郁和漠然，但严寒使开展工作变得越发困难。在隔热极差的观测站一动不动地坐了数小时后，勒库安特和丹科开始感觉到冻伤的刺痛，还得忍受其他与寒冷相关的小伤小痛。有一天，丹科回到船上时（借用库克的描述）"一只脚冻伤了，眼周还被扯下一块皮——冻在了目镜的金属部件上"。勒库安特也以同样的方式失去了几根睫毛；在这之后，他就给六分仪的金属部位垫上了法兰绒。

寒冷还以其他方式限制了科学家们的工作，每一天都把他们的世界变得越来越小。勒库安特的人工地平仪——在这种设备的帮助下，六分仪在地平线模糊不清的时候也能得到读数——里面的水银有时会冻成坚硬的固体，意味着气温已降到零下38度。包含旋转部件的工具，比如六分仪和望远镜，会随着润滑油变稠变硬而无法转动；煤油灯遇上一点点风就会被吹灭，油灯则完全无法使用，在昏暗的观测站里查看仪器指针因此成了不可能的任务。无孔不入的吹雪使一些敏感仪器失去了作用，比如毛发湿度计（依靠人体毛发——有时也用马毛——保持水分的特性测量环境湿度）。同样地，勒库安特用来给天文读数计时的航海精密时计太过娇贵，无法从船上搬到棚屋里，也无法承受棚屋观测站的严寒。为了解决这个问题，库克、阿蒙森、挪威水手托勒夫森和约翰森在棚屋和"比利时号"勒库安特的房间之间安装了一条电报线路。在勒库安特进行观测时，多布罗沃尔斯基就坐在精密时计旁，拍电报将时间信号发送到观测站。这个系统与一块小型电池相连，竟出奇地好用，还创了一项小小的纪录：历史上最南的有线电通信。

然而，寒冷最具破坏力的影响是将人们禁锢在船内。严寒确实残酷，但从很多方面来看，它都比稍高一些的温度更受青睐。队员们最喜欢的温度是清爽的零下 26 度左右，这时，空气中的所有水分都被冻干了。随着温度计读数往上攀升，潮气开始渗入衣物和被褥的每一丝纤维，产生一种似乎违背常理的效果：人们感到更冷了。"我们尝试了每一种可能的办法……来去除潮气，"库克写道，"但没取得多少成功。"把手伸到床底，甚至可以掰下冰锥子，丁零当啷地掉在地上。"若是把床垫抬起来，可以看到每一颗钉子都包了一层冰。"库克写道。

除了这些不舒服之处，船上还有一大堆抱怨：关于食物，关于冷风，关于使人呆滞的一成不变的生活。在白天逐渐变暗的秋季，船员们开始逃避他们的职责，有些人睡懒觉，有些人断然拒绝工作，公然反抗德·热尔拉什的圣诞节公告：你们不允许累。如果你们"病"了，情况则不同：我会准许你们休息。现在，船员们的状态介于病和累之间。

德·热尔拉什很担心船上的纪律会再一次崩溃。这一次，他可无法把难以管教的水手赶下船，或是用一英镑让他们住口。他感到自己对他们的牢骚无能为力。正如他基本上已将管理纪律的职责移交给勒库安特和阿蒙森，他亦把应对船上日益增长的不满情绪的苦差留给了库克。

这是一个明智的决定。正如指挥官熟知风向和洋流，库克能够敏锐地读懂人心。当他侧耳倾听时，他的灰蓝色眼珠一动不动，满满散发着同理心。一些长官和科学家看不起船首水手舱的住宿者，库克却对他们抱有深切的敬意，一种扎根于美国平等主义和他自己的艰苦童年的亲切感。"我们倾向于认为有教养的人的脑物质容量和脑力工作量远远大于普通工人,"他写道,"但我在'比利时号'上的观察向我证明了这是错误的……普通体力劳动者,不管是切割雪块还是砌砖,他的大脑里每天流过的个人感想都与专业人士一样多,或许更多。"

他赢得了船上所有人的喜爱和感激,反过来,他对他们有一种类似保护者的爱。医生下定决心不让他的队友们陷入消沉,独自担起了让他们的精神保持高扬、头脑保持忙碌的任务。3月下旬,库克与"比利时号"上的每一个人进行了详尽的面谈,以便找出不满情绪的源头。他在船上跑来跑去,问了每位水手和长官一系列问题——"你最想念家乡的什么?""你最常梦到的人或事是什么?"——并勤勤恳恳地将他们的回答记在笔记本上。

医生的这项调查进一步拉近了他和队友们的距离,因为他的关切本身就提供了一些宽慰。库克的调查揭示了两个主要不满。其一是女性伴侣的缺失。从库克报告中的那种窒息感来看,他并非不动感情的旁观者。"我们渴望收到母亲、姐妹和其他人的姐妹们的信,"他写道,"而若能让我们偷看一眼漂亮女人,有什么是我们不愿用以交换的?!"性挫败折磨着全船人。就连一般不太可能与长官坦白谈论这些事的普通船员,都对库克敞开了心扉。"有两三个人,坐在僻静的昏暗角落里,脸上挂着泪,狡黠地承认他们更愿意与各自心爱的姑娘共度片刻时光。"

其二,也是更紧迫的不满,是队友们现在赖以为生的、几乎每餐都吃的罐头食品。虽然以19世纪末的罐头制造标准来看,这些食品的质量并不低下，但是在如此多个月之后，其寡淡无味对大部分人的味蕾来说近乎冒犯。人们每晚在盘子上看到的一坨坨颜色暗淡的糊糊，与罐身标签上许诺的菜肴几乎毫无相似之处。令大部分人觉得格外恶心的是口感似海绵的"挪威肉丸"——"比利时号"停泊在桑讷菲尤尔时，德·热尔拉什大量购买了这种肉丸，它在探险队员们的饮食中占了很大一块。

队员们"渴望对胃来说更丰盛的东西"，库克发现，"新鲜食物，比如牛排、蔬菜和水果，是他们最想吃的"。就连德·热尔拉什——储藏室里的每一样食品都是他亲自挑选的，为的正是确保食物种类够丰富——都承认"多样化主要体现在菜名上"。队员们不仅将难吃的食物怪罪于德·热尔拉什的选择，也怪罪于他工作勤恳的侍从路易·米绍，在两名厨子在南美洲被开除后，米绍顽强地承担起了厨房事务。（范米尔罗曾短暂地填补空缺。）

虽然他在申请中将烹饪、击剑和准确射击列为自己的技能，这位法国外籍军团前成员在灶台前根本就是无药可救。"他的几乎每一道菜都是用同一种方法烹饪的，"勒库安特抱怨道，"要不就是加一点点水，要不就是加很多水，视想要的质地而定。"更令人头疼的是，德·热尔拉什承认，"米绍雄心勃勃"。他特别引以为豪的是一种"馅饼"——无法食用的未经发酵的面团，上面满满堆着果酱——在队友们艰难尝试咀嚼的时候，他就在一旁满怀期待地看着。"他的汤装满了'谜，'"库克写道，"'防腐肉'则遭到了所有食客的谴责。"为了换换口味，米绍经常把不同罐头混在一起，做成毫无特征的浓汤，不知为何竟达到了一加一小于二的效果。德·热尔拉什自己还是年轻水手时，也曾被指派到厨房工作，因此对这个小伙子格外心软。"可怜的米绍！"他写道，"他太有热情了，以至于我们都对他的厨艺睁一只眼闭一只眼。"

虽然队员们每天晚上都会开盘中食物的玩笑，但对食物的普遍反感很快升级成严重的危机。在浮冰上生活，可以期待的事物寥寥无几。用餐本应是其中之一。可恰恰相反，它成了人人畏惧的事。与牢饭相差无几的食物对队员们来说是一则每日提醒，提醒他们仍被困住，这对船上士气造成了不可估量的影响。

由于渴望新鲜、富含纤维、美味可口的食物，队员中有几位决定尝一尝他们一直在贮存的企鹅肉。他们拿出拉科维策切好的几块企鹅肉排，解冻好交给米绍。他们不是最早尝试企鹅肉的人，但这种肉在以前的探险家们那里可谓毁誉参半。16世纪末在火地岛地区，弗朗西斯·德雷克和他的手下曾狼吞虎咽地吃麦哲伦企鹅肉，认为它是"一种非常好的有益健康的食物"。詹姆斯·克拉克·罗斯在1841年发现维多利亚地的探险途中尝了帝企鹅肉。"这种肉颜色很暗，"他记录道，"有一股鱼的腥臭味。"企鹅肉最终未被加入菜单。

落到门外汉米绍的手里，企鹅肉或许变得更难吃了。它尝起来既像鱼，又像禽类，有一股近乎变质的刺激性味道。"如果你可以想象一块牛肉、一条腥臭的鳕鱼和一只帆背潜鸭放在同一个锅里烤，配上血和鱼肝油做的酱料，"库克写道，"我的解释就完整了。"若想充分理解那种体验，读者必须还得想象粘在企鹅身上的鸟粪持久的臭气。"比利时号"的大部分船员都发誓他们的第一口企鹅肉即最后一口。德·热尔拉什直接拒绝碰企鹅肉；据库克所说，队员们竟会考虑吃这样一种令人反感的肉来替代他精心挑选出来的罐头食品，这一点就让德·热尔拉什感觉受到极大的侮辱。指挥官忠诚的朋友丹科则说，他宁愿死也不吃企鹅肉。

只有一个人似乎不是在勉强度日，而是完全乐在其中。对于罗阿尔德·阿蒙森而言，浮冰生活的诸多限制没有带来痛苦，反而是喜悦的源泉。"食物从各方面来看都是一流的。"他在日记中写道。作为挪威人，他早就熟悉"挪威肉丸"，每次都津津有味地把它们吃光——边吃还边戏谑地向其他长官和科学家保证，它们是用猫肉做的，包含磨碎的猫毛、牙齿和骨头。他同样喜欢肉丸被骂得更厉害的近亲，"挪威鱼丸"。这道菜星期五才会上，但通常是打赌输了的人才会吃。至于企鹅肉，阿蒙森称其为"你可以向上天许愿的最美味的肉排"。他建议用人造黄油把肉排在平底锅里稍稍煎一下食用。阿蒙森当然是真心喜欢这种味道，但他肯定也很享受在他大口吞下企鹅肉时，队友们一脸厌恶的表情。自十几岁时将葬身北极地区的探险家约翰·富兰克林视为偶像以来，阿蒙森就开始将受苦受难与成就等同起来，直到苦难在体验上不再是苦难。从这个视角来看，糟糕的食物完全是小事。

女性伴侣的缺失也没有让他悲恸欲绝。在登上"比利时号"

之前，他似乎就没多少爱情生活。① 与性征服相比，他对地理征服更感兴趣。任何无法帮助他实现极地探险志向的活动，他都觉得没什么用处。在浮冰上度过的每一秒都让他离目标更近一些。

"我最大的愿望是，等春天来临，带上一条供二人使用的独木舟和一架雪橇往南探险。"他在 4 月上旬写道。（他没有说明独木舟里的另一人会是谁，但在共同攀爬布拉班特岛的高峰之后，他的首选肯定是库克——假如他不是探险队唯一的医生。）他的计划——更像是一个白日梦——是向南旅行六个星期，用雪橇拖着物资在冰上走，遇上开放水域就改用独木舟。他还写了一句话，凸显出他所构想之事的大胆："对于这样一场冒险，你得做好可能找不到船的准备。"

意识到这一点，阿蒙森的勇气不减反增。在同一条日记里，似乎是想激励自己，他修改了计划："这么说吧，在那种情况下，我们就往西南走，只要季节允许就一直走。当冬天临近时，我们会在一座合适的冰山山顶以最好的方式安身……安营扎寨之后，我们就会为过冬储备物资：企鹅和海豹。第二年春天，我们会再一次向西南出发，直到找到陆地。如果我们能找到的陆地只有南维多利亚地，那我们就从那里出发，划着独木舟向北，然后我们会尝试从北部岛屿出发抵达澳大利亚。这当然会花上好几年时间，但我毫不怀疑这是完全有可能的。"

别介意从维多利亚地划独木舟到澳大利亚是万无一失的自

① 阿蒙森的一位传记作家，托尔·博曼－拉尔森（Tor Bomann-Larsen）认为阿蒙森曾与他在安特卫普的女房东交往过——直到他回家后，发现她已自杀身亡。但博曼－拉尔森没有提供相关证据。——原注

杀手法，也别提在冰山上露营（客气地说）是个不明智的决定。阿蒙森在房间里就着烛光奋笔疾书，比以往任何时候都更专注于书写属于自己的传奇。当几个星期后，伴随着一声惊天巨响，附近水域的一座冰山突然往一侧翻转时，阿蒙森写道："我不会允许这件事影响我在冰山上过冬的计划。"

当室友——粗鲁无礼的三副朱尔·梅拉茨——申请换到水手舱与普通船员们同住时，阿蒙森的精神更好了。"我们相处得并不好，所以我不应该否认，我对这件事感到很满意。"阿蒙森写道。梅拉茨的离开不仅让大副有了属于自己的房间，还显著改善了长官起居室的氛围。"他和船尾的人关系都不怎么好。"阿蒙森写道，"现在我们有七个人。在我认识的人之中，没有别人像他们六个一般友好和善。我在这里感觉很好。"写下这句话，阿蒙森突然觉得自己说错了话。如果苦难等同于成就，那么乐趣就是自满的一种形式。他加了一句："几乎太好了。"

阿蒙森肯定可以察觉到，自己高昂的情绪让他在船上成了一个例外。不过，哪怕是他，也对接下来几周会发生什么毫无概念。只有两件事情是肯定的：天气会更冷，天色会更暗。

第十章 最后的日落

日子一天天地过去，透过库克床边那扇被煤烟子熏黑的舷窗，窗外景色却几乎毫无变化。远处的冰山差不多仍保持在距离船一样远的位置，如附近小镇的教堂尖塔一般稳定而可靠。但这份可靠是一种错觉。整个浮冰群在以每天好几英里的速度不规律地移动。"比利时号"不再航行了，但它仍在海洋中漫游，航向却不受它控制。"没有固定的点可以标示我们的漂移，我们无法看到自己划过水面，因为整个地平线，无数的冰原和冰山，都与我们一起以同样的速度滑行。"库克写道。医生开始担心队员们的心神也会失去支撑点，漂进恐惧和疯癫。

不仅是浮冰群在移动，冰本身的形状和坚固性也一直在变化。浮冰群看着像陆地，行为却像水——只是更缓慢。影响它的那些力量，那些随着时间推移不动声色地改变地貌的力量，与搅动海洋的是同一些作用力：风和洋流。这两种力量都不稳定。当它们方向相对，就会拉扯浮冰，其剧烈程度直逼中世纪的酷刑装置。比起表面的冰，洋流对大部分隐藏在水下的冰山影响更大，能够推动这些大块头在浮冰群里横冲直撞。

厚度通常只有几英尺的海冰，则更容易受风影响，而风也决定了"比利时号"周边环境中的几乎一切。"我们早上起来的第一个问题，"库克写道，"就是'风怎么样？'"哪怕只是一缕微风，都有可能牢牢抓住浮冰，让整个结构动起来。风暴则有可能使它裂开，形成潜藏着危险的蛛网似的细裂缝和几处面积很小的敞开水面——从来都不足以让船通过。如果风手下留情，冰就会稍稍放松，旧的裂缝可能会突然重新打开。相反，任何方向的风若是持续地刮，就会挤压浮冰群，以巨大的力量将大块浮冰推到一起，以至于它们的边缘隆起一道道碎冰壁垒。这些冰块压脊升起的速度非常快，过程很激烈，因而看上去有如活物，而冰与冰互相研磨的声音——有低沉的带着一丝不祥的呻吟，也有尖声长叫——更是强化了这种印象。一道压脊可以在几小时内达到两层楼高，形成一座在空气的作用下凭空冒出的巨大冰墙。"比利时号"木料的每一声嘎吱声都让队员们直哆嗦，都是一次提醒：他们完全受制于狂风。

南极的狂风一刻不停地尖叫着，威胁着要摧毁队员们的住所，震碎他们行走于其上的冰面。"位于世界底部的极地地区显然不适合人类存活，"库克写道，"因为它似乎是在地球穿越空间的过程中，承受住所有被惹恼的幽灵拳打脚踢的那个部位。"永不示弱的狂风追赶着队员们，尖声喊出他们的命运。由于几乎没有阻碍，狂风常常横扫整个冰原，以致探险队员们接连数日都只能待在船上，足不出户。

除了风和洋流，还有第三个元素可以极大地改变浮冰群的形状，或者说是人们对浮冰形状的感知——光线。在难得一见的晴天，色彩在空白的帆布上碰撞、迸裂。这些昙花一现的欢乐激发了辞藻华丽的描述。

"冰原就像搽了钻石粉末,在晴朗的阳光下闪闪发光。"德·热尔拉什写道,"冰山和冰丘卖弄着它们银色的顶端,在身后投下宛如薄膜的阴影,那是一种极度纯净的蓝色,仿佛是从天空中直接撕下来的。蜿蜒的水道镶上了青金石边,两侧的岸上,新生冰穿上了一抹海蓝色。傍晚,阴影不知不觉地变成柔和的粉色,再是微弱的浅紫色,每座冰山后面,似乎都有一位路过的仙子为自己蒙上了面纱。慢慢地,地平线上一片粉色,再是渐变的金色,然后,太阳终于落下,天边留着一抹黄昏的微光,妙不可言地褪成深蓝色的天空,无数星星在其中闪耀。"

浮冰就是光的游乐场。太阳光低低地打在地面上,反射到大气层,弯折、扭曲,又在飘着冰晶的空气中折射。蜃景、雾虹、幻日、幻月和其他光的把戏极为常见,队员们渐渐学会了不去相信自己的眼睛。在无风的白天,悬浮的棱柱体冰晶在空中慢慢飘过,折射出太阳光,引起天空中有多个太阳的错觉。这类幻象中最令人惊叹的是幻日环:四个假太阳分别同时出现在真太阳日晕上的东南西北四个点上。当条件合适时,两条相互垂直的光线——一条纵向一条横向——将这些虚幻的太阳相连,在日晕的中心交叉,形成一个巨大的护身符似的十字架。这样的景象让崇尚科学如勒库安特之人都不禁满怀敬畏。"你会感觉在地球之外还有别的什么东西。"船长这样描述,"这种宗教感让你感知到上帝,不是具体的某个上帝,而是一种更崇高的存在。"

看不到太阳时,光的骗术就不那么迷人了。在多云或多雾的天气里,也就是说在大部分时间里,浮冰群就是一片单色调的不毛之地。天空的灰色和冰的灰色焊在一起，模糊了地平线。随着日光消褪，距离变得难以测定。由于没有阴影作为参照描出物体的轮廓，"几乎所有的不平整的地方都给模糊了或是扭曲了"，库克写道。"高大的冰丘（10至20英尺高）没法被观察到，直到我们撞上它们。矮小却有着锐利边缘的凸起处，有时会产生犹如远方冰山的蜃景。我们上一秒还踩着滑雪板悠闲地滑行，下一秒就发现已经跨越这个巨大的障碍物——实际只有几英寸高。"

无论真实还是虚假，光都描出了这个世界的形状，但每一天，它都在以更快的速度流逝。随着冬至渐近，夜晚变长，气温骤降，为"比利时号"周围环境带来色彩和多样性的那些元素正在快速消失。水道和小湖彻底冻住了，整个浮冰群变为一块没有特定形状、向四周随意蔓延的地区。鲸呼气的频率降低，企鹅不再来访；而对于海豹而言，冰很快就会变得太厚，让它们无法在冰层中挖出呼吸口，也无法在黑暗的水下看清猎物。生命似乎正随着光离去。

* * *

德·热尔拉什非常清楚，随着白天和黑夜渐渐融为一体，人对时间的感知会被扰乱，那种吞噬一切的单调将给队员们的精神带来怎样的危险。为了延缓这种威胁，他制定了一份特殊活动日历，让队员们多少有些盼头。每个可以想象的值得庆祝的日子——生日，周年纪念，船员们所代表的众多国家的节假日——都在食物储备允许的范围内举办了盛大的宴会。"如果有哪个星期我们没能抽出至少一天作为'特别进食期',并在吃完后喝下大量香槟,"库克写道,"这个星期就会过得很慢。"(浮冰上的生活有屈指可数的几个优点,其中一个:香槟总是冰镇得恰到好处。)队员们急切地等待这些活动——或许不是为了米绍野心过大的厨艺,但至少是为了众人相聚时的欢笑。

另一项颇受欢迎的日常消遣是拉科维策的漫画。除了熟练掌握画解剖图的技能,这位动物学家还是一位尖刻的讽刺漫画家,他的作品常有一种东欧人特有的对荒诞和下作幽默的偏爱。拉科维策的铅笔画虽然不太正经(还有些幼稚),却是"比利时号"船上生活的真实写照,未经过滤地记录了人们的日常沮丧和内部笑话。

放在一起看,拉科维策的漫画形成了一出连载滑稽戏,一出冰上喜歌剧,其主角是远征队的地质学家兼气象学家亨里克·阿尔茨托夫斯基。拉科维策为他的科学家同人安排了一个丑角,一位名叫阿托克的东方术士,他留着长长的胡子,屁股像灯泡一样鼓着——这个特征很快演变为一个独立的角色。(示例:阿托克的臀部被用作气压计,刮风时膨胀,下雨时松垂,天气干燥时干瘪,在暴风雪中疯狂排气。)26 岁[①]的阿尔茨托夫斯基是船上最一本正经的人,因而无可避免地成了拉科维策的

---

① 本书第一章曾提到"德·热尔拉什招的第二个人……阿尔茨托夫斯基……只有 23 岁",这是因为阿尔茨托夫斯基出生于 1871 年 7 月 15 日,在 1895 年未满 24 岁时即申请加入远征队。到 1897 年 8 月"比利时号"从安特卫普出发时,阿尔茨托夫斯基已经 26 岁。

嘲弄对象。①

在漫画家的画笔下，阿托克曾经神情严肃地观察壮丽的南极光——它们在空中拼出了 MERDE（屎）的字样；还有一次，阿托克对着一群企鹅高谈阔论，企鹅无动于衷，其中一只还向他喷射了鸟粪。

除了阿托克和古怪的"挪威肉丸"笑话，拉科维策作品中的另一个突出主题是性挫败。在一幅题为《梅赫伦的乐趣》②的漫画中，丹科躺在家乡的一条排水沟里，从一位女士的裙底偷看她小便。拉科维策甚至还制作了一份假想报纸的头版，这份报纸名为《没有女士的南方》，专门报道"比利时号"上的生活。

出人意料的是，最难适应这类猥琐诙谐的玩笑的人是库克。作为船上唯一的美国人，可能很多人会以为他喜欢庸俗的东西，但在一开始，勒库安特就认为他是"新世界有史以来孕育出的最死板的美国人"。由于是在一贫如洗的环境中长大的，库克很早就学会了装出一副彬彬有礼的样子，以便更好地融入他希望跻身的社会圈层。而且，与比利时人不同，他很少过度饮酒，总是保持警觉。

库克特别厌恶的是其他长官对淫秽的三语双关语的酷爱——原因之一很可能是他听不懂这些双关语。"在纽约时千万别这样表现！"他曾怒气冲冲地说。但是在此地，在这艘搁浅的船上，在这距离上流社会数千英里的地方，他的绅士派头逐

---

① 拉科维策经常捉弄阿尔茨托夫斯基。有一次，他把餐桌上的猪油换成了凡士林，然后愉快地看着阿尔茨托夫斯基心不在焉地给面包抹上厚厚的凡士林，就这样吃了好几片。——原注

② 梅赫伦（Mechelen），比利时城市，位于布鲁塞尔东北方向，埃米尔·丹科的家乡。

渐开始瓦解。医生明白，有些幽默虽然粗俗，却是对抗愁闷的无价之宝。"库克感到被冒犯的次数变少了。"勒库安特观察道。他"开始享受我们的一些笑话，自己也变得相当好笑，最后，彻底跟我们一起犯傻了"。很快，他大大咧咧地撞开语言障碍，自己也开始讲不堪入耳的双关语了。

不过，尽管自己的力比多也很旺盛，库克却反对在长官起居室的桌子旁没完没了地谈论性话题，因为他认为人们如此专注于他们无法获得的东西是有损健康的。他决心"给围绕姑娘们的讨论泼泼冷水"。一天，他警告长官和科学家们，极夜会对他们产生"阉割之于公牛的效果"——即极夜可能使他们性无能，丧失生育能力。队友们惊恐万分地听库克声称，他们越早放下对女人的残余念想，对他们自己就越有好处。"阿蒙森和我已经过了这段性约束的冰冷时期。"他补充道。挪威大副十分配合地陪他演戏，极地探险家的清修生活对他来说再完美不过了。

如果库克的目的只是让队友们换一换话题，他很快就遭遇了戏剧性的溃败。4月7日，一名船员在乱翻报刊的时候发现了由一位安特卫普赞助人捐赠的几册画报，内含巴黎名媛、著名演员和歌舞表演者的海报。这项发现引发了一场精心组织的（选手缺席的）选美比赛。"近500张画像被挑选出来，"库克写道，"它们展现了各种姿势、服装款式和不同程度的裸露，以及代表各种类型的美的身体部位。"从"无可指责的品性""美惠女神再世""线条优美的双手（纤细的手指）"，到"嘴（丘比特之箭）""柔软的腰身""腿"，类别五花八门。紧接着是长官和科学家之间（普通船员未受到邀请）热烈的拉票活动，持续了整整三天。阿尔茨托夫斯基获得委任担任主持，其正式头衔是"冰雪之王阿托克一世"。

胜出者名单将于 4 月 10 日（少不了大量酒精的）晚餐后公布。领先的两位选手是舞者、艺术家的缪斯克莱奥·德·梅罗德 [Cléo de Mérode，图卢兹 – 劳特累克（Toulouse-Lautrec）等众多艺术家的作品使她的形象成为不朽] 和克拉拉·沃德（Clara Ward，出生于底特律的女继承人，先是与一位比利时王子结婚，后为了一名穷困潦倒的匈牙利小提琴家离他而去）。一场热烈的争论开始了。勒库安特是沃德的拥护者，他试图说服库克支持这位美国选手，因为医生手里握着决定性的一票。"库克整一个儿被弄糊涂了。"勒库安特写道，"我们说的他一个字也听不懂，对我而言是个巨大的优势：没有人能贿赂他！不仅如此，他全然不顾自己的肺，费力地反复大喊：'209 号，克拉拉，第一名！'"克拉拉的支持者发出胜利的欢呼声，德·梅罗德的拥护者则怒不可遏。和事佬德·热尔拉什打开了几瓶香槟，大伙儿吵吵嚷嚷地干杯："敬所有美人！"

勒库安特摇摇晃晃地走到腔肠琴前，放入比利时国歌的打孔纸卷，开始转动曲柄。一段听不出调子的古怪旋律从琴中传来，勒库安特意识到自己喝得太醉，把纸卷装反了。长官起居室里爆发出一阵哄笑，反着弹的《布拉班人之歌》在黑暗凄凉的浮冰上回荡，为这地球之底的庆祝活动加上了十分恰当的结尾乐段。

往后很少再有这么愉快的夜晚了。

日子变得像比利时冬季的白天一样短了。可是它们还在继续变短，纬度每天都毫不留情地削掉 25 分钟的日光。在两周之内，夜晚就延长了不止 3 小时。德·热尔拉什担心，船上秩序会随着黑暗的降临而崩溃。因此，他为日照逐步减少的白天制定了一份强制执行的作息时间表，发号施令的不再是日光，而是时钟。工作从早上 8 点开始，下午 5 点结束，中间有午餐和锻炼的时间。晚餐在 5：30 供应，夜晚在油灯稳当的灯光下，在休闲活动中度过：打牌，修补衣物，看书。有时候，明亮的月光会邀请队员们走到浮冰上散步。

在星期天和节假日，每位船员都会发到一杯格洛格酒和 15 厘升^① 波尔多红酒，如果水手舱足够整洁，德·热尔拉什还会额外给他们一杯早餐波特酒。为了避免再次发生由烈酒驱使的暴乱，像在蓬塔阿雷纳斯那样，德·热尔拉什禁止队员们在这些场合以外喝酒，虽然长官和科学家们享有一些特权。

或许受到了世纪之交盛行于欧洲的社会主义运动的启发，德·热尔拉什制订了 8 小时的工作日。不过在"比利时号"上，劳累过度从来不是问题。眼下船正牢牢地被冰包围，德·热尔拉什更发愁的是如何找到 8 小时的工作量，填充水手们的一天。他们的首要任务是活着，直到浮冰交出对船的控制。除了偶尔协助科学家们，他们的职责无非是收集作为淡水来源的雪块，以及保持观测站整洁。狩猎曾经是仅存的一项能够可靠地提供刺激的工作，但随着野生动物变少，这项活动也逐步停止了。

---

① 1 厘升合 10 毫升。

因此，尽管指挥官尽了最大努力，到了 4 月下旬，一种百无聊赖的情绪仍在整艘船上蔓延开来，尤其是在水手舱内。几名水手不肯执行他们仅剩的日常任务，也不主动完成每周一次的沐浴，除非收到正式命令。一些人拒绝下船，虽然库克一而再再而三地要求他们每天至少锻炼一次。空气中再次弥漫着叛变的气息。如果要比较，船员们的绝望甚至比在蓬塔阿雷纳斯的时候更糟糕，在那里，逃兵至少可以一头扎进酒吧或是妓院，或是加入淘金大军碰一碰运气。

队员们每日定量的罐头糊糊助长了他们的不愉快。普通水手和长官都认为船上烦躁情绪的罪魁祸首是难吃的食物，然后，又把难吃的食物怪罪在米绍和德·热尔拉什头上。"菜单的安排饱受批评，整个食物储备已沦为挖苦嘲讽的对象。"库克写道，"与食物的选择和烹饪稍有关系的人，无论是过去还是现在，都受到了一定程度的谴责。这其中有一些是有道理的，但大部分控诉都是我们无法吃到曾经的家常美味、心生绝望的必然结果。"怨言的玩笑成分越来越少了，取而代之的是一种紧迫感。水手们抗议，食物不仅难以下咽，分量也不够。库克将这不断增长的怨恨称为"食物起义"。

由于船员们的抱怨十分执着，勒库安特在 5 月 2 日的晚餐后把德·热尔拉什拉到一边，向指挥官汇报了船员们的担忧，并表示自己也认为他们的抗辩是有理的。不回应他们的满腹牢骚，他说，是不明智的。勒库安特从来不会在船员们面前质疑德·热尔拉什的决定，但或许是因为他也不得不每天咽下同样的淡而无味的杂烩，他自己也陷入了一种好战的情绪。船长要求知道是否还有足够的食物撑过冬天。

"当然了，我们有食物。"德·热尔拉什答道，"但当媒体以后谈及我们的时候，他们会怎么说呢？难道他们不会指责我们滥用我们的职权，吃得太好了？"

勒库安特几乎不敢相信自己的耳朵。又一次，指挥官似乎更在乎自己回国后的声誉，而不是队员们的福祉。这是一种持续存在的偏执：德·热尔拉什只关注一点，即记者会谴责他在"比利时号"的货舱里贮备了太多精美菜肴，暗示他和他的手下们拿着纳税人的钱胡吃海喝，完全没有爱国者的精神。指挥官似乎忘记了一个事实：他们不在比利时，而是在一万英里之外，在漂移的浮冰上艰难求生。

与情绪稳定的德·热尔拉什不同，勒库安特是个急性子。他抬高声音，说他一点也不关心媒体，"尤其是南极媒体"，并敦促远征队指挥官提供足量的食物，"不要担心气候温和地区的低劣小报"。

德·热尔拉什照做了，增加了每日食物供给。他甚至制订了一份每月轮换的菜单——标在一张方格纸上——确保不会过于频繁地供应某种食物。不过，虽说队员们现在吃的分量足够，却远未达到满意的程度。"现在我们对所有食物都感到厌烦，"库克写道，"我们鄙视从罐头里盛出来的任何东西。"菜单再怎么排列组合，都无法弥补罐头食品难以忍受的湿软口感——每周常备的诸如牛舌、白汁烩小牛肉、野味肝酱和炖野兔肉的菜肴，在口感和味道上几乎没有差别。腌鲱鱼同样寡淡。蔬菜都是灰绿色的，毫无嚼头。

"胃需要含有天然纤维的食物，或是有嚼劲、口感更粗糙的物质。"库克观察道，他相信接连数月只吃罐头食品后，人体将停止从中吸取养分。"现在，作为缓解之计，我们非常乐意吃一些含有鹅卵石或沙子的东西。我们多渴望用上我们的牙齿啊！"

在进行这些观察时，库克不再是好奇的人类学家，而是忧心忡忡的医生。5月上旬，注意到同伴们普遍的消化不良，警觉的库克开始在长官住舱和水手舱定期组织体检，为队友们称体重、测量体温、检测心率、检查口腔和眼睛。经过几个月的监禁和缺乏锻炼，队员们的脉搏已变得不规律，并"在有点没吃饱的情况下进入了漫长的冬夜"，库克写道，"因为我们无法克服对我们吃下去的那类食物的厌恶"。不过除了"几例轻微的风湿痛和神经痛，还有一些不要紧的外伤，没有别的抱怨"。

在大部分情况下，库克的药柜一直保持关闭。"如果你是我在纽约的付费客户，我就给你开药。"他告诉一位病人，"但在这里，真的不值得：没有药，你也一样可以恢复得很好！"

一开始，忧患主要是心理作用，不是客观存在的。由于解脱遥遥无期，船上的气氛在无聊和焦虑之间反复摇摆——一种毒性极强的组合。然而，秋天发生的一系列让人担心的事情暂时地把队员们从厌倦感中震醒，让他们想起自己的物理处境多么危险。有一次，舱内暖炉管道后面的木构件着火了。当其他人都在甲板上乱跑，慌张地寻找水和水泵的时候，阿蒙森从容不迫地将炉子从木搁板上拿开，用雪把火闷灭了。

而在5月中旬，虽然"比利时号"已经漂到南纬71°35′，将它推到那里的持续的北风却也带来了几天融冰期，似乎坚不可摧的浮冰裂开了。裂缝在人们脚下爬开来。这些冰裂隙在人眼能辨别的时候就够危险的了，可是新雪很快就将它们遮住，形成布满致命陷阱的地貌，就像险些令库克和阿蒙森葬身的布拉班特岛。"遇上这类暴风雪的时候，最好不要冒险走到冰上。"库克写道，"我们已经好几次滑入柔软的雪堆，洗了好几次冷水澡了，指不定什么时候会出现致命的事故。"

浮冰致死的方式不仅有张开大口，也有重新聚拢。这样看来，它就像埋伏起来的捕猎者，耐心地花上数周等猎物上钩，然后出其不意地出击。5 月 13 日风平浪静的晚上，守卫一如往常地扫视冰面，突然看到让人震惊的一幕：勒库安特被用作天文观测站的小棚屋正被一道新形成的冰裂隙吞噬，在以肉眼可见的速度下沉。听到他的呼喊，队友们急忙跑到甲板上，难以置信地看着冰裂隙突然夹拢，把棚屋咬在嘴里。木板一块接一块地断裂。用不了几秒，观测站连同所有珍贵的仪器就会葬身大海。

勒库安特、库克和阿蒙森跳下船，跑向渐渐坍塌的棚屋。它的一部分地板已经不见，勒库安特的一些设备也已经掉入海里。三人把一根绳子绕在棚屋的四面墙上，用尽全身力气拉起绳子，但棚屋太重了，冰抓得太紧了。他们的脚也在滑向冰裂隙。很快，九名船员一起来帮忙。经历了与浮冰的殊死搏斗，他们终于"在最后一刻"成功救出这座棚屋。

队员们抢救出了勒库安特的部分仪器，还保住了足够的建材，重建了观测站——这一次在离"比利时号"更近的位置，此处冰层完好无损，仍有数英尺厚。不过，探险队员们没有忘记，发生在棚屋身上的事同样有可能发生在船身上。事实上，那正是"珍妮特号"和其他许多被冰困住的船只被吞噬的方式。

几个星期以来，不断蔓延的黑暗是以人们仍可不借助烛光看书的时长来测量的。在太阳最后一次谢幕的几天前，这个数字已下降到大约一小时。"现在的正午不比一个月前的黎明更亮。"库克写道。

根据勒库安特的计算，假设船不会漂得太北或太南，太阳将于 5 月 16 日最后一次落到地平线下，在此后的 70 天都不会再升起。不过，他预测光在大气中的折射能让人们在次日瞥见最后一缕虚幻的阳光。

探险队员们在百无聊赖中等待 5 月 17 日的到来。对于具有强烈爱国主义情怀的阿蒙森和他的挪威同胞们而言，还有一丝额外的慰藉：那个日期是挪威的一个国定假日，标志着 1814 年挪威宪法的签订（宪法仍有效，虽然挪威在同年的一场战争后落入了瑞典国王的管辖之下）。但在冰上，在世界的尽头，太阳的变化远比遥不可及的人类历史、政治与战争的大戏更重要。无论长官起居室和水手舱的午餐餐桌上会有多少香槟为这周年纪念而流淌，它都是一个哀悼日。

预料中的早晨到来了，一片浓厚的雾霭遮住了地平线，仿佛太阳也准备缺席自己的葬礼。就在早餐开始之前，勒库安特冲进长官起居室，宣布他看到了一种不一样的、十分奇怪的光。船长看到的不是北方地平线上一闪即逝的日出——按照他的计算，应该在几小时后发生——而是西边的一抹蓝光，忽明忽暗，仿佛在传递某条信息。他把长官们叫到白雪覆盖的驾驶台上亲眼看这景象。一开始，他们什么也没看到，打趣说勒库安特视力越来越差了，想象力也越来越丰富。"我们指责他太早就大开眼界了。"库克写道。众人跺着脚取暖，准备回到室内。就在这时，他们看见它了：光又出现了，像火把一样摇曳不定。人们的心跳加快了——他们终究不是孤立无援地站在这片大地上！

"很快，所有人都挤到了甲板上，大家似乎都认为那束光被举着朝我们移动。"库克写道，"是人类吗？会不会是某个未知的南极种族的一员？"几年前在布鲁克林，当医生引导他的听众们相信自己可能会发现"一个与世隔绝的部落"时，他会不会碰巧说对了？五年前，拉尔森船长在西摩岛（Seymour Island）①发现了神秘的由沙子和水泥做成的圆球，认为它们出自人类之手——这束光会不会是那些圆球的创造者发出的信号？得有人下船才能找到答案。

接下来的一个细节很耐人寻味：面临着外交会晤的可能性——也可能是充满敌意的交锋——船员们找的不是远征队的指挥官，也不是"比利时号"的船长，而是他们当中最自然的领袖。"阿蒙森是块头最大、最强壮、最勇敢的人，一般来说也是穿戴最完整、随时准备应对紧急情况的人。他套上连帽短上衣，跳到滑雪板上，朝着那束光飞速滑过幽暗阴沉的冰面。"库克写道。

过了一会儿，大家在黑暗中辨认出了阿蒙森的身影，他手

---

① 南极半岛格雷厄姆地尖端附近的岛屿。

持火把，大步向船走来。他爬到船上，神情动作流露出一丝羞怯，报告说光是从一座在水里摆动的冰山表面发出的，冰山上有一小片雪，被发光的海藻照亮了。这项发现一开始令队员们略感好笑地舒了一口气，但很快，一种无边的失落侵占了他们的心思。他们几乎是在期待某种超自然事件能将他们从不可避免的宇宙规律——持续数月的黑夜——中解救出来。当这样的超自然事件没有发生时，他们的孤独感就更深了。

大约 10 点，大雾突然散去，为最后的日出腾出了舞台。临近正午，库克、阿蒙森和德·热尔拉什一起滑雪穿过冰面——浮冰在一阵寒潮后又聚拢了——观看库克所说的"正在离去的白天的最后一丝痕迹"。他们把目光投向北方的地平线，一抹奶白色的光英勇地抵挡着黑夜。在它后面流淌着一片橙色的光。"正午时分，半个太阳升到冰面上，"库克写道，"那是一个歪歪扭扭的、暗淡的金色半圆，没有热量，没有光线，非常可悲。不出一会儿，它就下沉了，几乎没有留下任何颜色或是让人欢喜的景色，好让我们在……紧随其后的漫长的黑暗中留个念想。我们回到船上。下午，我们列了一些仲冬时节的消遣计划。"

南极的极夜并不是只有一种均匀的黑色。地球的转动可从持续几小时的朦胧暮色中感知。每个早晨都是为从不现身的高潮准备的，每个早晨都带来一个承诺，却又被无情地拒绝。"我们能够感觉到，这苍白的拂晓无力诞下白昼。"德·热尔拉什写道，"很快它就宣布放弃与黑夜的缠斗；在几乎无法被察觉的一瞬间，它就已经让位于黄昏。"

太阳的消失剥夺了浮冰群的生机。几乎所有碳基生命都以阳光为食。人吃牛，牛吃草，草从阳光中汲取能量，从土地里吸收矿物质，从而合成有机物质。食腐动物海燕吃豹形海豹的尸体，海豹吃企鹅，企鹅吃磷虾，磷虾吃浮游植物。与草一样，浮游植物可以进行光合作用：它利用叶绿素将太阳的光和热转化为化学能。它是南极食物链的基础，构成了拉科维策所说的"一片广阔的浮动草原"。但当太阳光无法抵达时（因为海冰太厚了，或者太阳坠入了极夜），浮游植物就会枯萎、死亡，沉到海底。在冰的背面，以浮游植物为食的浮游动物失去了美食，只能自相残杀。透过显微镜，拉科维策目睹了同类相食的大屠杀。由于在浮冰之下的海里已找不到食物，成群的磷虾就会随着洋流漂走或是减少活动，新陈代谢逐渐减缓，直到停滞。以磷虾为食的动物需要有光才能捕猎，它们只好逃到浮冰群北边边缘更亮一些的地方，因此将生态系统剩下的部分也一起带走了。用德·热尔拉什的话说，冰面上下，浮冰群变成了"一个死气沉沉的世界"。

第十一章　世界最南的葬礼

长夜开始前不久，库克就已经注意到队员们的行为正在发生愈发令人不安的变化。"在我船友们的脸上，不难看出他们的想法和郁郁寡欢的倾向。"他写道，"在桌子旁，在实验室里，在水手舱里，人们垂头丧气地坐着，迷失在悲伤的思绪里，时而有一人从梦里醒来，徒劳地尝试振奋精神。"在被重述"大概50次"后，几个星期前还能引起阵阵哄笑的故事和笑话也变得和船上食物一样让人腻烦、无法下咽。"一切注入光明与希望的努力都失败了。"

库克早就料到船上的整体情绪会下降，但在太阳最后一次西沉后的几天里，队员们情绪低落的程度之深让他也十分惊讶。人们戴着名为"绝望"的镣铐在甲板上行走——前提是他们愿意起身走动。所有人类在黑暗中均会感受到的那种原始的阴郁——被维克多·雨果形容为"深切的、无望的痛楚，可称其为对缺席的太阳之渴望"——在这里因为彻底的隔离状态和对浮冰把船挤碎或是在脚下裂开的挥之不去的恐惧，又进一步恶化。"降临在荒芜的冰冻世界上的漆黑幕布，也蒙住了我们的灵魂。"库克写道，"身体上，精神上，或许还有道德上，我们都处在被压抑的状态。"

探险队员们抱怨头晕和头疼。他们变得烦躁易怒，渴望独处——在"比利时号"拥挤的船舱里无疑难于登天。"如果我们能够摆脱彼此，哪怕每次只有几小时，"库克写道，"我们或许就会学着看见事物的另一面，对我们的同伴产生新的兴趣；但这是无法实现的。真相是，我们现在就像厌倦黑夜一成不变的冰冷一样厌倦彼此的陪伴。"

就连船上的猫南森也在受苦。无论是在甲板上打理毛发，还是在晚餐时边蹭船员们的腿边打呼噜，抑或是夜里蜷在他们的胸口睡觉，南森都是令人心安的存在和欢乐源泉。虽然队员们对彼此感到厌倦，但这只黑白花色的猫却依然受到他们毫无保留的喜爱。但是她也受到了意志消沉的感染。"南森似乎对他周遭的一切包括他的同伴厌恶透顶，最近，他常常在无人问津的角落寻求清净。"库克写道，他和为猫起名字的水手们一样，以为她是公猫，"他原本是一个精力充沛、令人愉快的小家伙，现在成了心怀不满、低声怒吼的恶猫。"在库克看来，南森的敌意预示了船员们类似的行为变化。她的情绪恶化是一个信号，即无聊本身无法解释笼罩着全船人的糟糕情绪。更邪恶的力量——既有生理上的，也有心理上的——似乎也参与其中，医生决心查明这些力量是什么。

虽然没有人能逃过长夜对他们在精神和肉体上的重创，有些人受苦受难的程度却比其他人更深。库克和阿蒙森对一定程度的精神压力早有预期，甚至认为那是为了将来带领自己的探险队必不可少的准备工作；截至目前，他们俩是适应得比较好的队员。令库克格外担心的是似乎受这神秘病症之苦最深的人——德·热尔拉什。指挥官宽敞的住舱为他提供了队友们无法获得的清静，大部分醒着的时间，他都躲在里面，只在用餐的时候出来。"晚餐后，我们会在驾驶台上一起待几分钟，然后他就又离开了，直到第二天早上。"勒库安特担心地写道，"他的健康状况也不好：他的太阳穴附近总是有一股压力。"

库克无法解释德·热尔拉什的情况。勒库安特则认为疲劳是一部分原因。不知为何，指挥官花了无数个小时独自坐在桌前。室外无尽的黑暗和室内闪烁的烛光将他的长方形窗户变成了一面镜子，德·热尔拉什盯着镜中消瘦憔悴的自己，镜像叠映在南极的夜幕上。多年以来，他一直梦想着探访地球最南的地区，梦想着为自己、为比利时夺取荣耀。可是现在，他终于到达这个地方了，他却丝毫感受不到他所渴望的胜利的喜悦。他只感受到痛苦和悲哀。已经有一个人死了，其余十八人的性命也岌岌可危。

德·热尔拉什生性忧郁，在缺乏活动时，这种倾向尤其明显。他在"比利时号"上的处境让一系列健康问题和忧郁症复发了，年少时一次从海上回来，他曾经历过这一切，只不过这一次远远更严重。他体内有些东西正在碎裂。对于像德·热尔拉什这样迷恋广阔无垠的海洋的人而言，掌管一艘被冰封住的船等同于被剥夺了目标。浮冰已经从他手中夺走"比利时号"真正的控制权。船舵冻成了一个结结实实的硬块，舵柄无法转动，风帆完全派不上用场。他自己（德·热尔拉什开始这么觉得）也派不上用场。他出现在舱面上的时间越来越少了。船友们当他是在房间里更新航行日志。但实际上，这一时期的日志一页接一页全是空白，与他窗外的景色一样贫瘠。

适应得最好的往往是那些保持忙碌的人，而没有人比库克更努力地保持活跃。摄影工作，写作，严格遵守的锻炼时间表，以及永远值得捣鼓的极地设备——库克不允许自己陷入烦闷。他设计的各种奇特装置之中，有一种风力推动的雪橇，它扬着华丽的风帆——是用床单精心缝制的。在冰面上的头几次试滑中，雪橇一次又一次地倾翻，但这反而给了库克继续折腾的更充分的理由。

医生异乎寻常的乐观性格帮助他形成了对绝望的免疫力。他的体质好得惊人，总的来说一直保持健康。而现在，由于队友们的痛苦要求他的时刻关注，他突然成了船上最忙的人。

冬季的抑制作用让人们的身体付出了肉眼可见的代价，由于缺乏锻炼，肌肉已经开始萎缩。（除了在有月光的夜晚和中午持续几分钟的暮色中，没有人会冒着消失在某道冰裂隙里的风险，在黑暗中走到船外。）"大家的眼周和脚踝似乎都有些浮肿，而以前结实的肌肉现已变得柔软。"库克记录道，"皮肤通常油腻腻的。头发长得飞快，指甲边上的皮肤似乎要爬到它们上面，想保护它们免受严寒似的。"渐渐地，他写道，"我们的面色变得苍白，似乎还透着一种菜色；身体分泌物或多或少都减少了。胃和其他所有器官都懒洋洋的，拒绝工作"。

一切迹象都表明身体正在经历逐步的、全身性的崩溃。"大约一半的人有头痛和失眠的问题。"库克写道，"很多人感到头晕，或是头部总是不舒服；一些人无时无刻不感到困倦，虽然他们每天睡九小时。排泄减少了，说明消化不顺畅。高酸性消化不良和频繁的胃部不适经常被提及。还有风湿痛和神经痛、肌肉抽搐和其他无数小毛病。"

最令库克感到惊讶的是"心脏症状"。队员们稍微动一动，心率就会飙升。"我们要是在船上脚步稍快地走一走，脉搏就会上升到每分钟 110 下。"库克注意到。在冰面上散步半小时，就会让队员们气喘吁吁，心率上升到每分钟 140 下。有时候，心跳又会突然降到同样令人担忧的每分钟 40 或 50 下。这类大幅摆动也体现在队员们极不稳定的精神状态上。"身体的所有机能都渐渐地失去了控制，"库克写道，"一会儿还是低沉的抑郁期，一会儿突然就上升到半是歇斯底里的兴奋。"

库克在医学院学到的任何知识都无法解释船上这种令人担忧的普遍现象。由于它和长夜的开始是同时出现的，医生假定它与黑暗有关。"太阳似乎提供了某种不可名状的'东西'，能够控制、稳定心脏。"他写道，"当缺少这种东西时，就像是发动机没了调速器。"

这些心脏症状让所有船员都感到严重不适，但情况恶化得尤其迅速的要数埃米尔·丹科，德·热尔拉什信任的副手。"他的心脏有一处旧伤，"库克写道，"有一片瓣膜渗漏，后又发生心脏扩大和心室壁增厚。"在一般情况下，丹科不会感觉到压力。但南极极夜的作用使他的心脏疲惫不堪。到了 5 月初，他说自己黄昏时慢悠悠地散步都会呼吸急促。哪怕是消耗最微不足道的体力，"丹科常常会站住不动，大口喘气"。几个星期后，库克开始担心队友的生命。"肥大的肌肉组织已经开始衰弱，"

医生写道，"其结果是心脏萎缩，有节奏地时而扩大时而衰弱，如果以目前的速度继续下去，一个月内就可使人丧命。"

当他告知德·热尔拉什时，指挥官心都要碎了。他觉得这是他本人的过错，因为他从一开始就知道丹科健壮的体格下隐藏着一个弱点。德·热尔拉什一开始就担心，招募他加入一场前往地球上环境最恶劣地区的为期两年的旅行，会对他的健康构成不可接受的风险。可是，当德·热尔拉什拒绝丹科加入远征队时，后者竟这样威胁道：他已打定主意要参加冒险，如果去不了南极，他就去刚果。德·热尔拉什心想，难以孕育生命的极地气候至少比疟疾肆虐的中非丛林更卫生，所以让步了。而此时，他对当时的决定感到无比悔恨。

不过，丹科本人倒是处之泰然。在过去的 6 个月中，他所经历的令人激动之事已经超过此前 28 年人生——其中大部分是在一位专制的父亲的过度看护下度过的——的总和。另外，他似乎并不认为会出现最坏的情况——事实上，他满心期待着康复。库克密切监测着他的状况，给他开的药方即多休息。丹科躺在长官起居室的软座长沙发上，那是"比利时号"上最舒适的位置。他就这样在沙发上躺了好几天，库克禁止他在如此虚弱的状态下离开船，免得他感染肺炎。作为一个责任心向来很强的人，此时却不得不放下自己的磁学和引力学工作，丹科十分焦急。勒库安特偷偷地接过了他的观测工作，期待着一等他身体状况变好，就拿出每日更新的笔记本给他一个惊喜。

规律而安稳的睡眠或许有助于缓解船上低迷情绪的影响。然而，持续不断的黑夜严重破坏了队员们的睡眠规律。德·热尔拉什所谓的社会主义管理体制将一天中的 24 小时分割为 8 小时的工作、8 小时的休闲和 8 小时的睡眠，但是没有几个人能严格遵循这份时间表。失去了日光的调节作用，一些人一睡就是 9 小时或更久，醒来后也没精打采，不愿起床。其他人虽然躺下了，却一直悬浮在失眠的折磨之中。

没有所谓的"寂静的夜"。躺在床上辗转反侧难以入眠的那些人，整晚都在忍受从地板下面传来的嘎吱声的折磨。在黑暗的压迫下，老鼠似乎是唯一不受其影响的生物。"就好像是，太阳鲁莽的光线消失了，正好给它们的风流韵事创造了有利条件。"拉科维策写道，"每时每刻都能听到某位老鼠小姐被某位过于急切的先生抱住而发出的愤慨的刺耳尖叫。"罗马尼亚人的幽默掩饰了他对鼠害的深深担忧。老鼠大体上说是夜行动物，黑暗正是它们存在的一大要素。自从它们在蓬塔阿雷纳斯上船以来，这些啮齿动物已经繁衍了好几代。而在母猫南森失去捕猎的兴趣之后，就再没有什么能够阻止它们的大量繁殖。它们的尖叫在船里回荡，也在处于半梦半醒不安定状态的人们的脑海里回荡。感觉就像是老鼠在他们的脑子里狂奔。

阿尔茨托夫斯基是失眠大军中的一员。"躺在我的舱位上……我常常把耳朵贴在墙上，听远处正在发生什么。"科学家写道。如果说浮冰是一个活生物体，那么"比利时号"就是它的中枢神经系统，接收着方圆数英里内的所有疼痛信号。浮冰在 5 月的最后几天尤其活跃。虽然冰面上的温度降到了零下几十度，但海水的温度从未降到零下 2 度以下；巨大的温差从两面拉扯着半米厚的冰层，使它破裂。透过墙壁传入阿尔茨托夫斯基耳中的声音令人毛骨悚然：有时是响亮的金属碰撞的叮当声，仿佛绷紧的弹簧突然断了；有时候更像活物，比如饥饿的野兽肚子咕噜噜地响。

更令人抓狂的是冰压力震动浮冰时发出的可怕的隆隆低吼。"我们听到它们从远处传来，就像野战炮兵轰隆隆地朝我们疾驰而来。"勒库安特写道。这一时期的冰压力比任何人所经历过的都更强烈，像老虎钳一样钳住了"比利时号"。

假如德·热尔拉什在 5 月 28 日正好透过舷窗往外看了，他就会目睹冰面突然裂开，留下一条与船身平行的宽裂缝。次日，5 月 29 日，这道新裂开的裂缝又重重地夹紧了。两侧的冰块相撞后没有停下，而是继续不屈不挠地用力挤压，形成高大的压脊，正如地壳板块碰撞会产生山脉。压脊只用了几分钟就上升到了几乎与船甲板持平的高度。德·热尔拉什也许亲眼看到了其形成的全过程。由于从船右侧传来的压力比与其对抗的压力更大，压脊开始无情地朝船这边移动。

在他的舱内，指挥官无力地听着"比利时号"的痛苦呻吟。随着它的木料在冰块突如其来的猛击之下变形、震颤——每一下都有可能撞破船身，它发出一声声拖长的、令人胆寒的呻吟。此前，浮冰一直表现得相对温顺，诱使德·热尔拉什以为自己赌赢了，即由于基本上不受陆地束缚，这里的浮冰无法像在北极地区挤碎"恐怖号""幽冥号"和"珍妮特号"那样压碎"比利时号"。可是此刻，他所听到的那些声响清楚表明了别林斯高晋海的浮冰破坏力同样不容小觑。

指挥官眼看着高耸的压脊像缓缓前进的潮水一样逼近船身。

重达数吨的巨型冰块被推上顶峰，又像鹅卵石一样滚下来。"比利时号"曾经以其坚韧令德·热尔拉什惊艳不已，可此时的情况完全不同。这可不像在暴风雨中航行，丝毫没有回旋的余地。冰可以为所欲为，它才不会在意面前有一艘船。

然后，在 5 月 30 日上午 10 : 30，木头的嘎吱声和冰块移动的低吼声突然停止了。一片寂静中，首先传来的竟是潺潺的流水声。从船的侧面往下看，眼前的景象让队员们吃了一惊：船身与冰之间有几厘米宽的黑色。他们沿着船走了一圈，意识到"比利时号"正自由浮动着——这是数月以来的第一次。

但这根本谈不上是解脱。相反，它是最后一击的前奏。冰只不过是在积聚力量，暂时后退，再以加倍的力量向前锤击船身。"现在，我们可以看一看这艘旧船到底有多坚固了。"阿蒙森在日记中写道。11 点，压脊朝着右舷靠近船首的位置扑去，无情的冰块给了船身强力一击。"我们突然感觉到整艘船在剧烈晃动，还能听到一种奇怪的嘶嘶声。"

随着压脊撞上船身，冰块挨着船的后部堆积起来，直到高出舷缘，像白浪一样倾泻在甲板上。与此同时，在船头，一块原本躲在浮冰层下面的巨大冰块插到了船首下方，将 244 吨重的"比利时号"抬高了好几英尺，使它像阻截大浪似的向后纵摇。

冰的攻势持续了一天一夜。船员们在痛苦的煎熬中等待，眼看着船艰难挣扎，却无能为力。令所有人大为惊奇的是，"比利时号"坚持住了，到了第二天，仿佛愤懑中夹着一份敬意，冰让步了。它重新采取了安静地紧紧抱住船的姿势。不过，从那天起，船始终保持在微微倾斜的角度，桅杆与地平线形成了锐角，从船尾走到船首变成了上坡。

从那天起，原本就深受忧郁和偏头痛困扰的德·热尔拉什将生活在如影随形的恐惧中：冰压力会卷土重来。毁灭每时每刻都可能到来，就像天气变化一样突然。他制订了船只失守的应对方案：队员们要把尽可能多的物资装到两条救生艇上，把小艇拖到可能是数百英里之外的浮冰群边缘，然后朝南设得兰群岛的方向驶去。他估计，他们活着渡过德雷克海峡的概率是百分之一。

在 6 月 3 日晴朗而寒冷的傍晚，库克扛着照相机和三脚架下到冰面，在明亮得耀眼的月光下走了大约 100 码。在这月光下，最远的冰山也轮廓分明地耸立在地平线上。医生在冰丘和压脊的迷宫中穿行，这些地形都是在过去一周的冰压力作用下形成的。他把三脚架插在冰上，将相机对准"比利时号"，打开快门，一幅壮丽的图像透过蔡司镜头，在照相机玻璃底片的感光银盐乳剂涂层上渐渐形成潜像。

为了保持暖和，库克来来回回地踱步；他不能回到船上，免得他的行动影响曝光。作为一名自学成才的摄影师，他不确定要等多久；他只知道此时的船比以往任何时候都美丽，并且以后可能再也不会有像今晚这样捕捉它的美的绝好时机了。虽然恐惧和焦虑占领了"比利时号"，库克对极地工作的好奇心和热情却丝毫没有冷却。他仿佛能够随心所欲地飞越远征队对浮冰的诸多忧虑——很像拉科维策画的一幅漫画，画中医生被描绘成有翅膀的、形似天使的救世主。

1897 年 8 月启航前，"比利时号"停泊在斯海尔德河畔的安特卫普港［图片来源：比利时哈瑟尔特林堡图书馆林堡藏品（Limburgensia Collection of Bibliotheek Hasselt Limburg）］

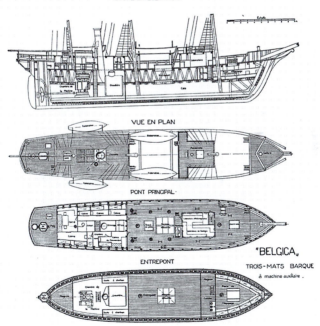

"比利时号"的布局：长官住所在船尾，实验室在船中部，普通船员住所在前甲板下的船舱内（图片来源："Fragments du récit de voyage," by Adrien de Gerlache de Gomery, part of *Résultats du voyage de la Belgica en 1897-99 sous le commandement de A. de Gerlache de Gomery*, 1936）

左上起顺时针：指挥官阿德里安·德·热尔拉什，探险队医生、人类学研究负责人及摄影师弗雷德里克·A.库克，"比利时号"船长乔治·勒库安特和大副罗阿尔德·阿蒙森［图片来源：德·热尔拉什肖像：© 德·热尔拉什家族藏品（© De Gerlache Family Collection）；库克肖像：挪威福洛博物馆（Follo Museum—MIA）；勒库安特和阿蒙森肖像：比利时哈瑟尔特林堡图书馆林堡藏品］

1897 年 10 月 6 日，"比利时号"上举行了穿越赤道的仪式。探险队厨师阿尔贝·勒莫尼耶挥着一把木质[ ]"，给新入会者修面（图片来源：挪威福洛博物馆）

库克镜头下的奥那妇女，摄于火地岛 [图片来源：美国国会图书馆弗雷德里克·A. 库克学[ ]Library of Congress, Frederick A. Cook Society）]

19岁的挪威水手卡尔·奥古斯特·温（图片来源：比利时哈瑟尔特林堡图书馆林堡藏品）

1898年头几周，"比利时号"停泊在后来被称为热尔拉什海峡的水域（图片来源：© 德·热尔拉什家族藏品）

1898 年 2 月，从前桅杆上可以看到
"比利时号"周围的浮冰正在收紧（图片
来源：© 德·热尔拉什家族藏品）

1898 年，"比利时号"被困在南极浮冰中（图片来源：美国国会图书馆弗雷德里克·A.库克学会）

科学家们在实验室里。上：罗马尼亚博物学家埃米尔·拉科维策；下：
波兰地质学家、气象学家亨里克·阿尔茨托夫斯基（图片来源：上：© 德·热
尔拉什家族藏品；下：美国国会图书馆弗雷德里克·A.库克学会）

拉科维策的漫画讽刺了"比利时号"上的生活。此处，阿尔茨托夫斯基正在欣赏在空中拼出 MERDE（屎）字样的南极光 [图片来源：挪威国家图书馆（National Library of Norway）]

大管轮麦克斯·范里塞尔贝格在船中部的栅屋里融化雪水，以供饮用（图片来源：© 德·热尔拉什家族藏品）

雪橇和露营装备，包括库克设计的遮风圆锥形帐篷（图片来源：挪威国家图书馆）

长官起居室里的晚餐。左起：阿尔茨托夫斯基、阿蒙森、勒库安特、拉科维策、德·热尔拉什（图片来源：挪威前进号博物馆）

拉科维策的漫画讽刺了"比利时号"上的生活。此处，阿尔茨托夫斯基正在欣赏在空中拼出 MERDE（屎）字样的南极光［图片来源：挪威国家图书馆（National Library of Norway）］

大管轮麦克斯·范里塞尔贝格在船中部的棚屋里融化雪水，以供饮用（图片来源：© 德·热尔拉什家族藏品）

勒库安特准备进行每周一次
的沐浴［图片来源：挪威前进号
博物馆（Fram Museum）］

德·热尔拉什和一只帝
企鹅（图片来源：©德·热尔
拉什家族藏品）

阿蒙森脚踩滑雪板，旁边
是刚宰杀的阿德利企鹅（图片
来源：挪威国家图书馆）

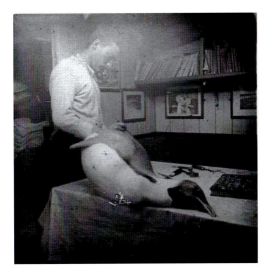

水手约翰·科伦在长官起居室解剖一只帝企鹅（图片
来源：©德·热尔拉什家族藏品）

探访冰原上离"比利时号"不远的一座冰山（图片来源：挪威国家图书馆）

从船头看水手舱。上：左起依次为恩格尔布雷特·克努森、扬·范米尔罗（看着镜头）、古斯塔夫
加斯东·迪富尔（桌子末端）。对页：卢德维格·亚尔马·约翰森拉手风琴，亚当·托勒夫森（最右）坐在
桌旁；其余三人被标注为朱尔·梅拉茨、安东尼·多布罗沃尔斯基和约翰·科伦，他们的外表在过冬后十
分凌乱，很难分辨出谁是谁（图片来源：© 德·热尔拉什家族藏品）

库克的摄影杰作：月光下的"比利时号"，摄于 1898 年 6 月 3 日，曝光时间为一个半小时（图片来源：© 德·热尔拉什家族藏品）

埃米尔·丹科中尉，德·热尔拉什自小认识的好友、探险队地球物理学家（图片来源：© 德·热尔拉什家族藏品）

德·热尔拉什在他的船舱内，自从生病后，他在那里度过了大部分时间（图片来源：©德·热尔拉什家族藏品）

经常一起旅行的库克和阿蒙森（图片来源：美国国会图书馆弗雷德里克·A.库克学会）

雪橇和露营装备，包括库克设计的遮风圆锥形帐篷（图片来源：挪威国家图书馆）

长官起居室里的晚餐。左起：阿尔茨托夫斯基、阿蒙森、勒库安特、拉科维策、德·热尔拉什（图片来源：挪威前进号博物馆）

漫长冬夜的代价。左：德·热尔拉什，面部因坏血病而肿胀。右：库克，他在探险期间拒绝剪头发（图片来源：左：© 德·热尔拉什家族藏品；右：挪威国家图书馆）

出现精神错乱的亚当·托勒夫森（图片来源：挪威国家图书馆）

探险队孤注一掷的逃生计划要求锯开长达一英里半、厚度超过一米的冰层（图片来源：© 德·热尔拉什家族藏品）

阿蒙森（左）和阿尔茨托夫斯基在"比利时号"的长官起居室里准备托奈特炸药棒（图片来源：©德·热尔拉什家族藏品）

队员们在清理人工锯出的水道，希望由此逃离浮冰群。一些冰块的重量是船身重量的好几倍（图片来源：美国国会图书馆弗雷德里克·A.库克学会）

一个半小时之后，库克小心翼翼地关上快门，急匆匆地赶回船上，跺脚把靴子上的雪抖落。由于急于看到照片，他穿过德·热尔拉什的房间，直奔暗房。在暗房昏暗的红光中，库克将透明的玻璃底片浸入一大桶显影剂。随着曝光的银盐在化学试剂中变暗（还原成金属银），幽灵般的轮廓开始在底片上显现。等到图像令他满意了，库克就把底片放入醋酸溶液停止显影过程。下一步是定影，即漂清底片上残留的银盐，使负片不受光线影响。进行这个步骤时，他尽可能慢地移动，并尽量不呼吸，因为最轻微的失误都可能致命。由于在航行早期就用完了俗称"海波"的定影剂硫代硫酸钠——那时候，他仍在适应自己的设备和在极地光线下摄影的种种微妙之处——医生只好临时调制了一种溶液。他在船上胡乱放着的一期英国杂志上读到：氢氰酸，一种剧毒物质，曾被用作达盖尔银版照片的定影剂。凑巧的是，拉科维策带了 20 加仑氢氰酸上船，用于杀死动物制取样本。（"在舌头上滴一滴，"库克写道，"动物就完了。"）试验了多种浓度后，库克摸索出了能达到理想效果的配方。他倒了一些这种散发着淡淡的杏仁气味的溶液，轻轻地将负片浸入其中。"不用说，"库克写道，"定影的时候没人待在暗房里。"暗房不透风，这些有毒的气体最后就透过房门逃逸到了德·热尔拉什的房间。

等到氰化物被洗净，库克终于可以在光线下仔细看他的作品。医生作为摄影师的天赋也颇高。他偷拍船友们的照片有一种油画的质感。他为动物拍的人格化照片流露出搞怪的趣味。但是，库克在那个无云的、月光皎洁的晚上拍摄的"比利时号"

肖像，毫无疑问才是他的杰作。在照片前景中，冰丘宛如定格在某个瞬间的波浪起伏的大海。后景中，地平线上露出一抹缥缈的光辉，那是黄昏的痕迹。"比利时号"骨骼似的索具——被剥除了风帆，套上了冰与雪的护具——在星星点缀的夜幕下描出了清晰的白色线条，仿佛被闪光灯泡照亮了。（由于"大海"是白色的，天空是暗色的，这张照片或许会让人误以为是负片；相反，库克此时在欣赏的负片，看着却像是日光下船的照片。）照片清晰分明，侧面反映了这个无风的夜晚有多么宁静。长曝光没有记录下人类活动，赋予"比利时号"一份幽灵船的气质。

从这个角度看，库克不仅拍下了探险船的外观，也捕捉到了船内部哀伤的氛围。甚至有可能，那天晚上他溜下船是为了暂时分散自己的注意力：在船上，他病得最重的病人情况急转直下。

晚餐后，丹科照常在长官起居室的长沙发上躺下，其他高级船员和科学家们则热热闹闹地玩起了惠斯特纸牌。曾经魁梧的炮兵中尉形容枯槁。他太疲惫和虚弱了，无法加入游戏，因此只是偶尔地给打牌的人提些建议，并强迫自己跟着牌桌上你来我往的俏皮话一起笑。大家尽力做出高兴的样子，既是为了鼓舞生病队友的情绪，也是为了掩盖自己的难过与不安。可是丹科疲惫的喘气声划破了这强撑起来的其乐融融。他在好几天之前就失去了食欲，而现在，每个人都能明显看出，他的情况每小时都在变差。

或者说，每个人，除了他自己，都能明显看出。躺在长沙发上观看牌局，28 岁的丹科声称他感觉好多了，几乎就像从前的自己。他的好心态或许给了同伴们希望，但库克无意鼓励这样的错觉，他知道表面上的改善只不过是"暴风雨之前的平静"：丹科不仅心脏损耗严重，尿样中的蛋白质数值显示，他的肾脏也在衰竭。

当医生告诉德·热尔拉什这一消息时，指挥官大受打击。"我的同伴之中没有哪一位比他与我更亲密，"他写道，"也没有哪一位，我相信，比他更忠诚。"他知道其他人也非常喜欢丹科。中尉总是抢着执行每一道命令，拒绝特殊对待，用"我的指挥官"称呼自己的儿时好友；目睹这一切，让全体船员备受鼓舞，也强化了他们的团队精神。虽然他的科学贡献有些问题，但他仍是远征队积极热情、人人爱戴的成员，在许多方面都是远征队的标杆。

6月4日，丹科病得已无法咽下任何食物，只服下了几滴柠檬汁。由于库克有这样一种观念，即光赐予生命，黑暗将其夺走，他坚持要在长官起居室里点两根蜡烛，让它们不间断地亮着，结果事与愿违地制造了一种为时过早的葬礼效果。"我们有一种已经在太平间里守夜的悲哀印象。"勒库安特写道。

丹科对队友们能为他做的极其有限的事表达了感谢。无视他们淌着泪水、写满同情的脸，他满怀渴望地谈起了回程。他会爬上瞭望台，他说，这样他就会第一个看到陆地。"这甜蜜的幻想是发自内心的吗？"勒库安特自问道，"还是说，他的灵魂仁慈到了这般地步，考虑如此周到得体，竟不惜欺骗我们，以免让我们承受更多的伤心？"

6月5日早上，丹科疼痛得无以复加，库克不得不给他注射了一剂吗啡。病人睡着后，医生找到德·热尔拉什，用颤抖的声音宣布了消息。

"指挥官，就是今天了。"

消息从船头传到船尾。水手们压低了声音说话，走路也轻手轻脚的。一种教堂般的肃静降临在船上。

下午 4 点左右，丹科醒了，他的呼吸艰难而短促。中尉已经无法开口说话，而是微笑着看着走向他的人，安慰前来安慰他的人。5 点钟，库克又给他注射了一剂吗啡。为了不打扰他，长官和科学家们在德·热尔拉什的住舱里用了晚餐，库克则守在丹科旁边。晚上 7 点，医生走进指挥官的住舱通知他的同人们（德·热尔拉什、勒库安特、阿蒙森、拉科维策和阿尔茨托夫斯基）：最后时刻已到来。

五个男人慢慢地起身，一个接一个地走进长官起居室，围在软座长沙发前，形成一幅庄严的群像。库克让勒库安特——他是丹科的军校同学——与他临死的朋友说说话。船长悲痛得说不出话。他只能握住丹科的手，酝酿情绪。"他时常睁开眼睛，睁得大大的，然后慢慢地闭眼，"勒库安特后来写道，"胸腔中发出拖长的死亡般的咔嗒声。"

勒库安特开口了，他柔声细语地回忆起他们当年所属的军团，在丹科的父母死后，那就是他所拥有的最接近"家"的东西。"我感觉到（因为他手上的力道微微加大了），这些记忆仍触到了他的心。"勒库安特回忆道。

朋友们围在身旁，丹科勉强挤出了一句断断续续的话。

"我感觉好些了，谢谢你们。"

一片骇人的惨白几乎立刻涌上了他的脸，五官僵住了，他最后一次合上了双眼。

所有人都继续盯着丹科，看了好一会儿，好像只要他们不把目光移开，死亡就不会到来似的。

德·热尔拉什一缓过劲来，就下令用比利时国旗盖住挚友的遗体，并邀请全体船员前来致意。那天晚上，德·热尔拉什、勒库安特和阿蒙森轮流在长官起居室里为丹科守夜。轮到德·热尔拉什时，他无法将目光从丹科留着络腮胡的脸上挪开，这张脸在摇曳不定的烛光的映照下，仿佛仍有生命。

他的感受远比内疚糟糕得多——一种深入骨髓的，令人痛苦的孤独。由于内敛的性格，德·热尔拉什一生中没有几个真正亲近的人，而在他们之中，丹科是他认识最久的。在"比利时号"上，勒库安特是他忠诚的盟友，库克和阿蒙森与他亲切友好，但是丹科是他的至交，是他可以放心吐露秘密的人，尽管他们级别不同。失去丹科让德·热尔拉什感到更孤立无援、更沮丧了。指挥官再一次拷问自己的良知。我在他的恳请面前让步了，这样做是对的吗？他自己问自己。库克告诉他，即使留在比利时，丹科或许也只能再活一年左右；至少，他现在实现了自己的冒险家梦想。德·热尔拉什对此将信将疑。

长官起居室冷得像冰川期。出于卫生的考虑，天窗被撬开了，南极的空气灌满了整个房间。德·热尔拉什看着自己呼出一团团白雾。他在想麾下的其他人，他们的身体也不容乐观——尚未像丹科那样病重，但每天都在衰弱。我们现在都处在危险之中。如果我们消散了，谁会将我们的劳动成果带回比利时呢？他的身体在发抖，不是因为寒冷，而是想到他们可能会白白丧命。他曾指望驶入浮冰群能解决所有的问题，但绝不是以这样的方式。

指挥官让所有人放了一天假，除了克努森要用厚篷帆布缝制一个裹尸袋。水手完成这件工作的时候，尸体已经开始腐烂了。库克、阿蒙森和勒库安特将丹科从长沙发上抬起，以便为他裹尸。19岁的大管轮范里塞尔贝格带着一束干花踌躇地走进了长官起居室。他说这束花是他的妈妈在他出发前给他的，她要求儿子妥善保管这束花，直到他们重逢。但他想把花束献给丹科，与他一同埋葬。长官们被他的心意打动了，允许他把干花放在中尉胸口，然后才缝上裹尸袋。

尸体被放到冰面上的一架雪橇上。"把他扛到浮冰上的其中一个人抱怨臭味太重了。"多布罗沃尔斯基写道。那天晚上，多布罗沃尔斯基正在船尾楼上进行气象观测，那是他所经历过的最冷的夜晚之一。他本来应该观测云团，但那一晚天空中几乎没有云。他的目光紧紧跟着承载着丹科遗体的雪橇。"新月给浮冰罩上了一层死亡般的苍白。"他在日记里写道，"夜空中星光闪烁。我的双眼像是被铆在了雪橇上，在雪地的衬托下就是一个深色的物体。我想透过不成形的深色裹尸袋看见某些东西。具体是什么，我不知道，但我很长时间都无法将目光移开。最后，我凝视的目光疲倦了，自作主张地从雪橇上移开，看向群星。然而固执的雪橇尾随其后，只不过变成了白色的，好像洗去了尘世的污秽，化为幽灵。它不断地上升，在星星之间掠过。最后，在黑暗的苍穹中消散。当然，这只不过是视觉后像（afterimage）。我很熟悉这种现象，但这一次它给我留下了一种怪异的印象：不知道为什么，那一刻我希望自己不知道视错觉的存在。"

丹科的遗体在浮冰上放了一夜。到了早上，它变得和石头一样坚硬。葬礼就定在那一天。它将是人类历史上举办地最南的葬礼。装饰着黑丝带的比利时国旗在风中飘动。由于桅杆的升降索已在零下 35 度的气温下冻得严严实实的，国旗得手动系在索具上——在桅杆一半的高度。水手们折腾了好几个小时，想在离船 100 码的冰面上凿出一个洞，好将丹科的遗体投入大海。他们凿啊，锯啊，却收效甚微。然后，仿佛是在某种未知智慧的干预下，一条旧冰裂隙突然在他们脚下重新裂开了。通往深海的入口自己打开了。

上午 11 点左右，在微弱的光亮中，四个人把雪橇的挽具套在自己身上，将它拉到冰裂隙边缘，使丹科的脚朝向冰裂隙。几位长官不顾严寒，穿上了最好的衣服，列队跟在雪橇后面，他们身后是科学家们和其余船员。在德·热尔拉什向前一步准备致悼辞时，所有人都摘下了帽子。可他的喉咙却因为强烈的情感而收紧，一点声音也发不出来。人们一言不发地等着，任由凛冽的寒风灌进耳朵。"过了一会儿，"勒库安特写道，"他才终于能够发表令人伤感的悼辞，最后一次道别。"

丹科的脚上绑上了重物。几个人开始把雪橇抬起来，让它向冰裂隙口倾斜，这时候，朱尔·梅拉茨脚下的冰突然碎了。他还没反应过来，就已经掉进水里。大家赶紧放下雪橇，伸头看冰裂隙。梅拉茨一脸震惊地喘气，慌乱地拍着水向冰裂隙边缘游去，左手抓着雪橇，右手扶着多布罗沃尔斯基的肩膀，爬回到岸上。海水的温度已经低到水的极限，但它仍比此刻鞭笞着他的狂风温暖多了。梅拉茨如果不赶快回到船上，就有死的危险。但葬礼尚未结束。

　　人们再一次将雪橇的后部抬起，先把重物推进水里。随着它们在水中下坠迅速，丹科的遗体也脚朝下滑入冰裂隙。碰到水的那一刻，尸体以冰裂隙边缘为支点突然竖了起来。有那么一瞬间，它垂直站立着，活像是邪灵附体。丹科的队友们吓得直往后退，看着亡者"立正"——尸僵和冻僵的双重作用，然后慢慢地沉入漆黑的海水。

　　"我的老天！"一名比利时水手惊叫道。

　　丹科不见了。冰裂隙口又合了起来。

第十二章 疯人院散步

丹科的死将队员们的灵魂拽入了深渊，仿佛重物也绑在他们身上。那晚去过水手舱查房之后，库克向德·热尔拉什报告水手们士气低迷，建议指挥官将腔肠琴连同一些赞美诗的乐谱借给他们，或许会给他们一丝慰藉。比起允许水手们沉浸在悲伤中，德·热尔拉什更偏向令他们分心：他给他们发了格洛格酒。

一晚接着一晚，队员们的脑海里挥不去丹科悬浮在大洋底的画面，海底一片漆黑，他的尸体在冰冷的海水中诡异地没有腐烂。"我们一直在脑海里想象已故同伴的样子，"库克写道，"脚上绑着重物，以站立的姿势在冰面下四处漂荡，或许就在'比利时号'底下漂着。"

一种没人敢说出口的恐惧加重了人们的悲痛。"我们之中，下一个走的会是谁？"阿尔茨托夫斯基在日记中写道。"当我们都默不作声，听着他的呼吸渐渐变弱的时候，我不认为我是唯一一个自问这些问题的人。"

多布罗沃尔斯基——他继承了丹科昂贵的冬季外套——表达了类似的不安。"再见，丹科中尉，再见！您不是第一个，也不会是最后一个。或许我们会再次'相见'！或许就是这个冬天！"

不出三个星期，南极就掳走了它的下一个受害者。母猫南森已经生病一个月了。她的病似乎与丹科的很相似。但是与中尉不同——直到咽下最后一口气，他都保持着风度和沉着——南森表现出了精神退化的迹象。昔日惹人喜爱的甜心，如今已变得暴虐阴沉，常常躲着船友们。"她的心智已经迷失了，而且，从她不同于以前的精神状态来看，我们相信她的灵魂也已迷失。"库克6月26日写道，"一两天前，她的生命离去了，或许是去了更加舒适的地区。我们很高兴她的折磨到此结束了，但我们非常想念南森。"猫的死对人们的影响很大，一个原因是她曾是，用库克的话说，"唯一可以触及的一点感性生活"。

南森的精神退化预示着随着冬天一天天过去，船员们的认知功能会渐渐受到损害，即库克所指的"脑部症状"。他和队友们发觉自己无精打采，毫无动力，无法专注于任何事物——哪怕只是几秒。有些人变得充满敌意，即使他们大体上还能保持文明的外表，不像南森。每个人都出现了一定程度的症状。阿尔茨托夫斯基在日记中描述了平静的表面下，自己内心的混乱。"是的，我拥有安宁，但它只存在于我四周，因为在我的脑袋里，总有骚动和不确定。我对未来没有信心。"

恐惧和疲惫，抑郁和方向感迷失，黑暗和隔绝，"比利时号"每时每刻都可能被冰挤碎的风险，自5月下旬可怕的冰压力后就再没恢复的倾斜的地面（其本身似乎就扭曲了现实），泛滥成灾的老鼠，一种席卷全船却没有明显病因的病症——所有这些混杂在一起，使大多数人感觉他们已经无法保持神志正常了。

探险队员尽了最大努力隐藏自己内心的煎熬，因为害怕被排挤或是引发恐慌。但对一些人来说，痛苦的破坏力太强了，无法抑制。7月上旬的一个下午，阿蒙森正在自己的房间里看书，"突然听到三四声长长的、恐怖的尖叫"。他一把拉开房门，却看到了库克。医生也听到了令人毛骨悚然的尖叫，水手约翰·科伦也听到了。三个人冲到后甲板——尖叫声似乎是从那里传来的。但那里空无一人。"没看到什么东西。"阿蒙森写道，"我们接着跑到机舱，那里也一切正常。每个人都在船舱内。指挥官在甲板上踱步，没听见声音。勒库安特和拉科维策在冰面上，也没听见什么；阿尔茨托夫斯基在睡觉。只有医生、科伦和我自己听到了那几声凄厉的尖叫。我不知道那到底是什么，但出于一些原因，我尽可能准确地记下了这一事件。"

尖叫声的来源一直没有找到。它们也有可能是集体焦虑的表达。在极夜，阴暗的念头无处可逃。"谋杀，自杀，饥饿至死，精神错乱，死于严寒，还有魔鬼各种不为人知的作为——都成了时常占据心神的画面。"库克观察道。

阿尔茨托夫斯基的表述更简练："我们在一个疯人院里。"

想到周围的苦难，正如他自己的苦难，是他决定在夏季末尾将"比利时号"驶入浮冰群深处的直接后果，德·热尔拉什备受煎熬。这是他通常只会向最亲密的朋友承认的那类自我怀疑，但自从丹科死后，德·热尔拉什就没有倾诉对象了。7月的一个晚上，在长官休息室里与阿蒙森交谈的时候，他感到再也无法将忧虑藏在心里，竟出人意料地开始自白。

"作为一个比利时人，指挥着像'比利时号'这样的蒸汽船，我必须比只有一条帆船的詹姆斯·库克船长航行得更南。"德·热尔拉什主动告诉大副，"结果我们被困住了，丹科死了，现在每个人也都生病了，我感到非常抱歉，但当时我没有选择。我不怕承认，我的副手勒库安特先生和丹科先生曾向我指出，已经快到年末了，但是，正如我所说的，我别无选择。"

阿蒙森被指挥官的坦白震惊了。"我不明白他为什么要告诉我这一切，特别是我没有问任何可能会引发这番回答的问题。"阿蒙森在日记里写道，"我不会记下我对这件事的看法。"

在这之前，大副一直对德·热尔拉什怀有最崇高的敬意，无论后者是作为水手还是领袖。令阿蒙森惊讶的可能不是德·热尔拉什承认了自己是为了破纪录而故意将船驶入浮冰群；阿蒙森早就有所怀疑，而这种可能性让他更加敬佩指挥官的大胆。相反，令阿蒙森感到难堪的是德·热尔拉什竟觉得需要为自己的决定辩解，以及他表露出的悔意。如果德·热尔拉什没有准备好面对如此严重的后果，那么他为什么要这样做？在年轻的挪威人的心目中，展现毫不动摇的决心是领袖的义务所在。这次交谈标志着大副对指挥官态度的一个转折点。很快，阿蒙森在日记里提到德·热尔拉什时变得常常带有批判性的语气。

阿蒙森在这一时期的日记是对在他身边肆虐的苦难的一份头脑清醒的记述，仿佛他处于风暴之眼。尽管他和所有人一样，也感到身体不舒服、虚弱，他的心跳也很容易以令人担忧的幅度浮动，但他没有失去精神上的镇静。相反，他视这些苦难为乐事。

"当然了，当太阳回来的时候，我会很高兴，但我必须说明，这一整个时期，我都感觉很好，完全不想念它。相反，"他在日记里写道，"这正是我一直盼望的生活。促使我这么做的不是孩子气的突发奇想。这是一个成熟的决定。我无怨无悔，并且希望能够保持我的力量和健康，以便完成我所开始的工作。"

阿蒙森梦想成为弗里乔夫·南森式的世界著名极地探险家，他把这次远征视为一次训练。条件越折磨人，他就感觉收获越多。体验极地旅行的磨难给了他一种目标感，虽然科学家们和水手们感觉快被单调乏味和无所事事逼疯了。生存正是要点所在。或许还可以说是他的全职工作。

库克作为医生的职责同样让他保持了理智，尽管他越来越为同人们担忧，而且不确定该如何为他们治疗。有如一名医学侦探，医生现在将所有时间都用于找出在漫漫长夜里困扰全船的病症之病因。他称之为"极地贫血症"。在格陵兰岛过冬时，他曾亲历这种病症更轻微的形式，当时，他和皮尔里探险队的其他成员变得心情低落，容易疲惫。但他们的心跳没有急剧变快或变慢，看上去也不是面色苍白、病怏怏的。他们更没有出现如今折磨"比利时号"队员们的认知损害症状，包括注意力持续时间缩短、神志迷乱，以及呆滞地、毫无反应地瞪着不远处。

库克猜想，被浮冰束缚带来的压力、与世隔绝的状态、无聊和恐惧都是造成这种现象的原因。但他相信，最重要的因素是太阳的消失。"噢，是因为那天上的火球！"库克写道，"不是因为其热量——人类的节俭可以调节——而是因为光，生命之希望。"在光照缺席的处境下，他观察到，人们的皮肤变得苍白，头发变成了灰色，而且长得很快，"就像温室里的植物"。库克坚信，人类对阳光的依赖丝毫不亚于进行光合作用的植物。这种看法源自 1891 年至 1892 年冬天他对格陵兰岛因纽特人的临床观察。"在整个漫长的北极极夜里，人体分泌物减少了，情感被压抑，导致肌肉大幅衰弱。"他在 1894 年的一期《纽约妇产科杂志》(*The New York Journal of Gynaecology and Obstetrics*) 里写道，"由这一点，我应当判定，太阳的存在对动物如对植物一样至关重要。"

库克坚信太阳拥有赐予生命的特质，还有一个原因是他对因纽特人形而上学的理解——也可能是错误理解。1892 年，库克与西普苏在北极光下在海边散步时，因纽特长者曾对他说："所有生命之中都有光——在你的身体和心灵里。你能看见吗？你感受到生命，但是你能看见储存在你身体里的光吗？"就算假设库克对因纽特语言的掌握程度足以让他领悟如此微妙的想法（不大可能），以及假设他对这段对话的记忆准确无误，西普苏表达的也不是任何已知的因纽特教条。或许他描述的是万物有灵论的概念，只不过用了库克能理解的语言，即将其翻译为"光"。又或者他只是在向一位新朋友抒发感想。但是库克从这次对话中整合出了这样的观点（不管他是否忠实地记录了西普苏的说法）：光就像血一样是生命的必要元素。"比利时号"队员们的状况似乎印证了这种观念。他们虚弱的身体、苍白的面色、精神退化和不规律的心跳，在他眼里与植物被剥夺阳光后的黄化（etiolation）别无二致。

库克知道，如果不加干预，更多人会死去。由于他无法把"比利时号"带到光的面前，他试图把光带到"比利时号"。他命令症状最严重的队员赤裸站在熊熊燃烧的木头或煤炭火炉前——太阳缺席时"最好的替代品"。这种后来被库克称为"烘烤疗法"的治疗，似乎改善了队员们的情绪，甚至改善了部分生理症状。"我脱光了那些脉搏几乎无法察觉的人的衣服，把他们安置在火炉前，接受直接光照；一小时不到，他们的心跳差不多就恢复正常了。"库克写道。根据医生的估计，这种疗法的主要益处不在于热量，而在于光。"用油炉基本不可能达到同样的效果。"

库克的干预治疗是历史上已知的第一例光照疗法，该方法如今常被用于治疗季节性情绪失调（SAD）和其他疾病。医生对光的心理益处的直觉或许是正确的，但"比利时号"的火炉烧的是木头和煤炭，其火焰亮度远远不及现代光疗所使用的全光谱光。光线的直接作用恐怕不足以解释库克"烘烤疗法"显而易见的益处。其他因素或许同样重要：库克的病人们在火炉旁的温暖和干燥中找到了慰藉。更重要的是，光是他们得到了照顾这一事实，就给了他们莫大的安慰。医生对他遇到的几乎每个人都有一种舒缓作用。

然而，无论烘烤疗法在短时间内取得了多么喜人的疗效，它都不足以逆转南极极夜带来的伤害。它也无法解开病因之谜。到了7月中旬，已有许多人终日卧床，身体和心灵均表现出严重衰退的迹象。为了让他们保持活跃，库克要求那些能够站起来的人每天在冰面上绕船走一小时——一项被戏称为"疯人院散步"的锻炼。在一圈又一圈没有尽头的行走中，"人们脸上的某一块、手指和脚趾很容易冻僵，自己却不知道"，库克写道。他一开始将这种感官迟钝归咎于"血液循环减缓"，但他开始怀疑，这种现象背后是更严重的病症。

他统计了船上每个人或多或少都有的身体症状，这个列表变得越来越长：无精打采，虚弱，褪色的像蜡一样的皮肤，以及眼睛下方、脚踝一圈和身体其他部位的"水肿积液"（dropsical effusion），即积聚起来的液体。

库克认出，这是一种不宜诉说的可怕疾病确定无疑的征兆，其名字能让每一位水手心中充满恐惧：他很震惊，"比利时号"竟落入了坏血病的魔掌。

在19世纪末和20世纪初，坏血病在人们的认知中基本上是一种属于过去的苦难。据估计，坏血病在哥伦布时代和19世纪之间夺走了200万名海员的生命，是帆船航海时代海上死亡最常见的死因。它被认为是跨洋商业不可避免的代价，以致海军和商船在准备长程航行时，总是招募（经常是强行招募）比所需人手多得多的船员，背后的假设正是会有很大一部分人死于坏血病。

症状通常在船离港几个月后出现。早期征兆包括倦怠、水肿（即库克所说的"水肿积液"）、口臭和纸片似的皮肤——逐渐会因为褥疮和皮肤损伤变得斑斑点点。该病几周内就可发展到痛苦至极的程度，导致牙龈溃烂、牙齿和关节松动、四肢生坏疽，使愈合已久的伤口重新裂开（就像巫术），以及最后，算是幸运的死亡——通常是因为心脏病发作或血管壁溶解导致的脑出血。它是一种凶猛的、不可阻挡的疾病。没有人曾不经治疗而痊愈。

"坏血病有一千种治疗方法，"库克写道，"这一点本身就是它尚未被理解的最好证明。"在早期对坏血病的研究中，出现了几种关于其成因的堪称空想的理论，以及一些害处远大于益处的治疗方法，显示出当时的医学不过是现代经验主义和古老江湖医术的混合。很多医生错误地将坏血病的一种早期症状——精神萎靡——当作病因，得出这种病只会感染懒惰者的结论。为了与之对抗，他们加大了病人的工作量，他们更虚弱，身体以更快的速度恶化。其他人推定坏血病是一种腐烂病，常见于甲板下潮湿、肮脏破旧、害虫肆虐的住舱。（这类环境是诸如黄热病和疟疾等多种疾病的温床，但坏血病并不属于这类疾病。无论是拥有宽敞整洁的住舱的军官，还是挤在货舱里的地位低下的水手，它都一视同仁，只要他们吃着同样的食物——尽管事实常常并非如此。）当时主流的医学理论源自古代，即几乎所有疾病都是人体内四种"体液"——血液、黏液、黄胆汁和黑胆汁——失衡所致，因此治疗的关键在于恢复平衡。在坏血病的例子里，医生常常给病人放血，可这种疗法只会适得其反。

一些敏锐的医生注意到，一般只有新鲜水果和蔬菜、肉类或德国酸菜的储备耗尽时，坏血病才会出现，因而怀疑营养可能是一个影响因素。但是要区分"灵丹妙药"和真正有效的疗法可不容易——直到1747年，年轻的英国皇家海军外科医生詹姆斯·林德（James Lind）进行了医学史上最早的一场严格控制的临床试验，证明了橙子和柠檬强大的抗坏血病特性。

保守的英国海军部用了近半个世纪才接受林德的结论并付诸行动。1795年，林德死后一年，英国海军部开始向水手们发放每日定量的柠檬汁。就如水必然会浇灭火，坏血病的发病率大幅下降。可是，几十年后，皇家海军为了减少成本，将产自地中海地区的柠檬换成了便宜的英属西印度群岛的酸橙。酸橙在对抗坏血病上远不如柠檬有效，而贮存酸橙汁（用于时间更长的航行）的尝试——通常是将其制成浓缩果汁——使它进一步失去了效力。19 世纪下半叶，坏血病的发病率再一次上升。不过，自从蒸汽船发明以来，远洋航行的时间缩短了，待在海上足够久、直至症状出现的水手也就更少了，这个因素使皇家海军——以及所有效仿其做法的船队——对浓缩酸橙汁作为抗坏血病剂的无效性浑然不觉。

"比利时号"上的酸橙汁显然没有起效。库克发现自己陷入了最早遭遇坏血病的医生们同样面临过的窘境。唯一的优势是，多亏了林德，他知道坏血病与营养直接相关。然而，眼下既无法获得像新鲜柑橘类水果或德国酸菜这样的已证明有效的药品，也无法接触或许会指点他们利用具有抗坏血病特性的当地植物的原住民 [正如 16 世纪在北美，易洛魁人为雅克·卡蒂埃（Jacques Cartier）① 所做的]——事实上，也无法获取任何当地植物——库克只好就地取材。

虽然南极洲从未有人居住，但它的环境与北极并无根本上的不同，库克推断。1891 年至 1892 年的冬天，与格陵兰岛北部的因纽特人一起生活时，库克观察到他们没有表现出坏血病的任何症状。如果北极在缺少植物的条件下也能让人类生命存

---

① 　1491—1557，法国探险家、航海家，其对加拿大海岸和圣劳伦斯河流域的考察为新法兰西的建立奠定了基础。

活，那么南极一定也可以。库克的直觉告诉他，因纽特人的饮食——几乎完全由新鲜的（或是冷冻后解冻的）肉和海兽脂构成，且常常是生食——足以战胜坏血病，即使它会引发别的健康问题。

医生一方面竭力避免道出他试图治疗的可怕疾病的名字，另一方面要求船上所有人每天吃鲜肉，通常是企鹅肉，偶尔吃海豹肉。为了与因纽特人的烹饪传统保持一致，库克建议企鹅肉肉排要在人们可接受的范围内尽可能生食。他自己喜欢稍微煎一煎就吃。阿蒙森——他的身体状况在 7 月上旬突然变差——极其看重医生的意见，以至于他完全放弃了烹饪这个步骤，直接生吃企鹅肉，这样一来他还不用等正餐开始与别人一同进餐。令人惊叹的是，狂吃肉排（质地像富含脂肪的生鸡肉）仅仅几天后，阿蒙森就几乎恢复正常了。

库克无法解释为什么鲜肉似乎有用，不过话说回来，要在近 40 年后，才会有人解开这个谜题。维生素 C，或称抗坏血酸，对胶原蛋白的形成至关重要，而胶原蛋白是将身体联结在一起的结缔组织的关键成分。胶原蛋白遍布整个人体，包括骨骼、肌腱和皮肤。没了它，身体就会"散架"，而这正是"比利时号"的队员们开始经历的变化。自从 1 月离开火地岛以来，他们几乎就没有再碰过维生素 C。无论他们在南美洲买了多少新鲜水果，截至冬天都该腐烂了。至于德·热尔拉什在欧洲采购的酸橙汁，其中的抗坏血酸一定已在装瓶过程中氧化。构成船上主要饮食的罐头食品也不含任何维生素 C。

要到更晚，科学才解释了为什么因纽特人几乎完全不食用水果或蔬菜，却能免受坏血病的侵害。比食物多样性更重要的是营养素的多样性，因纽特人吃的驯鹿、鱼、海象、海豹和其他肉类中的油脂均含有人体所需的维生素 C。地球另一端的企鹅肉也是如此。这是因为除了豚鼠、人类和为数不多的其他几种高等灵长类动物，绝大多数动物都能自行合成抗坏血酸。几乎所有肉类都有抗坏血病作用，只要吃的分量充足，且没有过度烹饪，因为热量会使这种脆弱的化合物分解。库克能想到这个妙招，在一定程度上也是这一事实之故：远征队秋天冷冻起来的企鹅肉和海豹肉，是浮冰上仅有的未充分利用的新鲜食物来源，除了老鼠肉（也可有效抗击坏血病——我们现在知道这一点）[1]和人肉（无法有效抗击坏血病）。

然而，治愈"比利时号"的所有队员谈何容易。虽然阿蒙森恢复神速，但是大多数人都不愿遵循医生的嘱咐，因为企鹅肉的气味、味道和肉质都让他们大倒胃口。德·热尔拉什十分坚决地拒绝吃企鹅肉，这也给了其他人不吃的借口。当库克找指挥官谈话，重申他提出的疗法的重要性时，德·热尔拉什依旧不动摇。

"英国海军用酸橙汁对抗坏血病已经 50 年了，"他生气地说，"对他们好的东西对我们也好。"

库克机敏地回答道："瓶装酸橙汁，就像罐头食品一样，其活性物质在加工过程中已被损坏。"德·热尔拉什不为所动。

---

[1] 库克显然忘记了自己最喜欢的一部极地叙事——伊莱沙·肯特·凯恩的《北极探险》中一个很有可能经过了加工渲染的篇章。在这个发生在 1854 年至 1855 年冬天的故事中，凯恩和他的队员们也被浮冰围困，他们依靠吃老鼠——据说他们用弓箭射死的——战胜了坏血病大流行。——原注

指挥官认为自己在这个问题上的固执纯粹是因为他对企鹅肉的反感，不过他似乎对库克的判断也有些怀疑。如果他确信他的生命和整支探险队的存活就取决于吃企鹅肉，他肯定会遏制住自己的呕吐反应。然而他铁了心要远离南极野味，好像他受某种原则束缚似的，必须继续吃"比利时号"贮藏室里被认为是更文明的食物。或许他觉得为了远征队的赞助人，他必须妥善利用拿他们的钱买的食物。在队员们开始表达对食物的不满的几个月里，德·热尔拉什逐渐采取了一种防卫的姿态。因此，当库克敦促队员们吃几乎人人厌恶的海豹肉和企鹅肉时，德·热尔拉什感觉受到了攻击。"对他而言，这是一种冒犯，因为这当中含有对他的食物选择的谴责。"库克写道。

"关于罐头食品害处的论点令我们的指挥官非常厌烦，以至于每次提到这个问题，他都会生气好几天，所以我们暂时没有进一步恳求。"医生继续写道。尽管如此，他和阿蒙森还是小心留意，确保"当危急的时刻到来时，手头上有充足的海豹里脊肉和企鹅胸肉。而这一时刻很快就到来了"。

证据就在饮食中。听从库克的建议每天食用企鹅肉的人症状很快开始减轻。跟随德·热尔拉什的人则在坏血病的泥潭中越陷越深，死亡即其不可避免的终点。唯一无法确定的是，下一个遇难者会是谁。

库克进行科学探究的方式与船上其他科学家有根本上的矛盾。阿尔茨托夫斯基、拉科维策、多布罗沃尔斯基和勒库安特是严格的实证主义者，结论基于有条不紊的观测；库克则更看重直觉而不是数据，而且对"原始"文明的智慧尤其感兴趣，他坚信这类智慧包含西方科学无法触及的真理。受因纽特人启发的抗坏血病饮食取得了明显的成功，无疑加强了这种感觉。"对我而言，因纽特人粉碎了我对文明智慧的神奇领域的许多预设。"他写道，"现在，我要抛弃与怀疑在我们的学校里被当作可靠知识教授给我的一切。"

虽然他很享受在长官休息室里与学者同人们热烈辩论——这些辩论是语言的大杂烩，也是船友们休闲娱乐的固定来源——但阿蒙森才是更能接受他的新奇观点的听众。"我毫无保留地相信库克说的，因为他是一位经验丰富的极地探险家。"大副在日记里写道，"他与格陵兰岛北部因纽特人的接触，以及他对所有与极地生活相关事物的深入研究，毫无疑问让他拥有比其他人更深刻的见解。如果再加上他算是一位非常不错的医生这一事实，以及他的专长是治疗发生在极地的各种病症，那么对于这样一个人，无论怎么重视都不为过。"阿蒙森完全接受了库克的烘烤疗法和企鹅肉饮食，并把自己的康复归功于这两者。在他看来，库克医生不可能出错。

库克看得出阿蒙森对于"什么是可能"的构想与他自己的一样宏大。两人对于极地功绩的野心都不止于"比利时号"探险。（库克当时一心想征服的是南极点；阿蒙森则希望成为穿过西北航道的第一人，他儿时的英雄约翰·富兰克林就没能完成这一壮举。）在"比利时号"最黑暗的日子里，两人变得形影不离，形成了库克所说的"合作关系……一起制作新的、更完美的旅行设备"，包括带帽防寒短上衣、企鹅皮靴子、雪橇，和一顶即使在最猛烈的风暴里也能在几分钟内搭建好的帐篷。他们测试并改进了其他极地探险家的设计，比如两套按照弗里乔夫·南森建议的样式裁剪的狼皮套装。这套衣服确实比库克穿过的任何衣服都要暖和，但是有一次，当他和阿蒙森短途滑雪后浑身是汗地回到船上，他认定狼皮套装最大的不足是不透气——在极地气候下可能是致命的缺陷，因为汗水会迅速冻结。医生建议按照因纽特人的方法进行调整。"发现南森所做的改进其实不可行，"他写道，"我们将套装尽可能改成了原住民的样式。"

闲暇时，库克和阿蒙森经常沉浸在对话里，无论是并肩改进他们的设计，还是一起在浮冰上滑雪。阿蒙森向库克抛出了一个又一个问题，并把后者的每一个字都当作圣典。库克则认为挪威人是他见过的"表现出了最大的兴趣，也最有趣的人"。"他的举止很冷淡，但他的一举一动无不透露着魅力和友善。当他的深刻性在我们长时间的隔离中终于被理解时……我们就一起做重塑旧世界的梦——为了让子孙后代更好。没有哪个想法过于宏大，没有哪个灵感不值得注意。"

库克身上那个务实的商人——他曾在 20 岁出头时几乎垄断布鲁克林的牛奶配送市场——在这片大陆的贫瘠荒凉之中看到了机会。他设想了一系列会让潜在支持者安德鲁·卡耐基感到骄傲的赚钱方案：比如在南设得兰群岛建立捕鲸站和渔港，或是在该地区重启毛皮交易。① 库克心中的梦想家则想到了一些不

---

① 人们原本认为，截至 19 世纪 30 年代，海狗（fur seal，也称毛皮海豹）多半已灭绝，但"比利时号"探险队在埃斯塔多斯岛上遇到了多个海狗群落。——原注

那么实际的计划，比如采集大陆上所有的企鹅粪，来给全世界的庄稼施肥，从而喂饱挨饿的人们。

库克和阿蒙森共同酝酿的概念比库克独自构思的还要宏大。目睹羊群在曾经荒凉的巴塔哥尼亚平原上吃草之后——更别提牧场主积累起来的巨大财富——他们寻思着还能对世界上哪些开发不足的地区进行如此富有成效的改造。"要我们说，一个时代的荒漠可以是下个时代的粮仓。为什么不在撒哈拉种植作物，让非洲的沙漠成为新的财富帝国？"库克写道。

他们痴迷的另一个概念涉及重组地球上的生物。库克将它称为"新方舟"——这项计划将以比大自然更理性的方式重新分配世界动物群，使人类与其栖息地已被人类发展破坏的生物都能从中受益。"在这个方舟梦中，"库克写道，"我们计划将企鹅、海豹、骆马和美洲驼带到北方，从北方我们可以把熊、麝牛、驯鹿、绒鸭、鳟鱼、海豹和海象带到南半球，把有用的大型生物从非洲带到南美。无论是宽阔的大洋还是大洲，无论是温和还是酷热的气候，都不应该阻碍人类和野生动物在未来获取更好的食物供应。"

考虑到库克和阿蒙森被困的处境，他们的想法就显得更荒诞、更不着边际了。浮冰有多沉闷，他们的想象就有多生动；夜晚越是黑暗，他们就显得越开朗。勒库安特和阿尔茨托夫斯基认为这些计划完全是"疯狂的"，但策划人本来就没想过真要实施这些计划。相反，它们具有十分实在的意义，即让库克和阿蒙森的头脑保持活跃，不去注意他们的窘境。在"水晶地狱黑暗冰冷的监狱"里，库克写道，这类幻想提供了"另一个极端的梦幻般的补偿"。如此多的队友已在疾病面前倒下、灰心丧气，而库克和阿蒙森则希望"为想象中的弹匣装满智力的大号铅弹，冲出可令灵魂枯萎的南极"。

7月10日临近午夜，勒库安特掀开被子，从床铺上下来，准备开始4小时的站岗。脚下的地板感觉有些异样。他注意到自己的腿充血非常厉害，左手也在慢慢肿起来。由于库克一直不敢说出眼下正在蚕食队员们的疾病的名字，勒库安特没有意识到这是坏血病晚期的征兆。他打消自己的疑虑，穿好了衣服。毕竟完成任务最要紧。尽管他的身体在过去几周每况愈下，他却从未缺席哪一班站岗。他一瘸一拐地来到室外，开始进行气象学和天象观测。这是一个晴朗无风的夜晚，无数星星在夜空中闪烁。勒库安特通常会细细品味像这样的独处时刻——这些与天空的无言交流。但这一次，身体的疲惫和疼痛已然逼近极限，他很勉强才撑到值班结束。他吃力地回到床上，发现双腿和手肿得更大了。虽然已筋疲力尽，船长却无法入睡。他一动不动地躺着，神志有些混乱，盯着绑在天花板上的卷好的地图——绑在天花板上是为了腾出储物空间。

大约半小时后，他在半梦半醒中尝试调整卧姿，却惊恐地发现左手臂不听使唤：他瘫痪了。他想呼救，却担心会使队友们陷入恐慌。清晨6点左右，他设法摸下床，拖着两条毫无用处的腿，爬过黑漆漆的长官起居室，来到库克的房间。

库克睁开眼，发现眼前是一个仿佛从噩梦里走出来的鬼怪，浑身肿胀，相貌怪异，脸上满是惊恐。

"医生，我就要——我要跟着丹科去了，"勒库安特靠在库克床边，气喘吁吁地说，"死亡正从我的脚爬上我的身体。看我的脚踝。结束了。"

库克低头看勒库安特的腿，顿时感到脊背发凉。为了给尚未清醒的大脑一些反应时间，库克开始机械地在船长身上进行一系列检查。他不仅为勒库安特，也为全船人感到担忧。在德·热尔拉什身体情况不容乐观且常常躲在房间里的情况下，勒库安特成了——在医生看来——"我们之中最有权威的人物"。余下的人已经处在崩溃边缘，如果勒库安特也倒下了，他们一定会在绝望中屈服。

他测了勒库安特的各项身体指标：他的心率非常高，脉搏微弱，脸肿了，冰凉的皮肤像蜡一样，且"惨白得吓人"。丹科还在世时，看上去病得有这么厉害吗？勒库安特声称四肢无法动弹，这要不就是坏血病到了末期，要不就是因为恐惧而产生的癔病反应。两者都不是好兆头。

"在医生合上他们的眼皮之前，病人都还没死。"库克试图掩盖自己的惊慌，"既然您听命于我，您会一字不差地按我说的做吗？"

"会，"勒库安特，"我任由您处置。"

库克给了船长一片药——很有可能是士的宁①——然后扶他回床上休息，并在他的脚边放上热砖块，以促进血液循环。在医生的陪护下，勒库安特冷静了下来，但开始说"胡话"。从库

————————

① 又称番木鳖碱，能选择性兴奋脊髓，增强骨骼肌的紧张度，临床用于轻瘫或弱视的治疗。

克能够听懂的部分来看，勒库安特是在试图面对他活不过当晚的可能性。

不久后，当勒库安特听到隔壁长官起居室里用早餐的通知时，他用尽力气把阿蒙森喊进自己房间，向大副透露了他的所有文件和一箱寄给所爱之人的信存放在哪里，并就探险行动的未来提供自己最后的建议。阿蒙森默默听着，努力（而徒劳地）试图掩藏自己的情绪。

鉴于德·热尔拉什也处于坏血病的痛苦之中，且他的存活几率不比勒库安特高多少，这种结果似乎无法避免：阿蒙森，一名从未担任过船长的 26 岁挪威人，将接过比利时南极探险行动的指挥权。这是德·热尔拉什极力希望避免的一种局面：他深信，比起这类国家耻辱，他的赞助人和比利时媒体更容易原谅他本人的死亡。

但是在这一刻，勒库安特并无这类顾虑。在命运面前，他感受到一种奇怪的平静。他定定地看向窗外，外面漆黑一片，分不清哪里是天空，哪里是浮冰。按照他的估算，太阳要到两个星期后才会升起。他想到，自己再也不会看见日出了。他迷迷糊糊地睡去，半是思考，半是做梦：死亡不过如此，没有太糟糕。

一天后，当他再次睁眼时，他惊讶极了。在库克的坚持下，他强迫自己吃了一小块企鹅肉排，然后又睡了几个小时。再次醒来时，勒库安特感觉好一些了。医生测了他的脉搏，满意地发现它有所回落。但是每分钟 98 次的心率已接近心动过速（tachycardia），仍然十分危险。

"他的病情在我看来似乎没有希望了。"库克 7 月 14 日在笔记本里写道。预后不良给全船人带来了又一波绝望情绪。

尽管对船长的康复几乎不抱希望，医生仍给出了严格的指示。"接下来，您惯常的食物和饮料将停止供应。"他说道，"您将食用生肉，喝热水，并且每天在火炉前烘烤三次。"

"如果对我有好处，我愿意在炉子上坐一个月，并在余下的极地生活中只吃企鹅肉。"勒库安特回答。

库克微笑着向他保证，只要他遵循这个方案，他将能够重新站起来，见证太阳升起。库克其实不相信自己的话。勒库安特也不相信，但他还是毕恭毕敬地听从了医生的指示，只吃企鹅肉，只喝水，每天赤身裸体在火炉前待上好几个小时。

每天早上，勒库安特四肢和面部的肿胀都在消退。渐渐地，他的症状减轻了。出乎库克的意料——虽然与他强作乐观告诉船长的相一致——勒库安特到了7月18日已经能够执行日常科学观测了。

勒库安特奇迹般地康复了，这个消息传遍了全船，很快，几乎每个人都来找库克，希望得到对"真实的或想象的病症"的治疗。

对多数人而言，库克发现，病痛再真实不过。他向勒库安特报告了最严重的病例："德·热尔拉什情况极度危急；克努森的双腿肿得很厉害，特别是在脚踝一圈；梅拉茨的心率达到了每分钟150下。"拉科维策、阿尔茨托夫斯基和多布罗沃尔斯基则"情况不佳"。除此之外，库克承认他也为自己的心率感到担心。

医生为所有人开了同样的药方："除了牛奶、蔓越莓酱和鲜肉——企鹅或海豹肉排，用人造黄油煎——我禁止了一切食物。"他写道。库克还要求队员们接受烘烤治疗，以及——对那些能够下床的人而言——每天进行锻炼，但要避免让心脏压力过大的运动。病人"被褥每天都要晾干，他的着装要根据其职务要求精心调整。泻药通常是必要的；药草酒，配以矿物酸，无疑很有帮助"。他建议戒绝酒精："我们习惯了在用餐时小酌，但是酒对心脏和肾脏功能有很不利的影响，所以我们完全停止饮酒了。"库克虽然这么写，但实际上，船上有足够多的"特别时刻"，给了船员们不少破例的机会。

库克的治疗没有根除船上的苦难，但那些完全接受这套疗法的人健康状况的改善是无可争辩的。大多数人发誓只吃海豹肉和企鹅肉，甚至慢慢地开始馋这类肉了。甚至连承认自己病情严重的德·热尔拉什也偶尔捏着鼻子咽下了企鹅肉排，但他只能接受煎得微微焦脆的肉排——而这种程度的加工实际已抵消了它的大部分抗坏血作用。总的来说，指挥官坚持按照自己精心设计的菜单，吃他花了大价钱为远征队采购的食物。

库克的乐观态度是他治疗计划的基石。"饱受折磨的时候，"他写道，"队员们就觉得他们必死无疑，而对抗这种消沉绝望的情绪是我最困难的任务。"医生设法使船友们将注意力从他们彻夜凝视的痛苦之幽暗深渊挪开，转向地平线上的微光——它每天都延长几分钟，预示着太阳即将回归。

第十三章　企鹅会

在太阳预计回归的好几天前，船上的每个人就已各自选好迎接太阳的位置。有些人计划爬上桅杆瞭望台或是悬在索具上，其他人则打算在浮冰上分散开来。7 月 22 日早上，库克、阿蒙森、勒库安特和德·热尔拉什艰难地爬上了附近一座冰山的顶点。[①] 拖着虚弱的身体，他们用了一小时才完成本应十分轻松的攀登。每走大约 100 步，他们就得停下喘气，听着粗重的呼吸声划破寂静。这项费力的活动对德·热尔拉什的消耗尤其大，在那时，他的身体状况比其他人都要差，但是想到即将在 70 天以来首次见到太阳——或者至少是它的一小部分——指挥官坚持住了。据勒库安特计算，要再等 24 小时太阳才会真正地升起，但是这一行人希望，只要爬得足够高，他们的视线或许就能抵达地平线的"下面"，提早看到太阳——哪怕只是折射出的光线。

爬上冰山山顶后，四个人转向北方，聚精会神地看着地平

---

① 令人费解的是，虽然所有对太阳回归的第一手记述都提到它是船上气氛的一个重要转折点，这些记述在事件发生的日期上却无法统一。据库克和阿蒙森所记，是 7 月 22 日；勒库安特则说是 23 日。拉科维策（他不在登顶冰山的一行人之列）记下的日期是 27 日。德·热尔拉什则称是 7 月 21 日——刚好是为纪念利奥波德一世在 1831 年比利时革命成功后登基而设的比利时国庆日。——原注

线上最亮的地方。随着正午的到来，布满卷云的淡黄色天空变成了粉红色，紧接着绽放出变幻莫测、五彩斑斓的光芒。"天空中有大片大片的金色、橘黄色、蓝色、绿色和一百种令人赏心悦目的色调，"库克写道，"偶尔会出现一条亮闪闪的银色色带，衬得色块格外醒目。"

就在12点前，浮在地平线上的薄雾像是得到提示似的分开了。一缕似火的亮光映入眼帘，在人们疲惫的眼睛里闪烁。"我们不可能……找到恰当的词汇表达那种如释重负的喜悦感，"库克写道，"也无法描述在我们虚弱的心脏如榔头般锤打跳动时，涌入动脉的那种新生命的激情。"漫长极夜的压迫如此彻底，以至于虽然他们在逻辑上早就知道太阳会回来，但当太阳真的出现时，其震撼程度竟不亚于一个奇迹。它的光线尚未抵达浮冰表面，但掠过了最高的冰山的顶峰，还在飘扬在"比利时号"主桅杆顶的比利时国旗上照耀了片刻——在指挥官心目中，这个时刻顿时有了额外一层吉祥的象征意义。

"这灿烂的景象让我们眼花缭乱。"德·热尔拉什写道，"一个人只有尝过被剥夺太阳的滋味，才会懂得它对身体和灵魂多么有益，继而也会理解，自无法追忆的远古以来，未开化的民族往往将其视为首要神祇，是出于何种情绪。"

正如它升起时那般突然，太阳又消失了。但它留下了一抹持久的余晖。

每天，太阳逗留的时间都会延长约20分钟。它那真实而赤裸的光线揭露了长夜造成的破坏。冬季从人们身上拿走了一些他们永远无法完整夺回的东西，扭曲了他们的心灵，在他们身体上留下了丑陋的痕迹，将等同于一辈子的磨难压缩进一个凄苦的季节。"我们身体肿胀，皮肤发黄，"德·热尔拉什写道，"我们互相都觉得别人老了，我们苍白憔悴，脸上保留了一种经历过冬季的苦难之后特有的哀伤、忧心忡忡的表情。"仅仅过了3个月，就有好几个人头发变成了灰白，好像冬夜拉长了时间本身似的，就像爱伦·坡《大旋涡底余生记》里可怕的大旋涡①。"我们在30天里老了10岁。"库克写道。

这一时期拍摄的船员照片证实了德·热尔拉什和库克的描述，尤其是与他们在"比利时号"出发前生机勃勃、满怀希望的肖像照相比。在安特卫普，勒库安特身穿精美的定制制服，浑身散发着青春朝气；"比利时号"被困5个月后，他看上去疲惫不堪，病恹恹的，身体肿胀，比实际的29岁要老10岁。在一张摄于比利时的宣传照里，德·热尔拉什姿势威风，目光上扬，仿佛正凝视着他意欲征服的某座高山的山顶；浓密的山羊胡修剪得整整齐齐，小胡子翘得恰到好处；他斜戴一顶漂亮的毛皮帽子，显得活泼自在，时髦的冬季外套外面披着一件毛皮披风。这成为极地探险家的幻想与库克在长夜结束后为指挥官拍的一张照片形成了令人感伤的对比：德·热尔拉什穿着一件粗糙的毛衣，目光哀伤不知望向何处，他的脸憔悴而浮肿，覆满过度生长的汗毛——从鼓起的眼睛下方蔓延至脖子中段。并

---

① 《大旋涡底余生记》写于1841年，讲述了一名水手不幸被卷入传说中的莫斯肯旋涡并死里逃生的故事。水手自述他在旋涡里待了6小时，重新浮到海面上、被一条渔船打捞起来时，他已精疲力竭，原本乌黑的头发全变白了。

不是说他的船友们比他更体面。从漫漫长夜走出来，探险队员们貌似野人。每周一次（在最好情况下）的沐浴不足以洗净他们缠结长发里的海豹油脂和煤渣。

不过，随着太阳升起，队员们的心中升起一股对重新开始的渴望。他们聚集在一起，修剪头发和胡子。作为随队外科医生，库克被认为应该能够熟练使用剪刀，担任高级船员们的理发师，但事实证明他不如一些人所期待的那样认真负责。一位不满的顾客如是报告："有时候……就像一个店主没有竞争对手，不怕失去买卖，库克修剪好一边的头发，就拒绝剪另一边……然后就在那儿嘲笑我们的损失！"这些恶作剧不是漫无目的的愚蠢行为。它们是医生策略的一部分，旨在提升队员们的士气，让他们将注意力从荒凉的周遭移到别处。

有两个人得以逃脱库克的大剪子：拉科维策——他更愿意自己修剪乱蓬蓬的头发，还有库克自己。医生把纤细的直发留到了肩膀的位置，在额头上绑一条丝带，使头发垂在脸颊两侧。加上茂密的络腮胡，他看上去有一丝救世主的气质。他那充满激情、近乎疯狂的青灰色眼睛是狂热分子的眼睛。确实，南极的长夜让他成了某种虔诚的信徒——太阳的崇拜者。他构想太阳就像人们构想上帝一样。它是所有生命的起源，它的缺席则是一种诅咒。随着太阳的回归，他也重生了。

"那颗默默燃烧的金色大火球真教人发自肺腑地想表达喜悦和感激！"他写道，"太阳的确是地球万物之父。突然间，仅仅是空气就让我们精神振奋，冰之海瑰丽的风景赋予了我们灵感，彼此的陪伴也让我们高兴快活，使黑夜那种仿佛与死神打交道的压抑成了过去。"

库克对太阳力量的信仰使他赋予其一系列违背科学的特性。正如他在听了因纽特老人西普苏的话之后相信生物会贮存光，现在他认为冰本身能够捕捉太阳光。"一整天大太阳过后，夜晚的雪有了一种肉眼可见的光辉。"他在几周后写道，这时，白昼的长度已经逼近黑夜了，"我把这种磷光归因于雪对太阳光的隐性留存。我对这种现象很感兴趣，且最近做了一些试验，结果似乎证实了我的推测。"

为了证明他的假设，他在有太阳光照射的时候将一块黑色布料铺在平整的雪地上。到了晚上，他把黑布掀开，"这一块地方总是颜色较暗"，他写道，"在我看来，雪会吸收并在一段时间内留存一部分光线。"

他错得很离谱。若是宽容一些，库克的观察可以解读为黑色布料吸收了更多太阳的热量，导致它所覆盖的雪融化得比周围的雪更快；这个更加湿滑的表面在反射月光或星光时，表现或许有所不同。但更可能的是，库克浪漫主义的一面压倒了科学家的一面。

随着白昼的到来，"比利时号"聚居地慢慢恢复了生机。船员们在环绕船身的雪堤里挖了兔子洞似的通道，忙碌地进进出出。船中部的锻造铺再次传出锤子敲打铁砧的声响，那是萨默斯在为测深仪和其他器械打造零件。科学家们也回到了各自的岗位——测深、采捞、测量和观察。7月是目前为止最冷的一个月，由于探险队没有带足够的适合这种极端气候的衣物，船员们花了几天时间用红色的羊毛毯缝制带帽短外套，并以狼皮作衬里。（库克带了好几块毛皮。）在阿蒙森看来，外套的鲜红色与雪地耀眼的白色形成了鲜明对比，"无疑制造了一种怪诞而戏剧性的效果"。

自从采纳库克的饮食与锻炼疗法以来，船上人员的健康已有显著改善，虽然仍有几名船员状况不佳，特别是娃娃脸的挪威水手恩格尔布雷特·克努森和指挥官德·热尔拉什。库克正确地推断出，由企鹅肉和海豹肉构成的饮食能缓解坏血病，但是冬天几乎抽空了船上的南极野味库存。正如冬天来临之前动物是慢慢地离开直至消失在北方地平线上的，它们回归的过程也极其缓慢。到处都不见企鹅，这意味着队员们面临唯一能阻挡坏血病与死亡的东西即将耗尽的危险。

一天又一天，库克执着地从舷墙上方往外看，希望在冰面上看到深色的影子。偶尔会有小股喷泉从刚挖好的呼吸洞里喷出，表明海豹正逐渐回归。没过多久，就能听到企鹅在远处嘟嘟叫，但看不见它们。若想更快抓到它们，就得走到船上人视线以外的地方。

7月末，库克、勒库安特和阿蒙森得到德·热尔拉什的许可，踏上了捕猎企鹅的旅程。他们定下的目标是东北方向约17英里处一座巨大的平顶冰山。从船上到冰山虽然看上去是一条笔直的路，但这可不是什么轻松的旅程，他们得时刻盯住一个显著的视觉标记物，这一点至关重要，否则就有可能在瞬息万变的冰景中迷失。冰山的方向稍稍偏北，这是一个附加的优势：企鹅是跟随着阳光迁至浮冰群边缘过冬的，应该会从那个方向回来。

去冰山来回至少需要两天。对库克和阿蒙森而言，这次远足也是一个测试他们一起设计的旅行装备的机会，包括风帆雪橇和圆锥形帐篷——如果将来不得不步行撤离"比利时号"，以及如他们所想的带领自己的远征队伍，那么这就是一次试验。此外，狩猎之旅还可以让人在被困数月之后换换风景，这一点让一行人颇为期待。"我们厌倦了绕船进行'疯人院散步'。堆积得像小山似的空罐头、灰烬和其他垃圾——我们四周就是被这些东西装饰——实在乏味。"库克写道，"我们觉得，如果我们能走开几天，挨着某座冰山在冰之海裸露的胸脯上扎营，我们或许能进行一些值得记录的研究，等我们回来时，我们肯定会更爱'比利时号'和我们的同伴。"

就阿蒙森而言，他很期待新创一项纪录：南极浮冰上的第一次雪橇旅程。

7月31日晴朗而寒冷的早上，这支从远征队里衍生出来的小分队出发时，热烈欢送的场面就像是复刻了一年前"比利时号"离开安特卫普时那番盛大场景中的某一幕。勒库安特、库克和阿蒙森兴奋得忘乎所以；就像只有小学生才会做的那样，他们成立了所谓的南极社团"企鹅会"，任命阿蒙森为会长，其他两人只是骑士。大管轮麦克斯·范里塞尔贝格用空罐头底为社团做了勋章，上面刻着一只皇家企鹅（royal penguin）的图案和"速度！清贫！"的字样。勋章配有红色绶带，勒库安特庄严地把它们挂在库克和阿蒙森的脖子上，也挂在自己脖子上。[①]

三个旅人把露营设备、来复枪和十天的食物（虽然这次旅行计划只有两天）装上雪橇。阿蒙森和勒库安特穿好滑雪板，套上雪橇的挽具，在前面拉雪橇；库克则穿着雪鞋，走在后面让雪橇保持稳定。他们展开库克用床单缝成的风帆，南方的微风吹得它鼓鼓的，提供了相当于第三个人的推动力。虽然身体虚弱，德·热尔拉什仍坚持陪他们走了一段路，直到以一记坚定的握手与他们告别。

由于尚未完全从冬日里的疾病和肌肉萎缩中恢复过来，阿蒙森和勒库安特频繁地停下休息。虽然气温只有零下34度，身上穿的也是库克设计的透气性优良的毛皮套装，他们却很快就大汗淋漓。小分队前进的速度只有库克在格陵兰岛驾驶狗拉雪橇速度的几分之一，很快，人力作为一种雪地运输方式的效率之低就变得一目了然。不过，如果说前进耗时又费力，它一开始至少是稳定的。雪橇平稳地在相对平坦的坚冰表面滑行，沉重的货物起了压舱物的作用，使风在灌满风帆的同时不至于将这整个装置掀翻。

当旅人们从船上勘察冰面时，通往远方冰山的路看上去大体上是雪白、平坦、连续的，只有几条细细的水道，似乎很容易绕开。但随着他们进入冰原，他们发现地形明显更复杂，容

---

① 据勒库安特回忆，兄弟会的名称是"挪威肉丸会"，被任命为领袖的是库克。这一出入可以用记忆不可靠来解释，也可能是因为这场仪式是彻头彻尾的胡闹。或者也可能是兄弟会成员之间三方语言障碍之故：勒库安特的英语与库克的法语一样糟糕，且两人都不会挪威语。学习语言向来很快的阿蒙森只好充当翻译。——原注

易令人迷失方向。从远方看似乎是小冰丘的实际上是无法穿越的压脊，而"几条细细的水道"则是宽阔的水域。三人组不时地停下，用罗盘测量身后渐渐缩小的"比利时号"、周围的冰丘和前方那座巨大冰山的方位，时刻提醒自己浮冰一直在动，他们的地图可能很快就会过时。无论他们走了多远，冰山似乎都只刚好在"射程之内"。这是一种错觉，因为它的底部实际上在地平线下。南极的光恢复了往日的魔法。下落的太阳和满月占据了同一片天空，像是一金一银两块奖章。"这里的景色是给诸神看的。"库克写道。

那天下午，三人在一个辽阔的冰间湖边上停下了，结在湖面的冰只有 3 英寸厚，挡住了通往冰山的路。这层冰薄得能够看到底下的冥冥大海。但在前面一段距离之外，冰呈现出了微黄色，暗示着能够进行光合作用的生物已经回归，因此附近可能有更大的动物。虽然他们知道，这种颜色的冰通常无法承受一个人的重量，但是勒库安特、阿蒙森和库克仍然认为，它值得勘察。他们小心翼翼地踩到光滑的冰面上——穿滑雪板和雪鞋在上面很难踩稳——艰难地将超载的雪橇拉过去。旅人们和雪橇加在一起有将近半吨重。每走一步，脚下薄薄的冰都好像在晃动。这感觉就像是直接在水面上行走。冰层每发出一声破裂的脆响，都让他们感到被汗水浸湿的后背一阵发凉。他们忍不住去想象万一落水会怎么样。用不了几秒，海水就会渗透厚重的毛皮套装，侵袭他们的皮肤。泡了水的衣服和靴子意味着他们几乎不可能浮在水面，特别是与雪橇套在一起的两个人，在被拽入大海深处之前，他们没有多少挣脱的时间。

在他们往湖中央前进时，前方的冰面渐渐分开，取而代之的是紧实的大块浮冰。继续走了没多久，他们就看到大量鲸和海豹还有几只企鹅在墨黑的水里扑腾。但是冰太薄太散了，无法继续前进。三人组需要一条小船才可能靠近动物们。不过，企鹅虽然在陆地上十分笨拙，在水里却灵活敏捷。即使他们真有小船，也几乎不可能抓到企鹅。雪橇小分队小心地退回到冰层形成时间更久、更厚的区域，尝试绕湖前进。

他们沿着湖岸行走，湖逐渐缩窄，形成了一英里宽的开阔水道。当夜幕降临（大约在下午 3 点），他们决定扎营时，他们有一种在一条大河岸边露营的错觉。他们的目光越过河面，看向那座巨大的冰山——仍然在远方。"在行走了一天，前进七英里之后，很显然，我们不比出发时更靠近我们的目的地。"库克写道。

"库克和我辛苦了许久改造好的帐篷很快，也很轻松地就搭好了。"舒舒服服地躺在驯鹿皮睡袋里，阿蒙森不无自豪地写道，"它很牢固，能够抵挡住任何力度的风，但对三个人来说太小了。我们不得不轮流换衣服。"两个睡袋之间架着一个小小的乙醇火炉，晚餐用了六小时才解冻好。

那天晚上，库克的圆锥形帐篷在横扫冰原的劲风中稳稳地站住了。雪花掉落在帆布上的啪哒声将企鹅会的骑士们送入了梦乡。帐篷内部也下起了雪：睡觉的人呼出的水汽在墙壁上结成了冰，又像雪花一样飘落。

第二天早上，三人醒了，先是抖掉睡袋和胡子上的一层霜，然后吃早餐——热巧克力和硬饼干。11 点左右（由于手表在极寒中停了，他们只能通过太阳方位估计时间），他们将头探出帐篷，发现外面的景观与前一天日落时已截然不同。雾气在冰面上翻腾，深色的水天——表明其下方有新形成的水道——暗示强风促使浮冰在一夜之间散开了。如果冰继续散开，营地或许很快就会被水包围，在南极浮冰群中心一片巨大的开阔水域里无依无靠地漂浮。

早餐过后，库克、阿蒙森和勒库安特把雪橇留在原地，做了一次简短的侦察，希望找到一条路绕过水道——这条水道仍横亘在他们和冰山之间。然而没有这样的路。"我们面前的水道……向东、向西一直延伸到视线尽头，是茫茫极地冰海之中的一条极地大河。"库克写道，"河里有上百条鲸，长须鲸和瓶鼻鲸；无数的海豹，韦德尔氏和食蟹海豹；但奇怪得很，就是没有企鹅。"三人或许动过带海豹肉而不是企鹅肉回去的念头，但南极海豹体重常常超过 1000 磅。即使他们能抓住一头正在游泳的海豹——没有鱼叉，实际上并不能——要拖着它穿过数英里不可靠的冰层回到"比利时号"，也不现实。

随着气温下降到零下 35 度，大河迅速开始结冰。看上去，或许很快就能找到一条过河的路。但是，如果新结成的冰只是刚好能够支撑住一个人的重量，那么它肯定无法扛住雪橇的重量。临近日落，旅人们回到帐篷，决定在原地继续停留一晚或两晚，希望浮冰群的下一次洗牌会形成一条通往冰山的坚实的路。

在勒库安特准备晚餐时，库克和阿蒙森着手建造一间冰屋，正如医生从他与因纽特人一起生活的经历中所学到的，冰屋"总是比帐篷更适合久住"。库克向他的学徒展示了如何将雪块锯成新月形，将它们摆成往上逐渐缩小的圆圈，从而形成圆顶，然后用松散的雪填充缝隙。3 小时后，冰屋完成了。与帐篷相比——更不用说潮湿、老鼠成灾的船舱了——冰屋就是舒适的巅峰。屋内温暖又宽敞，且没有水汽凝结的问题——在靠近地面的入口和雪墙上的小通气口之间，空气得以流通。一支蜡烛的光在雪白的墙壁上跳跃，把屋内照得像白昼一样明亮。

冰屋里非常温暖，以至于那天晚上阿蒙森写日记时不用戴手套。寡言少语的挪威人罕见地任由自己抒情："我从未见过比今晚更美的景色。月亮挂在北方天空，它的周围有一些巨大的圆环，在它下方有大片光亮。西南方残留着太阳的红色痕迹，乌压压的云团从旁边快速掠过。冰面上，冰丘之间有一顶点了灯的小帐篷，稍远一些，可以看见一座灯火通明的因纽特宫殿。"一如既往地热衷于创造极地探险纪录的他忍不住加上："这一定是南极浮冰群第一次被赠予如此之多的奇怪事物。"

旅人们在冰屋里度过了无忧无虑的两夜，或是阅读，或是打牌，或是漫不经心地聊天，等着浮冰重新自我组装。尽管这场狩猎之旅目前看来是失败的——他们连一只企鹅都没有抓到——但它的益处是加深了三人之间的友谊。他们发现他们在一起是很好的旅伴。阿蒙森和库克欣然接受了勒库安特加入他们的极地联盟，在此之前，这种联盟与其说是基于"比利时号"经历的波折，不如说是基于两人共有的未来亲自率队探险的梦想。如今，有勒库安特同行，他们开始思考这场远征未来数月甚或数年会发生什么——假如"比利时号"摆脱冰的束缚。他们的沉思逐渐指向一种具有潜在煽动性的想法：鉴于德·热尔

拉什身体和精神状态都非常糟糕，似乎无法如他计划的那样在
1899 年带队冲击南磁极，或许，他们想，那项任务应该托付给
企鹅会。

远征队的最高目标或许会归于他们名下，这一暗示标志着
"比利时号"上的权力平衡发生了变化，面对一向忠诚的勒库安
特，阿蒙森和库克必须小心协调。这样的想法一定已在他们脑
海中酝酿了好几周。自从德·热尔拉什表达了对进入浮冰群这
一决定的不安，阿蒙森就一直怀疑他的领导才能。库克则对指
挥官固执地拒绝吃企鹅肉感到十分沮丧，他认为这是不理智和
不负责的行为。

然而，勒库安特绝不会容忍别人说德·热尔拉什的坏话。
如果他对指挥官的决定有意见——确实偶尔会发生——他会与
德·热尔拉什私下沟通。他自始至终是德·热尔拉什的保护者。
不过，他不能无视指挥官身心状况的严重性；或许在心底里，
他也怀疑德·热尔拉什是否有决心或者有能力帮助远征队到达
南磁极。无论如何，他答应库克和阿蒙森，他会写一份次年由
他们三人驾驶狗拉雪橇向南磁极发起冲击的提议。一等他们回
到"比利时号"，他就会把提议书交给指挥官。

8月3日早上，他们发现一英里宽的水道——他们的大
河——在他们睡着的时候缩窄成了一条溪流，风和洋流的力量
如此强大，一夜之间就移动了冰层。通往冰山的路似乎终于出
现了。至少三个探险者是这样想的——雾气变得非常浓重，他
们无法完全看清那座冰山。当他们朝反方向看时，他们发现了
一个严重得多的问题："比利时号"也看不见了。同样令人担忧

的是，四面八方的云都镶上了一块块深色的水天，表明下方的浮冰群显然已布满大大小小的水道。虽然可能不会再有比现在更好的机会，让他们抵达目的地并碰巧遇上一群摇摇摆摆走路的企鹅，但几个旅人认为回家是更明智的选择，以免浮冰进一步移动，完全阻断返回"比利时号"的路，留下他们无望地搁浅在浮冰群岛上。就他们所知，浮冰已经在发生这样的变化。

中午时分，他们收拾好装备，与"亲爱的冰屋"道别，走入令人无法辨别方向的风雪大雾。库克和阿蒙森滑雪在前面拉雪橇，勒库安特则穿雪鞋，试图用一台固定在雪橇后部的罗盘为他们导航。勒库安特依靠的是来时测量的船、冰山和几座显眼冰丘的方位，但是这些地标现在都模糊不清。即使它们都清晰可见，它们之间的相对位置也极有可能已经改变，因为有像前两晚那样重塑浮冰形态的力量的存在。

雪橇每颠簸一下，罗盘指针就跟着剧烈摇摆，所以每隔20米就得停下来，等指针稳住。每停一次，出错的可能性就多一分：雪橇方向最细微的调整，都有可能在若干英里的累积后导致他们偏离方向。仅仅偏差几百英尺，勒库安特担心，就足以让他们错过"比利时号"。新下的雪使滑雪变得十分顺畅，但能见度极差，库克和阿蒙森因此无法注意到障碍物——凸块、冰丘、压脊、冰裂隙——直到他们撞上障碍物。雪橇经常翻倒。

踏上归程数英里后，旅人们听到了鲸的嬉戏声。通常来说，这是令人喜悦的声响。但此时，透过浓雾从四面八方传来的这些声音表明旅人们的恐惧成真了：浮冰在他们身后碎裂了。现在，开放的水域正将他们重重包围，挡在他们和钳住船的大块浮冰之间。

他们行走于其上的冰层已经裂成松散交叠着的小块浮冰。一开始，三人尝试从一块浮冰跳到另一块上，希望以这种方式抵达厚实的冰层。但随着夜幕降临，风向变了，浮冰渐渐在水面上散开。突然间，雪橇小分队只能随着浮冰块在水中漂荡。在他们四周，浮冰块横冲直撞，混乱地相互挤压摩擦，每撞一次就变小一些。到了夜间，三人终于设法来到一块边长不超过20米的正方形浮冰上，在一块相对坚实的区域搭起帐篷。在一座浮冰小岛上过夜实属无奈之举。"我无法想象在极地浮冰群中还有哪种处境比这更无望。"库克写道。

由于担心浮冰会在帐篷下裂开，导致他们在睡梦中落水，勒库安特、库克和阿蒙森决定轮流站岗。当然，并不是说不站岗的时候他们就睡了好觉。风的呼啸声，浮冰的撞击声、爆裂声和剥落声，还有咕哝声、嗥鸣声和呼吸声组成交响乐，使他们彻夜难眠。"我们所在的浮冰一点一点地变小，直到后来，我们听水里海豹的动静就像它们在我们帐篷底下那样清晰。"库克写道。

"帐篷里仅有的一支蜡烛忽闪忽闪，增添了一种葬礼的气氛。"勒库安特写道，"鲸就在我们身旁露出水面，海豹则在我们住所四周窄窄的空地上休息。"

凌晨5点左右，负责站岗的是阿蒙森，浮冰突然剧烈抽搐了一下。他向声源望去，看到浮冰在距离帐篷几米远处裂开了。挪威人考虑过叫醒同伴（他们最终还是睡着了），但他最后判定，即使他们挪到小岛上的另一处也不会更安全。

晨光揭露了他们的处境已变得多么危急。浮冰已经变小到他们无法在上面再过一夜的程度。他们唯一的出路是逃到旁边的一块浮冰上。"我们的旅行被限制为从我们所在的浮冰移到挨着我们的另一块浮冰。"阿蒙森那天晚些时候写道，那时，他们已在隔壁的浮冰上重新搭好帐篷。"四面都是水"，他写道，三个人"像笼子里的鸟一样被困住了"。雾气蒙住了一切，除了环绕他们所在浮冰的一条窄窄的水带。浮冰群的"大陆"不在视线范围内。

几个孤岛求生者尽量在白天保持忙碌。勒库安特负责解冻早餐，库克则像往常一样，总能找到点东西修修补补，或是找到某个尚待解决的问题。阿蒙森通常是沉着冷静的化身，却在帐篷外来来回回地踱步。这次旅行已经比他们计划的时间长了一倍，食物正在慢慢减少。他们只剩下几天的时间了。浮冰玩的是一个耗时的游戏，而旅人们不禁自问，如果继续受困，他们该如何获取食物和淡水。没有令人满意的答案。

阿蒙森接连数小时地盯着雾气看，仿佛凭意志能让它消散。他已熟悉雾气最细微的质地变化，看得出一缕深灰夹着浅灰。那天下午，当他看到雾气开始变薄时，一幕熟悉的景象让他的心猛地一跳，他不由得发出一声喜悦的呼喊。勒库安特和库克冲出帐篷。他们眯起眼看远处一个形似幽灵的物体。

"有一座冰山！"勒库安特喊道。它的轮廓看起来像老朋友的脸一样熟悉。那是他们曾经多次为了锻炼而滑雪前往的冰山，夹在浮冰群里，距离船只有不到半小时的路程。雾气继续消散，不多久，旅人们便欣慰地辨认出了"比利时号"模糊的轮廓。"我们决定为这个时刻准备一场盛宴。"阿蒙森写道。

虽然再次看到船令他们高兴不已，但旅人们离水道的另一侧并没有更近一分。他们回到帐篷里，希望风向再次变换。

后来，库克在从帐篷上的一个通风口往外看时，凑巧看到两个人正在从水道的另一侧走近水道边缘。他感到一阵激动，立刻告诉了两位同伴。孤岛求生者很快认出，那是范米尔罗和托勒夫森。走进可以互相喊话的范围后，范米尔罗和托勒夫森解释说，探险队其他成员已经开始担心雪橇小分队遇难了，而当雾气散去，德·热尔拉什从桅杆瞭望台上瞥见帐篷——雪白海洋中一个深色的三角形小点——时，他们都长舒一口气。两位水手敏捷地从一块浮冰跳到另一块浮冰上，蹑手蹑脚地穿过半透明的新冰层，试图解救队友。但是每一条可想象的抵达帐篷的路线都止于浮冰周围无法跨越的护城河。情急之下，范米尔罗试图跳到一块浮冰上，结果没站稳，掉入冰冷的海水。库克、阿蒙森和勒库安特惊恐地看着比利时人惊慌地拼命游回他那一侧的岸边，托勒夫森赶紧把他拽到冰面上。范米尔罗感到寒气刺骨，必须赶紧被送回船上。托勒夫森发誓第二天会再来。

夹在希望和绝望之间，孤岛求生者们回到帐篷里，用他们越来越少的供给做了一顿丰盛的晚餐。他们不得不在这座岛上再坚持至少一晚。让他们稍感安慰的是，气温再次下降了。冰不会轻易碎裂，而水面上正在形成的湿滑的新冰层能够像垫子一样保护浮冰不受其他冰块的撞击或压力冲击。尽管如此，三个人睡觉时都在身边备了一把小刀，万一浮冰块在他们身下裂开，他们就会在伸手不见五指的水中屏住呼吸，用刀割破帐篷逃出来。

8月5日是一个风和日丽的日子，三个人醒来后，却看到令人胆寒的一幕：水道的两岸朝着相反的方向漂移了，他们的小岛现在正在比斯海尔德河还宽的河道里漂流。他们几乎无法看清"比利时号"了。

大约在中午，他们看到水道对岸来了三个人，但是距离太远，无法辨认出是谁。勒库安特、阿蒙森和库克看到他们沿着河岸往东走到一处冰较厚的地方。他们十分钦佩地看着营救小队的领头人身手矫健地在浮冰之间跳跃。会是谁呢？他们自问。当他来到离他们足够近的地方，向他们致意时，"我们很快认出了僵硬的问候动作"，阿蒙森写道，"是托勒夫森"。看到自己的挪威同胞如此积极主动，阿蒙森感到很骄傲。托勒夫森和其他两人，范米尔罗和约翰森，沿着河岸往东走，试图找出一条路，但是营地与浮冰群其他部分仍隔得很远。很快，孤岛上的三人就会耗尽食物。他们可能会在船友们的视线范围内死去。

突然，水面上的波纹改变了方向，像是一群鳜鱼在躲避捕食者。风向变了。孤岛三人组的后背能感觉到。一开始，几乎是无法察觉地——勒库安特或许会将其解读为纯粹的好运，对阿蒙森而言是神的介入，库克则会认为这是对他乐观精神的印证——水道开始合拢。他们的机会来了。一块块浮冰推搡着挤向旧冰层，旅人们的小岛也朝它们漂去。他们打包好够吃最后一天的食物放到雪橇上，将其余装备留在帐篷里。他们必须轻装简行，才可能有机会安全穿过脆弱的冰面。将雪橇用作桥梁，他们终于跨过水沟和冰裂隙，重新回到船友们身边。一回到坚固的冰面上，六人便得以快速赶路。2点钟，他们就回到"比利时号"船上了。他们一只企鹅也没有带回来，甚至自己的性命也只是勉强带回。浮冰群用了将近两个星期才变得足够坚实，让阿蒙森和库克能够取回帐篷。

虽然避免了灾难，但旅人们与它一度只相差毫厘——平安回归纯属侥幸，这种惊险排除了在"比利时号"视线之外险象环生的浮冰上进一步探索的可能性。虽然随着长夜的结束，船上一片欢腾，而且夏季融冰期有望很快解放"比利时号"，但是探险队员们被监禁和隔绝的感觉比以往任何时候都更强烈。每个人都曾寄希望于太阳，希望它能消除黑暗和寒冷所造成的伤害，但是苦难仍在继续。日光的回归没有提升队员们的士气，反而不合情理地加深了他们的绝望。

第十四章　疯癫

8月7日早上，水手舱渐渐苏醒，范米尔罗塞给麦克斯·范里塞尔贝格一张纸条，眼里闪烁着恐惧，纸条上写着：

我听不见了，也说不了话了！

范里塞尔贝格目瞪口呆。他一开始怀疑是恶作剧——范米尔罗爱哗众取宠是出了名的——接着问了范米尔罗一系列问题。当这位佛兰德同胞没能回答时，范里塞尔贝格直接把他带到了库克的房间。

检查了病人的情况后，医生断定范米尔罗的耳朵和声带都没有毛病。问题出在他的头脑。他正在经历一场癔症危机，而且库克认为在接下来几天将会加重。他让范米尔罗的船友们悄悄地轮流盯着他，两小时一班，夜间也不放松。

水手的言语能力和听觉在一星期内便恢复了，理智却没有。能够开口说话后，他最先说的几件事之一便是一等到有机会，他就要谋杀他的上级——轮机长亨利·萨默斯。库克在这一时期为范米尔罗拍的照片让人禁不住联想，这位21岁的金发小伙精神已失常。在一张半身照中，水手的眼睛几乎只能看到眼白——他正斜眼盯着照相机取景范围之外的某样东西看，那东西似乎令他感到恐惧。他那覆着唇毛的嘴唇似笑非笑地噘着。

范米尔罗的精神错乱是给队友们的当头一棒。抑郁、受绝望的折磨是一回事，甚至像丹科那样被身体疾病拖垮也还能接受。但是范米尔罗的崩溃使已在船上酝酿数月的那种恐怖之感突然升级。他既是队员们害怕会发生在自己身上的最糟状况的不祥预兆，也是恐惧本身的载体。他既然说出了要谋杀萨默斯这样的话，那么还有什么能阻止他改变主意，换一个谋杀对象呢？现在，探险队员们不仅要担心"自然变出来对付我们的把戏"，勒库安特写道，还要担心"这个无法为自己行为负责的男人"。范米尔罗的病症是一种普遍性恐慌的极端表现，大多数人都只是勉强能够克制这种恐慌。

远征队没有像所有人希望的那样随着冬天结束而恢复元气，恰恰相反，它似乎正走向毁灭。库克担心地发现，曾在漫长冬夜困扰队员们的各种身体和精神症状——他将其统称为"极地贫血症"——又在全船范围内复发。德·热尔拉什仍在遭受头痛困扰，身体很虚弱，库克认为其与"神经问题"有关。约翰森和克努森双腿的肿胀程度十分骇人，静态心率也达到了令人担忧的每分钟 150 次。阿尔茨托夫斯基一如既往地与周遭格格不入，心率下降到同样令人不安的每分钟 46 次。最虚弱的几人——包括梅拉茨、范里塞尔贝格和多布罗沃尔斯基——正是拒绝吃企鹅肉或海豹肉的人。但这无法解释一切，因为就连最虔诚的食企鹅肉者阿蒙森和库克身体状况也不好。差不多同一时期，托勒夫森开始表现出奇怪的、类似妄想症的行为，比如避免与船友们待在一起，或是听到"比利时号"木材最轻微的嘎吱声就害怕得浑身颤抖。

在 8 月稍稍缓和后，寒潮带着一股复仇的意味于 9 月初卷土重来。8 月 8 日凌晨 4 点，温度计显示气温为零下 43 度。这是一行人所经历过的最低温度，在此温度下，睫毛结冰了，牙齿直打颤，眼球肌肉不由自主地抽动，甚至平常的呼吸也变得十分痛苦，常常引发阵阵咳嗽。严寒将人们禁足于船上，并将"比利时号"更牢固地锁在冰里。海水一夜之间冻成了十厘米厚的冰层。从瞭望台上看不到一丝流动水的痕迹。

库克往外看这延绵不绝的广阔冰原，仿佛一块无边的白色幕布。他意识到，队员们的存亡取决于船在这个夏天能否重获自由。弗里乔夫·南森和他适应力极强的"前进号"挪威船友们确实令人惊奇地在浮冰群里活过了好几个冬天，但很明显，"比利时号"的船员们做不到。照医生估计，船上有几人哪怕只是再多一个冬天恐怕都无法坚持。他们也不可能步行数百英里到达陆地，即便长官们知道陆地在哪里（他们并不知道）。船身周围的浮冰厚度——有些地方有数米之厚——令很多人怀疑，在这样的纬度，在气温鲜少上升到冰点以上且每次持续时间不长的条件下，浮冰是否会自主融化。然而，令库克震惊的是，德·热尔拉什和勒库安特似乎被一种宿命论观点制服了：浮冰要么会放开"比利时号"，要么不会，人类对此无能为力。

为了让他们认识到情况的严重性，库克告知长官们，"比利时号"必须在夏季结束前逃脱，不然很多人都会死。自然是仁慈的还是残酷的，他们不能等着它自行揭晓。现在不是担心远征队能否达成目标、远征是会被作为胜利还是失败被世人记住的时候；远征队眼下的唯一目标便是活下去。"比利时号"有可能成为探险史上最严重的灾难之一，与"珍妮特号""恐怖号""幽冥号"在同一个句子里被提及。生死存亡的关键时刻，库克坚称，就在短短数月之后。

在此之前，德·热尔拉什和勒库安特对在浮冰群里度过第二个冬季这一前景并不太担心。从一开始，他们就寄希望于从比利时出发的那天，他们搬上船的半吨托奈特炸药。如果船无法按原路退出浮冰群，他们心想，炸药可以为他们炸出一条通道。但库克的警报让他们也心生疑虑，促使他们决定在寒冷的9月初测试紧急逃离计划。

勒库安特曾当过炮兵军官，因而主动提出由他进行第一次试验。他下到货舱取托奈特炸药。他打开一个板条箱，拿出一根炸药棒，形似长长的薄砖，轻轻一捏，手上便全是散落的火药：炸药棒的防水石蜡外壳已经熔化，无法封住发白的火药——由差不多各占一半的棉火药和硝酸钡制成。勒库安特拿起另一根炸药棒，它同样被证明无法使用。他的心猛地一沉。他发疯似的一根接一根地检查炸药棒，发现很大一部分都已损毁。熔化的外壳表明，这批炸药在热带地区的酷热下便已受损。而南极的严寒也起了作用：许多导火索冻成了脆条，像树枝一样折断了。

勒库安特在板条箱里翻来翻去，挑出160根相对完好的炸药棒。他爬出货舱，下到冰面，小心翼翼地把炸药放在一架雪橇上，运到离船较远的地方。把它们捆好、在冰里安置好后，船长给炸弹安了三枚雷酸汞雷管，再接上一根长长的导火索。他命令陪同他的人——阿蒙森、库克和阿尔茨托夫斯基——转移到几百码外一座冰丘后面的安全地带。爆炸，他警告道，将撼动整块浮冰，把巨大的冰块抛向空中。然后，他点燃导火索，急急忙忙地跑开。

五分钟过去了。然后是十分钟。20分钟后，队员们仍未听到期待中的爆炸声。他们紧张地从冰丘旁边探出头偷看，这才看到一束小小的火苗，像是一个火柴盒着了火。接着升起一股浓浓的黑烟，但是没有爆炸。由于担心托奈特随时都可能爆炸，并且可能会把浮冰炸得四分五裂，使他们无法回到"比利时号"，四个人踩着滑雪板轻手轻脚地滑到爆炸现场的边缘。眼前所见使他们又诧异又失望。托奈特炸药已经爆了。爆炸留下的坑小得令人心酸：一块黑乎乎的凹陷，直径约 10 英尺，仅 4 英尺深。炸药仅仅是融化了坚硬的海冰上面的一层雪。

次日，勒库安特又尝试了一次，这一次用了 500 根捆在一起的托奈特炸药棒——在正常情况下，这些炸药足以把像"比利时号"这样的船炸得粉碎。雷酸汞雷管爆燃后发出嘶嘶的声音。托奈特被引燃了。可它没有爆炸，只是在雪地里燃烧。"我们看到一束美丽的白光，又见它变黄、变绿色，然后，什么也没发生，连最轻微的爆破都没有！"勒库安特报告，"真是丢脸到极点了。"（回想起托奈特据称"与达纳炸药相比威力更大，也安全多了"，库克打趣说，它"确实更安全"。）

勒库安特拒绝放弃希望。他断定，一定是严寒使炸药受到了损害。[1] 在他能够妥善试验它们之前，它们得先解冻。几天前，勒库安特还害怕最微小的失误都有可能引爆炸药，因此在处理它们时像做外科手术一样谨慎；而现在，他不耐烦地把160根托奈特炸药棒塞到自己床上，希望用自己的身体让它们在一夜之间回温。可当他第二天将它们引燃时，结果并不比前两次更鼓舞人心。

"如此一来，我失去了对托奈特的全部信心。"勒库安特写道。

炸药的失败不光令人感到尴尬，它对探险队员们得救的希望也是毁灭性的打击。船上的托奈特炸药曾经令队员们感到心安，如果浮冰不肯自行放弃对船的掌控，那么他们至少还有改变命运的一线机会。可现在，炸药似乎已成废品，"比利时号"在这件事上断然没有话语权了。保险方案自己遇险了。没有别的逃离计划。

他们的性命如今完全依赖南极浮冰群随时会变的兴致。认识到这一点，让队员们原本就所剩无几的士气进一步削弱，并立即对他们的身体和精神健康产生了影响。除了鲜肉、光照和运动，希望是库克制定的健康养生法不可或缺的第四个支点，而现在，它的供应也出现了严重短缺。

在一个重要的方面，自然是仁慈的：动物逐渐回到了船附近。队员们的抗坏血鲜肉饮食要求他们屠宰海豹和企鹅，而他

---

[1] 凑巧的是，长官们之所以选择托奈特炸药，而不是达纳炸药，除了前者爆炸威力更大，还有一个原因是托奈特据说具有更强的抵抗极端气温的能力，但其制造者估计未曾设想过南极冬季的严寒或是热带地区的酷热。——原注

们已经对这两种动物产生了深切的感激之情，甚至是喜爱。生存是一件消磨人意志、时而引起生理不适的事情。杀戮成了队员们的日常事务，鲜血在雪白的冰面上飞溅。大多数书面叙述隐去了捕猎的残酷，但阿蒙森的日记以毫不遮掩的冰冷细节记录了这种暴力。对挪威人而言，杀死动物只不过是另一项需要掌握的技能。

9 月下旬的一天，阿蒙森和库克在浮冰上滑雪时遇到一头海豹，便展开追逐。"它是一头很聪明的动物。"阿蒙森写道，"我们从两个方向进攻，医生用滑雪板，我则拿着一把碎冰锥。在被碎冰锥划伤后，海豹变得很怕它。不过，医生的滑雪板却并不让它担心。追捕逐渐变得非常艰难……看到海豹这么快就能区分碎冰锥是危险的、滑雪板是无害的，这很有意思。"这样一场战役常常要持续几小时，海豹才会吐出最后一口气。

开枪射击是更受青睐的处决方法。不过，虽然枪决的过程更快，其骇人程度却丝毫不减。"第一发子弹深深地扎入它的右肺叶，"阿蒙森在描述一头食蟹海豹的猎杀过程时写道，"动物似乎没有受到太大阻碍，因为它平静地继续前进，一如行动被子弹打断之前。直到一刻钟之后，第二枪打穿了它的喉部和主动脉，食蟹海豹才倒下。甚至在那致命的一枪之后，动物仍继续为自己的生命抗争，有五分钟之久。有些海豹在头部中了五六发子弹后才放弃挣扎。"他和库克后来摸索出了一种更人道的手法："我们朝它们的脖子底部开枪，子弹穿过喉部进入大脑。这样做，几乎立刻就会成功。"

不是每位水手都能像阿蒙森那样保持镇定。8 月下旬的一个下午，恢复言语能力不久、仍处在危险的不稳定状态的范米尔罗受命协助其他人将5头海豹的尸体拖回船上，这些海豹是那天上午在冰面上宰杀的。水手拿着一块重20磅的肉，突然惊恐地大喊。

"船长，它活着！它还活着！"他结结巴巴地说。

范米尔罗跑向站在一旁的勒库安特，给他看了手里那块从一头海豹背部切下来的肉。它仍在抽搐。船长熟谙科学原理，知道这种令人不安的现象即尸体痉挛，受害者在暴力性死亡中经历了强烈的情绪，死后无生命的组织会出现这种现象。但精神已经十分脆弱的范米尔罗无法相信这头动物已不再受苦。

9月20日晚上6点，德·热尔拉什在晚饭开始前回到房间。剧烈的偏头痛再度钳住了他的太阳穴，仿佛打定主意要与围着船身收缩的浮冰共奏协奏曲。疼痛令他失去了活动能力，接下来几周，他几乎没有离开自己的住舱。"他悲伤而缄默，渴望独处。"勒库安特写道。

德·热尔拉什默默承受了所有意外带来的损害：死亡，苦难，托奈特炸药失效后的无望。叠加在抑郁情绪之上的是几乎令他瘫痪的内疚感。10月中旬，库克告知指挥官和船长，有两名船员——梅拉茨和米绍——的坏血病已经发展到晚期。直到这时，医生才终于说出他已与之苦苦斗争数月的病症的大名。他劝德·热尔拉什和勒库安特不要告诉船员们。"指挥官震惊极了，"勒库安特写道，"不禁悲痛地问自己，他的良知岂不该为所有这些坏事负责！"

几天后，库克为德·热尔拉什做了检查，宣布他的坏血病也很严重。听到这个消息，指挥官的反应是一种无可奈何的平静——比起手下队员，他本人对预后不良倒不那么担心。他已经逐渐接受自己死在浮冰上的可能性。那天傍晚，他和勒库安特手挽着手散步，后者努力将谈话引向与在比利时的生活有关的轻松愉快的话题，正如他在丹科的最后时刻所做的。"记忆重新被唤起，似乎对他产生了一些好的效果。"勒库安特写道，"我们决定每天花两小时待在一起。"

指挥官虚弱的身体状况使更多责任转移到了勒库安特、库克和阿蒙森的肩上，但德·热尔拉什从未让出远征队指挥权，他在权力层级顶端的位置也从未受到质疑。尽管如此，在远征队未来计划这个话题上，德·热尔拉什和自封的"企鹅会"骑士之间仍然出现了矛盾。

即使在勒库安特向生病的指挥官施以友好帮助，每天陪他散步、安慰他的这段时间，两人也在隔着船舱进行讨论越来越激烈的通信，交换事关"比利时号"第三年行动的一封封长信。在勒库安特略微死板的思维里，两种冲动之间并无矛盾：他的友爱支持和坦率批评只不过是他职责的两面。他觉得，为了帮助德·热尔拉什早日康复并完成他所开始的事业，两者都是必要的。

两人之间的书信往来始于数月前的 7 月 22 日，即太阳回归的那天，当时，德·热尔拉什将自己修改后的计划交给勒库安特，询问他的意见。与大多数高级船员一样，德·热尔拉什指望浮冰会在夏天散开，最早或许就在 11 月中旬。（这是在终成泡影的托奈特试验进一步降低逃脱的可能性之前。）一旦解脱，按他的计划，"比利时号"将向南航行，以确定南方是否存在一个陆块，或许还能创下此前未能实现的"最南"航行纪录。在气温再次下降前，他将驾驶船向北航行，绕过南极半岛的尖端，在3月中旬之前赶回火地岛。接着，德·热尔拉什制定了堪称疯狂的行程表：先是沿着智利西海岸向北航行，然后横穿太平洋抵达法属波利尼西亚①，最后，在1899年11月下旬赶到墨尔本——原计划中1898年的过冬地点，也是远征队的邮件和剩余资金的所在地。从墨尔本出发，"比利时号"将重返南极浮冰群边缘，沿着它向西航行，直到抵达威德尔海，本质上即环绕南极洲航行一周。1900年2月中旬，船将回到远征队在1898年头几周所探索的那条两岸群山陡立的海峡［探险队员们现在称其为比利时海峡（Belgica Strait）］，让科学家们完成在该地区的观测。在那之后，船将驶回比利时。

德·热尔拉什的新计划中有一项十分惹人注意的缺失：计划书通篇没有提及南磁极，据推测，它位于大陆另一侧维多利亚地附近，就在澳大利亚正南方。在递交给比利时皇家地理学会的远征计划书中，南磁极是远征行动的主要目标之一，这个目标使公众和媒体为之振奋，天文学家夏尔·拉格朗日称其为远征队"存在之理由"。征服它将锁定德·热尔拉什留给后世的遗产，也可保证远征行动的胜利。指挥官曾幻想这项壮举的每个细节，想象他和丹科都会加入四人登陆小队。

---

① 位于太平洋中南部。

但那时，浮冰尚未将"比利时号"困在别林斯高晋海，德·热尔拉什尚未病倒，丹科也还健康活着。到了仲夏，这样一场旅行已经变得无法想象。即使假设他能够从几乎已耗尽的预算中再挤出一些资金，指挥官也没有信心能活过1898年的冬天，更别提次年的一场横跨陆地的艰苦旅行了。所以，他悄悄地将它从计划中剔除了。

三周后的8月15日，勒库安特给指挥官回了一份反提案——是在他和库克、阿蒙森从那次冰上露营之旅回来后，与他们密切磋商后写成的。带着一种德·热尔拉什愈发欣赏的直截了当和诚实，勒库安特有条不紊地罗列出他对指挥官拟定的行程表的反对意见。"向南航行的计划没有充分理由。"他写道。勒库安特论证说，尝试在别林斯高晋海抵达更高纬度意味着困在浮冰群里第二次过冬，遭受更多人员伤亡的风险。船长提醒德·热尔拉什注意船员们脆弱的身体状况。"我的判断基于每天从远征队队医（库克）那里获取的信息。我们的人没有哪个还能努力抗争，甚至连完成平常人的工作都无法做到。这种情况当然一定会改善，但按照我的理解，医生认为哪怕只是一起事件，都会让整个进程回到原点，甚至恶化。

"多布罗沃尔斯基、约翰森和克努森受到了严重的影响；范米尔罗无法依靠，他的精神太支离破碎了；如果其他水手无法以其弱小的力量承受住对他们而言过于猛烈的重压，又会发生什么呢？"

勒库安特提出，远征队不应该向南推进，而是一等浮冰放行就尽快向北航行。"比利时号"将驶回比利时海峡，然后

一刻也不耽搁，继续向蓬塔阿雷纳斯前进，在那里（库克坚决
要求），船员们应被准许至少一个月的康复时间并享受"完全
的自由"，尽管这样做有纪律再一次崩溃的风险。然后，远征
队将直接前往墨尔本。勒库安特建议删掉行程中的瓦尔帕莱索
（Valparaiso）[①]和法属波利尼西亚的群岛，因为他认为他们的船不
适合这样的航行。

不过，勒库安特的提案与德·热尔拉什的最大不同在于远
征第三年的行动计划。察觉到到德·热尔拉什不再认为自己有能
力领导攻克南磁极的行动，勒库安特自告奋勇，提出由他进行这
项尝试，与他同行的将是阿蒙森和库克——他的两位"企鹅会"
同伴。他拟定的行程基于医生向他描述的一个想法，而那个想法
本身与库克最初希望领导的探险行动十分相似，当时，他仍在努
力寻求美国各个学会和安德鲁·卡耐基之辈的支持。

按照这项新提议，德·热尔拉什将于 1899 年春天末尾把
"比利时号"开到罗斯海（Ross Sea），让库克、阿蒙森和勒库安
特在尽可能靠近维多利亚地海岸高斯角（Cape Gauss）的地方
下船，带着 100 天的食物供给登陆。从那里出发，三人将驾驶
狗拉雪橇穿越陆地，跟随磁力仪的指针寻找磁极。库克使他们
信服，他在格陵兰岛见过的因纽特式狗拉雪橇是在冰上行动效
率最高的方式。狗体重较轻，力气却很大，而且天生耐寒。它
们有助于减少开销、减轻食物重量，还能让人节省体力——对
于这项任务而言均为十分关键的考虑因素，因为每一生丁[②]、每

---

① 智利西海岸中部港口。
② 法国货币单位，100 生丁合 1 法郎。

一盎司、每一秒、每一卡路里、每一英里都至关重要。事实上，每条狗都可被视为行走的食物来源。在给德·热尔拉什的信中，勒库安特勾勒出了计划背后残酷无情的逻辑："狗的食物吃完后，就吃这些动物，雪橇改由人拉。"

这是一项激进的提案。此前，包括南森在内，有几位北极探险家已经认识到了狗拉雪橇的优势。但是从没有人在南极试验过狗拉雪橇，更没有哪位探险家曾战略性地食用狗肉。

在登陆小队寻找磁极时，"比利时号"将在墨尔本度过夏季，然后在冬季开始时驶回高斯角，接上勒库安特、阿蒙森和库克。

作为结束语，船长写道："尽早收到您的回复将对我们十分有帮助，因为我们认为各类准备与试验工作，以及计算表的制作，将十分耗时，因此有必要尽快开始。"

等待德·热尔拉什答复的那天晚上，勒库安特有理由自问，否决指挥官的计划、将比利时南极探险最光荣的目标（南磁极）占为自己和两个外国人所有——这样做，他是否越权。考虑到德·热尔拉什脆弱的状态，很难推测如此大胆之举会引发什么反应。

次日下午，勒库安特、阿蒙森和库克与德·热尔拉什进行了会谈，当面讨论提案。指挥官感谢各位同人提出建议，但没有说明他是否赞成攻克南磁极的计划。他教他们继续坐立不安了五个星期，直到9月22日，他召开了一次"比利时号"长官和科学家正式会议，以确定如果浮冰将船释放，远征该如何继续。所有人都赞成返回南美洲，与勒库安特在信中建议的大致相符。

库克脱口问出了一直压在他、阿蒙森和勒库安特心头的那个问题：德·热尔拉什是否批准他们提议的寻找南磁极之行？指挥官身处左右为难的窘境——一边是兑现他所承诺的奖品的义务，一边是自知无法亲自追逐这项奖品——仍未做出决定，而是让众人投票决定。他问与会者，首先，是否有充分的理由将远征行动延长到三年，将第三年用于寻找磁极；其次，每个人是否能保证在"比利时号"上待到1900年。虽然拉科维策和阿尔茨托夫斯基都感到自己在比利时海峡的研究过于短暂，但是他们都不愿意延长在南极停留的时间，两人均弃权。就他自己而言，德·热尔拉什不再敢肯定他有继续指挥"比利时号"一年的力量，无论自己是否加入高斯角的登陆小队。但是他相信，若要问心无愧，他就不能反对追求一个他一手制定的目标。面对勒库安特、库克和阿蒙森组成的统一战线，德·热尔拉什投了赞成票，将本应属于他的潜在荣誉让给"企鹅会"。六个人都在正式会议记录上签了字。

第二天，德·热尔拉什认定自己应该表现得对寻找南磁极的目标更坚定，就像他最初向他的比利时支持者们提议的那样。他请求勒库安特准许他修改会议书面记录。他不想让后世知道他是多么举棋不定。德·热尔拉什想换掉他询问同事们的想法、与他们展开讨论的部分——他害怕这会被视为软弱无力——换上一份更有力、与领导者身份更相符的陈述："我已正式决定展开第三年的行动，并决定将其带往罗斯海和南磁极。从此刻开始，你们当中，有谁赞成加入这场远航？"

在远征开始之前，勒库安特曾发誓"一直到永远"都会尊重德·热尔拉什，并承诺他的忠诚将永不磨灭，还告诉他："您会在我身上找到'第二个您'。"但两人之间的关系已经发生改变。在勒库安特眼中，指挥官的最新请求已经越过雷池。作为一个非常注重规约的人，勒库安特告诉德·热尔拉什，谁也没有权利改动记录。船长确实无比忠诚，但他有底线。德·热尔拉什刚刚触碰到底线了。

9月下旬，冰雪突然开始融化，大块大块的冰从船的索具上散落，砸在甲板上。没过多久，升高的气温就开始分解浮冰群本身——比预期早了不少。冰裂隙裂开了，浮冰向四周散开，离船600米处出现了一大片开阔水域。自远征队被困以来，解放从未像现在这样近在咫尺。人们又惊又喜：看来，浮冰群终将散开，甚至可能在年底之前就会发生。

为了一探他们是否能够加速浮冰群分裂，队员们又进行了两场托奈特炸药试验。虽然炸药没能造成多大破坏，但这一次它们至少爆炸了。人们认为湿度和升高的气温使炸药效力更强了，但也更不稳定。作为防范措施，船员们将近半吨的炸药运到了距离船几百码的一座冰丘上。"留它们在船上渐渐让人感到很不舒服。"阿蒙森写道。让队员们吃苦的东西已经够多了，没有人认为保留每时每刻都存在的突然被炸飞的可能性是明智的。

为了做好一有机会就离开的准备，船员之中为数不多的体格尚属健全的几位拆除了甲板中部的小棚屋。但"比利时号"远未准备好：设备仍分散在冰面上，风帆被收起来了，发动机是冷的，而它的管道已成了老鼠的殖民地，货舱一片混乱，大部分船员都病得很重。

同样成问题的是，"比利时号"重获自由后该驶向何处再度变得不明朗。10 月 24 日和 26 日，就在他得知自己患了严重的坏血病的那几天，德·热尔拉什给勒库安特写了两封令人费解的信，推翻了他们此前已达成一致的计划。虽然德·热尔拉什没有明说，但他的信函表明了他病得太重，无力考虑随"比利时号"参加第三年的行动。现在，他想在船抵达南美洲时立刻下船，停用"比利时号"，返回欧洲。把勒库安特、库克和阿蒙森运到高斯角，然后在附近等候，好让他们摘取他为自己预留的荣誉——他看不到这样做有什么好处。如果他们三个想寻找南磁极，德·热尔拉什提议，他们可以在 1900 年 1 月自行从欧洲出发，在维多利亚地建立过冬基地。他令人困惑地建议，他们可以先在纽约停留，购买一艘小型纵帆船；他们可以在美国雇用一队船员，驾船前往墨尔本，然后是高斯角。为了帮他们支付纵帆船和船员费用，德·热尔拉什表示他可以把勒库安特介绍给他认识的一家澳大利亚报社——或许就是在他仍期望能够带队寻找南磁极时，曾计划向其兜售南磁极探险故事的那一家。

这一次，勒库安特在答复中毫不掩饰他的恼怒，几乎到了傲慢无礼的程度。德·热尔拉什突然改变心意——虽然考虑到他情况的严重性，也有几分道理——在船长看来是抛弃职责的行为。"就我而言，我无法赞成您提出的计划。"勒库安特在一封日期为 10 月 26 日的长信里写道。通常点缀着两人之间通信的那种恭敬的语言，在这封信中几乎看不到。勒库安特似乎认定坏血病、忧郁和疲劳磨损了德·热尔拉什的决心，模糊了他的思维。这封信是一次把他摇醒、把理智重新灌入他脑内的尝试。勒库安特一条一条地审视德·热尔拉什的建议，指出每一条的荒谬之处。他以冷淡的语调结束长信："我无法接受您的提议……因为，在高级船员们共同签署的合约上，您自愿表达了您愿意参加前往罗斯海的远航，也愿意指挥将把我们带到高斯角的船只。"继拒绝按照德·热尔拉什的请求修订会议合约之后，勒库安特又一次戳中了指挥官的痛点。

在温暖得不合时宜的 10 月上旬，尽管周围的浮冰正慢慢离开，囚禁住"比利时号"的那块两英里宽的浮冰仍固执地保持完好。机会的窗口在 10 月下半月关闭了：气温再度下降，新近形成的水道再次结冰，天开始下雪了。大雪下了一周，两周，然后是三周。

后来证明，雪将连续下 25 天。站在瞭望台远眺，从正下方的主桅杆底部到远方的地平线，目光所及之处全是一片毫无瑕疵的白色。吹雪将甲板埋在数英尺厚的积雪之下，从浮冰表面到舷墙形成了一个斜坡；船尾附近，一道比船尾楼甲板还高的压脊也披上了一层白毯。"除了桅杆，什么也看不见。"库克写道。

"比利时号"原已准备在 11 月中旬之前扬帆起航。然而，当那个时刻到来时，船已消失在冰雪之中，只剩下桅杆和帆桁从雪中露出，仿佛标记坟墓的三座十字架。"如果继续这样，"阿尔茨托夫斯基在日记中写道，"整条船都会被大雪吞没。"

第十五章 阳光下的黑暗

11 月 16 日晚上，落日轻轻擦过地平线，又回升到天空中，在接下来的两个多月中，它将一直逗留在空中：告别无尽的黑夜，"比利时号"踏入了无尽白昼。若不是一团久不散去的云挡住了人们的视线，这个事件本该是一幕壮观的景象。然而，只有一抹单调乏味的灰蒙蒙的光，愈发凸显了冰上生活那令人窒息的一成不变。

"还能有比这更悲哀、更令人发狂或者更无望的地区吗？"库克写道，"大大小小的风暴，永不停歇的狂风夹着雪呼啸而来——这便是我们的日常生活状况……天空永远阴云密布，暗淡无光；空气永远是湿冷、躁动不安的；在这样的条件下，人的心灵也呈现出类似的态度。"

阴沉的天气，令人窒息的住舱，四处蔓延的疾病，成群结队的老鼠，以及逐渐减弱的获得解脱的可能性，都为痛苦发酵成敌意提供了理想的条件。在这一时期，萨默斯给德·热尔拉什写了一封信，抱怨他在水手舱持续受到年轻船友们的不公对待，尤其是他的助手麦克斯·范里塞尔贝格。"我一直克制自己不要使用暴力，"萨默斯写道，"但我也一直担心，指不定哪天我的耐心会耗尽，在狂怒之中，我可能会无法控制住自己。"

与此同时，与德·热尔拉什产生公开分歧如今已不专属于"企鹅会"成员：倔强的气象学家阿尔茨托夫斯基指责德·热尔拉什损害了他的权益。在 11 月 13 日一次确定如何分配远征队科学样本和观测数据的全员会议之后，阿尔茨托夫斯基拒不服从将所有气象学数据交给德·热尔拉什的命令。按照指挥官的安排，他会把数据转存到航海日志中，最后，按照与比利时皇家地理学会的约定，将其移交给比利时气象局。德·热尔拉什善意地向阿尔茨托夫斯基保证，比利时政府将允许他使用他自己的数据，但是阿尔茨托夫斯基暗示他并不相信德·热尔拉什，拒绝交出他的一个笔记本。由于阿尔茨托夫斯基没有文凭，他在"比利时号"上做的观测和分析将是他为数不多的几项拿得出手、实实在在的成就之一。

在接下来几周，一波对立情绪愈发强烈的信件在德·热尔拉什的房间和阿尔茨托夫斯基的实验室之间来来往往。（很神奇，住在如此逼仄的船舱里的人们会如此频繁地与指挥官进行书面沟通。他们这么做，部分原因是想保留激烈争论的书面记录，但也是因为德·热尔拉什自发病以来便变得极度内向。）随着回信一封封地增加，这位学者变得越来越狂放，越来越不顺从。远征行动的构思和组织从一开始就很糟糕，他声称，远征队正如其领导者一样，更适合冒险而不是严谨的科学。"很不幸，我们追求的目标相去甚远。"他写道，还补充说德·热尔拉什横竖都没有理解那些数据的能力。他认为德·热尔拉什的要求十分专横，作为回应，他写道："一有机会，我就会设法脱离您的指挥。"

在他的最后反驳中，展开自卫的德·热尔拉什提醒阿尔茨托夫斯基，他"虽然只是一名水手，不会装作有科学知识"，但正是他从一开始就坚持远征行动在性质上必须是关于科学的。但是德·热尔拉什的镇定和冷静已经被打碎了。这封信的草稿是由一只惶惶不安的手写成的。平常那些毫不费力就从他的笔尖流淌出来的恰到好处的词语，此时却抛弃了他。他不断地自我评判，老是出错，在字句之间插入了大量修改，有时还疯狂地划掉整段话。

但在那时候，德·热尔拉什更担心的不是阿尔茨托夫斯基，而是他在 11 月 13 日同一场会议上招来的一个新的、远远更危险的敌人。在会议过程中，阿蒙森发现了他视之为不可饶恕的背叛的证据。在讨论远征队未来的义务时，长官们查阅了德·热尔拉什和勒库安特与比利时皇家地理学会签署的合同。阿蒙森此前从未见过这份文件，而当他读到第五条时，他一下就明白了其中的原因：

> 倘若在远征中，我不再是船的指挥官，且若勒库安特先生无法接管指挥权，那么我将决定由谁接替我。我的继任者将从比利时长官或科考团队成员中选出，除非偏离此条规定是绝对必要的。在后一种情况中，指挥权可移交给一位外国籍海员。
>
> 布鲁塞尔，1897 年 3 月 19 日 [1]
>
> 阿德里安·德·热尔拉什

---

[1] 德·热尔拉什声称这份合同的日期是倒填的，他和勒库安特事实上是在 1897 年 8 月 12 日签的字。——原注

阿蒙森惊讶得说不出话。他可以感觉到怒火在血管里奔腾。根据海事惯例和"比利时号"明确的等级制度，如果其领导者均死亡，那么他作为大副，无论如何都应该接管船只指挥权。鉴于这种情况极有可能发生——德·热尔拉什和勒库安特不久后都会写下他们的遗嘱——指挥权移交的问题不只是理论上的。但是指挥权必须交给一个比利时公民、"除非绝对必要"的规定，意味着指挥权会跳过阿蒙森，传给下一顺位的比利时人。由于丹科已死，船长职位将落到三副朱尔·梅拉茨头上，即阿蒙森厌恶的前室友，他后来自愿搬到了水手舱。这将是终极羞辱。其他每位长官和科学家，除了库克（他在最后一刻才加入远征队），都签署了这份文件。阿蒙森确信，这份文件是有意不让他看到的。

会议之后，他把他的朋友勒库安特叫到一边，请他解释。为什么同意了这条规定？船长无法给出令人满意的答案，阿蒙森便与德·热尔拉什对质，并表示他"永远不可能加入这次远征，倘若在比利时的时候就让我看了这份合同"。

那一整天，阿蒙森都怒火中烧。听说了他的不满之后，其他高级船员表达了对他的支持。库克表态说："地理学会这是在诚实的比利时人和不诚实的外国人之间画了一条线。"拉科维策表示同意。就连勒库安特也承认这一点。

次日上午，阿蒙森要求与德·热尔拉什谈话。面对大副的震怒，指挥官有些心慌，他因此请前者用两天时间谨慎地考虑他要说什么。当约定好的时间到来，阿蒙森走进指挥官的房间，直言不讳地开口了：与阿尔茨托夫斯基不同，他不会等到能够离船的时候才退出远征队。

"我希望言简意赅地把我的计划向您说清楚，指挥官。"他对德·热尔拉什说，"自从了解到您本人与地理学会签署的合同以来，我便认为我在这艘船上的位置不复存在。对我而言，这不再是比利时的南极远征，'比利时号'只是普通船只，结结实实地冻在冰里。帮助船上的这些人是我的义务。出于这个原因，指挥官，我会继续我的工作，就像什么也没发生过，我会履行我作为一个人的职责。"

德·热尔拉什吓了一跳。他不确定阿蒙森在暗示什么，到底打不打算服从命令。唯一能确定的是，大副现在对他的权力构成了严重威胁。他又一次无法找到合适的话语，只能告诉阿蒙森，只要他们仍困在冰里，他看不到任何能够解决这个问题的办法。

阿蒙森回答说他认同这一点。然而，"比利时号"的窘境致使他的退场十分尴尬。他无法享受摔门而出、头也不回地离开的快感。直到最后，两人都将被捆绑在一起。第二天早上，阿蒙森仍将与指挥官坐在同一张早餐桌旁，尽管在辞去大副的职务后，照理说他已无权继续待在长官休息室。

库克建议阿蒙森将他的不满付诸文字。大副于是写了一份长信，用挪威语写的。11月19日，他把这封信交给了德·热尔拉什。"指挥官，如果您早就知道合同……给除我之外的每个人都寄了一份，"阿蒙森写道，"那么您进一步证实了其内容，即我的职位对您而言毫无意义。我自愿来找您，好为一个拥有普遍益处的项目出力。这不是金钱的问题，而是道义的问题。然而，由于您剥夺了我的权利，您辱没了这份道义。"

在书桌前读完这封信后，德·热尔拉什立刻抽出一张探险队官方信纸，拿笔蘸了蘸墨水，手提着笔停在空白信纸上方，斟酌该如何答复。他已经卷入了与探险队船长和一名科学家的不愉快的争论。现在，他又失去了大副的信任。一方面，如果他维持合同中的规定，就会激怒一位体格上令人望而生畏的年轻长官，此人的忠实盟友包括探险队队医，与船长的关系也十分密切，而且，他还是挪威籍船员们的实际效忠对象。虽然德·热尔拉什相信阿蒙森不是那样的人，但哗变并非全无可能。另一方面，如果德·热尔拉什违反合同，允许一位外国人接管远征行动（如阿蒙森所要求的那样），那就是背叛他在国内的支持者，直到此时，他都对他们抱有最大程度的忠诚。

德·热尔拉什一直害怕受到赞助人和媒体的审判，但是"比利时号"所面临的严酷考验帮他厘清了优先事项。浮冰已经夺走了船的控制权和他的健康。若失去队员们的支持，他将一无所有。在他的心目中，阿蒙森肯定是合法的指挥权继承人。船上所有人都看得出，阿蒙森具备罗斯、南森甚至虚构的尼摩船长那类传奇极地探险家的素质，也即德·热尔拉什年少时希望成为的那类英雄。不是阿蒙森，而是梅拉茨会接管船只指挥权，这种前景一定吓到了指挥官，因为在那种情况下，很可能永远不会有人听到关于他们的消息。最后，德·热尔拉什判定，他以民族主义之名向比利时皇家地理学会作出的任何让步，在远征队的团结一致面前都是次要的。"比利时号"就是他的国家。他决定安抚阿蒙森。他可以等到回国之后再去应对比利时的"扶手椅探险家们"表示不满的干咳。不过，他其实不需要应对：如果他们真的得知合同第五条被心照不宣地修改了，那说明他已经死了。

在回信的开头，他试图将指责转移到比利时皇家地理学会身上。"这份合同的起草不是我建议的。"他写道，并在这个句子下面画了线。他声称之前并不知道地理学会没有向阿蒙森提供该文件的副本。他还向大副（虽然他称他为"二副"）保证，梅拉茨永远不可能在权力等级中越过他："我从没想过三副——如果他是比利时人——会排在二副之前接管远征行动指挥权，而且，毫无疑问，这种状况一定属于合同起草者会判定为'绝对必要'的例子。"

德·热尔拉什这封信的草稿以下面这句话结尾："我唯一能够给予您的补偿，阿蒙森先生，是提供给你……"他停下笔，思考该如何结束这句话。最后，他把整句话划掉了。他意识到他已经拿不出什么东西了。伤害已经发生。

11 月 20 日，阿蒙森送出辞职信的第二天，"比利时号"船身突然进水了。该月早些时候，浮冰的一阵突然收缩把船头抛到了冰面上，船尾则被推入水中；现在，船往后、往右舷倾斜的角度更大了。随着雪花不断落在倾斜的甲板上，积雪巨大的重量进一步向下挤压船身，使它逐渐戳穿冰层，直到海水舔上它的舷墙。海水渗透了饱经风霜的木板，从货舱内壁流下，在船的后部积聚起来，以令人担忧的速度上涨。到了第二天，海水已经灌满底舱，并升到了发动机所在的那层。"比利时号"正在缓缓下沉。

阿蒙森遵守了他对德·热尔拉什的承诺，继续像往常一样可靠地履行他的义务，并且很快有了一个证明自己的机会。他加入了把水抽出底舱的全员行动（共花了六小时），接下来几天继续不知疲惫地干活，帮助把船从数吨积雪之下挖了出来。

对阿蒙森而言，极地探险不是一份工作，而近乎一种基于骑士精神的使命。他自愿不领薪水在船上任职，因为在荣誉面前，金钱是次要的。阿蒙森养成了一种现代维京人的形象，并遵循一套经常与低纬度地区生活的微妙之处和种种妥协发生冲突的荣誉准则。尽管他对最亲近的朋友们——一个如今也包括库克的小团体——保持了绝对忠诚，他却很少会忘记自己所受的侮慢。他再也没有原谅德·热尔拉什。他曾经十分敬佩指挥官，两人的对质本质上是俄狄浦斯式的。它标记着阿蒙森极地探险学徒期的结束，亦是他作为领袖的成人礼。

11月27日，天空终于放晴，首次露出了午夜太阳。船员们以即兴的庆祝活动迎接了这令人惊叹的景象。轮机长萨默斯在甲板上充满激情地吼出了《布拉班人之歌》。他在水手舱的死对头范里塞尔贝格也以悦耳的歌喉加入合唱。长久以来饱受折磨的克努森也跟着一起唱，约翰森则拿出了手风琴。很快，所有人都从船舱里出来了，除了德·热尔拉什。他病得太重，无法离开房间，但他仍然下令开了几瓶酒。往昔的对手一起歌唱，比利时人和挪威人手挽手，水手和长官互相碰杯敬酒——太阳的凝聚力就是这么强。音乐持续了一整夜，而夜晚本身已与白昼模糊了边界。在阳光明媚的凌晨，库克和阿蒙森在冰面上进行了一次愉快的滑雪，为"比利时号"拍了一些照片。与此同时，其余队员继续喝酒，狂喜的气氛渐渐让位于感伤的空想。一些人提到了家。萨默斯——船上唯一一个已成家的人，也是一个天生的讲故事好手——讲了年幼的女儿的故事。他一想到她便泪眼模糊，自问何时才能再见到她，她是否记得他，是否以为父亲已葬身大海。

无论队员们在冬天曾多么热切地盼望太阳，事实证明，无休止的阳光并不比永恒的黑暗更令人心安。太阳当空照时，冰面上没有一丝阴凉。太阳的侵扰同时来自头顶和脚下——纯白的浮冰群是一个巨大的反射体。即使是在多云的日子，不戴护目镜的人也会遭雪盲的罪。光线无情地刺穿了高级船员们挂在舷窗前的黑色布块。它教队员们在床上翻来覆去，并迫使他们在大白天面对心底最深处的焦虑。"光照太多了，导致夜夜难眠。"阿尔茨托夫斯基在日记里写道。

不过，让人们难以入眠的不止日光。对阿尔茨托夫斯基而言，同样令人焦虑不安的还有"我们已经开始讨论第二次过冬的可能性这一事实，因为浮冰似乎不想分开"。浮冰保持完好——尽管风向十分有利，太阳也持续照射——的日子每过去一天，解放的可能性就减少一分。队员们终于开始接受数月来库克对他们的警告：浮冰没有放手的迹象，而在船上的第二个冬天对许多人来说将会是致命的。这份醒悟——加上无法根除的疾病和酝酿已久的领导层危机——足以把本不稳定的队员推到崩溃边缘。

库克原本认为太阳的回归会消除搅扰了全船上下一整个冬天的"精神症状"。他错了。有几个人的症状反而严重多了。"几乎每个人都或多或少地受到了失眠的折磨，"库克写道，"而此前就已经有些精神失常的病例则表现出了失调的新迹象。"

虽然库克没有提及其姓名，但他的脑海里有一位具体的水手——托勒夫森。这位水手长是船上经验最丰富、最可靠的海员之一。他很适应寒冷与黑暗，因为曾在北极地区工作过；他一直以技巧、智力和热情履行他的职责。阿蒙森尤其喜欢托勒夫森。但在 11 月 28 日的日记里，大副承认他的挪威同胞"今天出现了一些非常奇怪的症状，似乎是精神错乱的表现"。那天晚上，托勒夫森问阿蒙森，自己是否真的在"比利时号"上。当阿蒙森回答"是的"时，托勒夫森一脸茫然，说不记得是怎么上的船。

11 月更早的时候，托勒夫森的偏执狂行为就已经开始困扰船友们。船体的每一声"嘎吱"，浮冰的每一下爆裂，都会使他睁着凸出的双眼，紧张地四下查看。他遭受着极其猛烈的头痛，总是紧紧抓住自己胡须浓密的下巴，仿佛在为即将到来的灾难做准备。托勒夫森变得愈发多疑，不愿信任队友，常常躲在船上阴暗的角落——与母猫南森在死之前的表现很像。夜里，他竭力避开水手舱，而是睡在冰冷而老鼠成群的货舱，不盖被子，也不穿像样的冬季衣物。"他的精神受困于夸大妄想和非理性的恐惧。"勒库安特注意到，"难以理解的怪事：'chose'（法语里'东西'的意思）一词会使他发怒。由于他不懂法语，他想象'chose'是'杀'的意思，而他的同伴们已经交换过处决他的信号。"

惊弓之鸟亦是危险分子。必须有人每时每刻看住托勒夫森，免得他先对那些他认为要伤害自己的人下手。他的朋友扬·范米尔罗——他自己尚未完全从癔症中恢复过来——主动提出担任他的监护人。范米尔罗注意到，托勒夫森在 6 月丹科死后就开始表现得很古怪。"他变得很胆小，"比利时水手回忆道，"不断地给他心爱的'艾格尼丝'写信，讲述他在冰上经历的种种悲惨，以及他在船友们手里遭受的残害。"根据范米尔罗的说法，托勒夫森会把信塞在一块形似信箱的小冰丘里。"为了让他高兴，我们偷偷地去把这些信拿出来，告诉他它们已经在送到艾格尼丝手里的路上了。"[①]

托勒夫森的精神状态在 11 月急剧恶化。"他不说话，眼神空洞，我们能够托付给他的唯一一个任务就是刮海豹皮。"勒库安特写道，"但即使是在做这件活计时，他也几乎没有进展：十分钟后，他开始用刀在海豹皮上打鼓，同时一脸茫然地望向远处的压脊。"每当有人靠近他，托勒夫森就会一阵哆嗦，然后本能地低下头，"仿佛是为了接受结束苦难的致命一击"。

12 月 12 日风和日丽的下午，库克和阿蒙森开始一场滑雪旅行。他们的目的地仍是 8 月初库克、阿蒙森和勒库安特试图靠近的那座巨大的平顶冰山。（由于浮冰一直不停地移动，那座冰山漂到了离船更近的位置。）他们没滑多远，就遇到了"失魂落魄地"在冰上闲逛的托勒夫森。心想运动或许对他有益，他们

[①]　有理由怀疑范米尔罗的回忆不尽准确，因为托勒夫森未婚妻的名字不是艾格尼丝，而是阿莱特。——原注

便邀请他同行。

他们在下午 4 点出发时，天空中没有一丝云彩。由于从船到冰山似乎只需穿过一整块平整坚硬的浮冰，不出 3 小时便可抵达，他们甚至没费神准备食物和水。一开始，他们的滑雪板在被太阳晒软的雪上平稳地滑行。托勒夫森大步滑行，几星期以来，这是他第一次感到快乐。

他们在路上遇到了一头好奇的、巨大的韦德尔海豹。库克不假思索地抽出手枪，近距离射中了它的头部。万一旅行耗时比预计的更长，医生想，保险起见还是杀了这头动物，留在原地作为紧急食物来源。对托勒夫森而言，看见手枪、目睹库克从容不迫乃至冷酷无情地处死海豹是一种恐怖至极的体验，更是加深了他的固有信念：他的队友们把他带到离船很远的地方，是为了更方便地谋杀他。原本愉快的远足突然增添了一份明显的紧张感。

在冰山脚下，库克、阿蒙森和托勒夫森脱掉滑雪板，将其扛在肩上，没费多大力气便登上了山顶。在无遮挡的阳光下，他们感到"舒适暖和"，用阿蒙森的话说。他们扫视整个浮冰群，看到远处有一个小黑点——"比利时号"。在医生拿出相机拍照的时候，刮起了一阵冷风。阿蒙森瞥了一眼位于北方的太阳。在一年的这个时候，它会在天空中绕小圈，像是沿着一个 24 小时时钟的表盘运动。从太阳的位置来看，阿蒙森估计此时大约是晚上 10 点。旅行者没有时间概念，这时突然感到又饿又渴。从冰山顶上，他们可以看到风已经开始改变浮冰群的形态。浮冰之间出现了水道，随着海水蒸发，一缕缕水汽从中升起。

是时候离开了，不然他们有可能找不到回去的路。他们急急忙忙地下了山，重新绑上滑雪板。

滑行约十分钟之后，库克、阿蒙森和托勒夫森被一阵浓雾笼罩。"比利时号"从视线中消失了。为了找到回去的路，他们不得不沿着来时的滑雪轨迹逆行。可是很快，这些轨迹便伸到了海里。在他们首次经过之后的几小时里，浮冰群的这块区域已经面目全非，大块的浮冰碎裂了，又重新组合。大副拿出一只便携式罗盘，带着两位队友往他所假定的船的大致方向走去——虽然他知道在这样的高纬度地区，磁力读数是如何变化无常。

库克和阿蒙森拒绝陷入恐慌，因为在"企鹅会"第一次尝试寻找这座冰山时，他们在类似的恶劣条件下活下来了。他们的同伴却未曾有过这样的经历。在滑雪过程中，医生和大副时不时地回头看托勒夫森的情况。他明显受到了惊吓，下巴夹得比平常还要紧。

三人继续滑行至下半夜，却没有任何迹象表明他们在向船靠近。干渴和饥饿使他们头晕目眩。突然，阿蒙森看到雪地里有两条平行线。

"这里有我们的轨迹！"他如释重负地喊道。

"而那里有一头海豹！"库克说道，手指他在旅行开始不久后射死的那头韦德尔海豹。

阿蒙森毫不犹豫地跪倒，用刀在动物皮肤上划开一个口，然后在尸体旁边躺下，用嘴对住伤口，吮吸温热的血。尽管这头海豹被杀死并留在冰面上已有数小时之久，但在厚厚的海豹脂的保护下，它的身体尚未冷却。畅饮一番后，阿蒙森把位置让给库克，后者也急切地任这带有一丝金属味的物质顺着他干涸的喉咙流下。然后，医生转向托勒夫森，动物的血从他的胡须上滴落。水手长吓得目瞪口呆，他的眼睛在刀和沾着鲜血的队友们之间来回看着，最后他表示，他宁愿饿死，也不愿享用如此可怕的大餐。

库克和阿蒙森仍然饿得要命，他们割下一片片海豹肉，狼吞虎咽地吃了，大副表示"十分美味"。然后，托勒夫森不可置信地看着阿蒙森把海豹头割下，以便作为纪念品收藏。他一定认为他们才是疯子。

直到清晨四点，浮冰才重新聚拢，呈现出一条返回船上的畅通通道。看到终于有机会从队友身边逃走，托勒夫森开始不顾一切地猛冲，库克和阿蒙森几乎无法跟上他的滑雪速度。当他们到达"比利时号"时，托勒夫森似乎已在昏厥边缘。为了让他苏醒，库克指示阿蒙森给了他一份樱桃白兰地酒，托勒夫森接过后一饮而尽。阿蒙森吩咐他躺到床上，并保证会给他做一杯热巧克力。可在库克和阿蒙森等水烧开时，托勒夫森突然冲进厨房，他的面孔吓得扭曲了。

"你给我喝了什么？"他喊道，"我感觉好难受，我觉得我要死了。"

医生和大副还没能张口回答，水手长就又跑出去了。他步履艰难地穿过白雪覆盖的甲板，往长官住舱走去。他偷偷摸摸地沿着寂静的走廊来到勒库安特的房间。他推开房门，蹑手蹑脚地走到床边，朝熟睡的船长伸出一只手。勒库安特猛然惊醒，看到床边阴影笼罩下的疯水手，不由得倒吸一口冷气。库克和阿蒙森试图下毒害我！托勒夫森咆哮道。勒库安特用了几分钟让自己的心跳慢下来。终于恢复平静后，船长吩咐托勒夫森待着别动，自己则去厨房找医生和大副了解情况。过了没多久，勒库安特带着一片抹了黄油的面包回来了（托勒夫森答应把它吃下），他向托勒夫森保证，没有什么需要担心的。挪威人回到了自己的床位上。

但当库克和阿蒙森准备离开厨房时，他们一转身，却发现只穿着内衣的托勒夫森一动不动地站在他们身后，目光呆滞地望向前方。"他看上去完全糊涂了。"阿蒙森写道。

随着时间推移，水手长的情况愈加恶化，让队友们忧虑不已。"他是一个强壮的男人，在海上待了很多年，他从不相信自己无法挨过囚禁在冰里的日子。"阿尔茨托夫斯基后来在日记里写道。"我认为，极地航史上有过许多精神失常的例子，但它们被小心翼翼地掩盖起来了。"

库克将发生在极地的疯癫归因于恐惧、不确定感、单调、监禁和极端孤立状态的共同作用。随着夏至（12月21日）过去，所有这些情绪都增强了。即使处于巅峰状态，太阳也无力分散浮冰群。现在，库克提醒道，它将开始"沿着冬季的山坡下滑"。困在一艘静止的船上，孤立无援，仅靠着冰压力的仁慈苟延残喘，牢牢冻在坚不可摧的浮冰里，而这只是数百万块浮冰中的区区一块。在这地球的底部，浮冰围着一片凄凉的大陆，形成了似乎无边无际的白色圆环——"比利时号"的队员们希望渺茫。

第十六章　人与冰的对决

一转眼就到了"比利时号"的第二个圣诞节，船上却一片凄凉。疾病、悲痛和怨恨肆虐横行。每一次欢笑都是极不自然的表演，是一出模仿往昔快乐时光的敷衍了事的哑剧。吵吵闹闹的惠斯特纸牌游戏，选美比赛的荒唐胡闹，科学大发现的紧张刺激——都已成为褪色的回忆。用晚餐时，人们围坐在长官起居室的桌旁，一脸阴沉地吃着小牛肉卷，呷着白兰地。"我们早已磨光所有的交际热情，"库克写道，"无法掘出任何新内容，为我们渴望的幸福快乐的圣诞节晚宴注入任何新鲜活力……对前景的怀疑赫然写在每个人的脸上。"

从这个黑暗的视角来看，浮冰在上一周发生的可观的运动像是一个残酷的玩笑。从瞭望台上看，可以看到浮冰群中纵横交错的新水道。离船几百米的地方出现了一处开阔水域。然而，锁住"比利时号"的那块两英里宽的浮冰依然纹丝不动，似乎坚不可摧。在平安夜，阿尔茨托夫斯基在一道横跨浮冰的压脊上凿了一个洞，测出这道压脊有 8 米多厚。积聚在船身周围的冰也有好几米厚，它绝不可能自然碎裂。整块浮冰没有哪一处的厚度小于 1 米。每一天，再一次在冰上过冬的前景都变得更清晰。

　　雪上加霜的是，队员之中还有一个状态飘忽不定的疯人。"托勒夫森的精神状态每况愈下。"德·热尔拉什在日志中写道，"此人饱受被害妄想的折磨。他几乎不睡觉，并且，由于环顾四周只看见敌人，也总是逃避队友们的陪伴。"有一次，人们在冰面上慌慌张张地搜寻了一整天，才在一座冰丘后面找到了蜷成一团的他。尽管让人心生怜悯，托勒夫森的情况也是持续酝酿的恐惧的来源：他躲在哪里？可能会做出什么举动？谁会跟着他坠入疯癫的深渊？

　　几乎没有人有心情鸣钟迎接新年。12 月 31 日深夜，"比利时号"前前后后安静得出奇。仍然疼痛缠身的德·热尔拉什喝了一杯热巧克力便早早退回房间。一些船员躺在床上，其他人则在水手舱外垂头丧气地坐着。拉科维策和勒库安特在 11 点左右上了床。库克静静地待在自己的角落，阿尔茨托夫斯基则走进洒满阳光的实验室，在桌前翻看旧笔记。

　　突然，门被推开了。阿蒙森站在门口，手里晃着一瓶他专为特别时刻保留的干邑白兰地。既然此刻或许就是"比利时号"最后的特别时刻，两人便开了这瓶酒，倒了一小杯来振奋精神。几分钟后，勒库安特出现在实验室里，抱怨说他无法入睡，未料想见到这欢欣的一幕。库克很快也加入了他们。没过多久，一个死气沉沉的夜晚已摇身变成庆祝之夜。阿蒙森邀请水手们一起享用这瓶酒。酒喝完后，聚会移到了水手舱。勒库安特从货舱取了一些火腿肉、奶酪、饼干和几瓶葡萄酒。约翰森拿出了他的手风琴。到了午夜，"比利时号"已经笼罩在货真价实的欢乐气氛中——这是很长时间以来的第一次。"船员们用音乐与歌声接待了我们，还给我们讲了已在水手舱里讲过不下百次，对我们来说却是全新的故事。"库克写道，"我们则做了一些演讲，当然也讲了故事。"那天夜里，"比利时号"是那样的热情温暖，以至于人们几乎忘了他们是冰的囚犯。

长官和科学家们在 1 点半离开水手舱，摇摇晃晃地穿过甲板，往长官住舱走去。此时的气温是零下 22 度，甲板上还刮着一股刺人的寒风，但酒精带来的发热的感觉为人们驱散了严寒。在欢欣鼓舞的状态下，他们觉得"比利时号"周围的风景格外绚丽。"整个冰面是一大片微微颤动的蓝色。"库克写道。北方天空挂着一轮银白色的月亮。南方天空中则是太阳，它沉到了比头一天稍低一些的位置，次日则会下落得更低。要到 1 月更晚的时候，它才会落下，但在那之后，黑夜就会很快再度占据上风。

所有人唯一的新年愿望便是浮冰能够裂开。很明显，夏日太阳的热量是不够的：正午融化的冰雪，到了次日清晨便已再次冻结。人们假设，既然让船得以钻入浮冰群的是一场剧烈的风暴，那么只有另一场威力相当的风暴才能让它离开。因此，"比利时号"的大多数队员们都在心里把自身命运托付给了南极的风。

然而，越来越清楚的是，即使加上风的力量也是不够的。自 2 月进入浮冰群以来，"比利时号"已经漂流了超过 1300 海里。但在变化不定的风和洋流的作用下，浮冰带着它迂回曲折地绕了一大圈。[①]新年前夕，勒库安特测得的"比利时号"方位是南纬 70° 03′，西经 85° 10′——几乎就是 2 月德·热尔拉什决定将船驶入浮冰群的同一位置。将近一年过后，在几乎相同的坐标，浮冰群向四面八方延展，一望无际。其边缘可能就在地平线下，也可能在往北数百英里之外。困住他们的那块浮冰，如今看来远比 3 月他们强行闯入此地时更厚、更结实。

"我认为，以与来时相同的方式离开这里是极不可能的。"阿蒙森写道。勒库安特和德·热尔拉什似乎也这么认为。由于被剥夺了托奈特炸药曾给予他们的保险，他们看不出除了思考如何活过冬天，还能有什么选择。

但对库克而言，投降是不可能的。他比以往任何时候都更热切地相信，第二个冬季将带来灾难性的后果。过去几天里，他在脑海里过了一遍船员花名册，认为至少 4 个人会立刻死亡，面临严重风险的人则更多。而在能够活下来的人之中，有不少人无疑会发疯。如果其他长官和科学家们不明白在夏季结束前挣脱浮冰的迫切性，或者不认为这是可能的，库克觉得他受到希波克拉底誓词的约束，有义务劝服他们。

在 1 月 4 日的一次长官会议上，库克发怒了，这让其他人大吃一惊。尽管船上不乏暴脾气，他们却从未见过医生发火。库克坚称，离开浮冰区是绝对必要的。他要求停止一切科考工作，直到制订出一项行动计划。其他长官和科学家对库克怒火

---

① 画在海图上，"比利时号"的轨迹缠成一团，显示不出浮冰群运动的明确规律。船最南到达了南纬 71° 36′（5 月 31 日），最西到达了西经 92° 22′（4 月 25 日），最东到达了西经 80° 28′（10 月 22 日），最北则是南纬 69° 38′（10 月 29 日）。——原注

的惊讶很快让步于怀疑。他们"对这个想法报以阵阵哄笑"，库克写道。他还不如建议他们拍打手臂飞回家呢。就连阿蒙森——他忠诚的门徒——都认为他们或许能以某种方式挣脱坚冰这个想法荒诞至极。库克的诸位同人向他保证，远征队对其自身命运已无发言权。

但是库克拒绝屈服。几天之后，他向德·热尔拉什提出一个惊人的想法。作为太阳的崇拜者，医生提议发挥其力量来加快冰的融化。他的计划是以船头为起点，往前方挖两条 V 字形、宽 1 米的长沟，一直伸展到位于船前方约 400 米的一处无冰水域。他们将铲除最上面的积雪和雪泥，从而使太阳光线直达 1 英尺深的淡水层，淡水层下方便是坚硬的海冰。库克相信水比雪更能有效地保留热量，因而能将热量传给底下的海冰。他还期望反照效应（albedo effect）能够帮忙，即深色表面能比浅色表面吸收更多光照，从而吸收更多热量。壕沟底部的海冰与沿沟壁的紧密的雪泥和积雪层形成了一条蓝色的沟渠，与雪地表面纯白的颗粒状雪，即粒雪（firn）相比，反射的太阳光会更少。将黑色的煤烟子倒入壕沟，可以强化这一效应。最终，融化将会削弱冰层，形成两条断层线。倘若真有一场风暴打碎了浮冰群，那么浮冰更有可能沿着这两条线碎裂，而不是在某个离船很远的位置——那样就起不了任何作用。然后，"比利时号"就可以沿着新形成的通道驶入前方的小片无冰水域。

从一开始，德·热尔拉什和勒库安特就无比清晰地看到了这个计划的缺陷。第一，虽然他们仍处于极昼，但太阳一直挂在天空中较低的位置，在一天中大部分时候，其光线都是以斜角照在浮冰群表面,无法照亮壕沟底部。第二,他们认为煤烟子不太可能吸收多少热量,因为在触及它之前,阳光先要穿过冰冷的融雪水,而水传导热量的效率远远低于空气。第三,医生没有考虑到,壕沟的内壁不是密封的。壕底部的那层雪泥无法阻止水均匀地渗到别处。水在流经壕沟时吸收的所有热量,都会很快消散。

库克受够了他们无休止的宿命论。他的逃离计划或许不完美,但除此之外他们该做什么呢?就这样接受他们会死的可能?即使做一些毫无意义的事,他坚持说,其害处也不会比什么都不做更大。终于,库克取得了突破。"不行动已经变得十分危险,"德·热尔拉什赞同道,"它会在短期内导致人们灰心绝望,而这又会为所有人的健康带来最严重的后果。"所以,远征队员们将尝试靠自己的力量挖出一条自由之路。

挖壕沟的工作于1月7日开始,但几乎立刻就不得不按下暂停键,因为一起由受污染的海豹肝脏引发的大面积食物中毒事件。在队员们等待康复时,勒库安特决定再给托奈特炸药一次机会。他是唯一一位仍对借助炸药挣脱浮冰抱有些许信心的远征队成员,但话说回来,他也是船上唯一一个受过军火训练的人。船长解冻了更多炸药棒,并一丝不苟地刮除了受损部分。令他惊喜的是,炸药爆了。高奏凯歌的勒库安特邀请阿蒙森、梅拉茨和约翰森协助他打造一台"地狱机器"——一个用535根炸药棒塞进一只空油桶制成的炸弹,封好后,它被埋入冰里。勒库安特希望爆炸不仅能炸飞油桶上方的冰,还能发出巨大的冲击波,震动整块浮冰,乃至使它粉碎。

在距离"比利时号"200多米的地方把这个装置安置好后，勒库安特点燃了它的5根导火索，导火索连着25根雷酸汞雷管。他向炮兵的主保圣人圣芭芭拉作了简短的祈祷，然后跑回船上寻找掩护。但是导火索温度太低了，火苗熄灭了。勒库安特不得不五六次返回爆炸点，重新点燃越来越短的导火索。

爆炸的情况非常好。大块大块的冰被抛入半空，然后像末日冰雹一样落下。在"比利时号"上也可感受到这股冲击波。勒库安特确信，它已经使整块浮冰布满断层线。可当他前去检查损害情况时，事实再次让他灰心：爆炸形成的坑直径仅不到10米，里面充满了碎冰，很快就重新冻结成一个坚实的大块了。在爆炸坑之外，冰层不见任何裂缝。勒库安特的尝试或许会更彻底地打碎一片淡水浮冰，但海冰的脆度远不如淡水冰。船长被迫承认，即使托奈特炸药有任何作用，它也将是微不足道的。

与此同时，其余队员已经用鹤嘴镐和铁铲对冰层发起攻击。"我们干了三天，不是像人一样干活，而是像追逐野禽的猎犬一样。"库克1月12日写道。但他的壕沟似乎毫无作用。铲出来的积雪像小山一样堆在壕沟两侧，诱使人们以为他们在寻求解放的路上取得了良好进展。但到头来，就连库克也认同，他们的劳动完全是西西弗斯式的。"午夜的阳光现已十分微弱，所以新冰达到了很大的厚度，次日的热量只能勉强使它融化。"库克写道，"假如我们在12月做这件事，效果或许会更令人满意，但现在已经太晚了。"很快，所有人都看出来，这项计划永远无法达成其目标。更糟糕的是，他们在这项工程上浪费了整整一星期珍贵的夏日热浪。往后的日子将会愈渐寒冷黑暗，撤离的可能性也会越来越小。

库克的计划或许失败了，但它在一个方面取得了重要成功：它将人们从逆来顺受的倦怠中摇醒，正是这种倦怠长期以来阻止了他们考虑如何逃脱。它促使他们想其他方法。挣脱浮冰的束缚听上去不再是荒唐可笑的提议。

没有人比指挥官被这次经历改变得更彻底，他现在带着一种新皈依者般的热情相信逃脱的可能性。1月11日晚上，他召开高级船员会议，略述了一个新计划，其野心之大让库克的计划也黯然失色。他们将不再只是祈祷某场风暴能扯碎浮冰，而是要自己制造大风暴。

船上有4把旧冰锯，是从"比利时号"的捕鲸船时代留下来的。指挥官提议用它们在船和附近一处无冰水域之间切出一条正儿八经的运河。

德·热尔拉什的计划是自构想出这场远征行动以来他所萌生过的最大胆的想法。冰间航行史上没有以这种方法逃脱的先例。需要穿透数英尺厚的冰层，横向切割数百米，形成两道河岸，然后锯除中间的冰，为"比利时号"清出一条通道。这一切需要借助冰锯完成，而冰锯本身是为规模小得多的场景设计的，通常用于切割冷藏用的冰块，或者顶多用来为捕鲸小艇切出一个小型港湾。这个方法要求船上每一个人付出难以想象的劳动量，无论他是健康的还是虚弱的。最后，这项工作须赶在冬天到来前，在短短数周内完成。

德·热尔拉什也疯了吗？其他人有理由怀疑他的判断。毕竟，正是指挥官本人把他们关进了这座冰上监狱。但对德·热尔拉什而言，这恰恰是这个计划必须成功的原因。他不指望能再熬过一个冬天，对此库克已经对他说得很明白了。更重要的是，他感到自己得对"比利时号"的困境负责，对船上每个人的生命负责。尽管有病在身，但他将会尽其所能弥补过错，哪怕要他付出生命的代价。

在阐述计划时，他表现出了已与他阔别数月的自信和敏捷思维。他的这份重新寻回的活力让同人振奋不已，他们一致同意运河计划值得一试。（除了库克，他一开始不愿支持一个不是自己想出来的计划，不过他很快就从受伤的自尊中恢复过来，为自己启发了德·热尔拉什而邀功。）

离船最近的浮冰边缘，也即库克的壕沟通往的方向，位于船首前方约 400 米处。但是这中间有一片冰层实在太厚，无法用冰锯穿透。于是，德·热尔拉什提议他们往相反的方向锯——从船尾处开始，沿着一块曾在上个冬天短暂裂开的区域锯。当时裂开的那条水道早就重新冻结，但指挥官推测，那一处的冰会比周围的多年冰更薄。

次日，阿尔茨托夫斯基在浮冰里钻了一系列洞，证实了德·热尔拉什的预感：冻结的水道处海冰厚度最小，在 1 米和 2 米出头之间。他用桩子标出了运河的路线：先从船尾伸向曾经的水道，然后转向右舷一侧，继续延伸至一大片无冰的开阔水域。这条运河的总面积将是假定沿着库克的壕沟而建的运河的几乎 3 倍。它的长度将达到 700 米，河口将有 100 米宽，在靠近"比利时号"的一端则只有约 10 米宽。修建两边的河岸意味着需要切开将近 1 英里的坚冰——在进行这项工作之前，人们得先用鹤嘴镐和铁铲在相同的距离上清除表面的冰、雪和雪泥。加上交错锯开河岸之间的坚冰，将其切成可取出的小块浮冰，切割总长将达到约 1.5 英里，这还不算在此期间重新冻结，因而需要二次锯开的区域。（图 1）

如此少的人手，如此短的时间，却要完成可与人类历史上最浩大的建造工程比肩的工作量。考虑到劳动者们令人同情的健康状况，这项工程就更使人生畏了。但是受到再度焕发活力的指挥官的鼓舞，队员们忘我地投入了工作。

冰锯于 1 月 14 日首次切入冰层。为了防止切开的部分在夜间重新冻上，人们必须在不落的太阳下昼夜不停地行动。他们分成了两组，确保冰锯几乎每时每刻都在动。德·热尔拉什带领日班，人员包括梅拉茨、拉科维策、范米尔罗、约翰森、科伦、范里塞尔贝格和疯人托勒夫森。他们从早上 8 点锯到晚上 6 点，吃午餐和喝咖啡休息时间都在冰面上度过。勒库安特小组的轮班时间是从晚上 7 点到凌晨 4 点，组员包括库克、阿蒙森、阿尔茨托夫斯基、萨默斯和迪富尔。[①]唯一被免除锯切任务的人是米绍，他夜以继日地在厨房里忙活，并在餐食准备好时从甲板上吹响短号。

① "比利时号"留下的档案没有说明多布罗沃尔斯基属于哪个组，但这位助理科学家工作得与其他人一样卖力。克努森此时病情过于严重，无法下床，但他后来也加入了锯冰行动。——原注

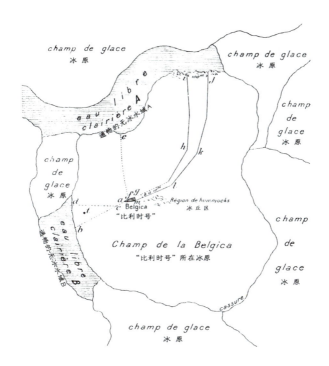

"比利时号"逃离浮冰的两条拟定路线示意图，摘自乔治·勒库安特的《在企鹅的国度》（*Au pays des manchots*, 1904）。从船首处分开的两条虚线——由点 a、b、c、d 构成——标志着库克计划里的两条壕沟。从船尾处伸向示意图上方开阔水域的两条实线则标明了德·热尔拉什提议修建的运河的两岸。点 e、f 之间的虚线标记着曾在 1898 年 1 月 30 日裂开的冰裂隙。[1]

图 1

① 此处原文有误。1898 年 1 月 30 日远征队仍在比利时海峡的布拉班特岛，尚未进入浮冰群。

萨默斯用铁皮把四把冰锯中的两把组合在一起，做成一把两倍长（7英尺）的冰锯。人们以三人为一组行动。使用小锯子的人轮流上阵，每人一口气锯5分钟，然后把工具交给下一位船友。（库克和阿蒙森的搭档是阿尔茨托夫斯基，他们很乐意听心不在焉的科学家在锯冰的时候闲扯，10分钟、15分钟过去了，也不急着提醒他可以换人。）使用两倍长的冰锯，则需要一个人抓住一根穿过手柄的水平木条，另两人用力拉绳子将冰锯抬起来，再让其自身重量将其拉下来。一天结束时，大家都几乎无法抬起发抖的手臂。

第一天，他们沿着拟定的运河河岸锯了40米，从无冰水域的边缘开始。第二天，他们把河岸之间的冰切成了巨大的紧密相连的三角形。（图2）在河口，也即运河最宽的地方，这些冰块每块都有半个足球场那么大。在多布罗沃尔斯基领导的《伏尔加船夫曲》的合唱声中，队员们用绳子套住冰块，像马沿河牵引驳船一样，将它们拖向开阔水域。将这样一块冰块——其重量是"比利时号"的好几倍——拖离河岸，在惯性占上风之前使它动起来，需要许多人同时付出几乎难以想象的努力。

艰苦繁重的劳动带来了有益的效果：使一个四分五裂的团体团结一致。阶级、职位等级和国籍都在追求共同目标中蒸发了。德·热尔拉什虽然身体不好，锯冰时的卖力程度却不亚于任何一位普通船员。最重要的是，这项任务赋予了人们一种自主寻求解脱的能动性。总的来说，人们的士气达到了数月来的顶点。

阿蒙森却是一个值得注意的例外，他是一群人之中最悲观——也可能是最现实——的一个。"我不认为我们可以用这种方式把船弄出来。"他写道,"这个远征故事的决定性角色或许将由单桅小帆船来扮演。"大副指的是"比利时号"的捕鲸小艇。

即使对那些全心全意相信德·热尔拉什的计划的人而言,仅凭冰锯无法使船解脱也是再清楚不过的事实。拟定路线中有两处位置,冰层厚度是双锯的好几倍。其中一处位于浮冰边缘:一个冰丘群覆盖了计划中运河河口的位置。另一处即船的四周,在这里,一年以来被风吹成的雪堆已经冻成一大块坚冰,在一些位置上已与舷墙齐平,或是几乎与龙骨一样深。勒库安特一如既往地渴望发挥托奈特炸药的作用,他论证说这些区域只能靠炸药炸开。当然,这样的行动有可能会在船身上炸出一个洞,但是面临这种可能性反而意味着远征队的好运。它意味着,运河已经接近完工了。

1月15日上午,炸药终于交出了勒库安特期望已久的满意结果。船长挑出一捆炸药,勤勤恳恳地清洁了表面,将它们放在未来的运河河口处的冰丘之间。它们无一例外地爆炸了。之前的试验失败了,一部分是因为爆炸点被冰包围。而这一次,由于冰丘就在水边,那一侧没有减轻冲击的物体,冰丘化为了雪泥。

在成功的鼓舞下,勒库安特的小组趁着休息时间急切地开始准备剩余炸药。"这项任务是在彻头彻尾的鲁莽轻率中执行的。"勒库安特写道,"一包一包的托奈特被拿到火炉旁边解冻。接着,我们用菜刀刮掉了所有受损的部分……我们后来在餐盘上看到了炸药残留物!"长官起居室俨然成了阿尔茨托夫斯基所说的"炸弹工厂"。将炸药棒解冻好、刮干净后塞进锡制罐头里，插上一根导火索和一枚雷管，最后用蜡封上，防止装置透水。"历史上未曾有过哪个无政府主义者或虚无主义者密谋团体像勒库安特、阿蒙森、库克和我这般狂热。"阿尔茨托夫斯基写道。

然而，虽然托奈特终于证明了其价值，它却无法替代冰锯。尽管炸药炸碎了冰丘，风却把漂浮的碎冰块刮回河口，形成一锅大杂烩，并很快与浮冰冻为一体，堵住了刚刚才形成的爆炸坑。托奈特炸药绝不是勒库安特想象中的灵丹妙药，只能策略性地少量使用，在冰层锯开后用来移除顽固的碎冰块。逃脱依旧得靠运气，以及筋疲力尽的人们萎缩的肌肉。

最开始的几块巨型三角形"足球场"被成功地哄到了无冰水域，但一开始其中一块卡在了两河岸之间，无法移动。队员们用了几枚炸弹才使它碎裂，但碎冰块进一步堵住运河，耗费了人们一天的工作量。他们很快意识到冰块切割的形状有致命缺点：其中一条边必然会被河岸夹住。除非重新考虑切割的形状，不然运河绝无可能按时完工。这个问题之解取决于逻辑，而不是运气或苦力。

水手舱和长官住舱都贡献了不少点子。有人提议纵横交错地将冰锯成不规则的形状。这种切法的优势是可以得到能够轻松移动、不会被卡住的小块浮冰，但也会需要远远超出远征队能力范围的时间和人力。

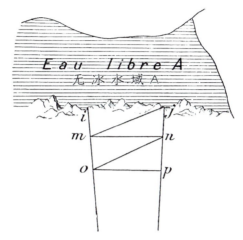

一开始，运河河岸之间的冰被切割为巨大的三角形，然后拖入示意图上方的无冰水域。

图 2

另一种方案是把冰粗略切成正方形，每一条切割线都与河岸垂直，等距分布在冰面上；然后，将一枚托奈特炸药放在冰块中央，将其炸碎。这种切法可以将锯切工作量减少到最小，但有人指出，每块冰块的四条边之中，有三条的摩擦力会过大，使得冰块无法轻易移除，因此也就减损了炸药的效果。

每个新提议都会遇到以下两个难点之一，或两者兼具：摩擦力过大，或者需要过多的时间和精力。

十分应景地，最终是船上的点子王想出了解决方法。在这个难题似乎已穷尽所有人的智慧之后，库克向队友们呈现了一种巧妙的设计。（图 3）

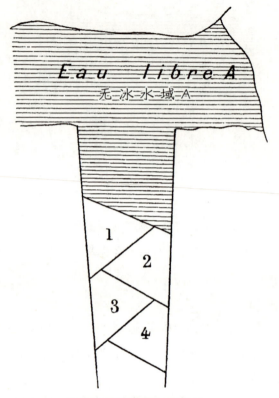

库克经过改良的切割式样。

图 3

    队友们立刻觉得库克的不对称四边形既简单又实用,感叹早该想到这种设计。这样切割的冰块不至于过宽而卡在河岸之间,四边形的边形成的角度能使每块冰块在托奈特炸药的辅助下优雅地从邻居身边滑开。

    医生的计划使队员们能够以惊人的速度——每天60米——

为 700 米长的运河开路。随着工作的进展，冰块变得越来越小，只需较少的人便可将它们引向无冰水域。每隔一会儿，一名水手得跳到刚切好的一块冰块上，用一根长杆像贡多拉船船夫一样将它驶入无冰水域。最难的步骤是在最后关头跳回主浮冰上，不然有漂远的风险。库克是在特拉华河划着皮划艇长大的，据勒库安特所说，他"在这类运动中表现出色"。医生常常从冰原的一边跑到另一边，模仿其他高级船员，对自己下命令，供队员们消遣。"他……经常差一点就要掉进海里，"勒库安特写道，"但是，总是以猴子般的敏捷及时地稳住自己。"

这艰巨的任务没有抽干人们的精力，反而为他们重新注入了活力。他们的健康状况随着劳动逐渐改善——在很大程度上要归功于他们为了保证身体所需的卡路里而大量食用的抗坏血病的海豹和企鹅肉。平均下来，探险队员们现在每天吃 7 餐。（此时，动物已经回归浮冰区，谁若不是在锯冰或是睡觉，那他就是在狩猎。）

在将近一年的时间里，他们一直深陷无所事事、萎靡不振的泥潭，被剥夺了阳光、新鲜食物和希望。依靠"烘烤疗法"和企鹅肉饮食法，库克试图提供前两个缺失的要素。而通过为队员们注入尝试逃脱的勇气，他又提供了希望。现在，三种元素都十分充足，一切都在慢慢恢复正常。"我吃得很多，至少是以前的两倍。"多布罗沃尔斯基写道，不久前，他还无法下床，"胃口好得不可思议……我不再感到疲惫了。我的睡眠质量堪称完美，睡得也很久。我规律地排泄。"

连续两周在势头不减的阳光下挖库克的壕沟、锯德·热尔拉什的运河，使队员们的身体发生了巨大变化。"每个人都被工作磨砺得更顽强了，肌肉变得愈发结实。"库克写道，"我们的皮肤被晒伤了，渐渐有了皮靴内表面的外观。我们的双手……不洗的时候更舒服，特别是不用肥皂洗，因为皮肤会裂开，变得很疼。这一切的结果是，我们的外貌看上去比大多数印第安人都更野蛮。但这对我们来说无足轻重。这里没有女士来唤醒我们曾经拥有的沉睡的虚荣心。"合在一起，队员们组成了一副怪异而不协调的景象：在文明世界中十分讲究衣着外表的阿尔茨托夫斯基，此时穿着一件破破烂烂的长大衣，头戴磨损严重的高顶礼帽，活像个流浪的失业工人；其他人神气活现地戴着护目镜，脸上抹了厚厚一层用于缓解晒伤的凡士林，在多布罗沃尔斯基看来就像"一群潜水员"。

截至 1 月 20 日，运河已经完成一半。那天下午 5 点，人们见证了进一步点燃他们希望的一幕：一头好奇的瓶鼻鲸游进了部分完工的运河。这次来访感觉像是来自南极的赐福。看着冰块被移除、一条墨黑的水道慢慢变长是一回事，但看着一头海兽游入其中——正如它会游入其他自然形成的水道——完全是另一回事。它让人们意识到，他们已经取得了多大的进展。突然之间，运河有了一种真实感，自由的可能性也头一次变得真实起来。

但那天夜里，所有工作不得不突然停止。大约 9 点，托勒夫森下床离开了水手舱，没告诉任何人他要去哪儿。（他很久以前就完全不说话了，妄想症也恶化了。）三小时后，他不见了踪影。长时间的缺席使他的队友们担心不已，他们放下手上的工作，开始找他。他不在平常的那些藏身点。他们在货舱里找，在机舱里找，在船首斜桅的网罩里找，还翻了大衣箱，甚至检查了户外厕所的蹲坑。"恐惧、不安、困惑在人们之间游走……似乎怀疑他有强烈的自杀欲望。"多布罗沃尔斯基写道。或许，他的船友们心想，他的目标变成了他们当中的一个人。

托勒夫森那天夜里确实杀生了，但不是人类。大约凌晨2点，这个精神失常的人滑雪回来，身后拖着3只刚刚宰杀的企鹅。

1月21日，长达9周的白昼结束了。"今天，午夜太阳离开了我们。"阿蒙森就着淌进舷窗的蓝灰色的微光，在日记里写道。黑夜蚕食白昼的速度在两极地区远比在温带地区更快。不出一周，晚上不点蜡烛就无法看书了。到3月中，黑暗将再一次统治一切。气温下降得很快。虽然他们终于有所进展，但大副确信他们开始得太晚了。

从一开始，他就对运河计划十分悲观。船进入浮冰群之后，阿蒙森比其他任何人都更频繁地爬上过瞭望台，以便查看浮冰群的情况。"除了在8月、9月和10月，从未有过去往任何地方的任何可能性。"大副写道，"完全没有雪泥和小片冰块的水道曾在8月、9月和10月出现，但不幸的是，在这三个月里，我们太虚弱了，无法从事我们此刻正在做的这类工作。"

作为远征队中身体最强壮的人，阿蒙森锯冰或许比任何人都更卖力。但他从未把运河当真，即使它能按时完工，即使它能将"比利时号"引向开阔水域。"即使我们努力做一切可能的事，我也不认为那会对我们的逃脱有多大影响。"他清楚他们在锯的部位，即曾经裂开、冰最薄的区域，只是容易的部分。

如他所料，随着两组人逐渐接近"比利时号"，进度变慢了，直到完全停顿。随着冰锯开始切入船四周形成时间更长、更厚的冰层，然后——伴随着刺耳的刮擦声和令人作呕的臭气——切入根本不是冰的物体，冰锯变钝了。在积累了一年的空罐头和从船上抛下、已与浮冰融为一体的其他废物面前，锯齿断了。这条垃圾环——包含动物尸骨和人类粪便——吸收了太阳的热量，融化了其下方的一层雪，形成一片恶心的沼泽地，浮在坚硬厚实的海冰上方。

"多么壮观啊！我们已经习惯它了，但情况还是很糟糕。被一堆堆垃圾和屎尿包围（后者在强烈的阳光下形成了一个个水洼），"多布罗沃尔斯基写道，"船坐在一个臭气熏天的水坑里，脏水已经漫延到浮冰的上层了。"队员们踩在及膝深的腐臭雪泥里，继续卖力锯冰，八小时却还锯不到两米。

只剩几米就大功告成了。劳动者们回头欣赏已经取得的成果。大量的冰被清除了，在他们眼前延展开来的长长的、开阔的水道让他们感到无比振奋。他们使德·热尔拉什疯狂的想象成为了现实。

当浮冰开始反击时，按照队员们的估计，他们距离完工只有三天了。麻烦的第一个迹象出现在 1 月 30 日清晨，船周围的冰压力骤增，使双锯卡在了冰层里，拔出来是不可能的。

然后，浮冰开展了毁灭性的反攻。

那天早上 9 点，当运河只差几米便可完工时，突然响起了雷鸣般的冰层断裂声，仿佛发生了一系列爆炸。人们简直无法相信自己的眼睛："比利时号"的船首处出现了一道裂缝，几乎瞬时就延伸到了无冰水域边上，与运河差不多平行。近一年来，探险者们一直盼望浮冰裂开。它终于裂开了——在最坏的时候，以想象得到的最坏的方式。

假如这条冰裂隙再宽一些，它就意味着自由。可是相反，它将船推到了毁灭的边缘。

冰裂隙、无冰水域岸边和运河构成了一片巨大的、大致呈三角形的冰原的边界。冰原通过其顶点（与"比利时号"处于同一水平位置）仍与浮冰相连。在风的作用下，冰裂隙开始变宽，将新形成的冰原推向运河对岸。冰原上下摇摆的运动对船身施加了强大的压力，使木材发出无助的哀号。队员们目瞪口呆地看着运河两岸像怪物的上下颌一样慢慢夹紧，"比利时号"就卡在咬轴点。几个星期的劳动成果片刻之间便在他们眼前化为乌有。就连捕鲸小艇都无法通过。新形成的裂缝也不足以让船通过。

一个月的心血付之东流，严重打击了队员们的士气。倘若他们当初没有实施这项计划，他们的处境或许都不会比现在更窘迫。他们不仅被切断了逃离路线，"比利时号"还面临着比以往任何时候都更大的被挤碎的危险。当船结结实实地冻在冰层里时，浮冰实际上在它周身形成了一个保护带。可现在，它被两片巨大的相互扣住的冰原夹在中间，就像坚果钳里的一颗杏仁。

"冰合得更紧了，有时候，在冰层移动后，我们能感觉到船在颤抖。"阿蒙森2月1日写道，"天黑的时间开始变早了。此刻是晚上10点，借着日光只能勉强写字。"

　　大副的失败主义得到了证明。运河计划宣告失败了，"比利时号"也很有可能遭遇相同的命运。

第十七章　最后一搏

那一刻，罗阿尔德·阿蒙森猛然意识到远征队的领导者们尚未提出万一船被浮冰挤碎的后备计划。他放下铅笔去找勒库安特，向他指出"我们没有准备好装备齐全的单桅帆船和雪橇，真是大错特错和不可原谅"。不过不要紧，他是带着自己的方案来的，他向船长概述了该方案。

在阿蒙森眼里，一切都无比简单。他建议将必不可少的食物和设备搬到两架雪橇和两条捕鲸小艇上，队员们应像雪橇犬一样把挽具套在身上，拉着雪橇和小艇往东北方向走，穿越延绵近800英里的海冰回到比利时海峡，在那里，探险队员们将在坚实的大地上扎营。一个小分队将驾驶两条捕鲸小艇中更适宜航海的一条，穿过德雷克海峡到合恩角寻求救援。

对阿蒙森而言，这是顺理成章的行动方案，不仅因为运河这条路看起来已是死胡同，还因为在他的心目中，这才是真正的极地英雄主义。这种人与自然赤身肉搏横穿大陆的徒步，正是他一生都在为之作准备的目标，无论是在冬天开窗睡觉的日子，还是与哥哥莱昂一起完成的穿越哈当厄高原的艰苦旅程——那次徒步中，他与死亡一度只差毫厘。这也是在库克身边度过的学徒期的意义所在，是他们在浮冰上练习短途探险的原因。阿蒙森几乎像是希望船被摧毁，这样他就可以将他的计划付诸行动，带领远征队脱离危险，并向德·热尔拉什证明他自始至终都配得上"比利时号"的指挥权。

一番讨论过后，勒库安特和其他高级船员们同意了阿蒙森的计划，尽管它看似疯狂。它的缺陷很明显。首先，初步的牵引测试——船员们拉着空的捕鲸小艇走了一小段距离——显示小艇十分沉重，在冰面上无法保持稳定。即使是健康的人，也很难想象他们如何能够拉着载满物资的小艇，步行数百英里回到比利时海峡。其次，穿越海冰的旅程不会是平面上的一条直线，而是得绕很多远路，以便避开障碍物，比如冰丘和压脊——这些障碍太过陡峭，无法将小艇拉过去。再次，从1月初开始，"比利时号"所在的这片浮冰群一直在向西漂移。（向西漂移的平均速度最近已加速到约每天10英里。）如果浮冰群保持当前的运动状态，它将抵消远征队每天往东走过的大部分（如果不是全部）里程。即使在最佳条件下，大家也心知肚明，许多队员无法挨过走向海峡的旅程，更别提乘坐捕鲸小艇航行650英里回合恩角——一路上得经过世界上最危险的一些水域。

然而，如果说阿蒙森的计划几乎没有可取之处，那么在"比利时号"被挤碎后毫无遮蔽地待在浮冰上，随着风浪无助地漂向生命的尽头——这个想法也毫无吸引力。库克、阿蒙森和德·热尔拉什负责准备扎营装备：帐篷、睡袋、海豹皮外衣、装备袋，还有用坏掉的滑雪板制成的雪鞋。船员们重新整理了货舱，确保他们最需要的食物和设备可以方便地取出。

在此过程中，一项发现令他们不寒而栗：老鼠已把远征队储备的冬季衣物啃得只剩碎布片。即使穿戴得当，在南极冬季的冰面上行进一个月也会杀死最虚弱的人。而没了冬季衣物，这样一场旅行几乎肯定会摧毁整支远征队。老鼠嚼碎了不靠"比利时号"逃离南极的最后一线希望，探险者们的生死存亡如今全取决于它的命运。

两天后，同样令人脊背发凉的一幕接踵而至。运河——或者说曾经是运河的那条窄窄的水道——消失了。它的表面结冰了，消失在一层新雪之下，这层雪到了2月3日夜里便冻成了坚冰。

指挥官被迫承认失败。"我们似乎不再可能避免第二次过冬。"他写道。

德·热尔拉什不得不在两个可能致命的行动方案中选择：在没有庇护所、缺少冬季衣物、抵达陆地希望渺茫的情况下徒步穿越冰原；或者再一次在船上过冬，而如果这样做，库克告诉他，一定会导致几个人的死亡，甚或所有队员的死亡——如果船沉没。指挥官决定留在"比利时号"上，船上至少还有食物库存，足够再吃三个月。为了能维持久一些，德·热尔拉什减少了配给量。每个人的每日份额为150克黄油、150克糖、一小条面包和一块饼干。这项极端措施理论上能让"比利时号"的队员们挨过冬天，只要船在与冰的对峙中稳住阵脚，以及，只要能够定期获取新鲜肉类，而这一点很难保证。正如他们在上一年发现的那样，动物会在极夜期间逃离浮冰群。

尽管已确信逃离是不可能的，德·热尔拉什却不愿下令停止开凿运河的工作，事实证明，这项工作对人们的健康大有裨益，而且暂时让他们不至于彻底绝望。

然而，到了 2 月第二周，队员们发现他们已经卷入一场似乎无法赢得的与自然的抗争：锯开夜间形成的冰层，试图通过凿掉两岸的冰来拓宽不断缩紧的通道。在过去几天，一股持续不断的强风将冰块从开阔水域推回运河河口，冰块挤在一起，冻结成一块坚实的路障。尽管现在切下的冰块比以前小，队员们却无法像之前一样将其牵引进开阔水域。相反，他们不得不进一步切割冰块——每块仍有数百磅重——然后借助一个斜面将它们从水中捞出。

一开始令队员们重新焕发活力的劳动，渐渐开始削弱他们的身体。现在，他们吃得更少了，干活却必须更卖力。食物份额减少后，身体无法获得足够的卡路里，只好开始消耗自身储存的能量。

一方面是因为冰层不断挤压船身，一方面是货舱里物资存放的位置完全变了，船底部的老鼠也像人一样变得饥饿、烦躁不安。"只要我们慷慨大方，它们就不来烦扰我们。"阿尔茨托夫斯基写道，"可现在，我们已经仔仔细细地整理好每一箱食物，没有东西留在货舱里，于是老鼠开始每天晚上突袭我们的床铺。""比利时号"是名副其实地腹背受敌。

一开始，它就像是一个幻象，只不过是又一个南极蜃景：从瞭望台上看，整个浮冰群似乎在微微起伏，仿佛在呼吸。然后，甲板开始摇摆。将近一年来的第一次，人们感受到了海洋的涌动。这项发现同时是恐惧和希望的源泉——恐惧是因为海洋的运动增大了冰层挤压船身的压力，希望是因为这意味他们距离浮冰群的北部边缘只有数十英里了。如果运气够好，翻滚的海浪或会松动浮冰，重新打开运河。

在锯冰时，人们听到爆裂声从船的后面传来。浮冰正在碎裂，毫无规律地左右漂移。他们紧紧盯着冰面，寻找船只可能受到攻击的迹象，或者，更乐观地说，寻找解脱的可能性。他们没有等太久。

2月12日凌晨3点，在海洋和风的作用下，运河的两岸突然开始分开。没过多久，水道就拓宽到了刚好够"比利时号"通过的宽度。队员们急急忙忙地下床，想要见证这个时刻，激动的情绪像电流一样传遍全船。德·热尔拉什下令让萨默斯启动发动机。

然后，与分开时一样突兀，冰层又开始收紧了。机不可失，时不再来。水道几乎畅通无阻。但还有一个主要障碍：船本身仍困在冰层里，巨大的浮冰块像钳子一样紧紧抓住了它的船尾。

只需使用托奈特炸药便可使浮冰松手。但是在离船这么近的位置引爆炸药很容易刺穿船身，使海水涌入船内，把它打入近一英里之下的海底。作为船上的炮手，勒库安特必须快速算出托奈特炸药的精确用量和引爆点的确切位置，从而在不伤害"比利时号"的前提下炸碎浮冰。勒库安特每次测试托奈特炸药时都会尝试使用不同用量，但他从未在离船这么近的位置做过测试。没有时间进行测试了。队员们的生命悬于他的计算的准确度。

　　勒库安特将炸药棒插在冰里，或许再一次向圣芭芭拉轻声祷告，然后依次点燃了导火索。冰面上的队员们匆匆退到安全地带，为将要发生的一切做好准备。

　　爆炸震动了整条船，发出一种人们从未听过的声响。窗户被震碎了。实验器材咣啷作响。船上的气压计显示气压突然上升，然后，随着气流被吸回爆炸造成的真空，气压再度骤降。煤渣砖大小的冰块被抛入空中，像雨点一样落在甲板上，同时落下的还有动物尸体和人类排泄物。每一下爆炸都造成了新一波破坏，伴随下落的冰块。每一下爆炸都有可能炸飞船舵，粉碎船体，或是引爆船上剩余的托奈特炸药。

　　最后一次爆炸引起的震颤消退了，留下一片闪闪发光的烟雾——那是悬浮的冰晶在空气中舞动。浮冰上一片寂静，只可听见运河温和的水流声。队员们朝船走去，不确定会发现怎样的事实。他们把剩余的大冰块挪开，检查船身的绿心木保护层，很担心最坏的情况已经发生——船身破了大洞，或是有主要部件被扯碎，海水已经渗入货舱。

　　然而，人们很快就意识到勒库安特的炸弹用量和引爆位置都是完美的。浮冰被炸成了碎片，船体却完好无损。自1898年3月以来，"比利时号"第一次可以扬帆起航。

　　第二天，运河终于畅通无阻了，或者说算是通畅了。那道冰的路障仍然横在河口。德·热尔拉什知道，尽管存在风险，但他只能让船强行冲过去。不过还有另一个问题：由于运河始于"比利时号"船尾处，它的朝向与航行方向是相反的，而水道的宽度不足以让它转身。

接下来的 24 小时，队员们加倍努力，冰锯和炸药并用，在运河弯处挖了一个小港湾，供"比利时号"转向。港湾一建好，"比利时号"就倒进港湾，以便将船首朝着河口拐进运河。

可在这个动作——空间极小的由缆索和小锚辅助的三点掉头——进行到一半时，风向突然改变，运河两岸收紧了一些，"比利时号"被横着夹在运河中间。冰层不见让步的迹象。挣脱束缚才一会儿，"比利时号"就又被困住了，这一次的处境危急多了。承受压力的是它的要害——螺旋桨和船舵，少了这两样，它就如同一段浮木，无法控制它的航向。压力若是增大，它们就会被压碎。而这一次，除了祈求神灵降福，队员们什么也做不了。一些人呼唤了上帝的名字，一些人没有，但随着木头和金属的扭曲声越来越大，所有人都在祷告。

"我们焦急地看着，"勒库安特船长写道，"我们的思想，我们的灵魂，都在祈求解脱。"

猝不及防地，仿佛在对抗中耗尽了体力，冰层稍稍松开了手，刚好够"比利时号"完成掉头。德·热尔拉什一秒钟都不浪费：他将船首对准河口，前方没有浮冰挡着，他开始做最后冲刺。萨默斯充分利用所剩无几的煤炭，把蒸汽加到最大。"比利时号"像愤怒的公牛似的呼着气。在德·热尔拉什的指挥下，船朝着 400 米外的冰墙飞驰，帆鼓得满满的，活塞以最大功率翻腾着。

随着"比利时号"向冰墙全速猛冲，队员们屏住了呼吸。没有退路了：船或是冰，只有一方会胜出。船首重重地撞上冰块，以自身重量将其压成碎片。"现在路障清除了，它带着胜利的姿态驶入了开阔水域。"勒库安特写道。

"当我们的老伙计重击囚禁它将近一年的浮冰的边缘时，"库克写道，"人类之中没有哪个人曾比'比利时号'上的人更高兴。"

卸掉了大部分煤炭和食物储备的负担，"比利时号"高高地浮在水面，像一头被放出笼子的动物一样摇头晃脑。但它尚未摆脱浮冰群。从瞭望台上看，很明显，船驶入的无冰水域是完全封闭的。前方所有的水道和冰间湖也是如此。地平线上的云层里有一块暗斑——明显的水天——似乎表明大海在北边十几英里开外，但没有到达那里的清晰路线。整个浮冰群中，水道都是东西走向的，与风向垂直。"比利时号"只能在漂流的浮冰群内部向西航行，抓住一切机会从一个冰间湖慢慢挪到另一个冰间湖，或是强行挤出或压出一条路，努力往浮冰群的北部边缘走。

当压载水舱灌满海水后，"比利时号"得以将船头插入水道或冰间湖之间的狭窄冰带，顺势滑到冰上，以自身重量压碎冰层。这正是它的建造者为它设计的能力。此时，它带着饱含复仇意味的活力，以肉身撞向它的囚禁者。如果冰层形成时间相对较短，只要把握好攻击位置，它一次性便可撞开整片整片的冰原。截至 3 月 1 日，它已经靠着蛮力挺入距离大海仅 5 英里的范围。队员们夜以继日地忙活着，竭力避免再次受困，但很快，船再一次受到了威胁。

从主桅顶端看，地平线上方只有一些极细的黑线。透过小型望远镜，德·热尔拉什可以看到大海的浪花扑向浮冰群边缘。

"危险尚未散去，"指挥官写道，"而是改变了形态。""比利时号"不再是单片浮冰的囚犯，而是夹在密集的浮冰马赛克之中，海浪的涌动使它们一刻不停地推推搡搡。他们现在离浮冰群边缘很近了，每一道席卷而来的海浪都会先把浮冰块往后拉，再把它们猛地投向船身。如果说浮冰无法再将"比利时号"挤碎，那么它现在一心想着通过连续猛击砸开它的船身。

"船遭受着一记又一记猛击。"阿蒙森在日记里写道，"幸运的是，仍有足够的雪泥和小块浮冰来吸收冲击力，不过大块的浮冰靠得越来越近了。"

3月5日，大海平静了下来，阿蒙森和库克下船爬到一块浮冰上。这里的浮冰压得相对紧实，人可以从一块浮冰跨到另一块浮冰。阿蒙森和库克在微微起伏的浮冰群上走了两英里，来到附近的一座冰山，他们希望从那里查看浮冰情况，甚或找到开阔水域。库克带上了他的照相机，以便记录现场。

他们正走着，北边传来了模糊的轰隆声，像是瀑布的声音。突然，他们看到一道7米高的海浪像骑兵团一样向他们冲来。它以巨大的力量撞上了挡其道的浮冰，将它们撞碎，把碎片高高地抛到波峰后面。大浪不出几秒便会打在他们身上。

库克和阿蒙森不假思索地掉头就跑。大浪离他们越来越近了，浪花从浮冰的裂缝中喷出。他们拼命地从一块浮冰跳到另一块浮冰，在他们身后，海浪的怒吼声越来越响。大浪就要追上他们了，他们不可能及时赶回船上。跑到一块多年冰上时，他们才停下来，死死地抓住浮冰，感受海浪从他们身下翻腾而过。库克一直没有松开拿照相机的手。

重达数吨的冰块像拳头一样日夜捶打着"比利时号"。"船受到了极大的震动，"阿蒙森写道，"像树叶一样颤抖。"每一记重击都在凹凸不平的浮冰上留下了油漆屑和碎木片。这样下去，船身的木板条会裂开。像往常一样随机应变的库克想出一个有效——但骇人至极——的方法，为船身提供缓冲。他把企鹅尸体挂在舷缘，使它们垂在冰块与船身的撞击点前面。以动物躯体造就的防撞垫减弱了浮冰的冲击力，直到它们也被撞得血肉模糊。在库克发现其抗坏血特性的数月之后，这些鸟仍在拯救人们的生命。

然而，这个方法无法保护船舵免受船尾处一大块浮冰的反复攻击。没了船舵来控制方向，"比利时号"将无法确定航向，它的乘客们也就等同于已经遇难。几位船员爬下船，试图在浮冰边缘锯一个 V 形缺口，好让船舵在浮冰撞击时刚好伸入缺口。他们拼了命地干活，拒绝让浮冰群囚禁住船再次过冬。他们像守卫被围困的堡垒的中世纪士兵一样展开反击，抢起冰镐挥向浮冰，磨掉尖锐的角，威胁性最大的浮冰则用托奈特炸掉。炸药将冰炸成了泥泞的冰沙，从而在船与大块浮冰之间形成了缓冲带。

在一股平稳的南风的帮助下，"比利时号"扭着身子，一点一点地来到浮冰群的边缘地带。3 月 13 日晚上，风力渐强，将整个浮冰群连同船一起往北推。夹在快速移动的浮冰中间，"比利时号"无助地向一个冰山方阵靠近。这些冰山体积巨大，深深地扎根于大海，守卫着通往开阔海域之路。它们受风力影响较小，因而仍然留在原地，仿佛巨人的牙齿。

到了早上，"比利时号"直直地向一块形似臼齿的巨型冰块冲去——那是一座平顶冰山，体积是船的好几倍。致命的撞击似乎不可避免。大片浮冰夹着船的两侧，南风则从后面推着它。前方是一条相对通畅的水道，但它直接通往冰山。更糟糕的是，冰山之间的通道被试图逃到开阔海域却未能成功的浮冰堵住了。

德·热尔拉什接过舵轮，高风险航海的刺激似乎重新为他注满了活力。队员们将所有希望都寄托于他，希望在经历了这么多事之后，他终于能够完成他最擅长的事。为了积累足够的动力，让船能够轻擦着冰山通过，而不是被横向的海浪拍到冰山上，德·热尔拉什需要更长的水道来加速。他下令让萨默斯倒转发动机。这项操作可能会损毁发动机，德·热尔拉什心想，但如果成功，则有望为船争取足够的空间做最后的冲刺。

螺旋桨反向旋转着，"比利时号"用尽所有马力，逆着浮冰群漂移的方向移动。接着，德·热尔拉什一声令下，轮机长萨默斯再度反转发动机方向，船以最高速度向前飞驰。

萨默斯使蒸汽注入两个气缸。活塞疯狂地拉动螺旋桨曲轴。压力计的指针指向了最大值。拉扯之下，螺栓松动了，零件连接处咔哒作响。萨默斯爬上甲板，想告诉德·热尔拉什发动机快要撑不住了，但当他看到船漂得离冰山有多近时，他又跑回机舱，把发动机推到了极限。他"使发动机以前所未有的力度吐出蒸汽"，阿蒙森写道，"或许以后也不会有第二次"。

当"比利时号"朝着冰山和环绕着它的浮冰加速时，除了

萨默斯，所有人都在甲板上。一切就像慢镜头。离撞击只有 6
米了，5 米，4 米——在此期间，发动机一直呼呼吐气。当预想
中的撞击没有发生时，队员们意识到他们自由了。

　　3 月 14 日下午 2 点，他们经过了北边最后一块海冰。很快，
白色监狱的最后一丝痕迹也已化为南方地平线上的一抹冰映光。

第十八章　镜子里的陌生人

"在这得到解脱的最初时刻，我们是多么百感交集啊！"勒库安特写道，"有一些快乐至极的情绪，交织着悲伤、悔恨，在我们的心底里涌动：再见了，浮冰群！它令我们受尽折磨，饱尝悲痛，但也给了我们（在苦涩而甜蜜的科学大发现的喜悦之外）一种自豪之情，这种情感我们今后再也不会经历了！再见了，我们可怜的同伴丹科和温克！我们虽然得救了，却是用他们的生命付的赎金。无边无际的海洋万岁！请带着我们去往远方，回到祖国，回到我们爱的人身边！唉，我们真能与所有人重逢吗？"

"比利时号"姗姗来迟的解脱，以及队员们糟糕的身体状况，排除了将远征行动延长一年的可能性。南磁极将保持无主状态，等着未来的探险者来摘取荣誉；而德·热尔拉什与"企鹅会"之间关于如何抵达维多利亚地的仇怨，基本上也已被忘却。现在，既然"比利时号"将离开南极，不再返回，是时候让领导者德·热尔拉什为远征队的地理发现命名了，它们都在比利时海峡。他首先考虑的是两位逝者。"比利时号"第一位遇难者获得的荣誉是一座长23公里的岛，温克岛（Wiencke Island）。至于儿时好友，指挥官则为他划出了南极大陆上一片辽阔的土地，如今被称为丹科海岸（Danco Coast）。

德·热尔拉什照着对他本人和远征队而言十分重要的人物和地点清单继续命名，以至于这道海峡的地图现在看起来就像某幅比利时乡村地图（假设比利时的地貌比实际的更壮丽）：昂韦尔岛，布拉班特岛，佛兰德湾，索尔维山脉（以他的第一位也是最慷慨的赞助人欧内斯特·索尔维命名），奥斯特里特山脉（以他的赞助人和知己，莱奥妮·奥斯特里特，即"南极母亲"命名）。他以荷兰女王威廉明娜（Wilhelmina）的名字命名了一个壮丽的海湾，因为在远征队从安特卫普出发的那天，她大度地派了一艘船陪同"比利时号"通过荷兰海域。面对支持者们，德·热尔拉什唯一拿得出的回报便是不朽——其具体形式是他们大概永远不会见到的、远方的一小块土地。

感谢完所有能想到的人之后，德·热尔拉什准许长官和科学家们为其他次要地理发现命名，作为一种让他们在这片土地上署名的方式。阿蒙森选择将荣誉赠予已故挪威探险家埃温·阿斯楚普。库克选择了纽约历史上的第一位市长罗伯特·范怀克（Robert Van Wyck）和他的第二故乡布鲁克林，为两座小岛命名。

信天翁和巨鹱护送着"比利时号"反穿德雷克海峡。德·热尔拉什想通过饱受风暴摧残、礁石密布的科克本海峡（Cockburn Channel），从南边重新进入火地岛地区。这条海峡比大西洋和太平洋海岸上的入口危险多了，每一幅海图都不建议从中取道。但那正是指挥官的意图所在：航线的危险意味着"比利时号"不太容易遇到别的船只，而船上的人有可能认出它，从而为时过早地宣布它的平安返航。德·热尔拉什脑子里想的是温克：为了能够妥善地向年轻人的家人报丧，他宁愿冒更大的风险。（丹科则没有仍在世的亲戚。）但是持续的多云天气使勒库安特无法确定"比利时号"的方位，而航位推算法只能提供非常模糊的坐标信息。德·热尔拉什在最后关头决定求稳，掠过大陆，绕过合恩角，从麦哲伦海峡的阿根廷一侧更平静的水域原路返回。

3月26日下午，负责掌舵的是卢德维格·约翰森。一只鸬鹚从船头前面穿过，往北方飞去。水手的视线随着鸟移动，直到它消失在左舷一侧的薄雾里。在它消失的地方，隐隐约约地出现了一座陡峭的小岛的轮廓。

"陆地！"约翰森朝船友们呼喊，他们马上聚集到左舷船头，一睹一年多以来他们见到的第一块坚实土地的风采。

几分钟后，船经过一块凹凸不平的黑色礁石，它像矛一样刺出泡沫翻滚的海面。礁石上密密麻麻的全是鸬鹚。德·热尔拉什和勒库安特查看了英国海军部的海图，试图在合恩角附近找到对应的地理特征。找不到这样的礁石。他们被搞糊涂了，更仔细地在海图上寻找，用手指描着火地群岛断断续续的海岸线，一寸一寸地移动。最终，他们推断，这座陡峭的黑色礁石只可能是努瓦尔岛（Noir Island）南端塔岩（Tower Rocks）中的一座——比他们应该在的位置往西偏了不止300英里。这就是太平洋和大西洋交界处洋流的威力。他们终究还是来到了危机四伏的科克本海峡的入海口。

很快，守卫海峡入口的礁石群就将在夜色中变得模糊难辨，指挥官因而决定在努瓦尔岛的背风处抛锚。有几人迫切希望踏上坚实的土地，但德·热尔拉什对渐强的风力感到很担心，而且对这块水域也不熟悉，所以想等到天亮再考虑是否上岛。一整夜，愈刮愈烈的阵阵西风晃过礁石，从侧面抽打"比利时号"，每一次都使它大幅度倾斜，桅杆似是要贴到水面。在黎明到来前，狂风突然转到西南，直接朝着船袭去。

就这样，一场大风暴拉开了序幕，比船上人所经历过的都更猛烈、更吓人。在多布罗沃尔斯基的描述中，那场景宛如透纳（J. M. W. Turner）①画笔下最混乱的海景：

> 漆黑的天空低低地垂在海面上，海浪的泡沫几乎
> 要喷到那幕布上——它们是一个松散的金字塔军团，
> 流动的铁青色镶着白色的泡沫。波峰是由大风切成的，
> 冒着水雾和尘埃。波峰之间是宽阔的波谷，断断续续
> 地刮着急促的风，猛地搅起厚厚的尘埃——尘埃又很
> 快被浓密的空气旋涡抓住。那一圈一圈的尘雾旋涡，
> 那怪物们先是围拢再是跳开的舞蹈，还有那冒烟的海
> 浪火山——实在是童话故事里才有的场景！

飓风级狂风使一道又一道波浪撞向俯卧的船只，将它推向一排碎浪，这排碎浪表明下风处存在着一座暗礁，离船仅 400 米。风暴在与锚的较量中占了上风，随着"比利时号"滑向

---

① 1775—1851，英国浪漫主义风景画家，其 1805 年的作品《海难》（*The Ship-wreck*）以逼真的现实主义手法展现了船只失事的恐怖。

险恶的暗礁，锚毫无生气地被拖过海底的沙地。即使发动机火力全开，它也无法逆风开快，从而使锚链放松，让船员们将锚拉回船上。锚没能阻止船漂向障碍物，而是——通过阻止它逃离——几乎让它走向死亡。

当风似乎不可能刮得更猛烈时，一阵犹如史前巨兽的狂风痛击了"比利时号"的左舷，恶狠狠地将它推向暗礁。指挥官只有几秒钟时间防止灾难。他决定弃锚，而锚一被松开，锚链就猛地划过甲板，落入海中消失不见了。摆脱了束缚，"比利时号"以更快的速度向暗礁猛冲。德·热尔拉什紧紧抓着舷缘，浑身都被浪花浸湿了，他压着风声大喊，指示船员们展开前中桅支索帆，全力开动发动机，将舵轮往左转动。

这样一番部署后，船控制住了片刻之前还曾威胁其生命的那些力量。狂风绷紧了风帆，送着"比利时号"从礁石旁边掠过，往东北朝着科克本海峡的方向飞速驶去。根据现有的海图，进入海峡的唯一路径是被称为"西复仇女神"和"东复仇女神"的两座礁石之间的狭窄通道。可随着船继续前进，事实很快就证明海图极其不可靠。指挥官在海图空白的位置看到了岛屿，而在标着陆地的位置却遇上了开阔水域。他不得不在狂风暴雨之中仿佛被蒙住眼睛一样驶入未知的、大雾弥漫的礁石阵，除了上天和他觉醒的航海本能，没有任何依靠。

那天傍晚，瞭望员看到前方有形状符合"西复仇女神"描述的礁石，根据指挥官的航海日志，"巨浪狂怒地撞在"礁石上

（强调为德·热尔拉什所加^①）。"比利时号"奇迹般地安然通过了科克本海峡的入口。随着它在雾气中驶入带有天然屏障的航道，甲板上的人们能够感觉到风渐渐小了。很快，他们就瞥到了第一抹绿色。这足以让一些人掩面而泣。

"比利时号"于 1899 年 3 月 28 日日出时分驶入蓬塔阿雷纳斯的港口。停泊在港口的船只远比队员们记忆中的更多、更气派。一开始，这艘饱经风霜的捕鲸船的到来没有引起多少轰动。长官们和几位船员划船靠岸。他们一个接一个地踏上陆地——去年 2 月以来的第一次。

踩在陆地上的感觉让部分船员欣喜若狂。"上岸的水手之中，有几位留在了沙滩上，踢踢这里踢踢那里，抛掷着小石块。"库克写道，"坚实土地的触感让他们产生了极大的兴趣，以至于他们在沙滩上继续玩了好几个小时，快活得像是在海岸上嬉戏的孩子。"

船员们留在船上，为长期停靠在港口做准备；几位长官和科学家则踏上了重返文明之路。"当我们沿街闲逛时，我们的走路姿势完全是一副醉鬼的样子。"库克写道，"我们踩着滑雪板和雪鞋旅行了这么久，又习惯了被大海抛来抛去的，已经忘了如何正常走路。我们分开腿，拖着脚，每一步都要注意稳住、保持身体平衡，总而言之，我们的步态滑稽极了。"在去旅馆的路上，他们对蓬塔阿雷纳斯发生的巨大变化感到大为震惊。他

---

① "狂怒地"（英语：furiously；法语：furieusement）与希腊神话中的"复仇三女神"（英语：the Furies；法语：les Furies）系同源词。

们感觉像是穿越了时空。泥路铺上了砖石，路上人头攒动，路边满是花哨的商店。电线在头顶蜿蜒，电灯到处可见，电话铃声也从窗户和门口不断传出。如果说这个小镇扩大了，那么世界似乎也变小了。

挤在养羊户、拓荒者和淘金者中间散步的是穿着巴黎最新款时装的有钱绅士和淑女。对"比利时号"满脸胡须、"爱情饥荒"的探险者而言，丝绸衬裙的窸窣声无异于"音乐与诗歌"。看到两位容貌秀丽的年轻女士，库克写道，对一行人产生了"一枚法拉第电池"①的电击效果，唤醒了男人们沉睡的虚荣心。"不知怎的，我们都同时不自知地把长了一年的毛发从脸上拨开，努力整理我们的领带，捣鼓我们的外套，不过，越来越多的线索迫使我们意识到，我们看上去丑陋极了。女孩们突然咯咯笑了，然后急匆匆地跑进门厅。"

直到走进旅馆房间，他们才意识到街上的女士们为什么总是避开他们的目光，或是直接逃走。镜子里望着他们的那张脸见证了他们所经历的苦难：它们看上去"很憔悴，颜色只比旧铜壶浅一度"，库克写道，"我们的皮肤很粗糙，活像磨肉豆蔻用的擦子；我们的头发又长又蓬乱，其中夹着大量白发，尽管我们当中最年长的人还不到 35 岁"②。他们的衣服上这里一块皮革，那里一块厚篷帆布，与南极生活十分相称，在这里却突然成了羞耻之源。

---

① 法拉第电池（faradic battery），也称医用电池（medical battery），19 世纪晚期至 20 世纪初期流行的一种便携式"电疗法"设备，号称可以缓解疼痛、治疗多种疾病。

② 远征队里年纪最大的亨利·萨默斯实际已经 36 岁。——原注

拜访裁缝和理发师可以有效改善外貌，但一行人的首要任务是填饱肚子。连续数月食用寡淡得令人作呕的罐头食品和油腻刺鼻的南极野味之后，他们渴望吃到新鲜蔬菜和草饲哺乳动物的肉。"若要我供认我们到底吃了多少牛排，我一定会羞愧难当。"库克写道。

"比利时号"归来的消息一经传开，一个由当地显贵和外交官组成的使团便与长官们会面，并提了一大堆问题：他们抵达极点了吗？他们有没有遇到南极原住民？接着，拜访者为探险者们更新了过去一年多里的全球新闻，包括法国的德雷福斯事件；美西战争，从宣战到打仗再到和解都是在他们离开期间完成的；瑞典热气球飞行者、极地探险家萨洛蒙·奥古斯特·安德烈（S. A. Andrée）在北极地区失踪；以及伽利尔摩·马可尼（Guglielmo Marconi）发明了无线电报。"我们对马可尼的发明尤其感兴趣，"德·热尔拉什写道，"因为有一天它无疑会对极地探险家十分有用，可以让他们与在公海巡逻的救援船只通信。"

远征队的邮件已经转寄到了澳大利亚墨尔本，因此，在蓬塔阿雷纳斯等待队员们的只有零零星星的几封搁置了一年的信件。要再过几天，亨利·萨默斯，众人之中唯一一名父亲，才会得知他年幼的女儿已经夭折。

一逮到机会，托勒夫森就逃到了蓬塔阿雷纳斯城外的荒地里。托勒夫森的船友们原本希望，既然他的疯癫是在南极浮冰上诞生的，那么随着时间和距离的推移，应该会渐渐消退，就跟范米尔罗的情况一样。但这位挪威水手的状态反而更不稳定了。他一消失就是好几天。每当食物吃完了，他就鬼鬼祟祟地回到城里，在德·热尔拉什入住的旅馆门外闲荡。他哀求指挥官给他几个钱买食物，然后就行色匆匆地返回他在树林里的躲藏点。

托勒夫森拒绝回到"比利时号"船上，哪怕是为了拿行李也不愿意。他似乎认定船上闹鬼。他留下了一本详细的日记，但我们永远无法得知他在日记本中吐露了什么：他的水手同伴们选择烧毁日记，不让后世看到其中的恐怖和妄想内容。

"这些文件本来会有一定的吸引力。"勒库安特写道，"就我而言，我宣布我与这项行为毫无关系，并谴责那些直接或间接造成这一结果的人。"

由于缺乏重返南极所需的耐力和资金，德·热尔拉什于4月初正式宣布远征行动结束。他请阿蒙森护送托勒夫森乘坐下一班前往欧洲的蒸汽船回家。虽然阿蒙森对德·热尔拉什依然态度冷淡，而且从未正式撤回他的辞职信，但他自感对船员们负有责任，所以答应了。告别时，他和库克互相承诺保持通信，并表示希望能够再见到对方，如果不是在挪威或纽约，或许就是在地球某个偏远寒冷的角落。

勒库安特、拉科维策、阿尔茨托夫斯基和多布罗沃尔斯基在南美洲多停留了几个月，各自开展科考项目，后来自行返回欧洲。同时，德·热尔拉什把"比利时号"开到蒙得维的亚，最后带着仅剩的船员回到比利时。船员中包括曾经公然违令的瓦尔泽，1897年被开除后，他一直留在蓬塔阿雷纳斯，现在求着德·热尔拉什重新雇用他。由于"比利时号"耗尽了所有煤炭，而且远征队没有资金购买新的，德·热尔拉什只好全靠风力。穿越大西洋花了两个半月，也抽干了指挥官仅存的一点精力。

不久后，库克也动身前往哈伯顿的布里奇斯大牧场，以便完成他对火地岛人的人类学研究。布鲁克林没多少让他牵挂的事物："比利时号"到达蓬塔阿雷纳斯的几天后，库克便得知他的未婚妻安娜·福布斯在前一年的复活节期间去世了。

尾声 "比利时号"之后

　　1899 年 11 月 5 日，星期天。这是一个凉爽的早晨，德·热尔拉什开着"比利时号"沿斯海尔德河而上，往安特卫普驶去。当船靠近荷兰与比利时边境附近的小镇杜尔（Doel）时，指挥官看到一队游艇绕过河道拐弯处来迎接他。他听到礼炮声在水面上回荡，依稀还能分辨出远处《布拉班人之歌》的喧闹声。同样的胜利乐声，曾在两年多前欢送远征队出发。1897 年的那个夏日，德·热尔拉什曾像杂技演员似的一蹦一跳地爬上绳索，在瞭望台上用力挥舞他的帽子，向家人和挚友们道别。而此时，向欢迎船队致意的是一个今非昔比的男人。"比利时号"偷走了他的青春活力。虽然它穿了一身雪白的涂料新衣，看上去光彩照人，与今天的场合十分相配，德·热尔拉什却身体僵硬，面容枯槁，头发更白更稀疏了，虽然他只有 33 岁。

　　船队之首是皇家游艇"克莱芒蒂娜公主号"（*Princesse Clémentine*），它派出一条小船来接德·热尔拉什以及勒库安特和其他几位长官与船员上船——为了这个时刻，他们重新归队了。在甲板上等候他们的是大臣、议员、比利时皇家地理学会的代表、重要赞助人、一些队员的家庭成员，以及其他显要人物。在一阵阵欢呼声中，德·热尔拉什长满胡须的脸终于露出了笑容。他忘记了疲惫，忘记了太阳穴处刀割般的疼痛。正如他从小就梦想着探索南极，多年来他也曾无数次幻想光荣回归的场景。此时此刻，他激动得说不出话。他被困在孤独凄凉的浮冰上时日思夜想的一张张面孔，此时就在他眼前。其中有他的父亲，其肖像一直挂在他的床位上方；他的母亲，她在努力而徒劳地试图忍住眼泪；他的第二母亲——莱奥妮·奥斯特里特满脸洋溢着自豪。与此同时，勒库安特与未婚妻夏洛特紧紧相拥，他是在"比利时号"出发前夕向她求婚的。

一阵寒风迫使人们将庆祝活动移到游艇豪华的室内。众人一杯接一杯地为探险队员与其祖国所赢得的荣耀干杯。"比利时号"未能刷新人类航行最南的纬度纪录，也没能抵达南磁极，但这都不重要。远征队测绘了新的土地，在南极圈以南进行了一年多的科学观察，还熬过了一个南极的冬天——全部都是历史第一，全部都是以比利时的名义完成的。安特卫普皇家地理学会① 将其金质奖章授予德·热尔拉什和勒库安特。颁奖词赢得了热烈的鼓掌，而当比利时内政大臣朱尔·德·特鲁兹（Jules de Trooz）宣布国王本人已决定授予远征队的长官和科学家们"利奥波德勋章"——比利时的最高荣誉时，鼓掌变成了震耳欲聋的欢呼声。想到自己已经加入一个神圣的兄弟会，"企鹅会"，勒库安特或许笑了，或许他希望另外两位骑士库克和阿蒙森也在现场共享这一时刻。（他们将收到邮寄的勋章。）德·特鲁兹问德·热尔拉什的母亲，她是否愿意执行将十字勋章别在指挥

---

① Koninklijk Aardrijkskundig Genootschap van Antwerpen（KAGA），有别于总部位于布鲁塞尔的比利时皇家地理学会。

官胸前的光荣仪式时，她扑进儿子怀里，流下了喜悦的泪水。

"'德·热尔拉什'这个姓氏不是第一次出现在我们国家的历史上。"德·特鲁兹对远征队领导说，"我们的一位国父拥有同样的姓氏。这个伟大的姓氏，以及附属于它的盛名，一定给您带来了沉重的负担，但指挥官，您已证明您是它当之无愧的继承人。"

出席庆祝活动的人们挤在队员们身边，几乎像昔日的浮冰一样将他们重重包围，令他们难以喘息。在场的一名记者留意到探险队员们看上去"无所适从"，被出席者们的殷勤关注弄得"心神不宁"。仪式过后，客人们和探险队员们在"克莱芒蒂娜公主号"奢华的会客室里闲逛，亲切地交谈，然后吃了一顿无比精致的午餐——几乎让人忘了半生不熟的企鹅肉的味道。这个环境完全是与南极相反的另一个极端，而队员们也终于开始感觉到，浮冰的种种恐怖都过去了。

可在大约一小时后，一阵骚动在游艇上荡漾开来。远征队的大管轮麦克斯·范里塞尔贝格晕倒了。他四仰八叉地躺在地上，心脏剧烈跳动，有如回到了南极冬天最黑暗的日子。医生们奋力挤过人群，在他身边清出一块空地。他们把他抬到一张躺椅上，他最终恢复了知觉。

南极尚未停下对其受害者的追捕。一名记者将队员们形容为"哈特拉斯船长再世"。虽然记者的本意只是想颂扬队员们的成就，但事实证明，引出凡尔纳笔下的英雄——在1866年出版的小说《哈特拉斯船长历险记》中，他从北极归来时已精神错乱，在一座疯人院度过了余生——作为比较对象，实在是异常贴切。当月晚些时候，约翰·布吕德，即促成购买"比利时号"的那位挪威外交官，写信给德·热尔拉什说明了托勒夫森的情况；指挥官此前已将利奥波德国王颁发的勋章寄给托勒夫森。"可怜的托勒夫森已经完全疯了，"布吕德写道，"现在有一些声音认为应当将他关起来。"

托勒夫森与恋人阿莱特生了一个儿子，两人结婚了。刚回到挪威时，托勒夫森曾给德·热尔拉什写信，说他打算在荒僻的北极岛屿斯匹次卑尔根岛（Spitsbergen）①建立一个比利时-挪威采煤业定居地。但到头来，过上富足生活的梦想无一实现。他被送到另一种聚居地：克里斯蒂安尼亚市郊的一个雇用并照顾精神病患者的农场系统。附近的小镇利耶尔（Lier）后来建起了一座精神病院，该院因使用脑叶切除术、电休克疗法等有争议的疗法而臭名昭著。托勒夫森和住在利耶尔农场的其他病人后来都注册成为精神病院的病人，他在那里度过了余生。②

远征行动官方报告于1904年在布鲁塞尔出版，报告对托勒夫森精神崩溃的解释读起来几乎像是爱伦·坡的小说："一名水手（范米尔罗）几次癔病发作，使他丧失了理智。另一名目睹了冰压力的威力，仿佛全身被恐惧击中，在这奇异而壮丽的景

---

① 北冰洋斯瓦尔巴群岛最大的岛屿，挪威领土。

② 1981年，前护工英瓦尔·安比约恩森（Ingvar Ambjørnsen）出版了《23号病房》（23-salen），一部一看便知是揭露利耶尔精神病院内幕的小说，这本书生动描写了病人被用皮带绑在轮床上、无人治疗或是在自身污秽物里打滚，以及他们骇人的尖叫如何在走廊里回荡等场景，震惊了整个挪威。不久后，医院的几幢大楼便关闭了。废弃的设施破旧不堪，几乎流露出一种病态，却成了喜欢恐怖和超自然元素的寻求刺激者的朝圣地。如今，医院大部分已夷为平地，除了两幢大楼——它们将被改造成高端公寓。——原注

象前——以及在对穷追不舍的命运的惧怕中——发疯了。"

告知德·热尔拉什托勒夫森每况愈下的三个月后,布吕德又有新的坏消息。娃娃脸恩格尔布雷特·克努森——24岁的舱面水手,"比利时号"过冬期间病得最重的队员之一——死了。克努森的死令指挥官十分震惊(他一直认为前者是一名堪称典范的水手),也使他在托勒夫森的悲剧以及丹科和温克的死亡之后又多了一份懊悔。

在"比利时号"回到安特卫普的那一天,德·热尔拉什竭力掩藏他的个人痛苦。他的坏血病已经好了,但在极度疲惫、持续头痛和库克会称之为"神经困扰"的重压之下,仍然病得很重。随着圣母大教堂的钟声为远征队而响起,指挥官步履艰难地穿过浮桥平台和市政厅之间欢呼雀跃的人海;一场正式的欢迎会将在市政厅举行。安特卫普人像潮水一样挤到比利时低调的新国家英雄身旁,通常只需两分钟便可走完的这段距离,此时似乎没了尽头。

在市政厅,以及后来在布鲁塞尔,队员们受到了更多的勋章嘉奖。所有典礼都结束、所有奖章都发完之后,在医生的坚持下,德·热尔拉什由母亲陪同,逃难似的来到法国的地中海海滨度假胜地静养。他在尼斯的帝王大饭店住了下来,花了一整年时间才恢复元气。

德·热尔拉什的病痛的确切原因一直是个谜。曾经重创他的坏血病如今已成回忆。与船上的所有人一样,他在持续数月的极夜中也经历了失眠症和心脏方面的症状。可是,大部分船友在回到南美洲时便已无大碍,德·热尔拉什的病症却一直持续到 1900 年。一个可能的解释或许与库克在"比利时号"暗房里用作定影剂的氢氰酸溶液有关,暗房的门是朝德·热尔拉什的房间打开的。这种物质被带上船,原本不是用来冲洗照片——那是库克的巧妙改造——而是用于对动物实施安乐死。氢氰酸的致死原理是使细胞缺氧。(它后来成了齐克隆 B 的主要成分,即"二战"期间纳粹灭绝营使用的毒气。)低剂量氰化物中毒的早期迹象正好与"比利时号"队员们所经历的症状十分相似:头痛,疲劳,心跳不稳,呼吸急促,局促不安,头晕目眩。此类中毒的幸存者往往表现出长期的神经系统影响。

在尼斯静养的头几周,德·热尔拉什收到一封令他精神大振的信。写信人是勒库安特,他此时已在比利时号委员会(Commission of the Belgica)担任一个领导角色,该组织致力于整理与出版远征队的发现。(由于科学家们的观察记录与他们带回的样本体量巨大,这项工作花了 40 年才完成。)在信中,勒库安特告知德·热尔拉什,他计划向委员会建议,将远征队最重要的发现——比利时海峡——以指挥官的名字重新命名。

"您知道,我是一个'抱怨精',所以没有人会认为我的提议只是出于客气。"勒库安特写道,"我确信,我的提议是公道之举。"如今,这道壮丽的 130 英里长的海峡以"热尔拉什海峡"的名字为人所知。

德·热尔拉什不仅没有辜负家族的盛名,还将成为该姓氏最著名的持有者。他和队员们所承受的痛苦磨难并不是他所赢得的荣耀的注脚;相反,正是因为这些磨难,他才赢得了他渴望已久的荣耀。在南半球夏季的末尾驶入浮冰群,这场不计后果的赌博赌赢了，但他永远不会忘记，这份回报的代价是三条性命和他自己的健康。

指挥官此后再未见过南极。返航后不久，"比利时号"被带到奥斯坦德，在那里得到全面整修，并终于除净了老鼠。1905年，它被卖给奥尔良公爵菲利普王子——一位花花公子冒险家，以及法国王位角逐者，假如法国恢复君主制。公爵聘用德·热尔拉什为船长，后者陪同他进行了几次北极探险。多年之后，德·热尔拉什将监制一艘气派的三桅帆船"墨卡托号"（*Mercator*），它后来被用作新一代比利时水手的训练舰——德·热尔拉什由此进一步履行了他提升祖国海事形象的终身使命。余生中，德·热尔拉什将扮演极地旅行幕后谋士的角色，满足于为南极探险的英雄时代——正是"比利时号"远征开启了这个时代——的参与者们出谋划策。

他的名字还将最后一次以颇为重要的方式出现在极地探险史上。第一次世界大战爆发前不久，他与拉尔斯·克里斯滕森——将"帕特里亚号"改装成"比利时号"的桑讷菲尤尔造船工程师——合作，着手建造一艘新船"北极星号"（*Polaris*），他计划用这艘船载着富有的游客进行北极熊捕猎旅行。这是一艘以绿心木包裹加固的三桅帆船，与"比利时号"有一种姐妹般的相似性。"北极星号"据说是有史以来最坚硬的木制船只之一。可是最后，德·热尔拉什因为资金原因不得不退出合作。克里斯滕森亏本将船卖给英国著名探险家欧内斯特·沙克尔顿（Ernest Shackleton），后者将它重命名为"坚忍号"（*Endurance*）。

1915 年 11 月，它被南极浮冰压碎，沉入威德尔海海底。①

从回到挪威的那一刻起，罗阿尔德·阿蒙森便开始策划他自己的探险行动。"比利时号"是一堂极地探险速成课，而现在他迫切渴望将他学到的经验教训付诸实践。"正是在这次远航期间，我的计划成熟了。"他后来写道，"我打算将西北航道这一儿时梦想与一个本身具有重要得多的科学意义的目标结合起来，即找到北磁极的当前位置（强调为阿蒙森所加）。"第二个目标或许会赢得一个学者小圈子的尊敬，但在加拿大北极地区危险的海冰之中开拓一条从大西洋到太平洋的航道——一项自发现新大陆以来探险家们始终未能实现的壮举——将会使群众为之沸腾，并为阿蒙森赢得如果不是与卡蒂埃或哥伦布，至少是与南森齐名的英雄地位。

他用他的遗产和他能讨到的一点借款——包括"比利时号"守护天使莱奥妮·奥斯特里特的一笔捐赠——买了外形邋里邋遢、有 29 年历史、长 70 英尺的单桅帆船"约亚号"（*Gjøa*），极地探险的黄金时代最不起眼的船之一。他于 1903 年 6 月 16 日凌晨带着 6 位队员从克里斯蒂安尼亚出发。8 月初，约亚号抵达加拿大北部地图不详、海冰密布的群岛区域。阿蒙森所选择的路线与他的儿时英雄约翰·富兰克林于近 60 年前率领"幽

---

① 随浮冰往北漂流近 5 个月后，沙克尔顿和他的队员们乘着"坚忍号"的救生艇，耗时 7 天划到了大象岛（Elephant Island）。从那里出发，沙克尔顿和 5 名手下开着这些无甲板救生艇中最结实的一条，"詹姆斯·凯尔德号"（*James Caird*），在惊涛骇浪中航行了 720 海里，到南乔治亚岛（South Georgia Island）寻求救援。这段长达 16 天的旅行算得上是极地探险史上最令人惊叹的伟大成就之一。——原注

冥号"和"恐怖号"所走的路线稍有不同。尽管如此，这条敏捷的捕鲸船仍连续两个冬天被牢牢困在威廉王岛（King William Island）附近，离两条英国船的沉船点不远。不过，与遵守皇家海军规程的富兰克林不同，阿蒙森从一开始便决心依靠北极野味生存，并采用因纽特人的穿着与旅行方式。库克在"比利时号"远征期间所作的干预使阿蒙森对按本地人的方式靠土地生活的益处深信不疑——而且，与"比利时号"的 17 人相比，更别提富兰克林的 130 人，采用这种生活方式对 7 个人（以及一些因纽特犬）而言远远更切实可行。

阿蒙森和船员们在威廉王岛岸边搭了一间棚屋。在两年的停留期间，他们一直与当地的奈特斯利克（Netsilik）部落成员保持富有成效的关系，后者带着斯堪的纳维亚人进行狩猎活动，以及，作为对西方商品的回报，为他们提供手工艺品、新鲜野味、雪橇犬，还有（探险者们认为这项报酬十分微薄）与他们的妻子们睡觉的权利。（阿蒙森后来坚称他曾劝告船员们——其中有几位已经成家——不要进行此类活动。）

第一年里，"约亚号"的队员们几次尝试寻找北磁极，跟着各式各样的精密仪器的指示，在冰面上蜿蜒而行。但他们受到了严寒和驾驶狗拉雪橇经验不足的阻碍。几年前在南极浮冰上远足时，库克已经使阿蒙森相信，犬类是冰上运输的首选。但教会斯堪的纳维亚探险者们如何驾驭雪橇犬的却是奈特斯利克人。掌握这门技艺后，阿蒙森和一位同伴佩德·里斯韦德（Peder Ristvedt）终于在 1904 年春天到达詹姆斯·克拉克·罗斯 1831 年确定的北磁极坐标。然而他们的仪器指针始终指向北方，为人们长久以来的怀疑提供了最可靠的证明：磁极是一个移动目标。几周后，两人到达了真正的磁极附近。

虽然探险者们在漫长的北极极夜里也出现了无聊和幽居病^①的症状，但他们没有像"比利时号"上的人们一般遭罪。奈特斯利克定居点——特别是奈特斯利克妇女——就在附近，显然起到了转移注意力的作用。作为领导者的阿蒙森专横霸道，有时还爱耍性子，与不爱交际、宽厚仁慈的德·热尔拉什形成强烈反差。（后者的队员们不无嘲弄地给他起了"总督"的外号。）但是更重要的或许是"比利时号"心有余而力不足的厨子路易·米绍和"约亚号"嗜酒成性、福斯塔夫^②式的厨师阿道夫·林德斯特伦（Adolf Lindstrøm）之间的明显差异，前者的"大餐"有多令人作呕，后者精致的炖海豹肉就有多美味。

"约亚号"较小的体形成了它的优势，使它能够轻松掠过通常会阻碍大船的礁石和浅滩。1905 年 8 月 17 日，它（向西）穿过了人类船只从白令海峡出发往东航行所到达的最东点^③。但是融冰期非常短暂。仅在几周后，探险队再次受到阻扰，被迫在浮冰里停留近一年；其间，一名队员病逝。直到 1906 年 8 月 31 日，"约亚号"才自豪地挂着挪威国旗，驶入阿拉斯加的诺姆（Nome）。

---

① 幽居病，cabin fever，直译为木屋热病，指因为长时间在隔离状态下或封闭空间内生活而产生的极端易怒与不安状态。

② 福斯塔夫（Falstaff）是莎士比亚《亨利四世》《温莎的快乐巧妇》等剧作中的人物，他嗜酒成性、贪恋美食，在西方文化中是体态臃肿的牛皮大王和老饕的代名词。

③ 即科尔伯恩角（Cape Colborne）。至此，人类已完成西北航道全段航行。

1899 年 4 月，当库克出现在哈伯顿，准备完成他的奥那人和雅甘人研究时，卢卡斯·布里奇斯惊讶地了解到"比利时号"终究度过了在南极的旅程。牧场主告诉库克，他的父亲托马斯·布里奇斯已在此期间逝世。但是卢卡斯兑现了已故传教士对库克的承诺，将他留下的雅甘语—英语词典手稿交给医生出版。此举完全是出于非凡的信任：这部词典收录了超过 31000个词条，是对一个正在消失的文明的宝贵记录。托马斯·布里奇斯生前没有制作副本。

库克在阿根廷待到 1899 年底。回到纽约后，他得为比利时号委员会发表三部深度专著。第一部将会分析他在"比利时号"过冬期间所作的医学观察。第二部是关于奥那人的人类学报告。第三部的书名是《雅甘语语法与词典》。在官方的待出版报告目录中——印在每一部已出版专著的背面——库克被列为该词典的作者。目录中没有提及托马斯·布里奇斯。虽然这行名不副实的署名或许只是粗心所致，但多年以后，它将作为库克的第一次轻微欺诈罪被提及。卢卡斯·布里奇斯声称库克盗窃了他父亲的毕生心血之作，并试图把它说成是自己的工作成果。

那是否真的是库克的目的，后世无从得知，因为他一直没有完成分配给他写的三份报告的任何一份。一回到布鲁克林，他的心思就被其他事情占据了。安娜·福布斯之死令他像十年前她的姐姐、库克的第一任妻子莉比死时一样郁郁寡欢、孤独寂寞。另外，虽然他重开了诊所，但他的很大一部分客户已在他缺席的两年间找了别的医生。再一次，他在冒险中寻求逃避。

与阿蒙森一样，他渴望领导自己的大型远征队。但是组织这样的远征要么需要名声，要么需要金钱，两者都是他欠"比利时号"委员会的三份费时费力的报告所不能给予的，因为他们永远不会传到精英学者小圈子之外。于是，他开始写一部关于比利时南极探险的通俗叙事。他只用了几个月便写完了初稿。1900 年出版的这本《度过第一个南极极夜》(*Through the First Antarctic Night*) 显露了库克高超的写作技艺。该书是第一本问世的"比利时号"回忆录，这严重违反了极地探险礼仪：库克清楚地知道——多年前，他正是因为同样的问题与罗伯特·皮尔里闹僵——首先出版是远征队领导者的特权。德·热尔拉什用了两年才完成他的叙述，《在南极的十五个月》(*Fifteen Months in the Antarctic*)，在当时被视为一项权威性的文学成就。在他之后，勒库安特于 1904 年出版他的旅行见闻录《在企鹅的国度》(*Au pays des manchots*)。库克的书销售异常火爆，使他成了美国的一个小名人。

这本书出版大约一年后，医生遇到了富有的 24 岁寡妇玛丽·亨特 (Marie Hunt)，与她坠入爱河。(两人第一次四目相对时，背景音乐是舒曼的《梦幻曲》。) 1902 年 4 月，库克写信告诉阿蒙森他们已订婚，并几乎带着歉意宣布了自己探险家生涯的终结："我预计在 6 月初结婚，然后我的极地探险就将结束。未来的库克太太邀请你来和我们一起住……来吧，让我们带你游览纽约。"

库克正式收养了亨特年幼的女儿鲁思 (Ruth)。不久后，夫妻俩迎来了小宝宝海伦 (Helen)。不过，家庭生活没有约束住库克的漫游欲太久。亨特不仅对丈夫的雄心壮志十分鼓励，还慷慨地资助了这些大计。到 1903 年夏天，库克已经回到探险的行当，带领一支探险队去阿拉斯加攀登迪纳利山 [Denali，当时被称为麦金利山（Mount McKinley）]——仍未被征服的北美最高峰。库克一行人骑马在山脉底部未经测绘的灌木丛和沼泽地里痛苦地走了两个月，马蹄声与拍蚊子声形成了奇特的切分音。他们没能找到登顶的可行线路，但在过程中成了已知最早的环绕这座山的人。

三年后，库克第二次向这座令人生畏的山峰发起冲击，这一次的团队成员包括更有经验的登山家。这一次他成功了。胜利为库克带来了他追求已久的认可。回到纽约，他被推选为新成立的探险家俱乐部（Explorers Club）会长。他的第二本书《登上大陆之巅》（*To the Top of the Continent*）于 1908 年出版，书中有一张照片，显示医生站在似乎是山顶的位置，挥着美国国旗。

探险家的人生是饥渴永远无法被满足的一生。尽管单独的目标可以实现，终极目标——某种不是存在于地球上某个偏远角落，而是存在于人心里的东西——却永远无法触及。每一项成就之后必须有更伟大的成就。到了 1907 年，库克已经决定好那项"更伟大的成就"是什么了。他没有对外公布消息，而是悄悄地去了格陵兰岛，据说是给一个朋友当狩猎活动的向导。一到那里，他的目光便转向北方。

***

那是史上最重磅的消息之一，其标题亦长得罕见：《弗雷德里克·A.库克医生找到了北极点，他通过电报将他如何把美国国旗插上世界之顶的独家报告发给了〈先驱报〉》。1909年9月2日早上，报童们手里的《纽约先驱报》几乎在一瞬间就卖光了。这期报纸用了大量版面以令人屏息的文字报道了库克的成就：他和两位因纽特猎人如何在1908年4月21日依靠狗拉雪橇抵达地理上的北极点；他们如何被困在德文岛（Devon Island）上，度过了残酷的北极冬天；他们如何在一次北极熊袭击中活了下来。塔夫脱总统[1]向库克致以祝贺，"水牛比尔"亦然。孩子们给他写信，问他是否见到了圣诞老人。

库克出乎意料的胜利引起了全球性的轰动，但是美国人尤其欣喜若狂。不到24小时，曼哈顿中城的几家酒店便开始供应"库克鸡尾酒"——由杜松子酒、柠檬汁、蛋清、黑樱桃酒和大量冰块组成。芝加哥的一家女帽制造商推出了女士用的"库克医生帽"——两英尺高的圆顶毛皮帽，意在呼应地球的圆形顶点。杂志和报纸给库克发电报，为他旅行见闻录的连载权开出了使人瞠目的诱人价格。《汉普顿杂志》（*Hampton's Magazine*）愿意出价10万美元[2]。出价很快上升到20万，次日达到25万。为了确保胜出，威廉·伦道夫·赫斯特（William Randolph

---

[1] 威廉·霍华德·塔夫脱（William Howard Taft），第27任美国总统（1909—1913）。

[2] 约合2020年的300万美元。——原注

Hearst)[①] 表示他愿意出库克收到的报价的两倍价格。然而，库克担心在赫斯特的"黄色新闻"报纸上刊载作品会贬损他的成就的重大程度。他暂时拒绝了所有报价。

探险家再过几个星期才会回纽约。在从格陵兰岛——丹麦属地——回来的路上，他在哥本哈根稍作停留，在那里受到了热情追捧。数月的食不果腹使他的五官棱角更分明了，牙齿也裂了几颗；码头上挤满了戴着高顶礼帽的官员和戴圆顶硬礼帽的围观者，他几乎无法通过。在短暂的停留期间，他获得了哥本哈根大学的荣誉博士学位。丹麦国王弗雷德里克八世为他举办了盛大的欢迎会，成为继比利时的利奥波德二世之后第二位向他致敬的君主。

库克的英勇事迹几乎是一经报道就受到了质疑。一定程度的怀疑是预料之中的，因为这项成就实际上是无法证明的。仅有的两位见证人就是那两名年轻的因纽特人，他们没受过天文观测训练，因此无法证实他们是否到达了所有经线交会之点。更让人怀疑的是，库克声称他完成了本可以证明自己的观测，但是由于担心自己无法活着穿越大陆回到文明世界，他将观测记录托付给了格陵兰岛北部的一位朋友，后者后来不得不将笔记留在身后。(这些记录后来再未找到。) 此外，几位极地专家对《先驱报》所描述的库克近乎超人类的冰上行进速度表达了

---

① 1863—1951，美国报业大亨，电影《公民凯恩》的原型。1895 年，赫斯特买下《纽约晨报》(后更名为《纽约美国人报》)，就此进入纽约报纸市场。该报凭借大量插画和彩页的使用、煽动性的报道手法、吸引眼球的标题、低廉的价格等特点，取得了空前的发行量；其与约瑟夫·普利策出版的《纽约世界报》相似的报道特点与激烈竞争催生了"黄色新闻"(yellow journalism) 一词，指未经充分调查、真实性可疑、耸人听闻的新闻。

怀疑。

但在大体上，公众接受并热情地庆祝了世界上最令人垂涎的地理大发现。弗里乔夫·南森表达了对库克的信任，医生在"比利时号"上的同伴们也是如此。"想到一些人认为库克医生的陈述是不真实的，我感到十分愤慨。"勒库安特告诉《先驱报》，他当时已成为比利时皇家天文台台长，"我认识库克医生这个人，我愿为他的诚实担保。他就是真实性的化身。"

库克作为北极征服者所享受的不容挑战的荣耀时刻仅持续了四天。9月6日，库克参加了哥本哈根一场为他举行的晚宴。在鼓掌欢呼的间隙，一名男子递给他一张纸条，上面写着："皮尔里说：'星条旗钉在极点了。'"

曾经的探险队领导罗伯特·皮尔里如今变成了主要对手，并宣布了与自己冲突的说法——如果说这令库克感到不安，那么他没有让这种不安显露出来。"如果皮尔里说他到达了极点，"库克告诉一位记者，"我相信他！"他后来发电报给《先驱报》："两个纪录胜过一个。"库克完全乐意分享他的桂冠，特别是因为，按照他的说法，他比皮尔里早了近一年实现目标。

三天后，库克在哥本哈根凤凰酒店自己的房间里接待了两位声名显赫的访客。一位是奥托·斯韦德鲁普（Otto Sverdrup），南森多年的副手，自己也曾率领"前进号"进行北极探险。另一位是阿蒙森，他也住在凤凰酒店。"比利时号"的两位老队友互相拥抱，因旅行而十分消瘦的库克消失在身形庞大的阿蒙森怀里。自他们上一次见面——十年前——以来，他们两人都已获得在"比利时号"船上时曾经幻想的那种声誉。

斯韦德鲁普和阿蒙森是来向北极征服者表示祝贺的。对库克而言——他不知道皮尔里的新闻在接下来几周将如何发展——这次拜访令人振奋，是对他表示支持的表态。随着人群在库克窗外欢呼，三个人组成了一场即兴的极地传奇人物峰会，畅谈过去和未来的旅行。

阿蒙森征服西北航道的成就使他成为弗里乔夫·南森的正统继承人。在那之后，他公布了一项行动计划，并为之筹集了资金；这场远征将模仿 19 世纪 90 年代初南森著名的"前进号"漂流之旅，尝试经由白令海峡到达北极点。象征着重要的火炬接力，南森准许阿蒙森使用他用过的那条坚固的碗底船。如果运气够好，北冰洋冰雪之下的环流将把阿蒙森带到足够高的纬度，让他能够借助雪橇犬（计划在阿拉斯加获取）走完最后一段路。但他意识到，库克和皮尔里一前一后地声称征服了北极点，已经剥夺了其作为地理学奖杯的大部分声望。他将争夺的只不过是残羹剩饭。

在酒店房间里，阿蒙森就地球最北地区的情况、洋流和天气，以及成功的可能性，问了昔日导师许多问题。库克表达了他对朋友能够实现目标的信心，但是，或许察觉到阿蒙森内心的疑虑，他建议他取消这次探险。阿蒙森充其量只能成为到达北极点的第三人。因此，医生建议他大胆改变方向。

"北极点已经不相干了。"他直言，"为什么不试试南极点呢？"

阿蒙森很震惊。他的脑海里出现过这个想法，只是从未说出来。但这是一个虚无缥缈的念想。那年早些时候，欧内斯特·沙克尔顿创下了新的"最南"纪录：他行进到了距离南极点 100 海里以内的位置，接着因为食物不足被迫掉头。余下的那段无人涉足的路程相对较短，对阿蒙森很有诱惑力，但众所周知，沙克尔顿的同胞与对手罗伯特·福尔肯·斯科特（Robert Falcon Scott）正在准备一场大型远征，以补上最后一段空白。

阿蒙森担心斯科特早做准备的优势和充足的资金会形成不平等竞赛的局面。然而库克认为，阿蒙森相较于英国人拥有一个关键优势。"斯科特不知道如何靠狗行进。"他说，"斯科特过重的行李会拖垮他。你明白的，除非靠狗或是翅膀，不然永远不可能抵达南极点。"

然后还有规矩的问题。阿蒙森觉得自己受到道义的约束——对赞助人、广大公众和南森本人的义务——必须落实已宣布的探险行动。另外，根据极地探险礼仪不成文的规定，斯科特可以期待在到达南极点的尝试中享有优先权，因为他早就表明了自己的意图。但是斯韦德鲁普论证说，库克和皮尔里争夺北极点的荣誉所酝酿的争议，早已将这些规矩礼节扔到了窗外。斯科特和阿蒙森之间的竞争会使公众着迷，并赋予最终胜利者更大的光环。

"让我们来场比赛吧。"斯韦德鲁普说。

阿蒙森仔细考虑了朋友的建议。他提出了最后一条反对理由，仿佛是在与自己争论。"'前进号'对汹涌的南大洋而言不是一条合适的远洋船。"他说，"但这就是应该做的事。让我再好好想一想。"

离开前，阿蒙森抽走了一张库克的私人信纸，回自己房间

后给丹麦负责格陵兰岛北部的最高行政长官写了一封短信，要
50 条雪橇犬。他已拿定主意：他不会去阿拉斯加了。

尽管库克大度地表示愿意共享北极点的荣耀，他却无法靠
花言巧语摆脱与罗伯特·皮尔里的冲突。对早就将北极点当作
一生志向的皮尔里而言，荣耀是一个零和游戏。只有库克失败
了，他才能胜利。光是库克竟敢试图摘取奖品这一点——皮尔
里一直觉得那是属于他的权利——就是无法原谅的背叛。从此
以后，皮尔里将坚称他昔日的同伴在到达北极点这件事上撒了
谎。库克，他说道，"只不过是给了公众一件赝品"。

由于两人都没有为自己的壮举拿出无可置疑的证据，冷静
比较地理学数据是不可能了。相反，故事演变成了激烈而不愉
快的品德之争，主要战场是《先驱报》（支持库克）和《纽约
时报》（支持皮尔里）的版面。这场争论是一场消耗战，两人
的名声都受到了损害。皮尔里的阵营——比库克的更富有，人
脉更广，更执着——最终占了上风。为了揭露库克撒谎成性，
皮尔里的盟友们追踪到了埃德·巴里尔（Ed Barrill），一名蒙大
拿州向导，曾陪同库克第二次远征迪纳利山。以一笔可观的款
项为回报，巴里尔承认他们两人离登顶还差很远。他声称为库
克的旅行回忆录《登上大陆之巅》增色不少的那张照片，实际
上是一张经过剪裁的照片，摄于一座比主峰矮了数千英尺的次
要山峰。

1909 年 12 月，亨里克·阿尔茨托夫斯基，"比利时号"的
地质学家、气象学家和海洋学家——以及船上经常成为笑柄的

人——在比利时《大都会报》（*La Métropole*）的一系列杀伤力极大的文章中发表了他对这场争议的看法。尽管赞扬了库克的聪明才智，阿尔茨托夫斯基却对他是否讲究准确性表示怀疑。"除了绝对无可否认的探险家素质……库克显然还拥有非凡的想象力。"波兰科学家写道，指的是医生在抗击坏血病和抑郁症方面的医学创新，以及他冲出南极浮冰的疯狂想法。但是阿尔茨托夫斯基质疑"库克是否已习得正确算出地球上某一点的经纬度所需的数学与天文知识"。

同月，哥本哈根大学给了库克的名誉致命一击：该校审查了他能够提供的仅有的一点天文学证据，认为它不足以证实到达极点的说法。针对皮尔里就没有这样的听证会，但在那个时候，这已经不重要了：库克已被打上"骗子"的标记，这还只是扔在他身上的比较客气的一个名号。其他名号包括"奸诈怪物"和"伪装巨匠"。最后，出版商撤销了报价。库克担任会长的纽约探险家俱乐部则取消了他的会员资格。

由阿蒙森掌舵，"前进号"于1910年8月9日离开挪威，往南驶向马德拉群岛。这并不令人惊讶，因为阿蒙森此前已宣布，计划绕过合恩角后再度北上，取道白令海峡驶入北冰洋。但到了丰沙尔（Funchal）[①]——债主们无法找上门的安全地带——他向队员们宣布了一个令人震惊的决定。他们最终仍将前往北极，他说，但首先要绕个道——去南极。他们将向斯科

[①] 马德拉群岛首府。

特发起挑战。

突然的转向令英国人措手不及。南森也大吃一惊：48 岁的他仍希望将征服南极点的成就留给自己。为了完成他认为是自己命中注定的事，阿蒙森背叛了他的偶像，正如 12 年前，他与自己曾经深深敬佩的德·热尔拉什分道扬镳。

穿过南冰洋，"前进号"于 1911 年 1 月到达罗斯海沿岸的鲸湾（Bay of Whales）。自阿蒙森上一次看到南极海冰已经过去十多年了。他和手下在罗斯冰架边缘造了一间棚屋，在里面住了数月，为向极点发起冲击做准备。在此期间，林德斯特伦一直为他们提供美味且抗坏血病的炖海豹肉。10 月 19 日，阿蒙森带着另外 4 人和 52 条雪橇犬，凭借雪橇和滑雪板向极点进发。他们的目标在 800 英里之外，海拔超过 9000 英尺，而到达那里的路上挡着比那高得多的山峰。阿蒙森一开始设定了可以应付的每天 15 到 20 英里的配速——每天行进 5 到 6 小时——让人和狗在夜间恢复体力。挪威人的狗拉雪橇策略与库克在"比利时号"上为"企鹅会"计划中的寻找南磁极之旅提出的方案惊人相似。

虽然对他们的雪橇犬有很深的感情，阿蒙森和他的团队却定期射杀速度最慢的狗，拿它们的肉喂它们的兄弟姐妹，甚至他们自己也会饱餐一顿。这种冷血而高效的方法——最早是他、库克和勒库安特在"比利时号"远征期间想到的——使雪橇保持轻盈，让他们在 12 月 14 日到达了南极点，并且每个人都得到了充分休息、充足的营养，且没有患坏血病。①用六分仪在一天中不同时刻进行观测，测量太阳在上方绕行时的高度，阿蒙森核实了他确实已到达南纬 90 度。

"看着太阳日夜在可以说是同样的高度绕着天空漫步，挺有趣的。"他写道，"不知怎的，我觉得我们是看到这奇观的第一批人。"这条藏在日记里的评论显示，阿蒙森对库克和皮尔里到达北极点——在那里，他们照理应该目睹了同样的现象——的说法均抱有怀疑。如果他的直觉是对的，那么北极点仍然是可供争夺的。自从他在"比利时号"探险期间开始在心里记账，他的极地纪录账簿已经写得很满了，而且他刚刚完成一项能够为他在人类探险伟人祠锁定永久席位的壮举。但是，新增一个条目的空间总是有的。

在那一刻，罗伯特·福尔肯·斯科特仍在 400 多英里之外，由一条不同的路线前往南极点。对于旅程的最后阶段，固执的船长决定不使用——也不会定期射杀——雪橇犬，这种方法在他看来很残忍，也不符合体育精神。相反，斯科特依靠西伯利亚矮种马（也称雅库特马）拉着设备翻越横贯南极山脉（Transantarctic Mountains）。与狗通过喘气排出水分不同，矮种马消耗体力时会大量出汗。它们的汗水在零下气温下和山地无休止的强风中会冻结成冰。由于无法再往前，斯科特所有剩余的矮种马都不得不被射死，5 个人只能靠人力拉着超重的雪橇走了数百英里——一段艰苦得令人费解的旅程，弄得他们筋疲

---

① 多亏了以库克的护目镜（根据因纽特设计制造）为基础，用摄影滤光镜做镜片的护目镜，阿蒙森一行人还避免了雪盲症。——原注

力尽、饥饿至极，还遭受了冻伤和早期坏血病的侵袭。斯科特等人于 1912 年 1 月 17 日到达极点。这个点——无边无际、平淡无奇、毫无生机的白色雪原上，仅仅存在于理论层面的一个点——是一副令人胃部绞痛的景象：一顶圆锥形帆布帐篷，其上方飘着红、白、蓝三色的挪威国旗。

"最坏的事情发生了。"斯科特在日记里写道，"上帝啊！这个地方糟透了。"

在帐篷里，斯科特找到阿蒙森留下的一张字条：

亲爱的斯科特船长，

由于您很可能是在我们之后第一个到达这块区域的人，我想劳烦您把这封信转寄给哈康七世国王。如果您能用得上留在帐篷里的任何物品，请尽管取用。我真心地祝愿您归途平安。

罗阿尔德·阿蒙森敬上

带着一丝嫉妒，斯科特暗暗欣赏着这顶帐篷瘦高、可以避风的形状，但他仍将它视为落败的象征。他认为它的存在，正如那张字条和帐篷里的供给，代表着挪威对手残酷的怜悯之态。他不可能知道，那其实是阿蒙森在向他的朋友和导师致敬：帐篷是库克设计的，与 1898 年冬天"企鹅会"在海冰之间旅行时医生缝制的那顶完全相同。那是阿蒙森将库克带到南极点的方式。

英国人在极点逗留了几天才踏上归程。遭到暴风雪袭击，受到冻伤的折磨，以及总体而言霉运缠身，他们的行进速度非常缓慢。1912 年 3 月底，斯科特和同伴们死于寒冷和饥饿，此时距离下一个食物补给站仅有 11 英里。

在报刊和科学界与他反目之后，库克决定直接呼请美国大众的支持。他成了歌舞杂耍团的常驻嘉宾，在整个国家巡演，讲述他的版本的征服北极点的故事。他在一个接一个城市与魔术师、异国风情的舞蹈演员、动物管理员和黑脸秀①演员共享一个舞台，呈现了趣味十足的节目——一部对科学讲座的仿作，他在其中不断怂恿观众在提到皮尔里的诡计和恶毒的媒体时发出嘘声。然而，尽管喝彩声令他陶醉不已，但他一定知道许多人的鼓掌是讽刺性的。他已然成为国民笑话。

库克作为探险家的日子走到了尽头。没几个赞助人愿意冒险支持有欺诈嫌疑的人，而另一方面，他已经将妻子的大量财富浪费在他的探险行动上。受到 1910 年代末石油热的诱惑，他先是在怀俄明，后在得克萨斯，试图以石油商的身份重启人生——如此决定的背后是一个模糊的概念，即他的极地探险经历使他具备了地质学专家的资质。在沃思堡（Fort Worth），他闯入了一个充斥着阴谋策划者、投机分子和废话大师的世界，发现自己在这里如鱼得水。库克将他的恶名变成了财产。由于石油行业充满不确定性和投机炒作，企业往往将其合法性押在某位正派的——至少听上去挺正派的——名义领导者的威信上。（例如，一家得克萨斯石油公司的小册子隆重推出了一位自封的"罗伯特·A. 李

① minstrel show，一种基于种族刻板形象的美国滑稽剧，流行于 19 世纪初至 20 世纪初，最早由白人演员将脸涂成黑色扮演奴隶等黑人角色。

将军"，这位法庭大楼清洁工与名声沾边的点在于，他长得与罗伯特·E. 李将军[①]有几分相似。）

1919 年，库克创立了得克萨斯鹰石油公司（Texas Eagle Oil Company）并成为其主要股东，又将他的几乎所有收益再投资于该公司。然而在当地的激烈竞争中，他未能开采出石油。正如以前许多次他在面对似乎不可逾越的障碍时所做的，库克愈加坚定了决心，找到了巧妙的方法——尽管不完全诚实——绕开问题。他成立了石油生产商协会（Petroleum Producers' Association，简称 PPA），以极低的价格买下 300 多家失败的石油公司，指望其中一些最后会开采出喷油井，从而为整个企业赢利。不过，在那之前，他得依靠股东才能维持下去。

库克和他的团队撰写了辞藻华丽的宣传材料，许诺说任何投资人都能获得像洛克菲勒一样的收益。他们以库克的名义给已经破产或即将倒闭的单位——它们构成了 PPA——的股东们写信，提出让他们以原价的 25% 的价格将他们的股份转到库克的公司——他的一位抨击者后来将称之为一个"巨大的再装股票骗局"。

为了赢取通信人的信任，库克提到了他在地球两极的经历：

> 我的人生没有哪个时刻是舒适的；从北极点到南半球的边界，受尽了磨难。所有这些痛苦煎熬都未曾得到补偿，仅是为了扩建文明及改善人类这唯一目的。

[①] 罗伯特·E. 李（Robert E. Lee，1807—1870），美国军事家，在南北战争中担任南方联盟总司令。

而我来联系您，是带着以上的数据事实、以我的名誉许下的承诺、我作为人的声誉——所以这一切，包含在一个积极的保证里，只为帮助您，因为我知道地球上的每个男人、每个女人都有赖于投资来获得财务上的成功。

一开始，这个花招奏效了，PPA 一时间资金十分充裕。截至 1922 年 12 月，其名下公司的资本达到了 380861000 美元。但是库克花钱的速度比筹钱快，其中一大部分被用于公司位于沃思堡的高档总部办公室的各项支出。由于几乎没有可支配的石油收入，库克只好通过售卖更多股份，向现有股东支付每月分红。库克相信他的油井终将带来回报。事实是，他的计划与美国历史上最臭名昭著的一起诈骗案并无多大差别，即以其主犯查尔斯·庞兹（Charles Ponzi）的名字命名的、发生在短短两年前的庞氏骗局。

1923 年 4 月，库克被指控犯有多项欺诈罪。联邦检察官论证称，PPA 的唯一目的在于获取已经关闭的石油公司的股东名单，从而诱骗他们对一家新公司投资。（这种技巧在盲目钻探时期并不罕见。与"黑金"本身几乎一样珍贵的正是所谓的上当受骗"易感者"名单，石油推销者会把他们夸大了的或完全虚假的营销材料寄给这些潜在受骗者。）

整整 7 个月，这场审判紧紧抓住了全国人民的注意力。库克的主要辩护点：他唯一的过失是过于乐观。这曾是他在南极浮冰上的最大财富，如今却使他身败名裂。他完全相信他的公司会在某个时候开采出石油——事实上，他把自己的每一分钱都投进了这项事业。然而联邦法官约翰·M. 基利茨（John M. Killits），一个不苟言笑、永不妥协的中西部人，并没有被说服。他称库克为 20 世纪的马基雅维利，对他处以 12000 美元的罚款（库克声称他拿不出这笔钱）和 14 年零 9 个月的监禁——截至当时对类似罪行做出的最严厉的判决。库克的盛名使法官得以儆效尤。不过，人们几乎可以感觉到，库克是因为某种更广泛的道德缺陷而受到惩罚。这项判决，基利茨暗示，是对库克玩弄美国人民如此之久的严惩。判决是针对石油诈骗案的，但也是针对迪纳利山和北极点的。

1925 年 4 月 6 日，库克从沃思堡看守所转到莱文沃思监狱。从各方面来看，他都是一位模范囚犯——除了他令人恼怒的一周只洗一次澡的习惯，而这么做是基于一个从医学角度来看很可疑的观念：泡澡会使毛孔为疾病打开大门。他养成了刺绣的爱好，并且，与许多他认真做的事情一样，他完全掌握了绣花技术。"如今，我像珍视我最好的文学创作一般珍视这针线活的成果。"他写道。（有一次，监狱长把库克的花卉图案作品匿名提交到一项全州范围的比赛，结果他打败堪萨斯州的家庭主妇们，赢得了第一名。）后来，他成了《莱文沃思新时代》（*Leavenworth New Era*）的主编和主要作者。在他的领导下，这份监狱周报更名为《新时代》，在全美国都有读者。[他的订阅者包括有很大影响力的巴尔的摩编辑和文学评论家 H. L. 门肯

（H. L. Mencken）^①。] 报纸涵盖的话题反映了他本人永不停歇的好奇心：从语言学一直到男性特有的秃顶问题。这份报纸变成了一个平台，供他详细阐述自己这一生提出过的各种新奇理论。例如，他在一篇文章里重提他和阿蒙森在"比利时号"上虚构的"新方舟"，论证说南极有足够多的企鹅，可以解决全球饥饿；它们的粪便可以用来为全世界的庄稼施肥；以及饲养企鹅可以提供大量优质工作岗位。^② 在另一篇文章中，医生提出衣物使得文明世界的人们无法吸收太阳滋养人的光线；20 世纪 20 年代穿大低领的时髦女郎（flapper）方向非常正确，但更高明的还属许多年前他在火地群岛研究过的裸体原住民。

在服刑初期，库克被指定在监狱医院值夜班。当时在服刑的还有别的医生，许多都比他年轻，对最新的医学发展也更清楚。但他们大多数都已被禁止执业，即使在监狱里也不行，因为他们违反了 1914 年的《哈里森毒品法》（*Harrison Narcotics Act of 1914*），该法案约束了鸦片制剂和可卡因的分销，使继续无节制地开这类药的医生成了罪犯。由于库克的罪行与行医活动无关，他被选为夜班实习医生——这个职位在他看来远在他的能力之下，但毕竟给予了他一丝尊严。

库克的工作简直就是为他量身定做的。即使在禁酒令执行最严格的时候，莱文沃思的海洛因和鸦片成瘾者在数量上仍超过了饮酒狂欢者和酒精走私贩。夜里，监狱的墙壁之间回荡着

---

① 1880—1956，美国记者、散文家、编辑、语言学家，20 世纪 20 年代美国最有影响力的文学评论家。

② 他后来给丹麦首相索瓦尔德·斯陶宁（Thorvald Stauning）寄了一份冗长的将企鹅引入格陵兰岛的计划书。——原注

戒毒者痛苦不堪的尖叫。一个接一个地，犯人会央求医生让他们再吸一口，或者至少给他们打一针镇静剂。根据莱文沃思的规定，库克基本上无视了他们的恳求。他的病人当中也有受一种贫血症折磨的人，他把这种病症称为"监狱苍白"。监狱长威廉·比德尔（William Biddle）管理下的监狱条件糟糕至极，犯人们的抱怨包括过度拥挤、身体伤害和无法下咽的食物——而且分量还不足。很多人牙龈变色了，指甲变得脆弱易折，牙齿也松了——医生马上认出这是坏血病的早期迹象。对于这些病例，他建议的疗法与他为"比利时号"队员们开的药方惊人相似：有规律的锻炼，富含维生素的生食（包括生肉）饮食，以及长时间接触阳光。正如"比利时号"上生病的长官和船员们早已发现的那样，库克有一种抚慰人心、近乎催眠的能力，这或许解释了为什么他的疗法——无论多么不正统——似乎对病人们起了作用。

有了"比利时号"的经历之后，库克就开始崇拜太阳了。他相信，几乎没有病症是太阳无法治愈的。它是对抗寒冷和黑暗的迫害的万灵药。而在他当前的心境下，莱文沃思就是世界上最冷的地方。

1926 年 1 月 19 日，库克得知他有一位访客。此前，他一直拒绝家人朋友们来狱中看他，但这一位可不是普通的来访者。如果说库克的监禁代表着灵魂的漫长极夜，那么罗阿尔德·阿蒙森就是太阳。挪威探险家正在美国进行巡回演讲，为他的下一场远征——乘飞艇前往北极点——做准备，他选择在堪萨斯稍作停留，在库克遭受厄运的时刻拥抱这位"比利时号"的老伙伴。

两人互相挨着坐在一张长椅上。阿蒙森紧紧握住库克的手。"我想让你知道，"他开门见山地说道，"即使全世界都与你为敌，我依然相信你的为人。"谈话过程中，库克的手始终握在阿蒙森手里。他们回忆起"比利时号"的时光，谈论船员名单中哪些人还活着，哪些人已去世。他们谈到了两人在南极的共同冒险与阿蒙森征服南极点之间的关联。

话题转到了女人。

"你这个脑壳死硬的单身汉，"库克打趣道，"姑娘的事怎么样了？"

库克满以为会引来好友的顽皮一笑。但阿蒙森反而更阴郁了。"我想我是应该结婚吧。在这次远行之后……然后我就会结婚，之后再开始新的探险。"

库克可以明显看出，岁月使阿蒙森的性情变硬了。愤慨的英国媒体抨击他以不诚实的方式挑战了斯科特，导致他的名声受损。1913 年，一名远征队友自杀了——亚尔马·约翰森[①]，抵达南极后，阿蒙森认为他有不服从命令的行为，拒绝让他加入向南极点发起最后冲击的雪橇小分队——为他的成就又添一层阴影。一次跟随浮冰漂流到北极点的尝试——为此专门建造了

---

① 指弗雷德里克·亚尔马·约翰森（Fredrik Hjalmar Johansen，1867—1913），挪威著名极地探险家，曾在第一次"前进号"航行中陪伴弗里乔夫·南森依靠滑雪板和雪橇向北极点发起冲击，创下北纬 86° 14′ 的最北纪录。并非"比利时号"水手卢德维格·亚尔马·约翰森（1872—1914）。

"莫德号"（*Maud*）①——在坚持许久后以耻辱性的方式宣告失败，成了风光无限的南极点远征的荒唐续集。

私人生活的进展情况也好不了多少。持续不断的财务问题致使阿蒙森与亲近的朋友以及他的哥哥兼经纪人莱昂决裂了。"莫德号"远征回来时，阿蒙森身边有两个因纽特孩子——丧母的 4 岁女童卡孔妮塔（阿蒙森收养了她）和稍大一些的女孩卡米拉。他很喜欢这两个孩子，想让她们在挪威过上更好的生活。但破产很快迫使他把她们送回卡米拉在俄国的家人身边。过去十年是心碎的十年。

然而到了 1925 年，阿蒙森的好运就成功恢复了。那年春天，他和美国探险家、赞助人林肯·埃尔斯沃思（Lincoln Ellsworth）率队乘坐两架道尼尔"鲸"系列水上飞机，尝试抵达北极点。当探险队失联已数周时，全世界都以为飞机已失事，飞机上的 6 个人也已遇难。但事实是，飞机降落在了距离北极点 160 英里的海冰上。（乘飞机到达的北纬最高纬度，阿蒙森在脑海中那份如今似乎已长得没有尽头的"第一"清单上写道。）将其中一架飞机重新送上天的艰巨任务，称得上是阿蒙森生涯中最值得钦佩（虽然一直常常被忽略）的壮举之一：为了清出一条跑道，他们铲了约 600 吨雪——且是在食物配给严重缩减的情况下完成的。从工作量和极低的成功概率来看，它仅亚于 1899 年"比利时号"史诗般的浮冰逃脱。

阿蒙森向库克详细讲述了这次冒险。有那么一刻，库克感

---

① 以挪威国王哈康七世的配偶、王后莫德的名字命名。

觉自己不是在莱文沃思阴暗潮湿的囚室里，而是在宽敞的驾驶舱，在他朋友身边。

"我希望下一次飞行远航你可以跟我们一起。下一次，我们将会飞越极点。"阿蒙森说。

尽管此时的阿蒙森极地探险经验远比库克更丰富、更新鲜，但他仍然愿意讨好昔日导师，问他如何看待飞行到达极点的科学价值。医生已经将近 20 年没有进入过北极圈或南极圈了，他执着于旧有的方式。

"一个人若是使用了翅膀，他也就失去了两足动物的视角。"库克说道，"这就是理解之底线。"

然而阿蒙森指出，高度可以提供极佳的俯瞰视角，或许能够为库克到达北极点的成就作证。"上次飞行中，在降落之前，"他说，"我们可以看到离极点足够近的区域，从而判断那里的整体情况。我所见到的一切都证实了你的报告。没有陆地，天空和海冰呈现出奇特的颜色，没有冰山，海冰的特点和漂流的方向如何。"

库克惨然一笑。阿蒙森的肯定对医生意义重大，后者从未停止宣称他到达了北极点。

谈话转向了他们俩如何都在反复无常的公众和无道德原则的媒体手中吃过苦头。或许是为了不让探头探脑的警卫听到，阿蒙森改用了法语。"我们的命运是艰苦的命运，"他说，"从贫困的深渊到荣耀的高峰。从辛苦挣来成功的短暂魔法到谴责之言的鞭笞。多年以来，我一直在想你是怎么忍受住这一切的。我也经历了同样的事，虽然可能不是恶意之刀，但那种令人讨厌的嫉妒是一样的。"

阿蒙森用库克称之为"'比利时号'语"的语言——在此时的情况下是佛兰芒语、德语和挪威语的混杂——继续说:"舌头和鱼叉之间有一种关系。两者都能造成令人疼痛的伤口。长矛造成的伤口会愈合。舌头造成的伤口则会腐烂。"

库克被这种情绪的力量震撼了。看着昔日同伴的眼里泛起泪花,他也开始流泪。

"人们是在黑暗中刺了你一刀,"阿蒙森继续说,"至于我,他们是在光天化日之下给了我一刀。"

片刻的沉默。阿蒙森握了握库克的手,望向窗外单调的冬日景色。

"我真不愿看你待在这里。"他说,"注意身体。把你的回忆和记录都付诸文字。你和我都曾多次去过地狱。地狱是个寒冷的地方,但正是因为那里的黑暗,当你出来时,阳光会更美好。"

"听你以这种方式说话,我真高兴啊。"库克说道,"可是,阿蒙森,如今我被控告想象力太丰富。"

"继续保持吧,只有愚人的舌头才会那样摇摆。"

一小时后,阿蒙森站起来,最后一次拥抱了库克,用挪威语说了再见。

这次拜访留下的美好回忆将温暖库克很久,陪他度过在莱文沃思余下的时光。就像漫长的南极极夜过后第一次升起的太阳,阿蒙森使他心里充满了重燃的希望和能量。他开始写回忆录,用了冗长的一章专门回忆"比利时号"的同伴们。库克将这部手稿的标题定为《地狱是个寒冷的地方》(*Hell is a Cold*

Place），把它献给阿蒙森。

　　此处引用的对话正是出自那部未出版的手稿。但这里面有<u>些</u>可疑的东西。"阿蒙森"塞满比喻的长篇独白（常常持续好几页）更像是库克的华丽文笔，而不是阿蒙森简短生硬的腔调。有几个段落损坏了可信度：例如，阿蒙森怎么能用三种语言——其中只有一种是库克懂的——说出如舌头／鱼叉的格言这般晦涩难懂的话语？为什么他要切换到法语，既然他知道库克在一支比利时探险队里待了20个月之后，仍然几乎一个法语单词都不会？还有，"地狱是个寒冷的地方"这句话，此处被指是出自阿蒙森之口，但库克的回忆录里有好几处都出现了这句话，每次都是不同的人说的。（比如，勒库安特就在"比利时号"受到严酷考验时说过这句话。）

　　读者不由得猜想，库克对这次拜访的回忆有几分真实性。有一些肯定是真的，他对阿蒙森深深的友爱之情——正如阿蒙森对他的爱——是毋庸置疑的。但是，与库克后半生的其他许多事情一样，区分事实和虚构几乎已经不可能，尤其是他职业生涯晚期未经证实的成就。

　　证据强有力地指向这样的事实：他最多只到达了距离北极点几百英里的地方。[1] 但我们永远无法确切地知道——归根结底，这是无法证明的。另有一点同样不明确：库克的不可信在多大

---

[1]　罗伯特·M.布赖斯（Robert M. Bryce），极其详尽的《库克与皮尔里：极地争议，结案》（*Cook & Peary: The Polar Controversy, Resolved*）的作者，对这一观点作了尤为令人信服的论证。——原注

程度上是出于恶意。也许他认为他到达极点了。也许他认为在
经历一场不可否认的英勇之旅之后，他理应到达了极点。

库克完美诠释了一种典型的美国精神，这种精神危险地游
走在刀锋边缘，游走在乐观与妄想、大胆与诡计、想象与荒唐
的边缘。正是这种精神将他拽出童年的赤贫，激发出他的好奇
心和独创力。正是这种精神启发他在没有任何支持性证据的情
况下为他的"比利时号"船友们制定开创性的治疗方案，并策
划出史无前例的逃离浮冰计划。也是这种精神使他坚信他能够
到达北极点，登上迪纳利山，在得克萨斯致富——或许还在他
追逐这些目标失败时，促使他扭曲了真相。

如果说我们无法完全相信库克对他与阿蒙森重逢时刻的记
录，因为它似乎是为了支持医生到达了北极点这一说法而重新
想象的，那么我们还可以依靠阿蒙森自己的叙述。在莱文沃思
会面的几天后，挪威人的巡回演讲行程把他带到了沃思堡，他
在那里接受了一名《纽约时报》通讯员的采访。

阿蒙森的监狱探视成了全国性新闻。像他这样声望极高的
探险家竟会自降身份与臭名远扬的骗子弗雷德里克·库克联系
在一起，这一事实重新燃起了北极点的争论。

记者问阿蒙森对库克是什么印象，以及他们谈了什么。

"可怜的人——他上年纪了，精神差不多耗尽了。"阿蒙森
说，"他从未提起他的判决，只谈了旧日时光和我最近乘飞机去
北极的旅行。他告诉我他很快乐，会做针线活打发时间。真可
惜！太可惜了！"

阿蒙森表示他不清楚库克是否应该坐牢，因为他没有关注

该案件。但他更愿意谈论库克的探险家素质这一话题。

"在我看来他一直是个天才。在我们还年轻，一起参加比利时南极探险的时候，我曾说过如果有任何人能到达北极，那个人就是库克医生……库克是我当时见过的最优秀的旅行家。"

他在表达什么？在说库克确实到过北极点吗？

"我的观点是，他的故事与皮尔里的一样可信……有可能他们两人实际上都没有到达北极，但是，不管怎么说，在我看来库克医生的说法与皮尔里的一样合理。"

阿蒙森几乎马上就会有理由后悔自己的坦率。在公开表示库克和皮尔里声称到达北极点的说法同样有效之后，美国国家地理学会——该机构在争议中支持皮尔里，并在1920年皮尔里逝世之后依旧坚定地拥护他——撤回了请阿蒙森在其下一次极地飞行之前对该学会发表演讲的邀请。

阿蒙森声称文章错误地引用了他的话。冒犯到国家地理学会的是库克和皮尔里都到达了北极点这层含意，因为这就意味着是库克先到的。但更发人深省的那部分引语——阿蒙森从未对这句引语提出异议——是"他们两人实际上都没有到达北极"这一暗示。这不是一份客观中立的声明。通过播洒质疑库克和皮尔里的种子，阿蒙森聪明地为自己即将开始的北极点之旅加大了注码。

1926年春天，阿蒙森乘着飞艇"挪威号"（*Norge*）出发，同行的是一个16人队伍，其中包括林肯·埃尔斯沃思和飞艇的意大利籍设计师兼飞行员翁贝托·诺比莱（Umberto Nobile），后者坚持要带上他不停吠叫的宠物狗蒂蒂娜（Titina）。"挪威号"于1926年5月12日抵达极点，并在极点上方盘旋了好一会儿，让阿蒙森、埃尔斯沃思和诺比莱分别放下挪威、美国和意大利国旗。

仅仅三天前，美国飞行员理查德·伯德（Richard Byrd）从一次北极地区的飞行回来，他驾驶一架三引擎飞机，绕着极点转了一圈——他是这么说的。从他落地的那一刻起，他所谓的成就便受到了质疑。近年来对他日记的仔细检查证明了怀疑者是正确的，调查显示，伯德曾试图抹掉与他后来打印的报告相互矛盾的六分仪数据，这些数据表明他离目标差了不少。类似地，在20世纪80年代，美国国家地理学会分析了与罗伯特·皮尔里1909年寻找北极点徒步旅行相关的最新发现的文件，认为他极有可能也篡改了记录。如果库克、皮尔里、伯德都未曾到达北极——这是目前绝大多数人的共识——那么奖励属于阿蒙森。

现在，他已经升起过挪威国旗，开拓了西北航道。他的成就已超出儿时最疯狂的幻想，超过了他的偶像——南森、富兰克林，以及他的父亲。但他发现他的饥渴丝毫没有消退。当已经没有可被征服的土地的时候，他没有哭泣，而是怒火中烧。他转过身，背对地平线，注视着一路走来被他甩在身后的一长串敌人。

1927年秋天，阿蒙森出版了《我的探险家人生》（*My Life as an Explorer*）——一部充满怨恨、一边倒的作品，与其说是自传，不如说是算总账。他毫不掩饰对诺比莱的蔑视，认为他是一个自负鲁莽的纨绔子弟，竟然有胆要求平分"挪威号"胜利的荣誉。他炮轰美国国家地理学会因为他对库克的忠诚而惩罚他。他对英国人穷追猛打，称他们为"一个输不起的种族"，因为他们指责他用不诚实的手段在南极点竞赛中打败了斯科特。

挪威人的怒火一直燃到"比利时号"探险的时期。他把鄙夷专门留给了德·热尔拉什——他一直没有原谅指挥官与比利时皇家地理学会签署了那份将他排除在远征队领导位置继承权之外的合约。他写道，在即将入冬时进入浮冰群，德·热尔拉什和勒库安特"犯了一个大得不可能再大的错误"。阿蒙森声称，他是反对在浮冰群里过冬的（他在那段时间写下的激情澎湃的日记与这种说法相互矛盾），而在德·热尔拉什和勒库安特因为坏血病而病倒后，他承担起了领导探险队的责任（显然也是不真实的）。

阿蒙森对库克的支持，加上紧随其后的《我的探险家人生》的出版，损害了这位挪威名人的声誉——以及，延伸开来，损害了挪威的国家声誉。探险家对诺比莱和意大利人民的冒犯招来了墨索里尼的盛怒，这还可以忍受。更成问题的是英国人的反应，而英国本是挪威的亲密盟友。阿蒙森从前的偶像弗里乔夫·南森——那时已是在国际上备受尊敬的学者、政治家和诺贝尔和平奖得主[1]——不得不出面缓和两国关系。

"我无法理解阿蒙森最近的总体表现，发生了几件十分反

---

[1] 从 1921 年直至 1930 年去世，南森一直担任国际联盟（League of Nations）难民事务负责人。在此期间，他组织了有"南森护照"之称的旅行文件的分发，这种受到国际认可的旅行文件让数十万无国籍人士得以穿越国界，寻求庇护。——原注

常的事情，而我唯一能想到的解释是，他出了一些问题。"南森在给英国皇家地理学会副会长休·罗伯特·米尔（Hugh Robert Mill）的信里写道，"我的印象是，他已经完全失去平衡，以及他不再能够为他的行为负责……我认为有各种不同的迹象表明他有点精神失常。"

这番评价算不上是专业诊断（尽管南森确实持有神经学博士学位），而是为控制破坏所作的努力。但它确实表明，与30年前南森在"比利时号"甲板上首次见到的那个年轻探险者相比，1927年的阿蒙森是一个截然不同、处境更艰难、更偏执的男人。

如果阿蒙森也得了极地疯病，那么他的病症在性质上完全不同于曾经折磨托勒夫森和范米尔罗——以及自那以后的众多极地探险家和研究基地工作人员——的精神失常。它不是由在极端环境里大行其道的外部力量造成的，而是源自凶猛的内部力量——野心、竞争意识、毅力，以及近乎自虐的对艰苦斗争的追求——正是这些力量驱使他征服这类环境。这些强烈情感没有因为他实现了地理探险的目标而平息。

对于南森口中的"精神失常"，阿蒙森会认为那纯粹是捍卫自己名誉的行为。他冷漠而少言寡语的举止掩盖了一种诗性的敏感。在他的想象中，他遵循着一种或许与现代生活脱节的骑士准则。《我的探险家人生》出版后不久，他就有了一个证明自己忠于这套准则的机会。1928年5月25日，他接到消息说"意大利号"（Italia）飞艇——诺比莱驾着它去了北极点——在返程中失踪了。阿蒙森二话不说就主动提出援助这位劲敌。墨索里尼已经放话说不需要他的服务。然而挪威人的风度之举既是关于营救诺比莱的，也是关于抢救自己的传奇地位的。诺比莱是一位不共戴天的仇敌这一事实，只会愈加衬托出阿蒙森的大度。

两周后，"意大利号"事故的幸存者们与在国王湾（Kings Bay）巡航的意大利支援船"米兰号"（*Città de Milano*）成功建立无线电通信。诺比莱和另外八人被困在斯瓦尔巴群岛（Svalbard）① 北边的海冰上，大多数人都受了伤。七个人或是死，或是下落不明。（宠物狗蒂蒂娜毫发无伤。）空中和海上的搜救队已经开始行动，空中和海上都有。然而 55 岁的阿蒙森看到了最后一次完成壮举的机会——也可能是最后一次看到海冰的机会。他在出发前告诉一位意大利记者："噢！如果你知道那里有多美妙就好了。那是我想死去的地方，而且我希望死亡能带着骑士风度找上门，在我执行某项伟大任务时找到我，迅速了结，没有痛苦。"

6 月 18 日，阿蒙森和五名人员在北极圈内的挪威港口特罗姆瑟（Tromsø）登上一艘法国制造的莱瑟姆 -47 水上飞机。发动机隆隆地启动了，螺旋桨开始旋转，飞机轻轻地划过水面。它升到空中，往北飞向巴伦支海（Barents Sea）。那是世人最后一次看到罗阿尔德·阿蒙森。

直至今日，那架飞机的残骸和机上人员的遗体仍未被找到。（诺比莱则得救了。）

---

① 北冰洋上的群岛，位于格陵兰海和巴伦支海之间。

　　库克于 1930 年获得假释，当时他的刑期差不多过了一半。64 岁的年纪，一只眼睛几乎失明，他的体内已经没有冒险的血液。出狱后不久，他接受了自由职业记者威廉·麦加里（William McGarry）的采访。在某个时刻，麦加里问库克他怎么看阿蒙森的命运。

　　"罗阿尔德·阿蒙森，"库克答道，"很有可能还活着。他可能到了格陵兰岛北海岸，或法兰士约瑟夫地群岛 ①。如果真是这样，那么他可以在那里无限期地住下去。在徒步旅行方面，他是所有极地探险家中的大师，而且只要他到达一块野生动物丰富的区域，他就能相对容易地照顾好自己。"

　　老人想起了和这位朋友一起旅行的日子，他让自己随着记忆的海冰漂流，漂向别林斯高晋海的浮冰群。

---

① Franz Josef Land，巴伦支海群岛，位于斯瓦尔巴群岛东偏北。

关于信息来源的说明

在 1898 年[①]1 月 14 日离开埃斯塔多斯岛和 1899 年 3 月 28 日回到蓬塔阿雷纳斯之间,"比利时号"的队员们彻底与人类社会失去了联系。因此,对于这个故事的大部分内容,我的信息来源必然是有限的。幸运的是,许多探险队员都做了某种形式的记录,而大部分留存下来的叙述在趣味性和细节上都出奇地丰富。

在讲述"比利时号"远航本身的章节中,我在很大程度上——但远远不是完全——依赖于四份第一手资料:弗雷德里克·库克轻松愉快的《度过第一个南极极夜》;罗阿尔德·阿蒙森的日记,其语言之简练与透露出来的大男子气概几乎是海明威式的;《在南极的十五个月》,阿德里安·德·热尔拉什文风优雅的叙述;和乔治·勒库安特的《在企鹅的国度》,充满挖苦讽刺和俏皮的暗示,有时也十分动人。所有法语资料的翻译均是我自己的。

船上三位东欧科学家的日记贡献了大量细节。亨里克·阿尔茨托夫斯基返回欧洲后也写下了关于这次航行的大量文字,其中有不少发表在《地理杂志》(*The Geographical Journal*)上。

---

① 原文是 1897 年,明显是笔误。

埃米尔·拉科维策留下了一系列即使按现在读者的标准也常常令人捧腹大笑的文字和讲稿。安东尼·多布罗沃尔斯基的回忆极其发人深省，既包含有力的抒情，也有不加掩饰的庸俗。

遗憾的是，普通船员的视角记录得不如长官和科学家完整。我很幸运地碰巧找到卡尔·奥古斯特·温克的日记，据我所知，这本日记以前从未被引用过。这是一份令人感伤的文件，里面充满了希望和深思；想到它在 1 月 22 日戛然而止，我的喉咙仍会哽咽。约翰·科伦也有一个日记本，但在探险队进入南极地区后不久就停止书写了——让我获益良多的主要是他出色的素描画。

当然还有指挥官的航海日志——主要是不动声色的叙述（这类文件的特点），不时也会出现类似现代诗的元素。

这次航行的大部分档案保存在布鲁塞尔的比利时皇家自然科学研究所。其中包括与远征行动的构思有关的文件，以及在船受困于浮冰、指挥官在很大程度上受困于他的房间期间，德·热尔拉什与其他人之间的大量信息丰富的信件和备忘录。

德·热尔拉什在给莱奥妮·奥斯特里特写信时最坦诚。她留在安特卫普菲利克斯档案馆（Felix Archive）的文件对了解远征准备工作和指挥官在疗养期间的生活都十分有帮助。

作为一位停不下笔的写作者，库克写了若干部体量庞大、严重缺乏条理的未出版回忆录，由位于华盛顿特区的国会图书馆（Library of Congress）持有。它们包括《地狱是个寒冷的地方》（关于他的极地探险经历）、《走出丛林》（Out of the Jungle，关于他在莱文沃思监狱的生活），还有《窥视彼岸》（Peeps into *the Beyond*，基于他广泛旅行经历的民族志与哲学沉思）。国会图书馆的库克作品集还包括他的女儿海伦·库克·维特尔（Helen Cook Vetter）所做的生平注释，她一生中大部分时间都在努力挽救父亲的声誉。

几十年来，那也是弗雷德里克·A. 库克协会（Frederick A. Cook Society）努力追求的目标。该协会的记录——遗赠给俄亥俄州立大学伯德极地与气候研究中心（Byrd Polar and Climate Research Center）——包含许多有价值的文件。特别有帮助的是库克的传记作者安德鲁·弗里曼（Andrew Freeman）留下的采访笔记。

弗里曼 1961 年出版的《支持库克医生的理由》(*The Case for Doctor Cook*) 是我在写三位主角的生活和时代时参考的一本书。库克在"比利时号"之前和之后的生活细节是从罗伯特·M. 布赖斯的《库克与皮尔里：极地争议，结案》(*Cook & Peary: The Polar Controversy, Resolved*) 中摘取的，这是我读到过的研究最详尽的非虚构作品之一。为了充分刻画阿蒙森，我主要参考了两部杰出的传记：罗兰·亨特福德（Roland Huntford）的《地球上的最后一个地方》(*The Last Place on Earth*) 和托尔·博曼 - 拉尔森（Tor Bomann-Larsen）的《罗阿尔德·阿蒙森》(*Roald Amundsen*)。我对指挥官的描绘则部分来自《热尔拉什家族》(*Les Gerlache*)，由夏尔·斯海尔夫豪特（Charles Schelfhout）与德·热尔拉什的儿子加斯东紧密磋商后写成的一部精美的书。

关于这次航行的专著少得惊人，以英语写成的更是完全不存在。"比利时号"爱好者的世界很小，但十分狂热，有两位历史研究者的作品令我受益匪浅。其中一位是已故罗马尼亚学者亚历山德鲁·马里内斯库（Alexandru Marinescu），他的巨著《"比利时号"航海记》（*Le voyage de la "Belgica"*）是我在做本书的收尾工作时出版的。另一位是以佛兰芒语写作的约瑟夫·费尔林登，他写了多部关于这个主题的书。

我仔细阅读了大西洋两岸的数百份报纸。正如德·热尔拉什所清楚的，比利时的报纸对远征行动进行了深度报道。他们的稿件对我描写"比利时号"离开与返回安特卫普的场景有很大帮助。就连在"比利时号"缺席期间发表的文章，也同样令人大开眼界，虽然它们在很大程度上是虚构的。1898年春天，世界各地的报纸都报道了"比利时号"的终结：通过一个国际性的传声筒游戏，船在比格尔海峡的搁浅事件变成了骇人的海难。（在《纽约先驱报》宣布"比利时号"失事后的不到一个星期，库克的未婚妻安娜·福布斯就在布鲁克林逝世了。）

所有引号内的对话都是一字不差地引自原始资料。对内心想法的描述直接取自思考者的原话。在极少数情况下，我不得不进行猜测，但这些情况均以修饰性语言表示，并且总是通过逻辑推理和严谨的研究得出的。

我应该对几个段落作些说明，这些段落包含未曾在其他第二手资料中出现过的细节。第三章开始不久，疲倦不堪的范米尔罗在甲板上挥着一把手枪的事件，出自温克在1897年9月3日的日志记录。停靠在蒙得维的亚港时发生的水手舱打架事件在温克和多布罗沃尔斯基的日记中均有描述，虽然可能是在喝醉酒的迷糊之中记下的。德·热尔拉什与范达默在蓬塔阿雷纳斯的那次对峙——引发了近乎是哗变的事件——出自指挥官 1897 年 12 月 9 日的航海日志。1898 年 1 月 2 日丹科哭着将比利时国旗升到桅杆顶的一幕，是通过多布罗沃尔斯基的《极地探险：历史与科学成就》(*Wyprawy polarne: Historja i zdobycze naukowe*) 了解的，多布罗沃尔斯基的叙述与勒库安特的记忆稍有出入。库克关于漫长的南极极夜会使人阳痿的虚假警告，在《窥视彼岸》中有记载。第十二章中勒库安特在 1898 年 7 月与死神擦肩而过的经历，结合了《在企鹅的国度》与《地狱是个寒冷的地方》中的对话。尾声中讲述的关于亚当·托勒夫森凄凉命运的细节出自挪威国家档案馆保存的公开档案。1909 年 9 月库克和阿蒙森在哥本哈根凤凰酒店的会面，是由《地狱是个寒冷的地方》中的段落与弗里曼对库克的采访片段编织而成。

与个人记忆一样，历史在本质上是不精确的。当原始资料之间有不一致的地方时，我便按照其可信度等级进行选择：我把在事件发生后最早记下的叙述——比如队员日记或德·热尔拉什的航海日志——排在数月后或数年后写成的正式发表作品之前。在回忆录作者之中，德·热尔拉什和勒库安特给我的印象比库克更可靠，正如世人将发现的那样，后者无法抵抗偶尔的添油加醋，而且不是一个勤勉的笔记记录者。我的事实核查员 CB. 欧文斯则言简意赅地表示："在库克和另一个人之间，我倾向于相信另一个人。"

什么时候相信、什么时候不相信库克？这个问题深深困扰着我。库克的不可信程度似乎是随着年龄增长的。我们永远无法确定他是否伪造了登顶迪纳利山或到达北极点的故事，但是，在读过几千页他在狱中写下的充满空想的文字后，我倾向于认为他强行扭曲了关于他后来的许多成就的真相。但若谈到"比利时号"，他人生中最值得骄傲的篇章之一，有证据表明库克不是一个完全不可靠的叙述者。不像在迪纳利山或北极点，他描述的事件有许多见证者，其中几位还出了书。《度过第一个南极极夜》是最先出版的"比利时号"回忆录，而后来出版的叙述与库克的版本并不存在重大出入。

至少在 1909 年之前没有，这一年，阿尔茨托夫斯基在《大都会报》发表了一系列文章，质疑库克是否真的到了北极点——以及他的整体诚信度。他控诉医生（除了别的控诉以外）在《度过第一个南极极夜》中编造了母猫南森之死的故事。按照阿尔茨托夫斯基的说法，库克从未见过南森——它在医生与远征队会合之前很久就被扔下水了。这个插曲令我十分苦恼，直到我读了温克的日记，其中提到了扔猫事件。只不过，据温克所说，那只可怜的猫的名字是斯韦德鲁普。另一只才是南森，它活了下来，至少活了一段时间。库克得到了平反！

也可能没有。或许他的回忆，一如企鹅肉，需要加一大勺盐才能下咽。[1]但有一个事实是"比利时号"上所有人都认同的，包括阿尔茨托夫斯基：如果没有库克，他们谁也不可能在南极的冬天活下来。阿蒙森对医生矢志不渝的忠诚，在我看来是终极证明：至少在"比利时号"的叙述上，可以假定库克说的是实话。

---

① 英语中有"take something with a grain of salt"的说法，直译为"就着一颗盐粒服用 / 接受某物"，表示在接受某种说法的同时保持一定程度的怀疑。

部分参考书目

档案及馆藏

- Belgian Antarctic Expedition. Archives. Royal Belgian Institute of Natural Sciences. Brussels.
- Cook, Frederick A. Leavenworth Federal Penitentiary inmate case file. U.S. National Archives and Records Administration. College Park, MD.
- Cook, Frederick A. Papers. Library of Congress Manuscript Division. Washington, DC.
- Cook, Frederick A. Papers. Stefansson Collection on Polar Exploration. Dartmouth College. Hanover, NH.
- De Gerlache Family Collection. Zingem, Belgium.
- Frederick A. Cook Society Records. Byrd Polar and Climate Research Center Archival Program. The Ohio State University. Columbus.
- Library and Archives. Norwegian Maritime Museum. Oslo.
- National Archives of Norway. Oslo.
- National Library of Norway. Oslo.
- Osterrieth, Léonie. Belgian Antarctic Expedition archives. FelixArchief. Antwerp.
- Royal Belgian Geographical Society. Archives. Université libre de Bruxelles. Brussels.

图书及期刊

- Amundsen, Roald. *My Life as an Explorer*. Garden City, NY: Doubleday, Page & Company, 1927.
- ———. *The Northwest Passage: Being the Record of a Voyage of Exploration of the Ship "Gjöa."* New York: E. P. Dutton, 1908.
- ———. *The South Pole: An Account of the Norwegian Antarctic Expedition in the "Fram." 1910–1912*. Two volumes. Translated by A. G. Chater. London: John Murray, 1912.
- Anthony, Jason C. *Hoosh: Roast Penguin, Scurvy Day, and Other Stories of*

Antarctic Cuisine. Lincoln: University of Nebraska Press, 2012.

- Arctowsky, Henryk. "The Antarctic Voyage of the Belgica During the Years 1897, 1898, and 1899." *The Geographical Journal*, no. 18 (July–December 1901).

- ———. Die antarktischen Eisverhältnisse: Auszug aus meinem Tagebuch der Südpolarreise der "Belgica." 1898–1899. Gotha, Germany: Justus Perthes, 1903. (Translations by author.)

- ———. "Aurores australes." Résultats du voyage du S.Y. Belgica en 1897–1898–1899. Rapports scientifiques, Météorologie (1901).

- ———. "Exploration of Antarctic Lands." *The Geographical Journal*, no. 17 (January–June 1901).

- Astrup, Eivind. *With Peary Near the Pole*. Translated by H. J. Bull. London: C. Arthur Pearson, 1898.

- Beattie, Owen, and John Geiger. *Frozen in Time: The Fate of the Franklin Expedition*. New York: E. P. Dutton, 1987.

- Bergreen, Laurence. *Over the Edge of the World: Magellan's Terrifying Circumnavigation of the Globe*. New York: William Morrow, 2003.

- Bomann-Larsen, Tor. *Roald Amundsen*. Translated by Ingrid Christophersen. Thrupp, Stroud, Gloucestershire, UK: Sutton, 2006.

- Bown, Stephen R. *The Last Viking: The Life of Roald Amundsen*. Boston: Da Capo Press, 2012.

- ———. *Scurvy: How a Surgeon, a Mariner, and a Gentleman Solved the Greatest Medical Mystery of the Age of Sail*. New York: Thomas Dunne Books, 2003.

- Bridges, E. Lucas. *Uttermost Part of the Earth: A History of Tierra del Fuego and the Fuegians*. 1948. Reprint, New York: The Rookery Press, 2007.

- Bryce, Robert M. *Cook & Peary: The Polar Controversy, Resolved*. Mechanicsburg, PA: Stackpole Books, 1997.

- Chapman, Anne. *Hain: Ceremonia de iniciación de los Selk'nam de Tierra del Fuego*. Santiago de Chile: Pehuén Editores, 2009.

- Cook, Frederick Albert. "The Antarctic's Challenge to the Explorer." *The Forum*, no. 17 (June 1894): 505–512.

- ———. "The Great Indians of Tierra del Fuego." *The Century Magazine*, no. 59 (March 1900): 720–729.

- ———. *My Attainment of the Pole: Being the Record of the Expedition That First Reached the Boreal Center, 1907–1909. With the Final Summary of the Polar Controversy. 1911.* Reprint, New York: Mitchell Kennerley, 1912.

- ———. "My Experiences with a Camera in the Antarctic." *Popular Photography*, February 1938, 12–14, 90–92.

- ———. "A Proposed Antarctic Expedition." *Around the World*, no. 1 (1894): 55–58.

- ———. *Through the First Antarctic Night: A Narrative of the Voyage of the Belgica Among Newly Discovered Lands and Over an Unknown Sea About the South Pole.* 1901. Reprint, New York: Doubleday, Page & Company, 1909.

- ———. *To the Top of the Continent: Discovery, Exploration and Adventure in Sub-arctic Alaska. The First Ascent of Mt. McKinley, 1903–1906.* New York: Doubleday, Page & Company, 1908.

- Darwin, Charles. *Voyage of the Beagle.* 1839. Reprint, New York: Penguin Books, 1989.

- Decleir, Hugo, ed. *Roald Amundsen's Belgica Diary: The First Scientific Expedition to the Antarctic.* Translation by Erik Dupont & Christine Le Piez. Norfolk, UK: Erskine Press, 1999.

- Decleir, Hugo, and Claude De Broyer, eds. *The Belgica Expedition Centennial: Perspectives on Antarctic Science and History.* Brussels: Brussels University Press, 2001.

- De Gerlache, Adrien. "Fragments du récit de voyage." Résultats du voyage du S.Y. Belgica en 1897–1898–1899. Rapports scientifiques, 1938.

- ———. *Quinze mois dans l'Antarctique.* Brussels: Imprimerie scientifique Ch. Bulens, 1902. (Translations by author.)

- Dobrowolski, Antoni Boleslaw. *Dziennik wyprawy na Antarktydę(1897–1899).* Edited by Irena Łukaszewska & Janusz Ostrowski. Wrocław-Warsaw-Krakow: Zakład Narodowy im. Ossolińskich, 1968. (Translations of select passages provided to author by Sean Bye and Tomasz Poplawski.)

- ———. *Wyprawy polarne: Historja i zdobycze naukowe.* Warsaw: Henryka Lindenfelda, 1914. (Translations of select passages provided to author by Sean Bye.)
- Dodds, Klaus, Alan D. Hemmings, and Peder Roberts, eds. *Handbook on the Politics of Antarctica.* Cheltenham, Gloucestershire, UK: Edward Elgar Publishing, 2017.
- Drinker, Henry S. *Tunneling, Explosive Compounds, and Rock Drills.* New York: John Wiley & Sons, 1882.
- Du Fief, Jean, ed. *Bulletin de la Société Royale Belge de Géographie,* no. 24 (1900): 1–531.
- Dunn, Robert. *The Shameless Diary of an Explorer.* 1907. Reprint, New York: Modern Library, 2001.
- Dyer, George L. *The Use of Oil to Lessen the Dangerous Effect of Heavy Seas.* Washington, DC: Government Printing Office, 1886.
- Fletcher, Francis. *The World Encompassed by Sir Francis Drake.* London: Nicholas Bourne, 1652.
- Freeman, Andrew. *The Case for Doctor Cook.* New York: Van Rees Press, 1961.
- Headland, Robert Keith. *A Chronology of Antarctic Exploration: A Synopsis of Events and Activities from the Earliest Times Until the International Polar Years, 2007–09.* London: Bernard Quaritch, Ltd., 2009.
- Henderson, Bruce. *Peary, Cook, and the Race to the Pole.* New York: W. W. Norton & Company, 2005.
- Hochschild, Adam. *King Leopold's Ghost: A Story of Greed, Terror, and Heroism in Colonial Africa.* New York: Mariner Books, 1999.
- Huntford, Roland. *The Last Place on Earth: Scott and Amundsen's Race to the South Pole.* 1979. Reprint, New York: Modern Library, 1999.
- ———. *Two Planks and a Passion: The Dramatic History of Skiing.* London, New York: Continuum, 2008.
- Kløver, Geir O. *Antarctic Pioneers: The Voyage of the Belgica 1897–99.* Oslo: The Fram Museum, 2010.
- Lansing, Alfred. *Endurance: Shackleton's Incredible Voyage.* 1959. Reprint,

New York: Basic Books, 2014.

- Larsen, Carl Anton. "The Voyage of the 'Jason' to the Antarctic Regions." *The Geographical Journal*, no. 4 (July–December 1894): 333–344.

- Lecointe, Georges. *Au pays des manchots: Récit du voyage de la "Belgica."* Brussels: Oscar Schepens & Cie, 1904. (Translations by author.)

- ———. "Mesures pendulaires." Résultats du voyage du S.Y. Belgica en 1897–1898–1899. *Rapports scientifiques*, Physique du Globe (1907).

- ———. *La navigation astronomique et la navigation estimée.* Paris, Nancy: Berger-Levrault & Cie, 1897.

- ———. "Travaux hydrographiques et instructions nautiques." Résultats du voyage du S.Y. Belgica en 1897–1898–1899. *Rapports scientifiques* (1907).

- Marinescu, Alexandru, ed. *Belgica (1897–1899): Emile Racovitza—lettres, jour-nal antarctique, conférences.* Bucharest: Fondation Culturelle Roumaine, Collection le Rameau d'Or, 1998.

- Marinescu, Alexandru. *Le Voyage de la "Belgica" : Premier hivernage dans les glaces antarctiques.* Paris: L'Harmattan, 2019.

- Martin, Stephen. *A History of Antarctica.* Kenthurst, New South Wales, Aus-tralia: Rosenberg Publishing Pty Ltd, 2013.

- Nansen, Fridtjof. *Farthest North.* London: Archibald Constable and Company, 1897.

- Oren, Dan A., Marek Koziorowksi, and Paul H. Desan. "SAD and the Not-So-Single Photoreceptor." *The American Journal of Psychiatry*, no. 170 (December 2013): 1403–1412.

- Palin, Michael. *Erebus: The Story of a Ship.* London: Hutchinson, 2018.

- Palinkas, Lawrence A. "Psychological Factors and the Seasonal Affective Disorder." Reports on the Conference on Polar and Alpine Medicine, pre-sented at the Explorers Club, New York City, September 25, 1999, 11–22.

- Palinkas, Lawrence A., and Peter Suedfeld. "Psychological effects of polar expeditions." *The Lancet*, no. 371 (January 12, 2008): 153–163.

- Peary, Robert E. *Northward Over the "Great Ice" : A Narrative of Life and Work Along the Shores and upon the Interior Ice-Cap of Northern Greenland in the Years 1886 and 1891–1897.* New York: Frederick A. Stokes, 1898.

- Pergameni, Charles. *Adrien de Gerlache: Pionnier maritime—1866–1934.* Brus-sels: Editorial-Office H. Wauthoz-Legrand, 1935.
- Poe, Edgar Allan. *The Narrative of Arthur Gordon Pym of Nantucket.* New York: Harper & Brothers, 1838.
- Poplimont, Ch. La Belgique héraldique: recueil historique, chronologique, généalogique et biographique complet de toutes les maisons nobles recon-nues de la Belgique, vol. 4. Paris: Imprimerie de Henri Carion, 1866.
- Pyne, Stephen J. *The Ice: A Journey to Antarctica.* Iowa City: University of Iowa Press, 1986.
- Racovitza, Emil. "Cétacés." Résultats du voyage du S.Y. Belgica en 1897–1898–1899. *Rapports scientifiques,* Météorologie (1903).
- ———. "Vers le Pôe Sud: Conférence faite à la Sorbonne sur l'Expédition Antarctique Belge, son but, ses aventures et ses résultats." Causeries scienti-fiques de la Société zoologique de France, no. 7 (1900): 175–242.
- Schelfhout, Charles E. *Les Gerlache: Trois générations d'explorateurs po-laires.* Aix-en-Provence: Editions de la Dyle, 1996.
- Sides, Hampton. *In the Kingdom of Ice: The Grand and Terrible Polar Voyage of the USS Jeannette.* New York: Doubleday, 2014.
- Smith, Percy S. "Hawaiki: The Whence of the Maori." *The Journal of the Polynesian Society,* no. 8 (1899): 1–48.
- Stuster, Jack. *Bold Endeavors: Lessons from Polar and Space Exploration.* An-napolis, MD: Naval Institute Press, 1996.
- Verlinden, Jozef. *Discovery and Exploration of Gerlache Strait.* Bruges, 2009.
- ———. *Poolnacht: Adrien de Gerlache en de Belgica-expeditie.* Tielt, Belgium: Lannoo, 1993.
- Verne, Jules. *Le sphinx des glaces.* Paris: Bibliothèque d'éducation et de récréation, 1897.
- ———. *Vingt mille lieues sous les mers.* Paris: Bibliothèque d'éducation et de récréation, 1870.
- Walke, Willoughby. *Gunpowder and High Explosives.* Washington, DC: Government Printing Office, 1893.
- Wharton, Charles S. *The House of Whispering Hate.* Chicago: Madelaine Mendelsohn, 1933.

后　记

我第一次听说"比利时号"探险是在 2015 年春天，当时我坐在《出发》（*Departures*）杂志社我的办公桌前，拖延症犯了。我翻着最新一期《纽约客》，突然被一个标题激起了兴趣：《移居火星》（"Moving to Mars."）。文章是关于在夏威夷冒纳罗亚火山（Mauna Loa）——地球上最接近火星环境的地区——进行的一个实验：为了一项美国国家航空航天局（NASA）出资的关于团队动态的研究，为将来的红色星球探险行动做准备，六位志愿者在一个网格穹顶下过上了与世隔绝的生活。按照经典的《纽约客》风格，作者汤姆·基齐亚（Tom Kizzia）是沿着迂回曲折的小径进入故事的。文章头几段讲的是发生在 120 年前的一次探险行动，涉及第一批熬过南极冬天的人。基齐亚提到了绕船进行的"疯人院散步"，这个短语立刻吸引了我。我很好奇，"比利时号"与遥远的太空探索能有什么关系。但更令人着迷的是探险队队医这个角色，弗雷德里克·艾伯特·库克，他一方面被称为美国最无耻的骗子之一，一方面又凭借不懈的精巧策划使探险队避免了灾难。我一直被非正统的英雄人物所吸引：夏洛克·福尔摩斯，屠夫卡西迪，汉·索罗。[①] 我继续深挖库克的故事，得知他人生的最后时日是在纽约州拉奇蒙特（Larchmont）度过的——而且是住在一幢我每次遛狗都会经过的房子里，那一刻我像是得到了某个信号：我不可能不写这本书了。

为这个故事着魔的五年就这样开始，这股力量牵引着我穿越整个世界，从奥斯陆到安特卫普到南极，追寻"比利时号"与它的船员们的踪迹。这段故事通过日记和其他第一手资料在我面前展开，事实证明，它比我一开始想象的简单的奇闻逸事要丰富得多。这场远征深刻影响了两位未来的探险巨头，一位赢得了受之无愧的尊敬，罗阿尔德·阿蒙森；另一位则受到了不公正的中伤，即前面提到的库克。远征的高潮是一场冲出南极浮冰重围的史诗级逃离行动，其规模与雄心可以与历史和文学中最伟大的人与自然的抗争故事相媲美。事实证明，它留下的重要遗产远远不止（大部分）队员的幸存。

为了重现这么久以前发生在如此极端的隔绝状态下的一段旅行，我面临的一个挑战是理解这段经历感官上的特点。不仅要探明每天发生了什么，或是船只在迂回漂流中的具体坐标，还要考虑船上的人们在看到如此壮丽的景色的同时又得承受如此艰难困苦，究竟是一种什么样的体验。让我高兴的是，很快我就发现，"比利时号"的远航是极地探险的英雄时代记录最完

---

① 　屠夫卡西迪（Butch Cassidy，1866—1909？），活跃在 19 世纪 80 年代和 90 年代的美国抢劫犯，其生平和死亡多次被改编成电影、电视和文学作品，因此蒙上了浓厚的传奇色彩。"屠夫"的外号源自他曾当过屠夫（butcher）这一事实。汉·索罗（Han Solo），《星球大战》系列电影中的一个主要角色，曾从事走私活动，后成为义军联盟的英雄。

整的行动之一，有十个人记了详细的日记或航海日志（虽然其中一本后来被烧毁）。

我的研究在 2018 年秋天有了第一次重大突破，当时，电影导演亨利·德·热尔拉什（Henri de Gerlache）——指挥官风度翩翩的曾孙，也是一名探险家 ①——邀请我去根特郊外他们美丽的家族庄园。在那里，他翻出四本硬面精装的大部头——阿德里安·德·热尔拉什的"比利时号"探险日志。亨利和我翻着轻微褪色的书，逐渐入迷了，好像我们在读的是一本冒险小说。在我们右边，一段华丽大气的楼梯下面，是"比利时号"的一架雪橇。当我摸着它开裂的边缘时，我告诉自己，这或许就是库克和阿蒙森在浮冰上死里逃生时用过的一架雪橇。那一天，故事在我眼前鲜活起来了。

次日早上，我前往位于布鲁塞尔的比利时皇家自然科学研究所，这是一座朴素的世纪中期现代主义建筑，"比利时号"的大部分档案都存放在这里。我约了奥利维耶·保韦尔斯（Olivier Pauwels），近代脊椎动物藏品负责人。这位科学家身穿一件海军蓝的毛背心，挺着啤酒肚，散发出一种职业公务员特有的狡黠的厌世情绪，但这没有完全掩盖他对动物世界始终不渝的热情。他披上一件不合身的白大褂，带我穿过凌乱而破旧的走廊，进入研究所规模庞大的收藏室。

在研究所 175 年的历史中积累起来的动物学标本被存放在

---

① 探险成了德·热尔拉什家族的一项传统。阿德里安的孙子让－路易（Jean-Louis）和贝尔纳（Bernard）参加过若干次极地探险。贝尔纳的儿子，亨利，曾几次到南极旅行，并已经登上过七大洲每一座最高的山峰。——原注

一个看似没有边际、铺着白色瓷砖的迷宫中，里面摆着木制的抽屉和橱柜，每一格里都有一个物种的多份个体标本，有剥制和浸制标本，也有的只剩一堆带标签的骨头。过道里堆着硕大的剥制标本——一个魔幻现实主义的野生动物园，毫无道理可言，仿佛动物是自由游荡到这里。绕过一头牦牛和一群火烈鸟，保韦尔斯终于来到了他的写字板上标明的位置。他套上一双蓝色的乳胶手套。

"在过去，这些标本被保存在砷里，以抵御螨虫和昆虫。"他说道。100 年过后，这种毒药仍可以致命。

保韦尔斯打开一格大号抽屉，拉出一只在"比利时号"探险期间被捕获并施行安乐死的帝企鹅，像它这样被带回比利时的企鹅还有很多。它的眼睛不见了，羽毛也失去了光泽，但这只 4 英尺高、以标准姿势站立的鸟儿让我肃然起敬：这是最接近与远征队成员本人见面的经历。我好想知道是"比利时号"的哪位队员杀死了它，我试图想象他们在那一刻有何感受。我告诉自己，是这只企鹅的肉救了他们的命。

接下来几个小时，保韦尔斯带我查看了"比利时号"的大部分珍宝。我们看到了更多塞着填充物的企鹅标本——帝企鹅、巴布亚企鹅、阿德利企鹅——以及泡在乙醇里的海豹骨头和深海鱼类。

保韦尔斯带我去无脊椎动物收藏室，给我看了一块载玻片，上面有一只几乎无法看清的南极螺幼虫，这是原产于南极的唯一一种纯陆生动物，由远征队的罗马尼亚籍博物学家埃米尔·拉科维策发现。我仿佛瞬间就被带到 1898 年 1 月，热尔拉什海峡一个岩石嶙嶙的海滩上。在我身边，拉科维策弓身伏在一片地衣上，眉头紧锁，手里拿着放大镜，试图挑出昆虫。

在 1899 年 11 月 18 日对比利时皇家地理学会的演讲中，乔治·勒库安特特别强调远征队带回来的远不止"一次过冬经历和两起死亡"。"比利时号"的科学家们对南极研究的贡献之大怎么强调都不为过。拉科维策对数百个植物和动物物种的数千份标本进行了编目——苔藓、地衣、鱼类、鸟类、哺乳动物、昆虫、大洋生物——其中许多物种都是首次发现。他详细记录了企鹅和海豹的行为。他的同事、波兰地质学家亨里克·阿尔茨托夫斯基发现了火地群岛和格雷厄姆地之间的深海沟。他还与同胞安东尼·多布罗沃尔斯基一起汇编了首份南极圈以南的气象学与海洋学全年数据。比利时号委员会花了 40 多年，才整理分析完远征队的观测记录。这几位科学家的发现构成了我们理解南极的基础，三个人后来的事业也都十分杰出。

"比利时号"远航的遗产不限于科学成果。这次远征属于最早一批真正意义上的现代国际探险行动，就极地探险而言则确定是第一次。这项成就得归功于德·热尔拉什，虽然他有着强烈的爱国主义情怀，也有军人背景，但在内心深处他是一名和平主义者。他没有顺从同胞们对他只雇用比利时人的期待，而是任用他能找到的最优秀的人才，无论他们是什么国籍。在一个西方列强争前恐后地瓜分世界的时代——这阵极端爱国主义的狂热将在不到 20 年内导致一场世界大战——德·热尔拉什建立了全球合作的标准，在南极沿用至今，这一点与石油资源丰富、越来越拥挤的北极地区迥然不同。

德·热尔拉什拒绝对如今被冠以他名字的那道海峡提出任何关于比利时主权的主张，这一点意义重大。（不像——举个例子——詹姆斯·克拉克·罗斯在 1841 年代表英国正式占有了维多利亚地。）抱着科学超越政治与国界的信念，指挥官为南极洲一个多世纪以来的和平奠定了基础。多亏德·热尔拉什和他的儿子加斯东（Gaston）——后者在 1957 年至 1958 年领导了自己的南极探险行动——比利时签署了 1959 年确立的《南极条约》，该条约禁止各国在南极地区进行一切军事活动。随后的一项协议，1991 年通过的《马德里议定书》[①] 则保护南极洲的动物和自然资源不受任何形式的剥削。南极所树立的榜样，又预示了国际空间站（International Space Station）等宏大的科研项目。在国际空间站，来自对立国家的宇航员可以和平地合作，不用考虑地球上的争端。

"比利时号"影响最深远之处，或许在于阐明了在极偏远之地的探险会带来哪些生理和心理伤害——弗雷德里克·库克勤勤恳恳地详细记述了这一切。过去 120 年的科学研究证实了医生的直觉。

对全年在南极基地工作的科研与后勤人员的临床研究一致观察到与"比利时号"队员们经历过的虽然程度不同但类型相似的身体与精神症状：心跳不规律，疲劳，敌对情绪，抑郁，记忆丧失，头脑混乱，以及认知减缓。也经常有关于解离性神

---

① 即《南极条约环境保护议定书》。

游状态（dissociative fugue state）的报告，在这种状态中，人们会茫然而毫无反应地看着不远处，俗称"南极瞪眼"。一位医生将其定义为"在一个 10 英尺长的房间里瞪着 12 英尺处看"。完美贴合亚当·托勒夫森在精神失常初期的行为。

　　库克将这些症状统称为"极地贫血症"。现在的研究者用的是"越冬综合征"（winter-over syndrome）一词，但说的其实是一回事。一种主流理论认为，该综合征是甲状腺功能减退的一种表现形式，后者与抑郁和心房颤动有关，因此可以解释在坏血病肆虐之前，最令库克担心的"脑部症状"和"心脏症状"。①甲状腺激素可以帮助人体调节体温，设定昼夜规律。不难看出，极端寒冷和长期缺少阳光可能会扰乱整个系统。

　　这只是一个假设。在库克首次对其进行描述的 100 多年后，越冬综合征的成因仍然令人费解。科学家们相信，心理因素只能解释故事的一部分。由禁足带来的压力、与世隔绝的状态、极度无聊、种类单一的食物，以及小团体之间不可避免会出现的心理和社会压力，都在很大程度上导致了驻留南极人员心理和认知性症状的产生。不过，现在的医生强调越冬综合征与现在所说的季节性情感障碍（seasonal affective disorder, SAD）——与日照时长减少相关的情绪变化——之间可能有联系，这也就支持了库克当年的看法，即光照在人类康乐中扮演着至关重要的角色。让生病的船友们赤裸站在燃烧的火炉前这个疯狂的想

---

① 　劳伦斯·帕林卡斯（Lawrence Palinkas）博士分析了南极麦克默多站（McMurdo Station）和阿蒙森－斯科特站（Amundsen-Scott South Pole Station）美国籍工作人员的临床数据，他认为他所观察到的记忆丧失和其他认知障碍与甲状腺激素 T3 的水平下降有关，T3 关系到人体的代谢。——原注

法，是已知第一例光照疗法的应用，这种疗法如今被用于治疗睡眠障碍、抑郁症等病症。

尽管库克如今是以谎称到过北极点的假内行的形象被世人所记住的——假设真的有人记得他——他却有可能在人类探险的下一阶段找到救赎：载人火星探险任务。这样一场远航带来的心理挑战丝毫不亚于技术挑战。用罗阿尔德·阿蒙森的话说："在任何探险行动中，人类因素都占四分之三。"未来的火星旅行者可能面临的一项重大威胁，正是换了背景——在行星之间——的越冬综合征。对 19 世纪的探险家而言，地球两极——尤其是南极——的未知冰景，就如我们想象中的火星一般遥不可及、令人生畏。不出所料，NASA 试图从极地探险行动——人类历史上最接近长时间太空旅行的经历——中吸取经验教训。这就是我在 2015 年读到的那篇《纽约客》文章谈及"比利时号"的背景。

过去 30 年，NASA 一直与行为学家和人类学家杰克·斯塔斯特（Jack Stuster）密切合作，他最出名的研究成果是 1996 年出版的《大胆探索：极地与太空探索的经验教训》（*Bold Endeavors: Lessons from Polar and Space Exploration*）。"比利时号"是斯塔斯特的主要研究案例。全员遇难的探险行动没有多少实用的经验教训。顺风顺水的行动——比如 1911 年阿蒙森的攻克南极点之旅——也是如此。更具教学意义的是那些像"比利时号"一样遭遇并克服了重大逆境的远航。库克的观察、他的警告、他临场想出的疗法和建议，对 NASA 操作流程产生了直接影响。

比如说，在对宇航员的调查中，斯塔斯特发现太空旅行者们很容易厌倦他们的食物，渴望吃到松脆的东西。[①]这与库克的抱怨吻合："我们多渴望用上我们的牙齿啊！"受到库克的启示，斯塔斯特建议采购种类尽可能丰富的食物。更普遍地说，他鼓励飞往火星的医生学习他的随机应变能力，以及效仿他尽可能保持乐观开朗的态度。

"那就是我在写医生的角色时，脑子里想的人。"斯塔斯特告诉我，"我想的是弗雷德里克·库克。"

当我们真的到达火星时，在一定程度上，我们得感谢库克。

当我告诉一位朋友——一位我十分看重其意见的编辑——我打算为了这本书去一趟南极时，他说："图什么呢？依靠日记不就行了吗？"我不知道该怎么回答。毕竟这本书不是游记。朋友怀疑我是想用公费来完成遗愿清单上的一次旅行。他只猜对了一部分。我不知道我会找到什么，但我知道，无论队员们的日记多详细，我都不可能在没有亲身体验过的情况下令人满意地重建南极的景象、声音和气味。我联系了智利南极旅游公司"南极 21"（Antarctica21），花了一大笔钱买了一张为期一周的乘船游览船票，于 2018 年 12 月中旬出发。与德·热尔拉什和他的手下一样，我也从蓬塔阿雷纳斯出发。但与他们不同的是，我乘坐飞机穿过了波涛汹涌、令人头晕恶心的德雷克海峡。两小时的飞行过后，我们降落在乔治王岛（King George Island）

---

① 在零重力的环境里尤其难以实现，因为哪怕是最小的缝隙，自由飘浮的食物碎屑也会钻进去，进而扰乱机器运作。——原注

的智利－俄罗斯研究基地上。在那里，我和其他游客登上"赫布里底的天空号"（*Hebridean Sky*），一艘载客量为 70 人的游轮，它将带我们穿过布兰斯菲尔德海峡，去往"比利时号"的队员们在 1898 年发现的那道海峡。

这不是给我的特别优待。冰冻之洲的天气变幻莫测，蕴藏着巨大危险，游轮公司因此从不提前确认旅行日程，而是由船长根据气流和洋流情况，决定每天的行程。不过，几乎所有从南美洲出发的南极游轮第一选择都是热尔拉什海峡，这个星球上最壮丽、最上镜的地方之一。在一星期的旅程中，我一直很惊讶，这里的景观对我来说似乎十分熟悉。除了冰泛着蓝色这一点，它与库克的黑白照片几乎一模一样。但我很快就得知，"比利时号"的人们所探索过的那个环境，正在迅速成为一个失落的世界。

旅程差不多过半时一个雾蒙蒙的下午，我和几位乘客顶着小雪，划着一条"佐迪亚克"（Zodiac）充气橡皮艇横穿海峡。我们停靠在丹科岛的背风处，这座岛是以"比利时号"的第二位遇难者埃米尔·丹科的名字命名的。企鹅和座头鲸为我们献上了一场大秀，正如他们为"比利时号"的队员们做过的那样。乍看之下，120 年来这里似乎丝毫没有变化。但是仔细看，另一个故事就浮出水面了。

橡皮艇上掌舵的是鲍勃·吉尔摩（Bob Gilmore），地质学出身的他被雇来为游客讲解关于南极的科学知识。作为工作的一部分，他对热尔拉什海峡水域的温度、盐度和浮游植物种群进行了测量，之后他会将这些数据传给监测该地区各项变化但无法定期访问的学术和政府机构。吉尔摩递给我一根试管，让我装满海水。我告诉自己，这就是 1898 年年初那几个无忧无虑的星期里，拉科维策和阿尔茨托夫斯基在这里做过的工作。吉尔摩用点眼药器将一种溶液滴入样本，在浮游动物有机会吞噬浮游植物前杀死了里面的生物。他重新拧好试管盖子，回到船上后，他会对里面的内容物进行分析。

过去几年，吉尔摩在这些样本中观察到的变化非常微妙，但令人警醒。上升的气温加速了冰川融化。淡水流量的增加又降低了海峡水域的盐度。结果，浮游植物群落的结构发生了变化。磷虾喜欢吃的大型硅藻正在被小型硅藻渐渐取代，后者更适应盐度降低的海水。这一趋势可能带来灾难性的后果：随着较大型的硅藻消失，以它们为食的成群的磷虾也可能会消失。而一旦磷虾走了，这个脆弱的生态系统的其余成员也会离开。

超过 5 万人在跨越 2018 年和 2019 年的南半球夏季访问了南极，我正是其中之一。我没有忘记，我出现在这里这一事实本身——具体说来是"赫布里底的天空号"以及数十艘像它这样的游轮的排放物——对这个仙境受到的危害做出了直接"贡献"。南极作为旅游目的地变得越来越热门是可以理解的：对那些有幸、有能力来这里参观的人而言，这是一种令人谦卑、心中充满敬畏之情的经历。它是地球上最后一个真正留有野性的地方。但是"南极旅游业"这一概念从某些方面来看令人十分痛心：在德·热尔拉什和队友们曾经怀着莫大的惶恐与不安小心航行的同一片水域——当时整个大陆上只有他们，没有别人——如今每年有成千上万的人在这里喝马天尼、唱卡拉 OK。

强大的破冰船和通信技术使旅行变得更安全了。但如果因此假设南极的威胁性不如从前，那就错了。威胁只是发生了变化。这片大陆仍像在德·热尔拉什、斯科特和沙克尔顿的时代那样不利于人类生存。不同的是，如今受它控制的已不单单是鲁莽闯入浮冰群的探险家们。

数百万年以来，南极的冰川一直以缓慢的、不破坏生态平衡的速度流入海里，通过裂冰作用形成冰山。在过去几十年里，由于该地区的气温飙升到了令人担忧的水平，冰川流失的速度也在迅速上升。在 2020 年 2 月的一次热浪中，格雷厄姆地尖端西摩岛的气温达到了创纪录的 20.75 度。相对不那么与世隔绝的北极预示了气候变化即将如何影响世界最南大陆。在 2007 年，西北通道——阿蒙森当年乘着"约亚号"花了三年才强行通过——首次实现通航。据估计，北极点到 2050 年将完全没有夏季海冰。

南极的冰包含了地球上至少 80% 的淡水储量。如果南极冰全部融化，全球海平面将上升高达 200 英尺，极大地改变世界的样貌。这种局面可能不会很快出现——南极冰盖有些位置厚度超过 1 英里——但是任何持续的变暖现象都会导致海平面上升，摧毁沿海地区的社区，造成不可估量的苦难。这片大陆是一段压紧的弹簧，储蓄着巨大的毁灭性力量。

假如爱伦·坡和凡尔纳是在今天写作，这正是会抓住他们想象力的噩梦般的情景。吸引他们的将不是地球向南与向北的终点，而是地球之终结。正如"比利时号"的人们响应小说的号召，决意揭开南极的秘密，开辟前进之路的任务现在落到了科学家和探险家肩上。愿他们拥有阿德里安·德·热尔拉什的大胆，罗阿尔德·阿蒙森的刚毅，以及弗雷德里克·库克的机智。与"比利时号"一样，我们已经冒冒失失地驶入由我们一手制造的陷阱，但如果说"比利时号"的探险证明了什么，那就是我们永远不应该认命。Audaces fortuna juvat！幸运女神垂青勇敢者！

致　谢

　　当我开始进行这个写作计划时，南极在我脑海中就像它在19世纪末的世界地图上一样几乎一片空白。除了几个趣闻和名字——阿蒙森、斯科特、沙克尔顿——我对它的历史和地理都一无所知。我对如何写一本书就更没有概念了。但是，出于一种热尔拉什式的乐观，我认为拨开迷雾找到一条路应该不会太难。五年过去了，回过头来看，如果不是帮助过、指引过我的许多人，我肯定早就直接撞向礁石了。

　　我永远无法报答愿意与我分享其宝贵的时间和知识的所有人，他们这么做纯粹是出于对本书主题的热爱。我特别要感谢同为"比利时号"历史研究者的约瑟夫·费尔林登（Jozef Verlinden），从我们在布鲁塞尔大广场见面喝啤酒的那一刻开始，他的慷慨从未有过衰减；挪威国家图书馆的安娜·梅尔高（Anne Melgård），她的档案调查工作挖出了一个又一个宝藏。同样感谢斯科特极地研究所（Scott Polar Research Institute）的罗伯特·海德兰（Robert Headland）耐心回答了我的每一个关于南极历史与科学的问题。感谢我咨询过的其他专家：杰克·斯塔斯特、劳伦斯·帕林卡斯、苏珊·卡普兰（Susan Kaplan）、莎拉·肯内尔（Sarah Kennel）、肯尼思·拉马斯特（Kenneth

LaMaster）、大卫·罗斯（David Rose）、丹·奥伦（Dan Oren）、盖尔·克勒弗（Geir Kløver）、佩尔·吉斯勒·加洛恩（Per Gisle Galåen）、雅典娜·安杰洛斯（Athena Angelos）、马克·洛伊特贝克（Mark Leutbecker）和卡罗尔·史密斯（Carol Smith）。以及，veel dank[①]，库尔特·范坎普（Kurt Van Camp），"新比利时号"项目[②]的负责人，他在我临时决定去安特卫普后载了我一程。大大小小的恩惠之于我都是灌满风帆的顺风。

我特别感谢亨利·德·热尔拉什、贝尔纳·德·热尔拉什和让－路易·德·热尔拉什允许我参看他们祖先的文件和航海日志；感谢克劳德·德·布鲁瓦耶（Claude De Broyer）允许我查阅存放在比利时皇家自然科学研究所的探险队档案；感谢乔治·勒库安特的后代与我进行了热烈的交流。

上述朋友协助我找到的珍贵的多语种档案，若是没有以下几位译者，对我而言就毫无用处：肖恩·拜伊（Sean Bye）、艾玛·普雷斯利（Emma Pressley）、埃琳·梅尔高（Elin Melgård）和托马什·波普拉夫斯基（Tomasz Poplawski）。我还要向马库斯·弗尔克（Markus Voelker）脱帽致敬：谢谢你帮我确认我的高中德语知识（和谷歌翻译）没有把我引入歧途。

直到改稿阶段，我才开始与优秀得令人生畏的事实核查员CB. 欧文斯（CB Owens）合作，他使我避免了多个令人难堪的

---

① 荷兰语，意为"非常感谢"，相当于英语的 many thanks。
② 比利时非营利组织 De Steenschuit 的一个项目，该项目雇用失业者参与建造"比利时号"全尺寸复制品，从而使他们获得再培训和再就业机会。（原来的"比利时号"在"二战"期间被英国征用，于 1940 年在挪威的哈尔斯塔 [Harstad] 沉没。）

错误，查到了我多年来一直不知其存在的有着 120 年历史的文件，而且还在我雇用他之后向我透露他可以看懂挪威语。

如果不是 Aevitas Creative Management 经纪公司的团队——特别是我不知疲倦的经纪人托德·舒斯特（Todd Shuster）和贾斯汀·布鲁凯特（Justin Brouckaert），以及我在《时尚先生》（*Esquire*）杂志社时的前老板大卫·格兰杰（David Granger）——这个项目仍将只是我眼前闪过的一抹冰冷的光；他们对这个故事抱有无与伦比的热情，也只有他们同样超高的期待能与之相提并论。不过，更高的期待来自我的编辑凯文·道顿（Kevin Doughten），他成了我最密切的合作者。他和皇冠出版社的每一个人——从莉迪亚·摩根（Lydia Morgan）到营销团队到两位美术指导克里斯托弗·布兰德（Christopher Brand）和埃莱娜·贾瓦尔迪（Elena Giavaldi），从书籍设计师西蒙·沙利文（Simon Sullivan）到文字编辑芭芭拉·亚特科拉（Barbara Jatkola）——使我一直以来梦想写出的那种书拥有了生命。

一路走来，我得到了许多朋友和同事的支持与建议。由于篇幅所限，在此只能提到其中的几位：Open Sky Expeditions 的亚历克斯·罗斯（Alex Ros），他协助我安排了去南极的旅行（并差点让我在巴塔哥尼亚遭到一头美洲狮袭击）；埃德·库奇（Ed Couch）和约翰·洛佩兹（John Lopez），他们分别是仔细认真地阅读早期稿件的天使与魔鬼；我在《出发》杂志的同事们，尤其是杰弗里斯·布莱克比（Jeffries Blackerby）、毛拉·伊根（Maura Egan）和丽贝卡·斯泰普勒（Rebecca Stepler）；还有贾斯汀·毕肖普（Justin Bishop），他为我拍了作者肖像照，并让我尝到了寒冷的滋味。

我最深切的感谢要留给我的家人。感谢我的父亲，他手把手地教了我一切。感谢我的母亲，我最勤恳的读者。感谢杰西卡·列文（Jessica Levine），我的伴侣和挚爱。最后，感谢我的女儿玛雅和蕾拉，她们无法想象她们带给我的鼓舞有多大。

译　后　记

　　除了译者，我刚好还是一开始想要签下这本书版权的那个编辑。至于我为什么想签这本书，究其根本应该是出于一种想要把"冷门"的东西、被遗忘的故事放到日光下的朴素愿望。"比利时号"南极探险行动对于极地研究的重要意义，作者已在其后记中作了十分全面的描述，此处不再赘述；然而，正是这样一场实际上非常重要的早期探险，其光芒却一直被极地探险英雄时代的其他史诗般的行动所遮盖，以至于—我是这样想的—作者不得不一开始就把囚犯库克与传奇人物阿蒙森在莱文沃思监狱重逢的一幕推入前景，以使读者放心：这个故事里至少有一个熟悉的人物（于是另一个名字也显得不寻常了）。

　　而在拉开序幕后，作者暂时收起他的王牌，把焦点放在另外两位同样富有传奇色彩却稍显陌生的主角身上：阿德里安·德·热尔拉什，从小怀抱航海梦想、渴望为自己为家族为国家赢得荣誉却也因此备受煎熬的比利时贵族青年；弗雷德里克·A.库克，出生于穷苦移民家庭、早早表现出企业家精神、坐在布鲁克林的诊疗室里心思却常常飘到地球某个偏僻角落的美国医生。加上（读者心里清楚）迟早会讲到的阿蒙森的"起源故事"，我的好奇心完全被激发了，我想知道他们会碰撞出什么样的火花，想知道德·热尔拉什集结起来的这队人的命运，现在我必须听完这个故事了。更何况，"世界尽头"、极北极南之地对我而言向来代表着极致的浪漫。

"比利时号"和它的船员浩浩荡荡地从安特卫普出发，然而大大小小的问题也很快开始出现。探险队抵达南美时，旅程似乎已发展为一首华丽却愈渐无序和不平衡的歌曲，仿佛总有人跟不上拍子，或是执意自我发挥。如果说在比格尔海峡的"差一点沉船"事件和此前的小事故、船员冲突与开除事件，由于是在人类社会的剧场里上演而仍带有些许喜剧意味和"未战先败"的尴尬，那么，在离开南美大陆、离开人类见证者之后，"比利时号"的戏剧／歌曲风格突变，信天翁的振翅奏响了令人不安的泛音，真正的危险来了。

抵达格雷厄姆地后，温克遇难的阴霾稍稍散去，事态一度呈现出梦幻般的发展：南极的壮丽景色，热尔拉什海峡的地理大发现，丰富的动植物标本和气象数据……可从事后看来，这个时期俨然是大斋期前的最后狂欢。随着"比利时号"被浮冰的囚室困住，科学和物理发现渐渐被生存取代，直到生存几乎成了一项全职工作。那位几乎全凭自己的意志使这场探险行动成为可能的指挥官，实际上已被剥夺了战舰指挥权，而读者的代入性旅程也停下了。

坦白地说，我觉得故事的这一段有些乏味。生存的现实毫无浪漫可言。可就在我着手翻译这一部分的那段时间，上海的一些小区开始封闭管理了（我所在的区属于较早开始"静默"的一批），我惊奇地发现身边的现实竟表现出了与一个多世纪前在地球另一端的现实并行发展的趋势："比利时号"困在浮冰里，我们困在公寓里；船员们表现出的幽居病的症状，焦虑、恐慌、多疑、易怒，在那段时间也充斥着我们的社交媒体。我始终认为翻译是需要共情的工作（不然译者就真的沦为机器了），对我而言，翻译中最大的挑战便是我无法与作者或其笔下的人物共情，或是失去了听故事的兴趣或耐心；居家隔离于是以一种意料之外的方式让我在情感上向"比利时号"的船员们靠近了几步，在他们尽可能保持规律作息、维持工作量的时候，我在观察和转述他们的生活，作为我自己规律作息和工作的一部分。

正如上海人民（未曾陷入真正危机的较幸运的人）在那段时期贡献了不少段子，"比利时号"的船员们在禁闭期间也竭尽所能制造一些喜剧。我个人尤其喜欢他们对船上食物的"吐槽"。背景补充：我有一位猫家人，养猫的人可能知道，为了让猫多摄入水分，我们有时会往罐头里兑水——可能会降低其美味程度。所以当我读到船长勒库安特的吐槽"他（路易·米绍）的几乎每一道菜都是用同一种方法烹饪的，要不就是加一点点水，要不就是加很多水，视想要的质地而定"时，我感觉我也是被食客讨厌的米绍！而这一句，"为了换换口味，米绍经常把不同罐头混在一起，做成毫无特征的浓汤，不知为何竟达到了一加一小于二的效果"，简直就像是猫家人直接对我竖起了中指……因为在静默期，我家的猫食物库存其实是紧张的，出于一种侥幸心理，我的确是把猫猫喜欢的罐头和不喜欢的混在一起的（当然失败了）。

南极冰封和"足不出户"的类比可以继续拓展，比如说，当漫长的极夜结束，太阳终于回到地平线上时，很像是刚刚解封的那几天：盼望已久的事情终于发生了，不安的气氛却依然在原处逗留。无论如何，"比利时号"的大部分船员带着不同状态的身体和心灵最终回到了陆地上，而在我写这篇译后记的时候，包括上海在内的许多城市正在以极快的速度更新、优化防疫政策。一切似乎终于将要回归正常。致阅读至此的读者：谢谢你，希望"比利时号"的故事给了你些许的消遣、慰藉、发泄精力的出路、满足或是鼓舞，愿你平安健康、坚强勇敢；译文的任何错误和不足都是我的，恳请各位指正。

最后，既然作者在他的后记里提到了南极所面临的生态挑战和"南极旅游业"所包含的伦理困境，我也想加一句我的思考：书中几次提到探险队员们猎杀南极野生动物的行动，一些队员受到了很大的冲击（比如托勒夫森），另一些则能够坦然地将动物视为达成目的的手段（以库克和阿蒙森为代表）。尽管在原始环境中，一个物种为了生存猎杀别的物种有其正当性，但我无法无视这一点：海豹和企鹅因枪支的暴力而死，是在为人的雄心壮志付出代价。因此，在翻译这些段落时，我努力地使自己与作者的用词（或是探险队员的原话）保持一定距离，在保持意思准确的同时不失掉对这些动物生命的尊重。即使在今天，极地探险的技术进步使人类在正常情况下不再需要依靠野生动物来抵抗坏血病或是阻挡浮冰的撞击，但人类活动仍造成了野生动物栖息地缩减、迁徙路线受影响等生存危机。问题太多，答案太少，只愿我们在接近原始环境和生物时，为的是理解和欣赏，而不是征服。

李厚仁

2022 年 12 月

图书在版编目（CIP）数据

世界尽头的疯人院："比利时号"南极之旅／（法）
朱利安·桑克顿著；李厚仁译. -- 福州：海峡文艺出
版社, 2024.4（2024.8重印）
ISBN 978-7-5550-3536-7

Ⅰ.①世⋯ Ⅱ.①朱⋯ ②李⋯ Ⅲ.①长篇小说—法
国—现代 Ⅳ.①I565.45

中国国家版本馆CIP数据核字（2023）第223300号

Madhouse at the End of the Earth: The *Belgica*'s Journey into the Dark Antarctic Night by Julian Sancton
Copyright © 2021 by Julian Sancton
Maps copyright © 2021 by David Lindroth, Inc.
Published by arrangement with Aevitas Creative Management, through The Grayhawk Agency Ltd.
Simplified Chinese edition copyright © 2024 by Ginkgo (Shanghai) Book Co., Ltd.
All rights reserved.
本书中文简体版权归属于银杏树下（上海）图书有限责任公司。

著作权合同登记号：图字13-2023-112
审图号：GS（2023）3672号

世界尽头的疯人院："比利时号"南极之旅

[法] 朱利安·桑克顿 著 李厚仁 译

出　　版：海峡文艺出版社
出 版 人：林　滨
责任编辑：林鼎华
地　　址：福州市东水路76号14层　邮编：350001
电　　话：（0591）87536797（发行部）
发　　行：后浪出版咨询（北京）有限责任公司

选题策划：后浪出版公司
出版统筹：吴兴元
编辑统筹：尚　飞
特约编辑：丁侠逊　罗泱慈
营销推广：ONEBOOK
封面设计：李　易
装帧制造：墨白空间

印　　刷：河北中科印刷科技发展有限公司
经　　销：新华书店
开　　本：880毫米×1194毫米 1/32
印　　张：13.25
字　　数：270千字
版次印次：2024年4月第1版　2024年8月第2次印刷
书　　号：ISBN 978-7-5550-3536-7
定　　价：88.00元